WIE EIN LICHT IM WIND

Philippe Hayat

WIE EIN LICHT IM WIND

Roman

Aus dem Französischen von
Christiane Landgrebe

THIELE VERLAG

Für Paul, Dora und Ruben

Die Flucht

26. August 1941

Es war noch dunkel. Marie und ich packten hastig zwei, drei Sachen in eine Tasche und verließen unsere Wohnung, heimlich wie zwei Diebe. Vorher hatten wir alles aufgeräumt, so als könnten wir jederzeit zurückkommen. Die Fensterläden waren schon seit Tagen geschlossen. Ich ging noch einmal durch alle Räume – das Schlafzimmer unserer Eltern und das unsere, die Küche, das kleine Wohnzimmer ... Marie hörte gar nicht mehr auf zu weinen.

»Jetzt mach es uns doch nicht noch schwerer!«, sagte ich.

Erst als ich böse wurde, war sie endlich bereit, sich loszureißen. Ich löschte das Licht in der Diele, das einzige, das wir noch hatten einschalten dürfen, dann zog ich die Tür hinter uns zu.

Bei uns zu Hause ging es nicht gerade üppig zu, deshalb gab es auch nichts von Wert. Ich hatte nur die kleine Keksdose mitgenommen, die im Regal in der Speisekammer stand. Darin war das Haushaltsgeld für die Einkäufe. Neben der Dose hatte meine Mutter immer eine Schiefertafel liegen, auf der zwei Zahlenreihen standen. In die erste schrieb sie die Ausgaben, in der zweiten stand, was wir im Monat zur Verfügung hatten. Das hatte sie so mit Papa abgesprochen. Wenn sie etwas kaufte, schrieb sie links die Summe auf und rechts, was noch übrig war. Jeden Abend sah sie in der Dose nach und überprüfte, ob auf der Schiefertafel auch keine Fehler waren. Der letzte Eintrag stammte vom 19. August: 143 Franc. Das war alles, was ich in der Panik des Aufbruchs mitnehmen konnte. Und meinen Anzug. An dem hing ich sehr, Sakko und Hose waren aus hellbraunem Baumwollstoff und maßgeschneidert. Ich hatte ihn vor zwei Monaten zum ersten Mal getragen, als Papa mit uns zu Fernands Bistro an der Place des Cerisiers ging, um meinen Schulabschluss zu feiern. Der Anzug und die Keksdose. Alles andere war keinen Pfifferling wert, das glaubte ich zumindest.

Monsieur Surreau war mitten in der Nacht in unserer Wohnung aufgetaucht.

»Eure Eltern kommen so schnell nicht mehr wieder, Kinder, ihr müsst hier weg, und zwar gleich.«

Monsieur Surreau war der Chef meines Vaters, und die Firma trug sogar seinen Namen. Wortlos machten wir uns in der Dunkelheit auf den Weg. Es war sehr still, nur Maries leises Schluchzen war im Treppenhaus zu hören. Wir verließen alles – die Etage, auf der wir wohnten, die alte Treppe, die kleine Eingangshalle unten, die Rue des Érables, wir verließen alles, was uns vertraut war. Für wie lange, das wussten wir nicht.

Immer wenn ein Fahrzeug vorbeikam, breitete Monsieur Surreau die Arme aus und schob uns in die Nische eines Hoftors, er drückte uns so fest gegen die riesigen Türklinken, dass uns die Rippen wehtaten. Motorenlärm dröhnte vorbei, und die Lichtkegel der Scheinwerfer blendeten uns für einen kurzen Moment. Surreau stand da wie erstarrt, wie ein gejagtes Tier, und hinter seinen Brillengläsern sah ich seine schreckgeweiteten Augen. Ich spürte seinen schnell gehenden Atem und wie er vor Angst schwitzte.

Papa hatte uns manchmal von Surreau erzählt, und nach dem, was ich über ihn gehört hatte, hatte ich ihn noch nie besonders leiden können, aber in diesem Moment hasste ich ihn geradezu. Wenn das Auto vorüber war und damit die Gefahr, trieb er uns zur Eile an. Wir mussten rennen, um die verlorene Zeit aufzuholen.

Surreau lief schnaufend vor uns her, er machte riesige Schritte, und seine Hüften verrenkten sich dabei auf eine

Weise, die grotesk und lächerlich aussah. Er wog bestimmt eine Tonne.

»Los, Kinder, jetzt beeilt euch doch!«, rief er immer wieder. Einmal zog er so heftig an Maries Kleid, dass sie fast hinfiel. Er hielt ein zerknülltes Taschentuch in der Hand und wischte sich immer wieder Stirn und Nacken damit ab.

Bald hatten wir die Place Jules-Ferry hinter uns gelassen, waren die Avenue de la République Richtung Schule hinaufgeeilt und an dem kleinen Park vorbeigekommen, wo wir nachmittags immer unsere Brote gegessen hatten. Wir kamen an den Häusern unserer Schulkameraden vorbei, die noch schliefen und nichts Schlimmes ahnten – wie sollten sie auch? –, und dann hatten wir alle Wege unserer Kindheit endgültig hinter uns gelassen.

Im ersten Licht des Tages liefen wir hinter dem verfluchten Surreau her, und es war, als lösten sich vierzehn sorglose Jahre in Luft auf.

Kurze Zeit später hatten wir Fontenay-aux-Roses passiert und liefen durch die Gassen von Montrouge. Surreau war der Meinung, wir sollten die Hauptstraßen meiden, da der erste Berufsverkehr auf die Stadt zurollte. So kamen wir durch die Porte de Châtillon nach Paris und marschierten im Laufschritt um Denfert-Rochereau herum Richtung Seine. Mein Anzug, den ich über meinem schweißnassen Hemd trug, sah inzwischen aus, als sei er aus Pappmaché. Wir liefen durch die Rue de la Tombe-Issoire, dann durch die Rue d'Alésia. Ich versuchte mir all diese Namen zu merken, sogar die Schreibweisen, damit ich meinem Vater an dem Tag, an dem er wiederkam, um uns abzuholen, den Weg zeigen konnte.

Marie klagte, dass die Metallschnallen an ihren Sandalen ihr in die Haut einschnitten, und Surreau forderte sie auf, dann eben barfuß zu gehen.

»Kannst du nicht ruhig sein, du dumme Gans?«, zischte er nervös. »Wir kriegen wegen dir noch jede Menge Ärger!«

Rue de la Glacière, Rue du Champ-de-l'Alouette. Surreau schimpfte die ganze Zeit leise vor sich hin. Je heller es wurde, desto aufgeregter war er. Er hatte den Hemdknopf unter der Krawatte aufgeknöpft. Sein Hut war verrutscht, und auf dem Rücken seiner Jacke sah man Schweißflecken.

»Weiter, Kinder! Wir sind bald da, wir haben jetzt keine Zeit, uns auf eine Bank zu setzen und Pause zu machen.«

Mein Vater war Surreaus Buchhalter gewesen. Er hatte oft über seinen Chef gespottet, aber ich hatte mir nie vorstellen können, dass der Mann, für den Papa die Buchhaltung machte, ein so unförmiger Clown war – mit einem Bauch, bei dem man Angst hatte, dass er beim nächsten Schritt platzen würde.

In der Rue Pascal stand eine Pferdedroschke, die Milchkannen auslieferte. Surreau blieb vor dem Milchladen stehen. Er sah auf die Uhr, dann warf er uns einen scharfen Blick zu. Er wollte, dass ich ihm unsere Lebensmittelkarten gab, und schnipste ungeduldig mit den Fingern. Auf Maries Karte stand J 1, auf meiner J 3, es reichte gerade mal für ein Glas Milch. Surreau steckte dem Verkäufer einen Geldschein in die Tasche und kaufte Kekse und Schokolade. Dann trank er selbst ein paar große Schlucke aus der Milchflasche, bevor er sie uns weiterreichte.

Der Milchhändler beugte sich zu Marie hinunter. »Um diese Zeit solltet ihr noch schön im Nest liegen, ihr Spätzchen, was wollt ihr hier denn so früh am Morgen?«

Surreau sah den Mann durchdringend an, und keiner sagte mehr ein Wort. Als wir die Flasche ausgetrunken hatten, setzten wir unseren Weg fort und eilten durch die Rue du Fer-à-Moulin. Beim Jardin des Plantes überquerten wir die Seine und umgingen auf diese Weise das Quartier Latin und auch die Île de la Cité und die Île Saint-Louis.

»Es ist wegen der Nazis, Kinder. In diesem Viertel wimmelt es nur so von ihnen …«

Schließlich gingen wir durch die Rue des Francs-Bourgeois auf die großen Markthallen zu.

An der Ecke Rue de la Cossonnerie, Rue Saint-Denis blieb Surreau unvermittelt vor einem sechsstöckigen Gebäude stehen, das auf jeder Etage nur zwei Fenster hatte. Unter dem Dach war ein kleiner Balkon zu sehen. Surreau sah sich hastig um und schob uns dann ins Haus hinein. Ich konnte noch gerade am Ende der Rue de la Cossonnerie einen Blick auf die riesige Markthalle erhaschen, die groß wie ein Schloss war. Ein aufgerissenes Maul, das unter ohrenbetäubendem Lärm Lastwagen und Karren verschlang. Die Eisenträger erinnerten mich an den Eiffelturm, wo wir mit meinem Vater gewesen waren, als ich dreizehn Jahre alt wurde.

Sobald wir in der Eingangshalle des Gebäudes standen, machte Surreau die Tür zu und warf sich mit seinem ganzen Gewicht dagegen. Es war eine höllisch schwere Holztür. Mit einem Seufzer ließ er sich dagegensinken und wischte sich den Schweiß von der Stirn.

»Mein Gott, Kinder, das war ja vielleicht ein Lauf …«

Ich war so erschöpft, dass ich am liebsten losgeheult hätte. Ich wollte mich an Marie klammern und mit ihr zusammen Tränen über Tränen vergießen, aber das hätte Surreau mir sicher übel genommen. Während ich ihm zusah, wie er die Ärmel hochkrempelte, fragte ich mich, ob dieser Mann in seinem Leben jemals jemanden geliebt hatte.

Mit letzter Kraft stiegen wir die sechs Etagen hoch bis unters Dach. Am Ende des Flurs öffnete Surreau eine kleine Tür, und wir landeten in einem Abstellraum, drei mal vier Schritte groß, mit schrägen Wänden, so dass man kaum stehen konnte. Der Himmel war direkt über uns, wir sahen ihn durch eine Dachluke, die sich zwischen zwei Balken auftat. An der

Wand lehnte eine zerschlissene Matratze, die hinter einem Eisentisch und zwei Klappstühlen festgeklemmt war. In der Ecke neben der Tür stand ein Gaskocher unter einem kleinen Waschbecken, in dem zwei Teller, ein Glas und ein Löffel lagen. Die Toilette war auf dem Flur. In diesem Rattenloch also endete unsere verzweifelte Flucht.

Surreau streckte den Kopf in den Flur hinaus und horchte angespannt, dann schloss er sorgfältig die Tür. Die arme Marie kauerte leise schluchzend auf den Fußbodenfliesen. Surreau stellte mit ein paar geschickten Bewegungen den Tisch auf, nahm einen der beiden Stühle und schob mir den zweiten hin. Er war zwar Chef einer Firma, doch seine Hände waren die eines Arbeiters, dicklich und plump, die Finger behaart, die Nägel schwarz von Dreck. Er sah uns prüfend an, und seine Augen wirkten durch die Brillengläser riesengroß.

»Du bist also Maurice und du Marie, stimmt's?«

Er grinste unbeholfen und packte meiner Schwester unters Kinn. Dann rückte er meinen Anzugkragen zurecht und klopfte mir angelegentlich auf die Schulter. Er streckte den Arm aus und ließ Wasser aus dem Hahn in ein Glas laufen, es war schmutzig gelb, und er goss es ins Waschbecken. Dann schniefte er laut und räusperte sich, wobei seine fleischigen Wangen zitterten.

»Also, Kinder, es ist so. Natürlich hätte ich euch gern bei mir zu Hause aufgenommen, aber ich fürchte … wie soll ich sagen … Meine Frau und ich haben lange darüber gesprochen, aber wir sind der Meinung, dass das leider nicht geht. Wir haben schon drei Kinder, versteht ihr? Es wäre auch zu gefährlich und …«

»Ich verstehe, Herr Direktor, wir kommen schon klar …«

Surreau starrte auf das Glas, das er in seiner Hand drehte.

»Nein, nein, ich hätte euch gern besser untergebracht, aber es war nicht möglich. Die Waisenhäuser … Meine Frau und ich haben gestern Dutzende angerufen … Überall in Frankreich. Sie platzen aus allen Nähten. Oder sie nehmen weniger Kinder auf, weil ihnen das Geld ausgeht, was weiß ich? Die Leute sind nicht mehr so großzügig wie früher. Wahrscheinlich ist es dieser Krieg … Misstrauisch sind sie auch. Seit der Razzia im Mai kommen von überall her immer neue Kinder zu ihnen. Die Mütter sind völlig außer sich. Offenbar lassen sie ihre Kinder einfach allein vor den Toren zurück und verschwinden dann. Es sind Juden wie ihr. Diese Mütter sind unverantwortlich, gar keine Frage. Und die ganze Panik ist zu nichts gut … Nun ja … Jedenfalls … Ich kenne nicht die richtigen Leute …«

Surreau nahm die Brille ab und rieb sich die Augen. Dann zog er einen feuchten, in der Mitte gefalteten Umschlag aus der Tasche.

»Hier könnt ihr so lange bleiben wie nötig, ich habe das mit dem Hausbesitzer vereinbart. Ich hab ihm gesagt, dass ihr Verwandte seid … Ich kann euch sagen, Kinder, das hat mich viel Mühe gekostet, sehr viel Mühe. Das hier ist vom Lohn eures Vaters … Und passt auf eure Kleider auf, so schnell kriegt ihr keine neuen!«

Er strich mit der Hand den Umschlag glatt. »Euer Vater sagte, dass ihr noch eine Tante in Kanada habt, eine Cousine eurer Mutter, sonst gibt es wohl keine Verwandten …«

Er sah mich unbehaglich an und sagte dann beschwichtigend:

»Eure Eltern sind sicher bald wieder zurück, Maurice. Sie können jeden Tag zurück sein. Sie sind ja nicht weit weg, irgendwo in den Vororten, hab ich gehört. Dorthin hat man sie gebracht, aber sie kommen sicher bald zurück. Es ist wegen dieser *Boches*, mein Junge. Die mögen keine Juden. Deshalb wurden deine Eltern verhaftet. Wie so viele andere. Das ganze 11. Arrondissement haben sie durchkämmt, und sie haben Tausende mitgenommen, genau wie im Mai. Aber diesmal waren es nicht nur die verdammten Deutschen, sondern auch Franzosen, die mitgemacht haben, jedenfalls erzählen die Leute das. *Unsere* Gendarmen machen das, verstehst du, Maurice? Wegen Darlan, der macht gemeinsame Sache mit den *Boches*. Dafür wird er eines Tages büßen. Wir müssen uns auf den Marschall verlassen, nur auf ihn. Er weiß, wohin er uns führt, er weiß, was er tut, du wirst schon sehen.«

Er versuchte, den rostigen Griff des Lukenfensters zu drehen, und gab es schließlich mit einem verärgerten Stöhnen auf. Er wischte sich über Stirn und Hals. Die Luft war zum Schneiden. Plötzlich fühlte ich mich für alles verantwortlich, selbst für die große Hitze, die sich in der winzigen Kammer staute.

Surreau hielt mir den Umschlag entgegen. »Hier in diesem Umschlag sind tausend Franc für euch. Du musst ihn immer bei dir tragen, Maurice, verstanden? Das ist euer einziges Erbe. Verstehst du, was ich sage? Dein armer Vater hatte kein Bankkonto und keine Ersparnisse. Alles, was er verdiente, gab er für euch aus, für dich und deine kleine Schwester. Im September war es immer am schlimmsten. Jedes Jahr bat er um eine Vorauszahlung, um euch Kleider fürs neue Schuljahr zu kaufen. Und all die Bücher für die Schule ... Nie hatte er genug Geld. Jedes Mal die gleiche Leier: ›Herr Direktor, es ist für die Schule. Für nichts anderes. Mein Maurice wird es weiter bringen als sein Vater, er soll mal studieren.‹ Im Oktober oder November zahlte er mir das Geld dann zurück. ›Meine Kinder brauchen unbedingt alle Bücher‹, sagte er. Und dann noch eure Ferien am Meer! ›Sie brauchen doch frische Luft, gesunde Luft am Strand.‹ Jedes Jahr war es dasselbe, im Sommer wurde ans Meer gefahren. Verfluchter Blum mit seinem bezahlten Urlaub! Auch der hat uns reingerissen mit seiner Clique von Sowjets! Ohne die wären wir nicht, wo wir sind. Auch sie müssen jetzt dafür zahlen. Wenn dein Vater aus dem Urlaub kam, war er immer total pleite, kein Pfennig mehr für den Schulanfang. Vorauszahlungen, immer wieder Vorauszahlungen, um die Ferien zu finanzieren. Von wem kriegte ich denn Vorauszahlungen? Sie brauchen Geld? Kein Problem, fragen Sie einfach den Herrn Direktor, Surreau, die gute Seele …«

Einen Moment schwieg er. Dann sagte er in freundlicherem Ton:

»Ich habe das alles mitgemacht, weil euer Vater ein ehrlicher Mann war. Jedes Jahr zahlte er seine Schulden zurück. Es war wie ein Wunder, aber es klappte jedes Mal. Ein anständiger Mann, nie gab es Ärger … Also, pass gut darauf auf, mein Junge. Dein Vater konnte zwar nicht mit Geld umgehen, aber du wirst das schon schaffen. Im Allgemeinen können das doch Leute wie ihr, oder?«

Surreau stand auf und klappte den Tisch zusammen, um zur Tür zu gelangen. Dann drehte er sich noch einmal um.

»Noch etwas, Maurice … Es ist besser, ihr geht ab September nicht mehr zur Schule. Du musst dir Arbeit suchen, verstehst du? Das ist dir klar, nicht wahr?«

»Ja.«

»Und du, Kleine, hast du alles verstanden?«

Marie senkte den Blick und schwieg. Surreau ergriff den Türknauf und sah mir fest in die Augen.

»Und noch etwas, Maurice. Sagt keinem, dass ihr Juden seid, verstanden? Niemals! Das ist ganz wichtig. Ich nehme eure Ausweise mit und verbrenne sie. Wenn man euch danach fragt, dann sagt ihr, dass ihr sie verloren habt, kapiert? Und denkt euch einen französischen Familiennamen aus, *richtig* französisch. Egal welchen, Hauptsache, dass er französisch klingt. Nicht wie diese ganzen ausländischen Namen, die uns nichts als Probleme bereiten …«

Er senkte die Stimme, und sein Ton wurde fast liebevoll. Ich spürte seinen sauren Atem auf meinem Gesicht.

»Weißt du, mein Junge, ich hätte dich gern mit in meinen Betrieb genommen … Ich hätte dich ein Handwerk lernen lassen, zum Beispiel Dachdecker. Aber das kann ich leider nicht. Hast du schon mal was von der Wirtschaftskrise gehört? Vor zehn Jahren hat sie angefangen, dein Vater hat dir sicher davon erzählt. Es gibt sie nicht nur in Amerika oder in Deutschland, sondern auch hier in Frankreich. Ich werde diese Woche vier Mitarbeiter entlassen müssen, weil die Leute durch diese endlose Krise und durch den Krieg kein Geld zum Bauen und Renovieren haben, verstehst du? Dem Baugewerbe geht es schlecht. Anders als nach dem Weltkrieg, als alles wieder aufgebaut wurde. Seit zehn Jahren wird der Geldhahn zugedreht. Da haben die Amerikaner uns keinen Gefallen getan. Also, mit dem Geld kommst du ein paar Wochen hin. Danach musst du dich selbst durchschlagen … Wie alt bist du eigentlich?«

»Vierzehn.«

»Such dir Arbeit, egal was.«

Draußen auf dem Flur zog er sich hastig Jacke und Hut an. »So, jetzt muss ich aber wirklich los, Kinder. Ach, beinahe hätte ich das Wichtigste vergessen.«

Er kam wieder ins Zimmer zurück, knöpfte seine Hose auf und zog umständlich einen Briefumschlag hervor, den er in einer Innentasche unter dem Gürtel getragen hatte. Als er ihn mir reichte, hatte ich das Gefühl, dass er etwas sagen wollte, doch dann schwieg er. Er zog die Hose wieder hoch und verschwand im Flur. Marie stürzte sich auf die Tür und warf sie zu. Ich schob den Riegel vor.

Wir sahen auf den Umschlag, der an dem Kocher unter dem Waschbecken lehnte. Er hatte noch die Form von Surreaus Hüfte, und es stand nichts darauf. Marie legte ihr Kleid über eine Stuhllehne, ich hängte meinen Anzug am Türknauf auf. Mit sehr viel Mühe schaffte ich es endlich, das Dachfenster ein paar Zentimeter aufzuschieben. Ein dünner Luftzug drang ins Zimmer.

Marie hatte aufgehört zu weinen. Um sie abzulenken, sagte ich ihr die Namen der Straßen von Fontenay-aux-Roses bis hierher auf. Dann kühlte ich ihre Blasen an den Füßen mit einem feuchten Taschentuch.

»Glaub mir, hier bleiben wir nicht ewig, Marie.«

»Wann kommt Papa wieder?«

»Bestimmt schon bald. Wir müssen doch alles für den Schulbeginn vorbereiten …«

»Aber Monsieur Surreau hat gesagt …«

»Surreau hat keine Ahnung von Kindern. Niemals würde Papa es zulassen, dass wir die Schule versäumen.«

Der Geruch von frischem Kaffee zog über den Flur. Nachdem wir etwa zwei Stunden in unserer Kammer unter dem Dach verbracht hatten, hörten wir mit einem Mal laute Stimmen und erschraken. Wir sahen uns ängstlich an und wagten kaum, uns zu bewegen oder zu atmen. Die Leute, die hier oben wohnten, schienen aufzustehen, man hörte, wie sich Türen öffneten und wieder schlossen, der Fußboden knarrte.

Wir lagen auf der zerschlissenen Matratze, deren unterer Teil gegen die Wand stieß. Wir waren schweißgebadet, horchten auf die Schritte im Flur und versuchten zu verstehen, was sie zu bedeuten hatten. Um unser Versteck nicht verlassen zu müssen, waren wir zu allem bereit: Wir aßen wie die Spatzen, pinkelten ins Waschbecken und hofften, dass unser Vater bald käme.

Der Flur der sechsten Etage glich einer Bahnhofshalle. Frauen und Männer kamen und gingen, riefen, lachten … Es waren immer dieselben Stimmen, und bald kannten wir die ganze Palette vom Flüstern bis zum Lachen, Geträller von Liedern und Geschimpfe.

Wir hatten drei Tafeln Schokolade und sechs Päckchen Kekse. Damit konnten wir mehrere Tage durchhalten. Wir taten so, als hätten wir richtiges Essen, ich nannte es Frühstück, Mittag- oder Abendessen. Wir stellten für jede Mahlzeit die Matratze an die Wand, um den Tisch und die Stühle aufklappen zu können. Nach und nach entspannte sich Marie. Manchmal schlief sie ein wenig, wurde aber immer wieder vom Lärm und den Stimmen gestört. Immer wenn sie aufwachte, fragte sie mich:

»Machst du den Umschlag nicht auf?«

»Noch nicht …«

»Was meinst du, was drin ist?«

»Ich weiß es nicht.«

»Ist der wohl von Papa?«

»Da steht nichts drauf.«

»Hast du Angst, ihn aufzumachen?«

Ich zuckte die Schultern und schwieg.

Es wurde Abend. Da wir das Licht nicht anmachen durften, verschob ich das Öffnen des Umschlags auf den nächsten Tag. Allmählich wurde es auf dem Flur ruhiger. Marie war eingeschlafen. Jetzt begann auch ich, mich etwas zu entspannen. Im Halbschlaf verblassten die Geschehnisse der letzten Nacht. Ich hörte Lärm auf der Treppe, Schritte auf der dritten Etage, dann auf der vierten, schwere Schritte und dahinter leichtere. Eine Frau flüsterte etwas und ein Mann antwortete ihr in einem Ton, mit dem man ein Kind ermahnt. Sie erreichten schließlich unser Stockwerk und kamen näher. Wenige Zentimeter von meinem Kopf entfernt knarrte der Fußboden.

Marie schlief. Ein paar Sekunden war es still, dann kratzte jemand leise an der Tür und klopfte vorsichtig mehrmals an. Die Frau kicherte, der Mann schwieg. Der Türknauf quietschte leise und begann sich zu bewegen, gerade so weit, dass mein Anzug auf mich fiel. Mein Kopf lag direkt an der Fußleiste der durch den kleinen Riegel versperrten Tür.

Ein paar Sekunden lang versuchten die beiden, die Tür zu öffnen, dann betraten sie das Zimmer nebenan. Der Mann sprach mit sanfter Stimme, die Frau hatte einen Pariser Vorstadtakzent und redete wie die Chansonetten, die Mama manchmal im Radio hörte.

Leute wie wir

27. August 1941

Es war unser erster Morgen in der Dachkammer. Als ich die Augen öffnete, sah ich Marie auf der Matratze sitzen. Sie starrte auf die Zimmertür.

»Momo, hast du das gehört?«

»Ja, das sind die Frauen, die hier auf dem Flur wohnen, vor denen brauchen wir keine Angst zu haben.«

»Aber gerade war da ein Mann …«

»Die führen nichts Böses im Schilde. Ich hab sie gestern lachen hören, du kannst ganz beruhigt sein.«

Marie lauschte noch einen Moment, dann holte sie ein Märchenbuch aus ihrer Tasche und begann zu lesen. Jedes Mal wenn man eine Tür gehen hörte, fuhr sie zusammen. Manchmal waren Rufe im Flur, Leute liefen die Treppe nach unten, andere stiegen hinauf. Schließlich legte sie ihr Buch hin.

»Wann kommen Mama und Papa wieder?«

»Ich weiß nicht … bald.«

»Morgen? Kommen sie morgen? Müssen wir noch eine Nacht hierbleiben?«

»Ja, vielleicht morgen.«

Ich nahm eine Tafel Schokolade und teilte sie in der Mitte. Marie kniete auf der Matratze und knabberte daran wie ein Vögelchen. Sie hatte ihr Kleid angezogen und sich die Haare gebürstet. Vor ein paar Tagen hatte Mama sie ihr noch kurz geschnitten. Zum Trost hatte sie die Concierge gebeten, Marie ein hübsches rotes Haarband zu nähen. Ich tauchte einen Hemdsärmel ins Wasser, wusch ihr das Gesicht und band ihr eine Schleife. Sie sah Mama sehr ähnlich, sie war auch blond, hatte glatte Haare, eine Stupsnase und blaue Augen, die durch ihre Tränen riesengroß wirkten.

Auf dem Flur wurde es laut. Ich konnte drei oder vier verschiedene Frauenstimmen erkennen.

»Siehst du, Marie, du brauchst keine Angst zu haben. Sie machen nur sauber. Achte mal auf die Geräusche.«

»Das ist Wasser, Wasser in einem Eimer. Jemand taucht etwas hinein.«

»Ich glaube, das ist ein Aufnehmer. Damit machen sie den Boden sauber.«

Die Frauen redeten miteinander. Ihre Schrubber stießen gegen die Fußleiste, auch gegen unsere Tür. Marie klammerte sich an mir fest. Ich hielt ihr mit der Hand den Mund zu und flüsterte ihr ins Ohr:

»Und jetzt, Marie, versuch mal herauszufinden, wie viele es sind.«

»Eine lacht die ganze Zeit.«

»Was meinst du, wie sie aussieht?«

»Ich weiß nicht, sicher ist sie jung … Glaubst du, sie ist so alt wie wir?«

»Und die da? Was meinst du? Horch mal … Ich glaube, die ist die Chefin.«

Diese Frau sprach mit strenger, durchdringender Stimme, direkt vor unserer Tür. Dann rief sie durch den Flur:

»Wir hatten doch zwei Eimer hier oben. Wo ist der andere?«

Eine Stimme antwortete vom anderen Ende des Flurs her:

»Der war im Abstellraum bei den Putzsachen und dem Scheuermittel. Sieh mal da drinnen nach, er ist sicher noch da.«

Da drehte sich plötzlich unser Türgriff, aber der Riegel hielt. Marie warf sich mir in die Arme.

»Der ist zu. Warum haben wir ihn leer geräumt, wenn sie ihn jetzt zusperren?«

»Wo wir ihn doch alle brauchen.«

»Mit all dem Zeugs, das ich da rausgeholt habe, kann ich mich in meiner Bude kaum noch bewegen. Was für ein Pröll!«

Marie zitterte am ganzen Leib. Ich hielt sie fest im Arm und flüsterte:

»Siehst du, sie ahnen nicht, dass jemand hier in der Kammer ist. Also sei ganz leise. Du darfst nicht schreien. Auch nicht, wenn du Angst hast. Versprichst du mir das?«

Sie schwieg.

»Einverstanden, Marie?«

Sie nickte und wischte sich die Tränen ab. Wir wagten nicht, uns zu rühren. Draußen auf dem Flur wurde weiter geputzt.

»Macht die Fenster auf, Mädchen, wir wollen ein bisschen Durchzug!«

»Wie soll das denn gehen? Hier unterm Dach weht doch kein Lüftchen.«

»Kaum hat man sich gewaschen, klebt schon wieder alles.«

»Wir müssten alles aufmachen können, auch den Abstellraum und die Dachluke. Ich sprech mal mit der Vermieterin.«

Jetzt hörte man hinter der Wand Geschirr klappern, offenbar räumte unsere Nachbarin bei sich auf, ohne sich um den Krach draußen im Flur zu kümmern. Jemand blieb vor ihrer Tür stehen. Ich erkannte die strenge Stimme der Chefin.

»Ich hätte gern meine Seife wieder, wenn das nicht zu viel verlangt ist. Wohl nicht sehr gesprächig heute Morgen, wie? Na ja, nach so einer Nacht. Was für eine Unordnung, es ist schon fast Mittag und du solltest …«

Sie sprach den Satz nicht zu Ende. Ein Mann kam die Treppe herauf. Auf der obersten Stufe schlug er die Hacken seiner Stiefel zusammen. Er und die Chefin schienen sich zu kennen. Sie tauschten ein paar Worte aus, dann ging sie mit ihm in ein

Zimmer. Jetzt kehrte Ruhe auf dem Flur ein, eine Tür nach der anderen wurde geschlossen.

Marie drängte sich immer noch ängstlich an mich. Ich nahm ihr Buch in die Hand. Es hieß *Sophies Unglück*, und um sie auf andere Gedanken zu bringen, las ich ihr den Anfang vor. Ich gab mir richtig Mühe, damit die Figuren lebendig wurden, Sophie, ihre Gouvernante und alle anderen. Schließlich wurde sie ruhiger. Sie hörte aufmerksam zu und kratzte gedankenverloren kleine Gipsstückchen von der Wand. Nach ein paar Seiten schlief sie ein.

Die Nachmittagsstunden zogen sich langsam dahin. Direkt neben unserem Gebäude musste eine riesige Kirche sein. Wenn die Glocken läuteten, zitterten der Tisch und die an die Wand gelehnten Klappstühle.

Auf dem Flur war wieder eine Menge los. Inzwischen erkannte ich alle Stimmen, die unserer Nachbarin, die der strengen Chefin, des jungen Mädchens, das dauernd lachte, und die einer anderen Frau, die zurückhaltender schien. Ich wartete, dass Marie aufwachte. Ihr gegenüber musste ich Haltung bewahren, aber mir fiel nichts ein, womit ich sie hätte beruhigen können. Sie öffnete die Augen, lag eine Weile reglos da, dann sprang sie auf und ergriff den Umschlag von Surreau.

»Das ist bestimmt ein Brief von Papa. Jetzt mach ihn endlich auf!«

»Das hab ich schon, Marie. Ich hab ihn geöffnet und gelesen. Soll ich dir erzählen, was drinsteht?«

»Nein, ich will ihn mit dir zusammen lesen.«

Ich zog ein dünnes gelbes Papier aus dem Umschlag. Es war mit Bleistift beschrieben, und ich faltete es sorgsam auseinander.

Marie schmiegte sich an mich, während ich langsam las.

25. August '41

Mein lieber Maurice, meine liebe Marie,

wenn ihr diesen Brief lest, seid ihr in Sicherheit, das hat mir Monsieur Surreau versprochen. Er hat euch auch einen Vorschuss auf meinen nächsten Lohn gegeben.

Ich habe nur wenig Zeit, deshalb nur das Wichtigste.

Vor vier Tagen wurde ich vor der Firma nach einer Personenkontrolle von der Polizei verhaftet. Ich bin sicher, dass sie mich verwechselt haben, denn mit mir wurden Hunderte Ausländer verhaftet. Am Boulevard Voltaire stand eine lange Reihe von Lastwagen, sie hatten alles genau geplant. Da war eine Liste mit Namen, die sie abhakten, aber meinen haben sie nicht gefunden.

Jetzt sind wir in einer Einrichtung in einem Vororte von Paris. Hunderte, Tausende Männer kommen hierher, alte und junge. Manche sind kaum älter als du, Momo. Hier herrscht größte Aufregung. Wenn die Leute ankommen, rufen sie die Gendarmen, flehen sie an, halten sie fest und ernten dafür Prügel mit dem Gummiknüppel.

Ich will abwarten, bis sich die Gemüter beruhigt haben, dann werde ich direkt zu dem Chef der Einrichtung gehen. Ich werde ihm erklären, dass ich einem Irrtum zum Opfer gefallen bin. Ich bin mir sicher, dass sie mich bald hier rauslassen. Die Wärter haben mir alles weggenommen: Geld, Ausweis, Zigaretten und meinen Füller. Ein Kerl, der es besser angestellt hat als ich, hat mir Papier und Bleistift geliehen.

Sonst geht es mir gut, ihr braucht euch keine Sorgen zu machen.

Monsieur Surreau hat mich in der Menge erkannt. Er steht auf der anderen Seite des Gitters und wartet, bis ich den Brief fertig geschrieben habe. Er nimmt ihn dann mit, um ihn euch zu geben. Er hat mir erzählt, dass Mama verschwunden ist. Annette hat es ihm gesagt. Er hat mir angeboten, euch an einen sicheren Ort zu bringen, und ich habe ihm mein Einverständnis gegeben. Geht auf keinen Fall von dort weg und wartet, bis ich komme, um euch abzuholen.

Mama ist sicher ganz in der Nähe. Vielleicht kommt sie noch vor mir zu euch. Bis dahin musst du selbst klarkommen und gut auf Marie aufpassen, Momo.

Seid beide schön tapfer, wir sehen uns bald wieder.

Papa

Ich verbrachte den Rest des Nachmittags im Sitzen auf der Matratze und las immer wieder Papas Brief. Er stammte von ihm, daran gab es keinen Zweifel. Ich erkannte seine Schrift, eng und sorgfältig, mit kleinen Schnörkeln an den *t*, *p*, *d* und *q*. Man durfte uns nicht finden. Die Luft für »Leute wie uns«, wie Monsieur Surreau gesagt hatte, war dünn geworden. Das wusste ich nur zu gut.

An einem Morgen im November 1940 war der Rektor unseres Gymnasiums mitten im Mathematikunterricht in die Klasse gekommen und hatte Monsieur Lévy, unseren Lehrer, aufgefordert, ihm in sein Büro zu folgen. In der Pause standen alle Lehrer draußen zusammen, und Lévy ging schweigend wie ein armer Sünder über den Hof zum Ausgang. Als er vorüberkam, riefen ein paar Schüler aus der fünften Klasse: »Weg mit den Juden … es lebe ein Frankreich ohne Juden!«

Monsieur Guerrié, unser Französischlehrer, war der Einzige, der es wagte, zu widersprechen: »Wir können ihn doch nicht so einfach gehen lassen, das ist doch würdelos, wir …« Dann schnäuzte er sich die Nase und das Ende des Satzes verschwand im Taschentuch.

»Er ist selbst Jude, Momo, deshalb hat er das gemacht«, erklärte mir mein Vater beim Abendessen. »Seit Oktober dürfen Juden keine öffentlichen Ämter mehr bekleiden. Monsieur Lévy wird sich eine neue Arbeit suchen müssen.«

Ich hasste diese todernste Art, mit der Papa seit einiger Zeit mit mir redete. Wenn er Nachrichten hörte oder den *Paris-*

Soir las, war sein Gesichtsausdruck auch so. Im Schlafzimmer hörte ich ihn bis spät in die Nacht mit meiner Mutter reden.

Jeden Tag gab es neue Demütigungen, die wir eine nach der anderen hinnehmen mussten. Weiter unten in der Straße hatte unsere Bäckersfrau ein Schild ins Schaufenster gestellt, auf dem die ehrenwerten Kunden darauf hingewiesen wurden, dass »die Bäckerei einer katholischen französischen Familie« gehöre, die »seit fünf Generationen hier angesiedelt« sei.

Sie grüßte uns trotzdem noch, und wir durften weiter bei ihr kaufen, denn schließlich, so meinte sie, sei es »unsinnig, sich das Geschäft wegen unbewiesener Verdächtigungen kaputt zu machen«. Es sei ja schon so »schwierig genug«.

Um Milch zu bekommen, musste meine Mutter jetzt jedes Mal ihre Lebensmittelkarte und ihren Personalausweis vorzeigen. Dabei kannte die Frau uns seit Jahren. Madame Boitel las laut unseren Namen vor, damit es alle hören konnten. »Moscowitz? Wie spricht man das aus, -witz oder -witsch? Witsch wie Towaritsch?«

Das war genauso unverschämt, als wenn sie unsere Mutter aufgefordert hätte, sich auszuziehen, um Milch zu bekommen. Deshalb bin ich dann immer gegangen, damit ich Mama nicht mehr weinen sah. Jeden Morgen musste ich Madame Boitel die Milchkanne von innen zeigen. Jedes zweite Mal schickte sie mich nach Hause und schimpfte, es käme »gar nicht in die Tüte, solchen Schweinen, die nicht mal bereit seien, ihre Sachen anständig sauberzumachen, Milch zu geben«.

Abgesehen von solchen Unannehmlichkeiten aber war da alles noch einigermaßen in Ordnung. Wir hatten wenig zu essen, aber man ließ uns in Ruhe. Bis zum 21. Juni 1941. An diesem Tag stand Mama wie versteinert vor einem Plakat, das sie neben dem Schuleingang an die Mauer geklebt hatten. »Erfassung von Juden«. Sie hielt meine Hand ganz fest, las mehrmals, was auf dem Plakat geschrieben stand, und sagte leise:

»Es ist noch schlimmer als im Oktober bei dem ersten Erlass.«

Sie hatte Tränen in den Augen, als sie erklärte:

»Diesmal haben wir keine Wahl mehr, Maurice. Papa muss aufs Kommissariat in Fontenay und sich eintragen lassen. Von jetzt an ist er Jude.«

Wir gingen im Eilschritt nach Hause. Unterwegs erklärte sie mir alles:

»Sie haben bestimme Kriterien, Momo. Man braucht nur zwei jüdische Großeltern zu haben, und schon ist man selbst Jude. Im Oktober '40 waren es noch drei.«

Mein Vater war nicht religiös, seine Mutter war keine Jüdin, seine Frau auch nicht, doch das machte nun keinen Unterschied mehr. Er musste sich registrieren lassen. Die Termine waren bestimmten Buchstaben zugeordnet, so konnte jeder an seinen Initialen erkennen, wann er auf dem Amt erscheinen musste. Meine Eltern gingen zusammen hin. Als sie zurückkamen, war Papa um zehn Jahre gealtert. Er ließ sich auf einen Stuhl fallen und zeigte mir seinen Personalausweis. Es stand in großen Buchstaben JUDE darauf, und das sah aus wie eine Schmähung in scheußlicher roter Tinte.

»Siehst du, Maurice, ab heute sind wir nicht nur Franzosen, wir sind wohl auch und vor allem Juden. Komm und hilf mir, wir müssen unsere Fahrräder aufs Kommissariat bringen.«

Er brachte ihnen auch unser Radio. Danach habe ich nicht mehr viel begriffen. Unsere Eltern gerieten in den Strudel der Ereignisse, und Marie und ich landeten hier, am Ende der Welt.

Wir schwitzten fürchterlich unter der Dachluke, die aussah wie eine Ofentür. Am frühen Abend machte Marie einen Riesenaufstand, weil sie Hunger hatte. Wenn sie einmal angefangen hatte zu jammern, hörte sie gar nicht mehr auf. »Mein Bauch tut so weh ...«, klagte sie. Ich versuchte, sie zur Vernunft zu bringen, aber sie hörte nicht einmal hin.

»Wir können nicht alles auf einmal essen, Marie, wenn nichts mehr da ist, müssen wir nach draußen, um Essen zu besorgen. Willst du, dass ich weggehe?«

Ihr war gar nicht klar, was für einen Lärm sie machte. Sie stöhnte und weinte lauthals, und ich konnte sie kaum beruhigen. Da gab ich ihr die Kekse.

»Na gut, Marie, iss, was du willst. Wir kriegen das schon hin.«

Sie schluchzte immer noch, und zugleich suchte sie in dem Päckchen, was sie finden konnte. Ich hätte vielleicht strenger sein sollen, denn wir hatten nur noch eine halbe Tafel Schokolade. Nachdem sie die Kekse aufgegessen hatte, trank sie in einem Zug ein Glas mit gelblichem Wasser. Dann zog sie ihr Kleid aus, faltete es und legte es auf ihren Stuhl.

»Wenn Papa kommt, weckst du mich, versprochen?«

»Ich verspreche es dir, Marie. Aber jetzt musst du schlafen.«

Ich lag neben ihr und sah durch die Dachluke, wie der Himmel langsam dunkel wurde. Die Frauen, die auf dem Flur wohnten, kamen eine nach der anderen langsamen Schrittes die Treppe hinauf. Sie zogen ihre Türen hinter sich zu, und danach war es still.

Tagsüber war von unserer Nachbarin auf dem Flur nichts zu hören. Sie empfing ihre Besucher in ihrem Zimmer. An jenem Abend verrückte sie ein paar Möbel und goss dann ein paar Eimer Wasser in ein Becken. Dann hörte ich sie pfeifen. Ich hörte Plätschern und stellte mir vor, wie sie ihre Beine einseifte und dabei eine Zigarette im Mundwinkel hielt.

Später in der Nacht kam ein Mann nach oben und ging durch den Flur. Bevor er klopfen konnte, öffnete ihm die

Nachbarin mit einem unterdrückten Freudenschrei die Tür. Sie empfing offenbar denselben Mann wie am Vorabend, ich erkannte ihn an seiner Art zu reden. Ich stellte mir die beiden vor wie Marlene Dietrich und Gary Cooper in *Marocco*, dem letzten Film, den ich mit meinem Vater im Kino *Latina* gesehen hatte. Sie saßen lange am Tisch und aßen, und beim Geräusch des Bestecks auf den Tellern spürte ich die Leere in meinem Magen. Am Abend zuvor hatten die beiden versucht, unsere Tür zu öffnen. Sie würden es sicher wieder versuchen und uns entdecken.

Wie lange würden wir wohl noch in diesem Versteck ausharren müssen? Papa würde sicher bald kommen. Am Tag seiner Verhaftung hatten wir stundenlang auf ihn gewartet. Mama hatte ihn gebeten, nicht zu spät nach Hause zu kommen, weil wir Maries elften Geburtstag feiern wollten. Und nun saß ich in dieser hässlichen Kammer und wartete so sehr auf ihn, dass ich es nicht wagte, einzuschlafen. Der Besucher forderte seine Freundin auf, leiser zu sprechen, da flüsterte sie irgendetwas, und sie lachten leise. Dann redeten sie immer weniger. Ich hörte kaum noch etwas. Marie hatte zuerst sehr unruhig geschlafen, jetzt atmete sie regelmäßig. Schließlich schlief auch ich ein.

Geweckt wurde ich durch zwei Geigen. Die Nachbarn hörten Grammophon. Die erste Violine spielte eine sanfte, die zweite eine muntere Melodie. Sie begleiteten mich in meinem Traum auf dem schmalen Pfad zum Meer. Hinter mir stand Mama auf dem Balkon unserer Ferienwohnung, die Hände in den Taschen ihrer Schürze. Ein paar Meter vor dem Strand kniete Papa am Fuß einer Düne vor einem Zweig mit Dutzenden kleiner sternförmiger Blüten.

»Weißt du, wie diese Pflanze heißt, Momo? Sie heißt *Rubia peregrina*. Warte mal.«

Er riss ein paar Stiele aus. Die kleinen sternförmigen Blüten breiteten sich in seiner großen Handfläche aus.

»Sieh mal, es sieht aus wie ein Himmel auf meiner Hand.«

Die Sonne hatte den ganzen Horizont in flammendes Licht getaucht und wartete auf uns, bevor sie unterging. Mein Vater und ich setzten uns nebeneinander ans Wasser. Die erste Geige war die sanftere von beiden, sie hüllte mit ihrer Melodie die Dünen und Felsen ein. Die zweite durchdrang mit ihrer Fröhlichkeit die Melancholie der ersten. Miteinander verwobene Klänge schwebten hinaus aufs Meer. In der Ferne verschmolzen sie miteinander, dort wo man nicht mehr genau sagen kann, wo der Himmel beginnt. Papa und ich sagten dem Horizont und seinen Farben auf Wiedersehen und gingen über den Pfad zurück. Dann stiegen wir zusammen die Stufen des hässlichen Gebäudes bei den Hallen hinauf. Wir legten uns in der Kammer wieder und wurden vom sehnsuchtsvollen Seufzen der nahen Wellen gewiegt. Es waren die Seufzer, die unsere Nachbarn nicht zurückhalten konnten. Sie drangen durch die Wand und erstarben am Rand unserer Matratze.

Belle

28. August 1941

Die zweite Nacht ging schneller vorüber als die erste. Ich dachte an die Worte aus Papas Brief. Wie sollte es weitergehen? Wir konnten nicht noch einen Tag mit leerem Magen hier auf ihn warten, ich musste nach draußen. Marie schlief fest und hatte die Hände zu Fäusten geballt.

»Marie, wach auf!«

Sie regte sich nicht.

»Marie, hör zu, ich geh jetzt nach draußen und hol uns was zu essen.«

»Du willst rausgehen?«

»Ja, wir haben doch nichts mehr zu beißen.«

»Aber Papa hat gesagt, wir sollen uns nicht von der Stelle rühren!«

»Ich weiß, ich geh ja auch nicht weit weg, ich bin in einer knappen Stunde wieder da.«

»Und wenn er dann kommt und du bist weg?«

»Er kommt nicht so schnell, Marie. Deshalb besorg ich uns ja was zu essen.«

»Ich will hier nicht allein bleiben, Momo, ich komme mit.«

»Nein, Papa hat gesagt, wir sollen das Versteck nicht verlassen. Du musst hierbleiben, sonst wird er noch wütend. Stell dir vor, er kommt und keiner ist da … Hier kann dir nichts passieren. Schieb den Riegel hinter mir zu. Zeig mal, ob du es kannst.«

»Papa wird böse mit dir sein.«

»Egal. Wenn ich zurückkomme, dann klopfe ich zehnmal leise an die Tür, dann wieder zehnmal. Damit du weißt, dass ich es bin. Klar?«

Ich öffnete die Tür zur anderen Welt. Im Haus schien alles ruhig. Marie sah mich an, sie hatte Tränen in den Augen. Ich kniete mich vor sie.

»Schaffst du das, Marie?«

Sie nickte.

»Lies das zweite Kapitel in deinem Buch. Wenn ich wiederkomme, erzählst du mir, was darin vorkommt. Ich lass dir die Schokolade hier, du darfst alles aufessen.«

Ich schloss leise die Tür hinter mir und wartete, dass sie den Riegel vorschob. Das ganze Haus schien zu schlafen. Auf Zehenspitzen schlich ich durch den Flur und die Treppe hinunter. Die unteren Stockwerke waren genauso heruntergekommen wie unseres. Auf einer Etage war nur eine einzige Wohnung und ein leichter Parfumduft lag in der Luft. Zwei dicke sauber polierte Ringe hingen an der Holztür und auf der Fußmatte flatterten blaue Vögelchen. Im Erdgeschoss hörte man das Radio der Concierge, in dem es leise knisterte. Ich kroch auf allen vieren unter dem Fenster ihrer Loge durch und trat dann hinaus auf die stille dunkle Rue Saint-Denis.

Rechts führte die Rue de la Cossonnerie zu der riesigen Halle, die aussah wie das aufgerissene Maul eines Ungeheuers. Ich hatte sie ja schon am ersten Tag gesehen, als wir mit Surreau hergekommen waren. Die Markthalle war hell erleuchtet. Ich hörte Schreie und Motorenlärm, als ich bis zur Rue Pierre-Lescot vorlief, in der sich zahllose Fahrzeuge drängten. Ein Mann mit einer Mütze blies sich mit einer Trillerpfeife die Lunge aus dem Leib und versuchte, die Parkmanöver zu koordinieren, um ihn herum ertönte Geschimpfe und Gehupe. Die Scheinwerfer der Lastwagen warfen ihr Licht auf Wände und Straßenpflaster, es war beinahe taghell. Ich bahnte mir einen Weg durch die Stapel von Kästen und leeren Kisten. Überall hingen Ketten von Glühbirnen wie auf einem Jahrmarkt. Jemand schubste mich im Vorbeigehen gegen einen

Karren. Es war ein Koloss mit Schnauzbart, wie aus einem Charlie-Chaplin-Film. Er drehte sich nicht mal um und setzte seinen Weg fort, fünf Kisten mit Waren auf seinem breitkrempigen Hut balancierend.

Vor dem Eingang der offenen Halle blieb ich stehen. Sie sah wie eine Bahnhofshalle aus, der Dachfirst war mindestens zwanzig Meter hoch. Auf beiden Seiten diente sie in ihrer ganzen Länge als Lagerraum. Drinnen wurden Stapel leerer Kisten auf Lastwagen geladen, und Männer in Arbeitskitteln riefen den Fahrern Anweisungen zu. Es herrschte ein unglaublicher Lärm, und der Dieselgeruch mischte sich mit dem von Pferdemist. Reinigungsmaschinen spien riesige Wassermengen aus. Überall bildeten sich kleine Teiche, in denen jegliche Art Unrat schwamm. Davor knieten Männer, die aussahen wie Gespenster, tauchten mit den Händen in die Pfützen und sammelten alles auf, was dort lag: Reste von Nahrungsmitteln, Exkremente, Splitter zerbrochener Stiegen. Sie ordneten alles, trockneten es an ihren Kleidern und warfen es in einen großen Sack. Einer von ihnen stand auf und durchquerte eine Pfütze in meine Richtung. Er streckte mir die Hand entgegen und grinste mich mit seinem zahnlosen Mund an. Erschrocken lief ich weg, aber er folgte mir und packte mich an der Jacke. Ich riss mich los, und dabei platzte eine Naht. Da ließ er mich gehen. Ich ging zurück in die Rue Pierre-Lescaut. Der Umschlag mit dem Geld von Surreau war immer noch in meiner Tasche. Die überdachte Halle war von zwei Gebäuden mit gusseisernen Verstrebungen umgeben, die noch eindrucksvoller waren, zwei riesige Würfel. Durch ihre verglasten Fassaden drangen Lichtstrahlen. Da die Eingänge zu diesen Pavillons durch Fahrzeuge verstellt waren, ging ich durch die Rue Rambuteau um sie herum, parallel zur ersten überdachten Halle. Da entdeckte ich noch weitere Pavillons, einen hinter dem anderen, und dazwischen jeweils eine Halle. Im Ganzen bestand der Markt aus zehn Pavillons, zehn Bergen voller Licht und Lärm. Dieses riesige Konstrukt beherrschte alles um sich herum. Nur die dunkle Masse der Kirche Saint-Eustache weiter unten auf der Rue Rambuteau bildete ein Gegengewicht.

Vor der Kirche lagerten an die zwanzig Clochards. Katzen bahnten sich ihren Weg zwischen ihren Körpern, die Luft war verpestet von den Auspuffgasen der Autos und dem Gestank der Pferdeäpfel. Bis zur Rue de Rivoli stauten sich Lastwagen und Karren. Ein Mann in einem blutbefleckten weißen Kittel lief an mir vorbei, zwischen Wange und Schulter trug er ein geschlachtetes Rind. Er betrat das Marktgelände durch die Halle, die der Kirche gegenüber lag. Ich folgte ihm.

Der Boden der Halle glänzte von Fett. Die Putzleute fegten die Abfälle auf und warfen sie in einen großen Müllbehälter.

Surreau hatte unsere Lebensmittelkarten aufgehoben. Ohne sie wäre es unmöglich gewesen, Rind- oder Schweinefleisch zu kaufen. Ich ging an den Ständen mit Fleisch und Innereien vorbei bis zum Ende der Halle. Dann betrat ich den letzten Pavillon auf der linken Seite, wo es Obst und Gemüse gab. Für einen Moment hatte ich das Gefühl, in einer Kathedrale zu sein. In der Mitte des Pavillons war ein quadratischer Lagerraum, rings umgeben von Arkaden aus Metall. Er war unvorstellbar groß. An der Decke hingen Scheinwerfer, zugleich drang von allen Seiten elektrisches Licht durch die Glasfassaden herein. Die Händler packten ihre Kisten gerade ein und reinigten ihre Stände. Auf den Verkaufsgestellen war kaum noch etwas zu finden. Ich blieb bei einem Händler stehen, der seine letzten Reste verscherbelte. Ich wollte etwas Obst kaufen, es gab aber nur noch Topinambur. Er verkaufte sie mir ohne Schwierigkeiten.

»Aber du erzählst keinem, dass du das Zeug von mir hast, klar, Junge? Normalerweise handele ich mit Händlern und Großhändlern, ich verkaufe ihnen den Ramsch der Gemüsebauern gegen Kommission. Die auf dem Präsidium verstehen keinen Spaß …«

Als ich nicht reagierte, fuhr er fort:

»Ich will damit sagen, dass alle, die du hier siehst, zum Großhandel gehören. Eigentlich musst du draußen einkaufen, auf dem Markt unter freiem Himmel. Kleine Mengen. Bei den Nassen Füßen. Die arbeiten am Tag, und wir nachts. Wir sind jetzt mit der Arbeit fertig.«

Er fasste mich unterm Kinn und grinste. »So was kennst du gar nicht, was? Tja, wir machen hier die Nacht zum Tag. Unsere Sonne hängt da oben an der Decke. Vielleicht sind wir deshalb alle nicht ganz dicht.«

Er packte die Topinambur in ein Netz und reichte sie mir, doch dann stutzte er.

»Du bist wohl nicht von hier, Junge, stimmt's? Was machst du hier allein um diese Zeit? Kannst du wenigstens bezahlen?«

Sein zurückgekämmtes Haar glänzte. Eine schmale schwarze Krawatte baumelte an seinem Kittel herunter. Er sah mich durchdringend an und beugte den Kopf vor.

»Lassen deine Eltern dich einfach so nachts rumlaufen? Und reden tust du ja auch nicht gerade viel. Na ja, du siehst nicht aus wie ein Gauner, also, fünfzehn Franc.«

Er starrte auf Surreaus Umschlag und gab mir auf meinen Hundert-Franc-Schein das Kleingeld heraus.

»Klar, im Moment hat's keiner leicht. Wir hungern zwar nicht, aber trotzdem. Ich hatte ab Mitternacht kaum noch was zu verkaufen. Nur zehn Minuten lag der Ramsch in der Auslage. Alles weg. Du hättest mal sehen sollen, wie sie sich darum geprügelt haben, zwei blieben danach sogar am Boden.«

Er zog den Gürtel seines Kittels enger, blickte sich um und raunte mir vertraulich ins Ohr:

»Wenn du was wirklich Gutes essen willst, musst du in einen anderen Pavillon gehen. Wenn du rausgehst, rechts.

Da gibt es Fleisch und Innereien. Die Leute dort sind die Könige der Hallen, was sie verkaufen, ist Gold wert. Das ist heißbegehrte Ware. Ach, sieh mal, wer da kommt! Der mit der Brille ist der Präfekt Bard. Einmal in der Woche inspiziert er hier alles und überprüft, ob es auch keinen Schwarzmarkt gibt.«

Er zeigte auf einen kleinen Mann, der die Hände auf dem Rücken hielt, einen Filzhut trug und ein verbissenes Gesicht machte. Er war von deutschen Soldaten umgeben. Der Trupp ging an uns vorbei, ohne uns eines Blickes zu würdigen.

»Der Offizier heißt Schaumburg, er ist der Kommandant von Paris. Ich habe ihn noch nie aus der Nähe gesehen, eigentlich sieht er ja recht elegant aus … Ich weiß auch, warum er hier ist. Wegen diesem Attentat in der Metro-Station Barbès-Rochechouart. Da haben die vor zwei Tagen einen deutschen Offizier abgeknallt, die Idioten. Schaumburg hat daraus eine Riesensache gemacht, er folgt dem Präfekt Bard auf Schritt und Tritt. Wusstest du schon, dass sie auf dem Mont Valérien Geiseln erschießen wollen? Um ein Exempel zu statuieren. Hast du von diesem Kerl D'Estienne d'Orves gehört? Seine Schwester war heute Nacht hier und hat das hier in den Hallen verteilt. Wir Marktleute wissen immer über alles Bescheid, weil wir nie schlafen.«

Er hielt mir ein Blatt hin, und ich nahm es zögernd. Rasch überflog ich den Text.

Ich möchte nichts anderes, als dass Frieden und Frankreichs alte Größe zurückkehren. Sagt allen, dass ich für das Vaterland sterbe, für seine Freiheit und die aller Welt und dass ich hoffe, mein Opfer wird ihm Nutzen bringen …

»Gib mir das Flugblatt wieder, Kleiner, ich will keinen Ärger kriegen. Ich bin nicht zum Helden geboren, weißt du? Es ist schon schwer genug, meine eigene Familie durchzubringen, da kann ich mich nicht auch noch um Frankreich kümmern.«

Ich nahm meinen Beutel und wollte schon gehen, da hielt er mich am Arm fest.

»Sag mal, wo hast du eigentlich dein Geld her? Wie machst du das? Komm morgen wieder. Du kriegst dann alle Reste von mir, die du haben willst, musst sie nur bestellen. Aber schwör mir, dass du nicht hier rumspionierst.«

Ich verließ die Halle durch die Rue Berger. Es wurde langsam hell und ein feiner Regen fiel vom Himmel. Die Nassen Füße ließen sich nieder, luden ihre Waren auf den Verkaufsgestellen ab und warfen die Steigen aufs Straßenpflaster. An der Ecke der Rue de la Lingerie hatte eine Bäuerin Obst und Gemüse pyramidenförmig auf dem Boden aufgestapelt. Die Ware sah nicht besonders gut aus. Ich suchte ein paar Kartoffeln zusammen und gab der Händlerin das Geld. Ihre Nachbarin wollte mir unbedingt eine lebende Gans verkaufen, dazu noch zwei Sack Esskastanien, die ihr Sohn gerade ablud. Ich kaufte ihr ein bisschen Milch ab. Einen Moment zögerte ich bei einem Stand, wo es heiße Suppe gab, verzichtete aber, um Marie nicht zu lange allein zu lassen.

Auf der Treppe begegnete ich niemandem. Zweimal klopfte ich zehnmal leise an die Tür. Marie öffnete und warf sich mir in die Arme.

»Momo, Momo, eben hat jemand an die Tür geklopft. Ich dachte, du bist es, und habe deinen Namen gerufen. Aber du warst es gar nicht, und die Person ist weggegangen, ohne etwas zu sagen. Jetzt wissen sie, dass wir hier sind. Das war eine Dummheit, oder, Momo?«

Mit Topinambur stand ich schon lange auf Kriegsfuß. Seit Anfang des Krieges gab es sie jeden Tag. Auch wenn sie geschält und in Scheiben geschnitten waren, in Margarine angebraten, von meiner Mutter mit einem Lächeln serviert oder mit Liebe gefüllt, ich fand sie grauenhaft. Diese hier aber habe ich verschlungen. Marie und ich hatten die Matratze gegen die Wand gestellt und aßen feierlich am Tisch. Jetzt hatten wir Vorräte für zwei oder drei Tage, bis Papa wiederkam.

Dann wollte Marie auf die Toilette gehen. Es herrschte noch tiefe Stille im Haus. Auf Zehenspitzen schlichen wir über den Flur. Ich wartete auf sie und sagte ihr, sie solle besser nicht an der Spülung ziehen. Dann ging ich hinein, und Marie ging in die Kammer zurück. Es gab keine Schüssel, nur ein Loch, umgeben von weißen Kacheln. Es war sauber hier drin und roch nach Parfum. Als ich hinausgehen wollte, näherten sich Schritte. Jemand drehte am Türgriff, doch ich hatte die Tür von innen verriegelt. Anstatt wieder zu gehen, blieb die Person stehen, wartete und sang vor sich hin. Ich rührte mich nicht, bis sie endlich doch wegging, und traute mich nicht, das Minutenlicht wieder anzuschalten. Dann hörte ich nichts mehr, wartete noch eine Weile und ging hinaus.

»So sieht also die kleine Katze aus, wegen der nebenan immer der Boden knarrt …«

Zwei grüne, fast durchsichtige Augen blickten mich an, und ich erstarrte. Vor mir stand eine große Frau im Nachthemd, die Hände in die Seiten gestützt. Ihr dichtes rotes Haar fiel ihr auf die Schultern.

»Normalerweise sind die Männer hier älter. Na, komm schon, mach nicht so ein Gesicht!«

Ich ging mit gesenktem Blick um sie herum, dann stürzte ich in die Kammer. Sie folgte mir und ließ mir keine Zeit, die Tür zu schließen. Als Marie sie hinter mir hereinkommen sah, stieß sie einen Schrei aus.

»Du lieber Gott, wie riecht es denn hier!«, rief die Frau. »Wollt ihr mir meine Kunden vergraulen? Wir müssen hier dringend mal Durchzug machen. Macht ihr wenigstens sauber? Meine Güte, was für ein Dreck!«

Mit raschen Bewegungen klappte sie den Tisch und die Stühle zusammen und stellte sie gegen die Wand. Sie hielt mit einer Hand den Fenstergriff und stieß mit der anderen die Dachluke auf. Die Ärmel ihres Nachthemds rutschten ihr dabei bis zum Ellbogen. Ihre Unterarme waren dick wie die eines Holzfällers und ihre Hände waren groß und kräftig, aber gepflegt wie auf einem Reklamefoto, sogar die Fingernägel waren lackiert. Ihre weiße Haut schien zart wie Seide zu sein. Die Dachluke ging knirschend auf. Marie hatte sich schutzsuchend hinter mich gestellt.

»Ich hatte schon gemerkt, dass hier etwas vorgeht, seit die Vermieterin von uns verlangt hat, die Abstellkammer leerzuräumen. Wir mussten tausend Sachen rausholen! Die ganze Vergangenheit, die wir längst vergessen hatten, kam uns wieder entgegen – Koffer, Utensilien, Lumpen. Diese alte Hexe hat uns nur gesagt, es müsste alles weg.« Sie schnaufte empört. »Ich geh mir mal eben was anziehen.«

Als sie zurückkam, band sie sich einen Gürtel mit Pompons um ihren rosa Morgenrock und zog den Rüschenkragen glatt. Sie roch nach Orangenblüten.

»Wie alt seid ihr überhaupt? Du kannst ja höchstens fünfzehn sein und du, Kleine, so ungefähr zwölf? Wo sind denn eure Alten? Ihr armen Kinder, Jesus Maria, in was für Zeiten leben wir eigentlich, was sind denn das für Eltern, das ist ja schlimmer als bei *Hänsel und Gretel*!«

Ihre Stimme drang durch die offene Tür auf den Flur hinaus. Sie sah sich die Matratze, die an der Wand lehnte, von beiden Seiten an. Dann spülte sie das Glas im Waschbecken und warf einen Blick auf unsere Vorräte. Sie beugte sich zu Marie hinunter, die ihr Gesicht hinter meinem Rücken verbarg.

»Du arme Kleine, du brauchst keine Angst vor Belle zu haben. Ich bin nicht neugierig, jeder hat seinen eigenen Mist vor der Tür, und ich wühl nicht in dem der anderen. Meine Freundinnen machen es genauso, wir sind hier auf dem Flur zu viert. Alles ist so eingerichtet, dass sie möglichst viel Geld hier rausholen. Taylorisierung nennen die Amerikaner das. Ich hatte mal einen Kunden, der hat für sie gearbeitet, sie sind die Könige der Geschäftemacherei.«

Sie war schöner als Marlene Dietrich. Ihre Brauen formten sich zu zwei rotbraunen Bögen über ihren hellen grünen Augen. Ich bemerkte ihre feine gerade Nase, als sie jetzt durch die Luke nach draußen sah.

»Die Sonne geht auf … Zeit zum Frühstücken. Ich hab noch etwas Marmelade, wollt ihr welche?«

Sie verließ die Kammer. Marie und ich standen da wie zwei entdeckte blinde Passagiere auf einer Schiffsbrücke. Sie kam mit Graubrot, Butter und einem Rest Marmelade zurück, setzte sich auf die Matratze und begann die Brote zu bestreichen.

»Wie heißt du, der Große? Aha, Maurice. Also, Maurice, du musst aus dieser Höhle raus und auf Maloche gehen, damit ihr was zu beißen habt. Wie alle anderen auch, nur ein paar Jahre früher eben. Und du, Mädchen, wie heißt du? Marie? Na gut, Marie. Ist ein hübscher Name, allerdings bin ich kein bisschen fromm.«

Sie reichte uns die Brote und leckte die Spitze ihres Daumens ab.

»Esst erst mal, danach geht's zum Waschen in meiner großen Schüssel. Ach nee, jetzt wird der junge Mann plötzlich schamhaft. Keine Sorge, ich hab vor dir viele andere gesehen. Wenn du willst, kann deine Schwester in eurem Bett warten, während seine Hoheit sich zurechtmacht. Ich heiße übrigens Belle.«

Die Markthallen

September 1941

Jede Nacht ging ich nun zu den Hallen. An der Ecke Rue Rambuteau, Rue Mondétour schaute ich zu, wie sich die Familie Montesson, die mit einem mit Schätzen beladenen Karren aus Passy kam, hier einrichtete. Sie waren die Ersten, die sich auf der Verkaufsfläche niederließen. Sie breiteten ihr prachtvolles Gemüse aus, Porree, Tomaten, Rüben ... Das war ein Anblick! Von weitem sah ihre Auslage aus wie eine bunte Fahne.

Am anderen Ende der Hallen hatte ich einen Händler ausfindig gemacht, der Leute ohne Lebensmittelkarten bediente. Bei ihm konnte ich herrliche Kartoffeln von guter Qualität finden. Offiziell kosteten sie vier Franc das Kilo, er verkaufte es mir für zwölf. An guten Tagen gab es Rüben für neun Franc pro Pfund. Auf der Place des Halles verkaufte ein Chinese im Mandarinkostüm Suppe aus einem dampfenden Kessel. Fünf Franc bezahlte ich für zwei Schalen mit Deckel, die ich in einem Haushaltswarengeschäft in der Rue de la Grande-Truanderie erstanden hatte. Mit etwas Glück waren sogar Nudeln in der Suppe oder eine Möhre oder sogar ein Stück Fleisch. Am Stand nebenan ergatterte ich ein paar Sardinen. So sah unser Menü aus. Suppe zum Frühstück, Sardinenpüree am Mittag. Abends begnügten wir uns mit Gemüse. Ich gab pro Woche etwas weniger als hundert Franc für unser Essen aus.

Immer wenn ich nach oben in unsere Dachkammer kam, hoffte ich, dort auf den beiden Stühlen unsere Eltern vorzufinden. Nachts glaubte ich manchmal ihre Schritte auf der Treppe zu hören. Sie würden wiederkommen, schließlich hatten sie nichts verbrochen. Papa war im Ersten Weltkrieg

Leutnant des 52. Infanterie-Regiments der französischen Armee gewesen. Und Mama war schließlich gar keine Jüdin. Ich starrte an die Decke und versuchte, in meinem Kopf die Ereignisse zu ordnen, ich suchte nach ihrer Logik, und dann schlief ich ein, noch verwirrter als vorher.

Inzwischen war es Herbst geworden, etwas früher als sonst, und wir spürten die Kälte in unserer Kammer. Die Matratze wurde feucht und klamm, selbst wenn wir sie mehrmals am Tag herumdrehten. Manchmal war es so kalt, dass wir nicht einschlafen konnten. Eines Morgens, als ich mich gerade zu den Hallen aufmachen wollte, hielt Belle mich im Flur auf:

»Sag mal, Maurice, was ist denn los bei euch? Ich konnte die ganze Nacht nicht schlafen, weil ihr so gejammert habt.«

»Marie friert so sehr, ich muss eine Decke für sie finden.«

Belle ging in unsere Kammer, ohne mich um Erlaubnis zu fragen. Sie kniete sich neben Marie, die vor Kälte zitterte, und legte ihr die Hand auf die Stirn.

»Tut dir der Hals weh, meine Süße?«

»Ich will, dass Mama kommt.«

»Ich weiß. Du hast heute Nacht oft nach ihr gerufen. Das hat sie bestimmt gehört. Sie kommt sicher bald.«

»Mir ist so kalt!«

»Pfeift es, wenn du atmest?«

Marie schüttelte den Kopf.

»Heiß bist du nicht. Aber du wirst bestimmt krank werden. Ich mach dir einen Eukalyptustee mit etwas Honig, wenn du mich nett anlächelst.«

Belle nahm Marie in den Arm und brachte sie in ihr Zimmer. Sie rieb ihr den Rücken mit Kölnisch Wasser ein, setzte sie vor einen kleinen Heizofen und massierte ihr die Füße.

»Dieses Öfchen ist ein Geschenk von einem Verehrer, der bei Thomson arbeitete«, erklärte sie stolz.

»Was ist ein Verehrer?«

»Ein Kerl, der lauter nette Sachen zu einem sagt. Dieser war ein echter Gentleman, wie es sie heute kaum noch gibt.«

»Warst du in ihn verliebt?«

»Dazu war ich leider zu dumm.«

An jenem Morgen kaufte ich bei einer Fischverkäuferin eine Jacke für Marie. Die Frau verscherbelte die Kleider ihres Sohnes, der in deutscher Kriegsgefangenschaft war, und so nahm ich auch einen alten Pullover für mich. Der Mann, der in der Rue des Innocents Drehorgel spielte, war bereit, mir seine Decke zu verkaufen. Als ich zurückkam, schlief Marie in Belles Armen. Das wurde zur Gewohnheit. Wenn ich nachts in die Hallen ging, schlüpfte Marie zu Belle ins Bett, und sie schliefen dicht beieinander bis zum Morgen.

Jeden Abend zählte ich unser Geld. Ende September hatten wir nur noch 110 Franc. Damit konnten wir es noch eine Woche schaffen, vielleicht sogar zwei. Mir war klar, dass es danach schwierig werden würde. Aber ich hatte nicht genug Phantasie, um das Problem zu lösen. So beschloss ich, erst mal auf Sardinen zu verzichten. Suppe und Gemüse mussten reichen. Wenn ich vor dem Suppentopf des Chinesen anstand, vermied ich es, dem Fischverkäufer am Nachbarstand in die Augen zu sehen. Nach mehreren Tage ohne Sardinen sagte er zu mir:

»Soll ich dir wie immer vier Sardinen einpacken, Junge?«

»Nein, Monsieur, heute nicht.«

»Kinder in deinem Alter werden von Suppe nicht satt. Haben dir das deine Eltern nicht beigebracht?«

Eine alte Dame, die in der Schlange vor mir stand, gab ihm recht. Während ich das Kleingeld für die Suppe zählte, fuhr der Fischhändler fort:

»Hast du was dagegen, sie zu nehmen, ohne einen Sou dafür zu zahlen?«

Um den Stand erhob sich Gemurmel und die Leute wandten sich zu mir um. Hastig nahm ich meine Suppenschalen und ging. Da hörte ich, wie der Fischhändler mir nachrief:

»Komm, Kleiner, ich meine es ernst. Du hilfst mir ein bisschen, und dann kannst du mit den Sardinen abziehen.«

Am nächsten Morgen ging ich gegen vier Uhr zu den Hallen, zu der Zeit, in der den Händlern die Plätze zum Abladen zugewiesen wurden. Sobald sie ihren Platz erhalten hatten, parkten die Händler ihr Fahrzeug und luden eilig die Waren ab. In der Rue Vauvilliers war ein Karren stehen geblieben, er blockierte den Verkehr und löste ein riesiges Hupkonzert aus. Der Platzanweiser kam herbeigelaufen und schimpfte mit Marseiller Akzent. Der Karren gehörte meinem Fischhändler. Er kam nach draußen und baute sich vor dem Platzanweiser auf:

»Ich weiß, dass ich hier alle aufhalte. Warum lässt du mich auch immer warten? Alle andere kriegen ihre Plätze, nur ich nicht … Ich bleib jetzt hier stehen und lass keinen mehr durch.«

»Du verstopfst das ganze Viertel bis zum Pont-Neuf, Mann!«

»Das ist mir wurscht, sollen die nur alle hupen. Ich rühr meinen Arsch nicht von der Stelle.«

»Ich weiß nicht, wo ich hin soll mit dir. Deshalb kriegste keinen Platz. Außerdem kommst du zu spät.«

»Das passiert heute zum ersten Mal. Man darf ja wohl mal 'nen Fehler machen. Ich bleib jetzt jedenfalls, wo ich bin.« Der Fischhändler verschränkte die Arme.

»Also gut. An der Ecke Rue Baltard, Place des Halles gibt es Platz für dich. Aber sag nicht, dass du es von mir hast.«

Der Fischhändler fuhr weiter, stellte den Wagen ab und öffnete fluchend seinen Karren.

»Ach, da bist du ja!«, rief er, als er mich sah. »Na, los! Hilf mir entladen!«

Die Händler riefen nun von überall Träger herbei, die mit Kiepen von zwei Metern Höhe angerannt kamen. Nur der Chinese rührte sich nicht vom Fleck und stand aufrecht vor seinem Suppenkessel. Die Plätze in seiner Nähe waren schon alle besetzt. Wir stellten unsere Kisten und Böcke etwas weiter entfernt in der Rue des Halles auf. Der Fischhändler war ziemlich außer Atem. Er stellte eine schwere Kiste ab und erklärte schnaufend:

»Hier verteidigt jeder seine Flagge, Kleiner … Wenn du es nicht hinkriegst, deine zwischen Baltard und Lescot aufzupflanzen, kannst du einpacken. Dann landest du in Marokko. Weißt du, wo Marokko ist?« Er schwenkte den Kopf. »Da ganz hinten, unter den Planen, hinter den Pissoirs. Und weil die Kunden keine Lust haben, einen am Arsch der Welt zu suchen, muss man alles zum halben Preis verkaufen. Ich heiße La Ridelle, und du?«

»Maurice.«

»Und weiter?«

Ich schwieg.

»Du musst doch 'n Namen haben.«

»Maurice ist mir lieber, einfach so.«

Wir stellten Fischkisten mit Eis auf den Tisch. La Ridelle zog eine Liste aus seinem Kittel:

»Du packst die Bestellungen von heute ein und schreibst die Namen der Kunden auf. Ich zeig dir, wie.«

Er nahm einen großen Plattfisch in die Hand und rieb ihn auf beiden Seiten mit Eis ab. Dann schabte er mit einem Messer die Schuppen ab, schnitt mit geschickten Bewegungen die Schwimmblase heraus und zog die Haut ab. Er öffnete den Fisch der Länge nach mit dem Messer, nahm die Gräten heraus und schnitt ihn in Lamellen.

»Seezungenfilets … Ich fange immer bei dieser Kundin an. Sie nimmt das Teuerste, sie zahlt gut und ist zuverlässig … und pünktlich. Du wirst sehen, wenn die Uhr von Saint-Eustache achtmal schlägt, ist sie da. Du legst die Filets sorgfältig nebeneinander aufs Papier und schreibst *De Mongeot* drauf. Mit o und t. In zwei Wörtern, darauf legt sie Wert.«

Immer wenn eine Bestellung fertig gemacht war, strich er sie auf der Liste aus. Ich legte die Päckchen auf Eis, bis die Kunden kamen. Um halb sechs waren wir fertig. La Ridelle war jetzt wieder völlig ruhig.

»Normalerweise bin ich nie zu spät dran. Es ist wegen meinem Mädchen. Gestern wollte sie mit mir tanzen gehen. Damit hab ich nichts am Hut. Nächstes Mal leg ich ihr das Geld auf den Tisch und gehe schlafen. Wenn ich vor vier auf dem Markt sein will, muss ich um zwei aus dem Bett. Sie glaubt wohl, der Zaster fällt vom Himmel.«

Jetzt kamen die ersten Kunden. Ich reichte ihnen die Päckchen, La Ridelle kassierte und steckte die Scheine in eine Blechdose. Wenn man mich nach den Fischen oder nach Preisen fragte, wandte ich mich an ihn. Er überlegte seine Antworten gut und fragte nach den Lebensmittelkarten, ohne die er nichts verkaufte. Seinen Stammkunden lächelte er zu. Eine beleibte Frau mit roten struppigen Haaren kam an den Stand und meinte:

»Um diese Zeit kriegst du ja den Mund nicht auf. Aber ich bin nicht extra aus Montreuil gekommen, damit du schweigst wie ein Fisch, also mach endlich mal die Klappe auf!«

La Ridelle wies mit dem Messer auf mich. »Heute Morgen hab ich nichts für dich, ich hab den Jungen. Wir sehen uns bei Marius …«

Die Rote zog mit schlurfenden Schritten ab.

»Das war Jeanne, das war vielleicht mal 'ne Fischverkäuferin! Eine große Nummer hier auf dem Markt. Um ihr Fischzeug zu verkaufen, behauptete sie, ein Sturm nähere sich der Küste, und Fisch wäre bald Mangelware. Das haute immer hin, sie war die Königin hier. Sie trank aber zu viel. Wenn's kalt ist oder regnet, braucht man schon mal was zu trinken, sonst vergeht einem das Lachen. Sie hat jedenfalls mehr getrunken als nötig. Und weil sie's jetzt nicht mehr schafft, ist sie Aufpasserin. Ich geb ihr was Arbeit, sie passt auf die Taschen der Kunden auf, wenn die noch woanders einkaufen. Ihre Mutter hat nie erfahren, dass sie in den Hallen arbeitet. Die glaubte, sie wär Näherin.«

Nach und nach kamen die Stammkunden und holten ihre Bestellungen ab. Gegen acht wusch sich La Ridelle die Hände im Eis, legte den Kittel ab, rückte die Träger seiner gestreiften Hose gerade und zog einen dicken Pullover über sein Unterzeug. Seine Arme sahen aus wie Knüppel. Er war klein und gedrungen, und sein Hals schien direkt auf den Schultern zu sitzen. Er holte einen Kamm aus der Dose, in der er das Geld aufbewahrte, kämmte sein graues Haar und nahm zwei Geldscheine.

»Glaubst du, du kannst den Stand machen?«

»Allein? Nein, das glaube ich nicht.«

»Geht aber nicht anders, denn ich muss jetzt weg. Bin in 'ner knappen Stunde wieder da.«

»Ich kenne ja nicht mal die Namen der Fische.«

»Umso besser. Wenn einer hier auftaucht, hältst du ihm diesen Rochen hin und sagst: ›Wollen Sie nicht meinen Butt kaufen?‹ Wenn er sich dann aufregt, heißt das, er kann Fische auseinanderhalten, dann lässt du ihn wieder gehen. Will er ihn haben, verkaufst du ihm den Rochen zum Preis vom Butt für hundertzwanzig Franc. Mit deinem Engelsgesicht glaubt man dir alles, vor allem die Betuchten kannst du ruhig reinlegen. Die sind einkaufen nicht gewöhnt und wissen nix. Bei denen hab ich keine Skrupel. Du erkennst sie sofort, sie sehen sterbenslangweilig aus.«

Eine erste Kundin erschien. Sie musterte mich und fragte dann von oben herab, was ich denn zu bieten hätte. Ich zeigte ihr einen Rochen und fragte: »Wollen Sie meinen Butt?«

Sie wirkte überrascht.

»Das nennst du einen Butt? Bist du dir auch sicher?«

»Ja, schon, das ist eben … ein kleiner Butt.«

Sie zuckte die Achseln und drehte sich auf dem Absatz um. Kurz darauf kam eine andere sehr elegante Frau, und ich spielte dasselbe Spiel.

»Wie viel kostet denn dieser Butt?«

»Hundertzwanzig Franc, Madame.«

»Das ist aber sehr viel …«

»Dann hundertzehn, einverstanden?«

»Und wenn ich dir zwei abkaufe?«

»Zwei? Dann macht das glatt zweihundert. Na, ist das ein Angebot? Sie sparen vierzig Franc.«

»Na gut, ich nehme sie. Bitte mach sie mir zurecht.«

Ich nickte und legte die beiden Rochen vor mich hin. Ich rieb sie auf beiden Seiten mit Eis ab, nahm La Ridelles Messer, blieb einen Moment unschlüssig stehen und legte es dann wieder hin. Ich nahm wieder Eis zur Hand …

»Worauf wartest du, Junge?«

»Ich habe nicht viel Zeit, Madame. Ich muss noch andere Bestellungen vorbereiten, bevor der Chef wiederkommt. In einer Stunde … Können Sie in einer Stunde noch mal wiederkommen?«

»Nein, ich habe keine Zeit. Dann nehme ich sie eben, wie sie sind.«

»Dann gebe ich Ihnen aber zwanzig Franc zurück.«

Sie gab mir zwei Hundert-Franc-Scheine und verzichtete auf das Rückgeld. Ich legte das Geld in die Blechdose, und sie nahm ihr Paket und ging. Ich lief ihr nach. »Madame, nehmen Sie doch wenigstens noch diese zwei Sardinen.«

Ich traute mich nicht, den Betrug mit dem Butt noch einmal zu machen. Jeden Moment fürchtete ich, die Dame würde gleich in Begleitung eines Gendarmen zurückkommen. Deshalb bat ich die Kunden, auf die Rückkehr von La Ridelle zu warten. Als er endlich kam, hatte sich eine Schlange gebildet. Eine Frau rief:

»He, La Ridelle, wir dachten schon, du bist tot. Und jetzt siehst du aus, als kämest du aus dem Paradies. Wo hast du denn dein Liebchen heute aufgegabelt? In der Rue Saint-Denis oder Quincampoix?«

La Ridelle nahm eine majestätische Haltung ein, er schob seinen Hängebauch vor und stützte beide Hände in die Hüften.

»Verehrteste, das ist genau der Grund, weshalb ich immer noch am Leben bin … Ich hab jetzt neunundsechzig Jahre auf dem Buckel und hab noch lange nicht vor, ins Gras zu beißen. Wenn ich den Löffel abgebe, dann hier auf dem Markt, im Beisein meiner Frauen.«

Gegen zehn hatten wir nichts mehr zu verkaufen. La Ridelle nahm ein Päckchen vom Eis, auf dem Maurice stand, und reichte es mir.

»Hier, nimm deine Sardinen, du hast sie verdient, auch wenn du beim Verkaufen verdammt schüchtern bist. Jetzt schlagen wir uns erst mal die Bäuche voll. Marius macht uns ein Entrecôte so dick wie der Hintern von Jeanne. Ich lad dich ein.«

Wir gingen ein paar Meter bis in die Rue Berger. Bei der Suppenküche für Arme hatte sich eine Menge versammelt. Eine Kamera vom Nachrichtensender *Pathé* filmte einen dicken Mann, der mit einer Kelle in einem riesigen Kessel rührte. La Ridelle zeigte auf ihn und erklärte grinsend:

»Oh, die Stars kommen vom Olymp herunter, um zu probieren, wie Armut schmeckt. Diesmal ist es Raimu …«

Wir betraten das Bistro *Quai des Halles* an der Ecke Rue Berger, Passage des Lingères. Marius empfing uns mit einem breiten Lächeln. Er war um die dreißig, ein Mann von kräftiger Statur.

»Dies ist Maurice, mein neuer Gehilfe. Wir werden zusammen 'ne Menge stemmen. Zwei Entrecôte und einen Châteauneuf.«

Marius imponierte mir ganz schön. Er trug ein kariertes Hemd und hatte einen Körper wie ein Athlet. Er nahm zwei Gläser aus dem Regal über der Theke und öffnete eine Flasche Rotwein. Er prüfte den Korken, nickte zufrieden, goss uns ein und verschwand dann in der Küche. La Ridelle trank sein Glas in einem Zug und goss sich gleich ein neues ein.

»Weißt du, Maurice, zu Hause langweile ich mich zu Tode. Wenn meine Alte mit mir ins Kino geht, schlafe ich ein, bevor der Film angefangen hat. Mein Kino ist hier, im Freien. Ich brauche den Geruch der Straße. Siehst du den Typ da draußen bei der Suppenküche? Raimu heißt er. Was der in seinen Filmen erlebt, ist nur ein schwacher Abklatsch von dem, was jeden Tag in den Hallen los ist.«

Marius' Bistro war rund um die Uhr geöffnet. Die Stimmung hier war bestens. Dauernd kamen neue Leute herein. Durchs Fenster sah ich die Lastwagen aus den Hallen fahren. Die Warteschlangen vor den Marktständen kreuzten einander. Jeanne, die frühere Fischverkäuferin mit den roten Haaren, stand plötzlich in der Tür. Als sie La Ridelle an der Theke sah, leuchtete ihr schwammiges Gesicht. Sie zeigte auf ihn, zwinkerte und kam wiegenden Schrittes auf uns zu. Sie packte La Ridelle am Schopf und zog ihn an sich. Er packte ihre Brüste, knetete sie, schnupperte daran, prüfte ihr Gewicht mit der Erfahrung eines Hallenverkäufers. Ihr Haar war ganz zerwühlt, und er bat sie, uns ein Chanson vorzusingen. Jeanne trat einen Schritt zurück, um ihr Publikum zu vergrößern, und schmetterte:

Schönes Wetter und Regen
Singen ihr Lied

Nebel und Sonne
Ist für mich gleich
Fragt mich nicht warum
Für mich ist alles schön
Warum ist dies graue Land
Plötzlich so lieblich wie Italien?

La Ridelle trank das Glas aus, das ich nicht angerührt hatte, und packte mich am Arm.

»Mein Vater hat im Bergwerk gearbeitet. Er wollte, dass ich mit ihm einfuhr, und hatte mit seinem Chef schon alles geklärt. Als ich das erfuhr, bin ich abgehauen, und sie haben mich nie wiedergesehen. Seitdem lebe ich hier. Ich kann dir sagen, Kleiner, ich liebe meinen Beruf, und zwar von ganzem Herzen.«

Ich stell mir vor
Ich bin glücklich im Leben
Tausend Mandolinen
Spielen Traumweisen.
Die ganze Welt hat dieses Lied
Für mich gemacht
Der Vogel und der Bach
Haben es lange vor mir gesungen.

»Du erinnerst mich total an meinen früheren Gehilfen. Pelletier hieß der. Er war genauso alt wie du und bewegte sich genauso ungeschickt. Ich hatte dem kleinen Pelletier alles beigebracht und wollte ihn zu meinem Teilhaber machen. An einem Tag im Jahr 1939 goss es wie aus Kübeln, das hatte es seit hundert Jahren nicht gegeben. Als wir an den Hallen ankamen, war hier die reinste Sintflut. In ein paar Minuten mussten wir den Wagen ausladen. Der Platzverwalter zwang uns, es sofort zu machen. Ich hab alles splitternackt ausgeladen, um nachher trockene Kleider zu haben und mir nicht den Tod zu holen. Er hat die Sachen den ganzen Tag angelassen, sie waren nass wie ein Aufwischlappen. An dem Tag hatten wir drei Tonnen Ramschware, stell dir das mal vor! Im Eiltempo haben wir zwanzig Kisten aufgestapelt. Die Leute haben sich nach uns umgedreht. Am nächsten Tag kam Pelletier und sah aus wie ausgespuckt. Drei Tage später hustete er Blut, und ich hab ihn ins Krankenhaus gebracht. Ich dachte, er hat das durch das miese Wetter gekriegt, aber der Doktor stellte eine akute Bronchitis fest, wegen der schlechten Luft. Wegen der ganzen Auspuffgase, die uns hier den ganzen Tag von den Autos in die Lunge gepustet werden. Als ich den armen Pelletier eines Abends besuchen kam, lag er gekrümmt auf seinem Bett und spuckte eimerweise Blut. Der Doktor sagte, in seiner Lunge wär was gerissen. Noch in derselben Nacht ist er abgekratzt. Ich war bei ihm. Als er mit dem Tod kämpfte. Der Junge klammerte sich an mich und heulte, er wolle nicht sterben. Er hatte eine solche Angst in den Augen und hielt mich für seinen Alten. Ich hab ihn in die Arme genommen und ihm irgendwelches Zeug erzählt, was mir gerade einfiel. Wenn er hustete, lief mir das Blut den Hals runter. Ich hab ihn dem Tod in die Arme gelegt. Pelletier hieß er, und ich höre seine Schreie noch, als wäre es gestern gewesen.«

Worte für jeden Tag
Und doch Worte der Liebe
Die Liebe ist mein Lied
Alle vier Jahreszeiten
Singen es
Für mich.

Butt, Rochen, Seeteufel und Kabeljau

Herbst 1941

So wurde ich La Ridelles neuer Assistent. Jeden Tag um vier Uhr morgens trafen wir uns auf dem Markt. Zuerst brachte er mir bei, wie man Fische ausnimmt.

»Sieh genau her, Maurice. Wir fangen mit einem einfachen Fisch an … Bist du Rechts- oder Linkshänder? Rechts, gut, also leg die Forelle in deine linke Hand. Vorsicht, sie ist glitschig. Hier bei der Darmöffnung fängst du an und schneidest sie mit der Schere auf. Schneide die Flossen ab, trenn das Rückgrat ab und zieh es aus. Siehst du das viele Blut am Rückgrat? Das macht den Fisch bitter, also schnell weg damit, und zwar ganz. Du reibst mit dieser kleinen Reibe, aber mach nicht die Haut kaputt. So. Gib mir mal die Taschenlampe. Du hältst das Licht drauf, damit auch kein Rest Blut übrig bleibt, dann spülst du den Fisch innen aus und nimmst die Eingeweide raus. Kapiert? Los, nimm dir mal die hier vor.«

Nach zwei Wochen gingen wir zu den schwierigen Fischen über.

»Bei den Seeteufeln ist es was anderes … Der Kunde zahlt den Preis, also muss man den Schein wahren. Erst schneidest du alle Flossen mit der Schere ab, die am Rücken und die am Bauch, pass aber auf, dass du dich nicht daran schneidest. Die sind ganz schön gefährlich. Wenn es passiert, musst du die Wunde sofort desinfizieren. Hier in der Kiste ist der Verbandskasten. Dann schneidest du den Schwanz ab, eigentlich bringt das nichts, aber es sieht besser aus. Dann entfernst du mit dem Messer die Schuppen, immer gegen den Strich. Dabei kannst du den Fisch leicht krümmen, drück nicht zu sehr, sonst verletzt du die Haut. Ich will gleich keine einzige Schuppe mehr sehen. Jetzt sieh genau hin, Maurice. Du nimmst die Ohren raus, ohne den Kopf abzuschneiden, dann fährst du mit dem Finger rein und nimmst die Eingeweide raus. Ja, genau so. Dann schneidest du den Bauch auf, so wie bei den Forellen, das kannst du ja schon.«

Am Anfang schrieb La Ridelle die Namen der Fische auf die Glaskästen. Dann übten wir Verkaufsgespräche.

»Du bist jetzt ein Kunde, der sich beschwert. Los, sag was!«

»Hmmm …«

»Los, stell dich nicht so an!«

»Also Ihre Fische … Die stinken.«

»Was? Meine Fische stinken? Hier, riech mal an diesem Lachs, riechst du was? Natürlich nicht. Nur alte Fische stinken, meine riechen nach gar nichts. Das ist der Algengeruch, das darf man nicht verwechseln. Hier, guck aufs Thermometer! In dem Glaskasten sind zwei Grad und nicht mehr! Genau nach den Hygienevorschriften. Kapiert? Leg dir immer einen frischen Fisch zurecht, der nach nichts riecht, zum Vorzeigen. Und jetzt weiter.«

»Ihre Fische sehen krank aus.«

»Also wirklich, verschwende keine Worte, lieber Freund. Hier, nimm den Butt, er ist starr wie der Tod. Aber sieh sein Auge an, wie es dich anglotzt. Die Kiemen sind noch ganz lebendig, leuchten rot. Der Bauch ist fest, die Haut glänzt, hier, er liegt ganz frei, so schön ist er. Los, jetzt wiederhol die Argumente.«

Manche Kunden wussten genau, was sie wollten und wie viel es kosten durfte, weil die Preise vom Versorgungsamt festgelegt worden waren. Solche Leute erkannte La Ridelle auf den ersten Blick. Er fragte sie nach ihren Lebensmittelkarten, streng wie ein Polizeiinspektor. Ihnen verkaufte er Fische, die

die reichen Leute nicht haben wollten. Auch wenn in den Kisten noch etwas drin war, erklärte er, er habe keine Ware mehr.

»Alles weg, Madame, tut mir leid, ich hab nichts mehr … Die Fische hier sind schon reserviert. Was soll ich machen? Die *Boches* beschlagnahmen den Fischfang an der Küste. Sie machen daraus Konserven, und das in unseren Fabriken in der Bretagne, stellen Sie sich das mal vor! Um ihre Soldaten zu versorgen! Und das bisschen, das bis in die Hallen kommt, wird gleich von den Restaurants weggeschnappt.«

La Ridelle hatte ein paar Stammkunden, die den Fisch schwarz bei ihm kauften. Bei Unbekannten entschied er nach Aussehen, ob er das Risiko eingehen konnte. Meistens wurden die glücklichen Auserwählten von Stammkunden empfohlen.

»Ich mache Graumarkt, mein Junge, keinen Schwarzmarkt! Das ist ein großer Unterschied. Der Schwarzmarkt ist organisiert, da gibt es Strukturen, und dabei machen die Besatzer mit und auch offizielle Stellen. Sie arbeiten auf breiter Ebene und kassieren Millionen. Ich mach das in ganz kleinem Rahmen, ich helfe den Familien, ich ernähre ihre Kinder und verkaufe nur an Franzosen.«

Er bekam seine Waren direkt von den Fischern aus der Bretagne. Am Ärmelkanal hatten bretonische Rentner ihre Fischkutter und ihre Angeln wieder rausgeholt. Sie fuhren aus Vorsicht nicht weiter raus als drei Meilen und luden ihre Ware in kleinen Häfen oder Buchten ab, die das Versorgungsamt nicht kannte.

»Von den Berufsfischern ganz zu schweigen. Sie fangen täglich tonnenweise Fisch mit ihren Netzen. Sie machen ihre schrägen Händel völlig legal. Sie dürfen nämlich zweihundert Kilo ihres Fangs zum Eigengebrauch behalten. Und diesen Anteil verscherbeln sie auf heimlichen Märkten oder an die Markthallen der großen Städte. Da kann man verstehen, dass sie ihr Leben lang die ganze Zeit auf dem Meer sind.«

Eines Morgens kam eine Bürgersfrau und sprach mich an. Sie hatte von Fischen nicht die geringste Ahnung.

»Ich habe heute Abend Gäste. Meine Köchin hat mich im Stich gelassen und ich muss alles selbst machen. Ich suche einen Fisch, der was hermacht, der schmeckt, einen schönen Fisch, also …«

La Ridelle hielt beim Säubern einer Seezunge inne und schob mich zur Seite.

»Ich mach das schon, Junge. Hol mal die Kisten, auf denen ›reserviert‹ steht.«

Dann zeigte er der Kundin die teuersten Fische – Butt, Wolfsbarsch und Seezunge. Sie kaufte den Butt. Wenn die Kunden zögerten, bot La Ridelle ihnen Rotbarbe, Rochen oder Schellfisch an. War alle Hoffnung verloren, verkaufte er Sardinen oder Makrelen. Während er den Butt ausnahm, fragte die Kundin ihn:

»Haben Sie nicht noch einen anderen, mit einem Auge auf jeder Seite, das würde sich doch besser machen …«

»Das wird schwer zu finden sein, verehrte Dame, diese Fische sind seit Jahrtausenden so.«

»Hat man so was schon gesehen?«

»Sie schwimmen flach, beide Augen zum Licht gerichtet.«

Die Dame nahm zweifelnd ihre Ware in Empfang, bezahlte und ging.

Ich sah verblüfft zu La Ridelle hinüber. »Vorhin haben Sie gesagt, der Butt kostet hundertzwanzig, aber Sie haben ihn ihr für hundertachtzig verkauft.«

»Ich hätte es mit zweihundert versuchen sollen.«

»Was ist er denn wirklich wert?«

»Das hängt vom Kunden ab. Rede nie über Preise. Du machst erst mal Werbung, du machst den Kunden heiß, so dass er glaubt, sein Glück hängt von dem Fisch ab. Wenn er ihn unbedingt haben will, spielt der Preis keine Rolle mehr.

Dann musst du nur noch rauskriegen, wie viel der Kunde zahlen kann. Sie haben immer eine Zahl im Kopf, häng die Latte hoch, du kannst dir gar nicht vorstellen, zu welchem Wahnsinn die Leute manchmal bereit sind. Du musst einen Mindestpreis festlegen, unter dem du den Fisch auf keinen Fall verkaufst. Nach oben gibt es keine Grenzen …«

Nach einigen Wochen redete ich wie ein Buch. Kam ein feiner Bürger langsamen Schrittes an unserem Stand vorbei, wies La Ridelle mit dem Kinn auf ihn. Ich begann zu reden und versuchte, dem Kunden einen Fisch zu einem übermäßig hohen Preis zu verkaufen. An La Ridelles Miene konnte ich sehen, ob ich gut gefeilscht hatte. Mein Mindestlohn lag bei vier Sardinen. An guten Tagen aber ging ich mit einem Wolfsbarsch oder einem Butt nach Hause. Meistens tauschte ich ihn gegen Gemüse, Milch oder Brot. Von einem guten Fisch konnten wir eine ganze Woche leben. Ende Oktober konnten wir uns von meinem Verdienst bei La Ridelle gut ernähren.

Wenn wir den Stand abgebaut und alles in seinem Wagen verstaut hatten, ging ich meiner Wege. Manchmal legten wir auch einen Zwischenstopp bei Marius ein, aber wegen Marie versuchte ich immer vor zehn zu Hause zu sein.

An dem Tag, als ich meinen ersten Butt mit nach Hause brachte, plauderte Belle gerade mit Marie vor unserer Zimmertür.

»Mit deinem Fisch- und Tabakgeruch bringst du die ganzen Hallen zu uns … Oh, zeig mal her!«

Sie packte den Butt aus, nahm ihn beim Schwanz, hob ihn hoch und schob beide Fäuste hinein, um ihn zu öffnen.

»Dein Chef meint's aber gut mit dir. Das ist ganz festes, schön weißes Fleisch. Sollen wir ein Festessen daraus machen?

Heute Abend hab ich frei und lade euch zu mir zum Essen ein.«

Ich nahm ihr den Fisch wieder weg.

»Nein danke, Madame … Wir bleiben zu Hause. Vielleicht ein anderes Mal …«

Ich schob Marie in unsere Kammer und schloss die Tür.

»Ich wollte aber zu Belle gehen …«

»Das ist keine gute Idee, Marie. Wir müssen so vorsichtig sein, wie es eben geht.«

»Sie tut uns nichts, das weiß ich.«

Marie setzte sich auf die Matratze und legte ihre Stirn auf die Knie.

»Marie, du musst das verstehen. Belle kennt sehr viele Leute. Stell dir vor, wen sie alles treffen kann, es ist zu gefährlich …«

»Du willst mich ja nur einsperren. Du gehst jeden Tag nach draußen, du siehst deinen La Ridelle, und ich darf nicht mal meine Freundin besuchen.«

»Sprichst du auch mit den anderen Frauen?«

Sie schüttelte den Kopf, und dann schluchzte sie: »Belle ist doch meine Freundin …«

Am Ende nahm ich die Einladung an, ich bin sogar noch mal auf den Markt gegangen und habe für zweiunddreißig Franc weiße Bohnen gekauft.

Gegen acht klopften wir an Belles Tür. Sie öffnete uns im Morgenrock, ihr Haar hatte sie hochgesteckt.

»Oje, ich glaube, ich bin eingeschlafen. Na, was soll's! Ich bin zu müde, um mich umzuziehen. Kommt, lasst uns kochen!«

Sie breitete eine geblümte Decke auf ihrem Bett aus und legte drei Kissen auf den Boden um ein kleines Tischchen herum. Sie zündete mehrere Duftkerzen an, wickelte den Butt aus und roch daran.

»Marie, du kannst den Tisch decken. Ich nehme den Rest Olivenöl, den ich für eine besondere Gelegenheit aufbewahrt hatte. Richtige Butter hab ich leider nicht.«

Sie tat etwas Margarine in eine Pfanne und dazu das Öl. Dann legte sie die Filetstücke hinein, salzte sie ein wenig und deckte sie zu. Plötzlich hörte man auf der Treppe lautes Geschrei. Eine Frau kam hochgelaufen und machte eine Riesenszene. Sie hämmerte gegen Belles Tür.

»Komm raus, du dreckige Hure!«

Belle stürzte auf den Flur und ließ die Tür offen stehen.

»Sie sind doch die Frau von dem Kerl aus Vincennes ...«

»Genau, was hast du mit ihm gemacht, du verdammte Hexe!«

Die Frauen auf dem Flur versuchten, die Furie zu beruhigen, ihre lauten Stimmen hallten im Gang wider. Jetzt schrie auch Belle.

»Warum lieben Sie ihn nicht so, wie er es verdient? Bin ich etwa schuld, wenn Sie nicht kapiert haben, wie man mit einem Mann umgeht? Er bittet mich um Dinge, die Sie sich nicht mal vorstellen können. Ja, bekreuzigen Sie sich ruhig, meine Gnädigste.«

»Hier herrscht Unmoral! Ich schicke euch die Sittenpolizei auf den Hals. Ihr kommt alle aufs Revier!«

Marie kauerte auf dem Bett und hielt sich die Ohren zu. Die hysterische Frau hörte gar nicht mehr auf zu fluchen und war schon völlig außer Atem. Schließlich rannte sie die Treppe hinunter.

Belle kam wieder ins Zimmer und hielt sich die Stirn.

»Mein Gott, die ist vielleicht verrückt.«

Unter ihren Achseln sah man, wie sehr sie schwitzte. Einen Moment blieb sie reglos im Zimmer stehen.

»Bei dem hätte ich aufpassen sollen. Er ist Angestellter beim Rathaus von Vincennes für Gartenpflege. Bevor er kam, hatte er schon das Geld abgezählt im Portemonnaie, und hinterher hat er ins Waschbecken gekotzt. Er hatte solche Gewissensbisse, dass er seiner Frau wohl alles gebeichtet hat. Jetzt mach ich mir erst mal Tee, um mich zu beruhigen.«

Sie sagte mir, ich solle die Buttfilets auf einen Teller legen und zwei Zitronen in Scheiben schneiden. Dann nahm sie eine Tasse und machte Wasser heiß.

»Ich bin noch ganz durcheinander. So eine Furie!«

Sie setzte sich aufs Bett, die dampfende Teetasse in der Hand und deckte ihre Beine mit dem Morgenrock zu. Sie trank den Tee in kleinen Schlucken und rieb ihre Fußsohlen am Bettvorleger. Dann löste sie ihr Haar.

»All diese körperlosen Bürgersfrauen sind viel schlimmer als ich. Ihre Männer kommen als Wracks hierher, und hinterher geht es ihnen gut. All diese Ehen ohne echte Liebe, ich mach das alles wett. Du müsstest sie mal sehen, Momo, wie schnell sie es machen und dann mit diesem verzerrten Lächeln. Wenn sie sich über mich beugen, haben sie Gesichter wie ausgestopfte Tiere. Und hinterher fühlen sie sich schuldig. Ich sage ihnen oft: ›Sei nicht so streng mit dir, wir spielen nur wie die Kinder, in diesem Raum urteilt keiner über dich. Du kannst hier deiner Phantasie freien Lauf lassen, ich gebe dir Munition für Zeiten der Not. Nachdem du hier warst, wirst du es deiner Frau viel besser machen, besser als vorher.‹«

Sie stellte ihre Tasse auf dem Regal überm Bett ab, neben einem Stapel Unterwäsche, dann nahm sie mit beiden Händen eine Pastete.

»Pastete, selbstgemacht, unsere Vorspeise. Drei zerdrückte Zwiebäcke mit einem geschlagenen Ei, Knoblauch, Thymian, Lorbeer … Vierzig Gramm Hefe in einem halben Glas Wasser aufgelöst, und fertig ist sie.«

Sie setzte sich im Schneidersitz zu uns auf ein Kissen, unsere Knie berührten sich. Ihr Morgenrock war verrutscht, und ich konnte den Ansatz ihrer Brust sehen.

»Eins sag ich dir, Momo, ich bin der Arzt für diese vergessenen Körper. Ich heile Kranke. Ich lege die Patienten hier auf die Unterlage und gebe ihnen ihre Körper zurück. Nach meiner Behandlung kriegen sie wieder Farbe ins Gesicht. Ich habe viele gerettet, ganz egal, was diese Verrückte sagt, ich habe diesen Männern neue Perspektiven geschenkt. Was hilft es schon, wenn man seinem Gatten seine Schmuckstücke zeigt? Das wahre Geheimnis kennen nur wenige.«

Sie sah mich mit ihren hellen Augen an, fuhr mit der Zunge über ihre Zähne und verzog den Mund.

»Ich weiß, ich nerv dich mit meinen Geschichten, du bist vielleicht noch was grün hinter den Ohren ... Weißt du, ich hab auch manchmal Jüngere als dich, sie arbeiten bei der Bahn, und alles riecht nach Kohle ... Denen brauch ich nichts mehr beizubringen. Ich hoffe, du magst keine Knaben. Ist zwar nichts Schlimmes, aber es macht mein Geschäft kaputt.«

Sie stand auf, um den Butt zu servieren.

»Wie sehr hab ich mir immer gewünscht, abends Essen für eine Familie zu kochen ... Aber man darf nicht solche Ansprüche haben, das schlechte Leben holt einen immer wieder ein.«

Marie legte ihr die Arme um den Hals und flüsterte:

»Du bist keine Hexe. Ich mach dich jetzt mal schön, ja?«

Sie streichelte ihr über das rote Haar und flocht einen Zopf. Wenn Belle lächelte, hatte sie an den Augenwinkeln Fältchen, die einen kleinen Fächer bildeten. Das Kerzenlicht gab ihrem Haar Herbstfarben. Lächelnd drehte sie sich zu Marie um:

»Und ich bring dir bei, dich bei Tisch wie eine Dame zu benehmen, ja?«

Sie zeigte ihr, wie man das Besteck hielt, und ahmte die Manieren einer Herzogin nach. Ihre Hände waren groß wie die eines Arbeiters in den Hallen, aber ihre Bewegungen waren anmutig. Marie hörte ihr zu und hielt sich schön gerade. Bei jedem neuen Gesichtsausdruck lachte und applaudierte sie.

Nach dem Essen öffnete Belle das Fenster, um den Küchengeruch zu vertreiben. Während wir in ihrem kleinen Becken das Geschirr spülten, nahm sie einen Hocker und setzte sich auf den Balkon. Sie streckte ihre Beine über dem Geländer aus und zündete sich eine Zigarette an. Ab und zu schaute sie über die Brüstung nach unten.

»Hab ich dir schon von meinem Hauptmann erzählt, Maurice? Er leitet eine Kompanie in der Sahara, in Algerien. Von Zeit zu Zeit gibt sein Chef ihm frei, damit er mich besuchen kann. Du solltest ihn mal in seiner Uniform sehen, mit seiner Pumphose, die röter ist als meine Fingernägel, und seiner Jacke, die aussieht wie der Himmel im Sommer. Überall sind Goldtressen aufgenäht, von den Ärmeln bis zum Käppi, in Rosenmuster, schöner als das in den Kirchenfenstern von Saint-Eustache. Er kriegt 'ne Mahlzeit natürlich umsonst.«

Nach langem Schweigen, während sie mit verlorenem Blick über die Dächer sah, sagte sie:

»Diese Woche haben wir zusammen geschlafen. Früh am Morgen ging er wieder. In der letzten Nacht wollte ich verhindern, dass es in meinem Zimmer taghell wird. Bei den meisten Kunden kommt mir die Nacht zu lang vor und ich würde nackt am Fenster tanzen, nur damit die Sonne früher aufgeht. Aber bei ihm muss ich mit dem Mond um jede Minute verhandeln. Ist dir das schon aufgefallen, Momo? Die Nächte sind nie so lang, wie man sie haben will.«

Sie zog ihre Beine wieder an und drehte sich zu mir um. Je weniger ich ihrem Blick standhielt, desto intensiver sah sie mich an. Ihr Mund glänzte wie ein Herz, und ich fragte mich, wer wohl ihre Küsse überleben konnte. Sie hob die Brauen wie ein kleines Mädchen.

»Waren wir auch nicht zu laut? Er sagt immer zu mir: ›Schnauze, Belle, du weckst noch das ganze Haus auf und alle Maden dazu!‹ Aber ich kann nichts dagegen tun. Deshalb legen wir die Platte auf. Er hat sie mir an einem Tag geschenkt, als er frei hatte. ›So ist, was wir machen, weniger peinlich‹, hat er gesagt. Es ist eine Platte von Bach, so nennt er den.« Ihr Blick wurde ganz sanft. »Die beiden Geigen erzählen mir was. Wenn ich sie höre, werde ich ganz froh und vergesse den Krieg und das ganze Elend.«

Sie stand auf, um den Aschenbecher durchs Fenster auszuleeren.

»Frühmorgens ging er, mein Hauptmann, und mein Herz ist ganz krank. Die ganze Woche habe ich es mit ihm genossen. Ich weiß nicht, wann er wiederkommt und ob der Krieg ihn mir zurückgibt, aber ich habe genommen, was ich kriegen konnte, damit ich es später nicht bereue. Jetzt weißt du es, Momo, auf Erden gibt es Nächte, in denen man glücklich ist, und ich möchte davon kein Fitzelchen verpassen. Wenn du wieder die Geigen hörst, Momo, dann weißt du, dass Belle gerade ganz furchtbar glücklich ist.«

Das Lächeln meines Vaters

Dezember 1941

Als der Winter kam und das Benzin knapp wurde, war das für den Fisch eine Katastrophe. Manche Restaurantküchen bekamen zwar noch Fische, aber es war bei weitem nicht genug. La Ridelle kannte einige Süßwasserangler, und so hatte er immerhin Forellen, Aal, ein paar Hechte, manchmal sogar Lachs. Leider waren sie schon nach einer Stunde verkauft. Den Rest der Nacht verbrachten wir damit, Bestellungen für den nächsten Tag aufzunehmen, ohne dass wir alle Wünsche desselben Tags erfüllen konnten. La Ridelle war jetzt viel seltener am Stand, und ich kriegte immer häufiger die Beschimpfungen ab. Zitternd vor Kälte stand ich vor den leeren Auslagen und versprach den Kunden, es würden bald bessere Tage kommen. Das beruhigte sie kaum, und sie ließen ihre Wut an mir aus. Wenn möglich, belohnte mich La Ridelle mit einer Forelle. Die brauchte ich unbedingt, um den Winter, die feindselige Stimmung um mich herum und die schlaflosen Nächte zu überstehen.

Eines Tages begegnete ich nach der Arbeit bei La Ridelle in der Rue Berger einer Gruppe Kinder meines Alters mit einem Schulranzen auf dem Rücken. Sie gingen Richtung Boulevard Sébastopol, und ich blieb stehen, um sie vorbeizulassen. Einer der Jungen redete laut und ruderte mit den Armen, die anderen lachten. Sie trugen alle die gleichen marineblauen Hosen, ein Barett und einen dicken Wollumhang mit Kapuze. Der Letzte der Gruppe kam zu mir. Er hatte die in Zeitungspapier verpackte Forelle unter meinem Arm gesehen. Er rief seine Kameraden, ergriff in Blitzgeschwindigkeit das Päckchen und warf es in die Luft wie einen Rugby-Ball. Die Forelle war aus dem Papier gefallen und ging nun von Hand zu Hand, alle schrien und lachten. Ich sprang vom einen zum anderen, um meinen Fisch zu erwischen, und folgte der lachenden Horde über den Boulevard Sébastopol bis zur Rue Saint-Martin und der Rue du Cloître-Saint-Merri.

Ein Mann stand auf dem Bürgersteig, die Hände auf dem Rücken. Er trug einen Filzhut und einen Umhang mit Pelzkragen. Als die Jungen ihn sahen, liefen sie noch schneller und verschwanden hinter ihm in einem Gebäude. Der Mann beobachtete mich, als ich meine zerfetzte Forelle aufzuheben versuchte. Dann sah er auf die Uhr, ging auch hinein und schloss das Tor hinter sich. Ich hörte Stimmengewirr vom Schulhof. Es war eine Mittelschule, vorn am Gebäude wehte eine Frankreichfahne, und darunter standen die Worte *Arbeit – Familie – Vaterland.*

Gegenüber gab es eine riesige Kirche. Ich setzte mich einen Moment auf die Stufen, weil ich so außer Atem war. Dort hockte ich zusammengesunken im fahlen Licht einer trüben Wintersonne und sammelte die Forellenstücke von meinem Pullover. Als es zum ersten Mal zum Unterricht läutete, wurden die Stimmen der Jungen lauter, aber die Befehle der Aufseher riefen sie zur Ordnung. Beim zweiten Klingeln herrschte Ruhe. Dann sang jemand mit einer Stimme wie Tino Rossi und die Schüler sangen mit:

Eine heilige Flamme
Steigt vom heimischen Boden auf
Frankreich ist berauscht
Und grüßt dich, Marschall.

Ich kannte diese Worte auswendig. Im Frühjahr 1941 hatte der Musiklehrer sie uns beigebracht, bevor uns der Inspektor der Akademie besuchte. Ich kannte sie deshalb so gut, weil ich sie Dutzende Male hatte abschreiben müssen, zusammen mit meinem Banknachbarn, dem kleinen Gérard. Wenn die Hymne für den Marschall gesungen wurde, wurden wir fast jedes Mal aus der Klasse geschickt. Gérard sang so falsch, dass ich unmöglich den Ton halten konnte. Und dann blieb er immer am selben Vers hängen »Alle Kinder lieben dich«, er stotterte nämlich. Wir warteten schon immer ungeduldig auf diesen Vers, um zu erleben, wie Gérard aus dem Takt geriet. Nie kam er über die erste Strophe hinaus. Er probierte es immer wieder, gab sich die größte Mühe, ballte die Fäuste, schwitzte wie ein Bär. Ich bog mich vor Lachen. Dann passierte stets dasselbe. Der Musiklehrer zweifelte an unserer Liebe zum Vaterland und sagte:

»Ich fordere die beiden Saboteure feierlich auf, bis zum Ende des Lieds die Klasse zu verlassen. Bis morgen schreibt ihr den Text fünfmal ab. Irgendwann werden diese Worte in eurem Kopf hängen bleiben, selbst bei einem Moscowitz.«

Ja, ich kannte die Hymne in- und auswendig. Auf den Kirchenstufen murmelte ich sie vor mich hin, während die anderen sie auf dem Schulhof sangen. Gérard fehlte mir plötzlich sehr.

Du hast uns die Hoffnung zurückgegeben
Das Vaterland wird wiedererstehen
Marschall, Marschall,
wir sind hier.

Der kleine Gérard war mein bester Freund gewesen, und ich dachte jeden Tag an ihn. Wäre er jetzt, wo das Jahr 1941 zu Ende ging, an meiner Seite gewesen, dann wäre alles anders gewesen. Auch wir hatten auf der Straße gelacht und geschrien. Wenn wir aus der Schule kamen, spielten wir auf dem

Gelände des früheren Forts von Châtillon, in der Zeit, bevor sie dort die Fabrik für Turbomechanik aufbauten. Wir spielten mit ein paar anderen die großen Schlachten von 1916 nach, Verdun, Douaumont, Voie Sacrée. Gérard wohnte mit seiner Mutter im selben Haus wie wir, auf der Etage unter uns. Er war schlecht in der Schule, außer in Geschichte – er wusste alles über die großen Kriege, vor allem den Spanischen Bürgerkrieg. Sein Vater war Fahnenträger der Colonna Libertàd gewesen und vor Madrid spurlos verschwunden. Wir spielten in der Festung seine Rückkehr nach. Er kam nach Hause zurück und hatte sich vorher in sämtlichen Kriegen der Welt aufgerieben. Ein Kerl von seinem Format durfte einfach nicht sterben. Ich war so überzeugt davon, dass ich abends im Bett lauschte, ob unten vielleicht Freudenschreie über die Wiederkehr des Helden ausbrechen würden.

Ich nenne meinen Freund den kleinen Gérard, dabei war er einen Kopf größer als ich. Die Mädchen verehrten ihn, auch die ältesten, weil er nach Schulschluss mit einer Zigarette im Mundwinkel wie ein Gauner mit lässigen Schritten die Straße entlangschlenderte. Er bestimmte, welche Schlachten wir spielen sollten. Er verteilte die Rollen in beiden Lagern und sagte immer zu mir: »Du, Momo, gehörst zu uns.« Auf dem Denkmal am Rathausplatz lasen wir die Namen der Kinder aus Fontenay, die für Frankreich gestorben waren. Im Fort von Châtillon nannten wir uns Raymond, René, Robert, Auguste und Céleste und trugen diese Namen wie eine Auszeichnung.

Zwei Monate vor Ausbruch des »lachhaften Kriegs« verschwand der kleine Gérard aus meinem Leben. Seine Mutter beschloss über Nacht, in den Süden zu ziehen. »Wegen Geld«, sagte er mir am letzten Abend nach der Schule im Treppenhaus. Wir haben sie mit meinen Eltern bis zum Bus begleitet. Sie fuhren zu anderen Schlachtfeldern. Der Geist des Vaters würde vor verschlossener Tür stehen.

Die Rue du Cloître-Saint-Merri war menschenleer, die Sonne hinter Wolken verschwunden. Ich hockte immer noch wie festgewachsen auf der Kirchentreppe und wollte mich nicht von der Schule trennen. Ich kannte sie nicht, aber es war ein bisschen, als ob es meine gewesen wäre. Das Lachen, die Schreie, der Gesang, es war mir alles so vertraut. Im Schulhof war es still, die Schüler mussten in ihren Klassen sein. Ich sah sie vor mir, wie sie in ihrer dunkelblauen Uniform die Hefte aufschlugen und die Feder in die Tinte tauchten. Sie waren auf der einen Seite der Mauer, ich auf der anderen. Es war die zweite Dezemberwoche, sie bereiteten sich also auf die Zwischenprüfung in Algebra und Französisch vor. Abends würden sie ihre Bücher nehmen und darin lesen, wie ich am Esszimmertisch in Fontenay. Vor ein paar Monaten noch hatte ich mich auch auf diese Prüfung vorbereitet. Doch diese Schüler und ich gehörten nicht mehr derselben Welt an, wir hatten auch nicht mehr dieselben Ängste. Während sie über ihren Heften brüteten und an die Prüfungen dachten, fragte ich mich, wie man mit ein paar Forellenresten, die ich zusammengeklaubt hatte, eine Mahlzeit zustande brachte. Marie würde sich allmählich Sorgen machen, doch ich blieb noch ein paar Minuten sitzen und starrte zum Schulgebäude hinüber, bevor ich mich endlich auf den Weg machte. Nur ein paar Monate waren vergangen, und schon gehörte ich zur Gruppe der Unerwünschten.

Es begann zu regnen. Ich beschleunigte meine Schritte, dann rannte ich, immer schneller, so schnell wie möglich. »Maurice, du gehörst zu uns.« Ja, ich wäre zu allem bereit gewesen, um noch zu ihnen zu gehören. Ich rannte über den Boulevard Sébastopol, bis ich ganz außer Atem war, und erreichte die Rue de la Cossonnerie im prasselnden Regen, die Forellenstücke in der Hand. Bald würden wir wieder normale Kinder sein, sagte ich mir, als ich die Treppe nach oben lief. Marie würde in die Mittelstufe kommen, ich in die Oberstufe. Es konnte sich nur noch um Tage handeln, höchstens um Wochen. Wenn wir im Schuljahr mithalten wollten, mussten wir nachholen, was wir in den letzten vier Monaten verpasst hatten. Ich hämmerte so heftig gegen die Tür, dass Marie vor Schreck zunächst nicht aufmachte.

»Mach auf, Marie, ich bin's.«

Sie öffnete die Tür, zog sich in die hinterste Ecke der Kammer zurück und starrte mich neugierig an.

Ich war noch ganz außer Atem und das Wasser lief an mir herunter.

»Was ist los, Momo? Warum kommst du so spät?«

»Ich habe ein paar Schüler getroffen.«

»Hast du geweint?«

»Vor vier Monaten hat die Schule angefangen. Auch du musst wieder was lernen.«

»Komm ich in die Mittelschule?«

»Nein, ich gebe dir Unterricht.«

»Aber womit? Ich habe kein einziges Schulbuch, kein Heft, keine Tasche ...«

»Ich versuche morgen aufzutreiben, was wir brauchen. Ich komme später als sonst, aber zum Mittagessen bin ich da.«

Ich bat Belle, die Reste der Forelle für Marie zu kochen, und begnügte mich mit einer Topinambur. Das Unwetter tobte jetzt über den Hallen. Wir verbrachten den Rest des Tages auf unserer Matratze. Ich sah auf die dunklen Wolken und hielt nach Blitzen Ausschau, der Regen trommelte gegen unser Fensterchen. Marie schmiegte sich eng an mich und hielt sich die Ohren zu, um den Donner nicht zu hören. Nach einer Weile kam Belle zu uns herüber.

»Heute kommt keiner ... Eigentlich war ich mit einem Anwalt aus Auteuil verabredet, der ist sicher lieber dort geblieben, als hier das Ende der Welt zu erleben. Da freut sich seine

Frau, aber sie wird sich sicher fragen, warum ihr Gatte sie nur bei Regenwetter beglückt.«

Ein Blitz erhellte die Wände der Kammer, das Gewitter grollte. Marie schrie leise auf und klammerte sich an mich. Belle sah durchs Fenster.

»Das ist noch eindrucksvoller als die Bomben von 1940. Die *Boches* können ruhig nach Hause fahren, der Himmel erledigt die Arbeit für sie. Weißt du, Momo, der Kerl aus Auteuil … Er hat eine Frau aus besseren Kreisen geheiratet. Sie hat studiert und unterrichtet an der Schule. Aber im Bett spürt sie gar nichts. Das hat sie eingesehen und zu ihrem Mann gesagt: ›Wenn du mich betrügst, versprich mir eins. Nie mit einer Nutte‹. Es macht ihr nichts aus, betrogen zu werden, aber es muss Stil haben. Sie würde es nie ertragen, auf der Leiter der Lust ein paar Stufen tiefer zu stehen als ich. So ist das bei den studierten Frauen. Sie tun sich schwer mit allem unterhalb der Gürtellinie. Sie hat noch Glück, ich nehm ihr ja nichts weg. Nie würde ihr Mann sie meinetwegen verlassen. Ich bin ›das kleinere Übel‹, wie Darlan von den Deutschen sagt. Ich mag diese armen Kerle schon ein wenig, aber nicht zu viel. Danach macht wieder jeder seins.«

Nach einer Weile verschwand sie wieder. Ich hörte Lachen auf dem Flur. Um sich die Zeit zu vertreiben, spielten die Straßenmädchen in einem der Zimmer Karten. Belle kam mit zwei kleinen Gläsern Whisky zurück.

»Hier, damit können wir uns aufwärmen. Momo, es wird Zeit, dass ich dir ein paar Sachen beibringe. Trink in kleinen Schlucken, und du wirst stark wie Samson. Marie, du bist noch etwas zu jung. Willst du nicht auf meinem Bett lesen, da bist du gleich neben der Heizung. Ich habe etwas mit deinem Bruder zu besprechen …«

Trotz ihrer Angst vor dem Gewitter nahm Marie ihr Buch und stand auf. Sie bat nur darum, die Türen offen zu lassen.

Im Vorübergehen gab Belle ihr einen lauten Schmatzer auf die Wange.

»Solche Sachen sind ja noch nichts für die Kleine …«

Belle hatte immer noch ihren Morgenrock an. Sie kniete auf dem Rand der Matratze. Wir hatten gar nicht daran gedacht, Licht zu machen. Im Halbdunkel war ihre Haut weißer als sonst. Sie trank ihren Whisky und verzog bei jedem Schluck das Gesicht.

»Mein Senator kommt heute auch nicht. Bei so einem Wolkenbruch könnte er sich den Tod holen. Ich mag ihn sehr, er ist ein richtiger Herr. Er hat fast siebzig Jahre auf dem Buckel … Ab und zu besucht er mich, wenn die Senatssitzungen im Palais du Luxembourg zu lange dauern. Sein Chauffeur bringt ihn von dort hierher und parkt in gebührendem Abstand in der Nähe der Rue de Rivoli. Bei ihm lasse ich mir Zeit. Ich helfe ihm die Stufen nach oben, koche Tee, rede mit ihm über die Neuigkeiten aus der *Wochenschau*. Seine Frau liegt schon seit einiger Zeit im Sterben. Ihr Testament hat sie schon gemacht. Da stehen Sachen drin wie: ›Heiraten Sie wieder, lieber Freund, werden Sie glücklich. Aber bitte wählen Sie eine Frau Ihres Alters.‹ Wie schreibt sie noch? ›Beachten Sie die natürliche Ordnung der Dinge.‹ Unglaublich, oder? Er hat fünfzig Jahre mit ihr verbracht, aber ich kenne die natürliche Ordnung ihres Kerls besser als sie. Die Natur des Senators wünscht sich nichts mehr als schöne straffe Haut und stehende Brüste, du verstehst schon, was ich meine.«

Belle redete immer lauter, jetzt saß sie im Schneidersitz auf der Matratze.

»Ich hoffe, ich langweile dich nicht mit meinen Geschichten, du hast ja noch Zeit, bis es so weit ist.«

Ich gab ihr mein Glas, nachdem ich ein ganz kleines bisschen probiert hatte, und sie trank es fast in einem Zug aus.

»Heute kommt niemand mehr, Kleiner, keiner kämpft sich meiner schönen Augen wegen durch das Unwetter. Früher, so vor fünf bis zehn Jahren, hätten sie sogar eine Lungenentzündung in Kauf genommen. Aber diese Zeiten sind vorbei, die Liebhaber sind müde. Ich übrigens auch. Vielleicht, weil ich alt werde. Sag mal, Momo, wie alt schätzt du mich?«

Der kleine Gérard hätte sich gut mit ihr verstanden. Er hätte sicher die richtigen Worte gefunden, er hatte die passende Statur.

»Weil du immer die Fischfrauen in den Hallen siehst, denkst du bestimmst, wir wären genau wie sie. Aber weißt du, ich bin viel besser, pass mal auf, ich zeig's dir.«

Sie legte sich unter die Lampe und beugte sich zur Seite, um an den Schalter zu kommen. Ihre Brust streifte meine Wange.

»Die Kunden sagen, meine Haut wär weicher als die Seide von Poiret, und solches Weiß fände man nirgendwo, als flösse Milch durch meine Adern. Na ja, nur meine Hände passen nicht, da hat sich die Natur geirrt. Die sehen aus wie die Pranken von 'nem Henker, die man an den Körper einer Prinzessin angenäht hat.«

Sie ließ ihre Ärmel hochrutschen und besah sich ihre Arme im Licht.

»Wenn sie zu mir ins Zimmer kommen, warne ich sie immer: ›Wenn du nicht magst, was du siehst, kannst du noch abhauen. Belle gibt dir immer Gelegenheit zu bereuen, dass du hergekommen bist. Wenn du mich aber anfasst, bezahlst du auch.‹ Weißt du, Momo, bevor sie sich hinlegen, sind sie bereit, ein Vermögen zu berappen. Sie sagen mir die schönsten Dinge, ich wär eine Göttin und so was. Dann aber, wenn es vorbei ist, dann ist es, als wäre ich gar nicht mehr da. Dann verschwinden sie ganz schnell, als gäbe es mich nicht. Deshalb ist es besser, dass sie vorher bezahlen, findest du nicht auch? Da muss man nicht in letzter Minute anfangen zu feilschen.«

Sie seufzte tief und unterdrückte einen Schluckauf. »Ich glaube, ich habe zu schnell getrunken ...«

Sie stützte sich auf das Waschbecken und zog sich hoch, um die zwei Gläser zu spülen. Danach ließ sie sich wieder auf die Matratze fallen. Gedankenverloren spielte sie mit den Pompons an ihrem Morgenrock.

»Weißt du, Momo, was ich dir sagen wollte ...« Sie sah zu mir auf und sagte mit einem scheuen Lächeln:

»Ich kann die Sachen nicht so richtig ausdrücken, denn ich bin nicht sehr gebildet. Ich rede ja jetzt schon die ganze Zeit, aber was ich eigentlich sagen will, ist, weißt du noch, wie ich euch beide, dich und Marie, entdeckt habe, zwei Spatzen, die aus dem Nest gefallen sind, da hab ich's gleich kapiert. Weil ich schon viele Geschichten über Kinder gehört habe, die plötzlich allein waren.«

Ein Blitz zuckte und wir schreckten hoch. Marie kam angerannt und setzte sich neben mich. Ein zweiter Blitz, dann ein dritter, und dann fiel der Strom aus. Die Nachbarinnen huschten über den Flur, schrien wie kleine Mädchen. Belle beugte sich zu mir und sagte leise:

»Du musst wissen, Momo, mir ist völlig egal, was die Leute sich über euch und eure Religion erzählen. Marie und du, ihr seid ein Glück für mich, und das ist das Allerwichtigste. Ich sollte in dieser Situation vielleicht nicht von Glück reden, aber ich kann euch immerhin ein bisschen von eurer Not abnehmen. Ich will euch nur Gutes, das glaubst du mir doch, oder? Das musst du, Momo, denn wenn du mir nicht vertrauen würdest, das könnte ich nicht ertragen. Seit vier Monaten ...«

Sie sprach ganz leise weiter, und es war, als würden ihre letzten Worte von der Dunkelheit verschluckt. Nach einem langen Schweigen schnäuzte sie sich leise und fuhr mit vernehmbarer Stimme fort:

»Ich glaube, es hat mich erwischt. Jedes Mal, wenn ich höre, wie jemand über die Juden schimpft oder abfällig über ihre Religion redet, bin ich mehr auf eurer Seite. Wenn ich Pinel begegne, dem Kerl aus dem ersten Stock, komme ich mir jüdischer vor als König David. Seine Frau hat den zweiten Preis für Leser des *Pilori* gewonnen. Die Frage hieß: ›Was soll man mit den Juden machen?‹ Sie hat tatsächlich vorgeschlagen, dass man die Juden kastrieren und in Ghettos einsperren soll, bis es ihre Rasse nicht mehr gibt. Sie behauptet, davon würde die Welt besser. Solche Leute sind doch keine Christen!«

Sie schüttelte empört den Kopf, und ich rückte dicht an sie heran. Mit dem Mund streifte ich ihre Haare, die nach Orangenblüten dufteten.

»Belle, du darfst keinem Menschen was davon sagen. Schwörst du es mir?«

Sie nahm mein Gesicht in die Hände, wollte etwas sagen, schwieg dann aber. Sie hielt mich lange an sich gedrückt, und auch Marie, die sich zwischen uns gesetzt hatte. Die Mädchen auf dem Flur kamen mit Kerzen herbei, Belle richtete sich auf.

»Sentimental darf ich aber nicht werden, das verdirbt mir den schönen Teint.«

Wir aßen bei Belle und saßen dabei im Kerzenlicht um ihren kleinen Ofen. Als wir danach wieder in unserer Kammer waren, wickelten wir uns in die Decke und schmiegten uns eng aneinander, bis wir uns an die Kälte gewöhnt hatten. Der Himmel war immer noch bewölkt, aber es regnete nicht mehr. Wie immer wenn es ans Einschlafen ging, konnte Marie kein Ende finden. Seit vier Monaten lachte sie am Tag und weinte in der Nacht. Ich erzählte ihr dann Geschichten über Sterne, selbst wenn der Himmel uns in dieser Nacht keinen einzigen Stern schenkte. Es waren Geschichten, wie Papa sie uns immer an Sommerabenden auf der Terrasse unserer Ferienwohnung erzählt hatte.

»Zeus liebte Kallisto, weißt du noch, Marie?«

»Ja.«

»Sie hat versucht, sich zu wehren, aber er liebte sie so sehr, dass sie von ihm ein Kind bekam, einen Sohn.«

»Dabei war er mit Hera verheiratet.«

»Hera war ganz wild vor Eifersucht und verwandelte die arme Kallisto in eine Bärin.«

»Und auch ihren Sohn …«

»Kallisto wurde der Große Bär und ihr Sohn der Kleine …«

»Du darfst nicht so laut sprechen, Maurice! Papa redete immer ganz leise, damit die Götter ihn nicht hörten.«

Also sprachen wir leise weiter.

»Du erinnerst dich, Marie, dass Hera sehr eifersüchtig war.«

»Ja, sie wollte sich einfach nicht beruhigen.«

»Sie bat Neptun, den Meergott, den beiden Bären zu verbieten, sich auf dem Ozean schlafen zu legen, damit sie nie Ruhe finden.«

»Deswegen sah man immer, wie der Große Bär am Himmel über dem Meer schwamm.«

»Ja, du hast ihn uns vom Balkon aus gezeigt. Er beugte sich jede Nacht über uns.«

Marie weinte nicht mehr.

»Ich will wieder ans Meer.«

»Wir sind bald wieder dort, Marie, das verspreche ich dir. Sobald Papa und Mama wiederkommen.«

»Wo sind Papa und Mama jetzt?«

»Ich hab dir doch schon gesagt, dass sie irgendwo im Gefängnis sind.«

»Sind sie denn Diebe?«

»Nein, sie haben nichts Böses getan, man hat sie aus Versehen eingesperrt.«

»Ich wünschte, dass sie hier wären, hier bei uns im Zimmer!«

»Sie sind nicht weit weg und passen auf uns auf, die ganze Zeit.«

»Wie die beiden Bären am Himmel.«

Marie drehte sich zur Wand und schlief ein. Auf dem Flur rief eine Stimme, es gebe wieder Licht. Ich blieb in Gedanken eine Weile am Meer in Südfrankreich. Ich sah uns auf unserer Terrasse in der Ferienwohnung Nr. 6 in der Résidence des Biches. Vier Jahre waren wir dort gewesen, dank des bezahlten Urlaubs. Das war vor dem Krieg gewesen. Ich starrte eine Weile in die Dunkelheit, als wäre es der Himmel über Südfrankreich. Dann schlief ich auch ein. Im Traum begleitete ich meinen Vater zum Bahnhof von Toulon. Wie jeden Sommer fuhr er eine Woche vor uns nach Paris zurück, um den Arbeitsbeginn bei Surreau nach den Betriebsferien vorzubereiten. Es war brüllend heiß. Papa betrat sein Abteil, stellte den Koffer ins Gepäckfach über seinem Sitz und hängte seine Jacke auf. Dann kam er noch mal auf den Bahnsteig, um mir auf Wiedersehen zu sagen. »Was ist mit uns passiert?«, fragte ich ihn. Er beugte sich herunter, um zu antworten, doch sein Gesicht war ausdruckslos. Da ertönte das Pfeifen, und Papa stieg wieder in den Zug, der sich nun langsam in Bewegung setzte. Er beugte sich aus dem Fenster und winkte mir zu. Ich lief bis zum Ende des Bahnsteigs nebenher.

Ich öffnete meine Augen und wollte sie nicht mehr schließen. Im Dunkeln hörte ich Maries regelmäßigen Atem. Vier Monate waren wir nun schon in dieser Abstellkammer … Hatte ich seit unserer Ankunft je ein paar Stunden hintereinander geschlafen? Ich setzte mich auf und lehnte mich gegen die Wand, Bilder zogen wie Wolken an mir vorbei …

Die Schüler in ihrer Uniform, der Rektor, der vor der Schule stand, unser Esszimmer in Fontenay, der Tisch, auf dem ich meine Hefte während der Vorbereitung auf die Prüfung ausgebreitet hatte. Nach dem Abendessen blieben meine Eltern in der Küche, um mich nicht zu stören. Am Tag, als die Ergebnisse bekanntgegeben wurden, wollte mich mein Vater unbedingt in die Schule begleiten. Ich sah, wie er am Schwarzen Brett mit den Namen der Kandidaten stand, von den drängelnden Schülern geschubst, und wie er langsam die Namenliste mit dem Zeigefinger entlangfuhr. Das wiederholte er mehrere Male und nickte dabei mit dem Kopf. Auf dem Heimweg sagte er nichts, aber zu meiner Mutter, die uns entgegengekommen war, sagte er:

»Das ist das erste Diplom, Clara, das erste in unserer Familie.«

Zur Feier des Tages gingen wir zu Fernands Restaurant an der Place des Cerisiers und aßen dort zu Abend. Ich seufzte tief, als ich daran dachte.

Schließlich stand ich auf. Mir reichte es, mich schlaflos herumzuwälzen, und so wollte ich lieber zu den Hallen gehen und durch die Pavillons streifen. Als ich die Kammer verließ, sah ich Licht unter Belles Tür. Ohne zu überlegen, klopfte ich an. Sie öffnete mir im Nachthemd mit zerzaustem Haar und schlaftrunkenem Blick.

»Ach, du bist es, ich dachte schon, ich träume. Ich bin beim Lesen der Illustrierten eingeschlafen.«

Sie ließ mich eintreten und zog ihren Morgenrock über. »Wusstest du, dass man seine Nase verschönern kann, wenn man nachts eine Maske trägt? Man macht sie hinter den Ohren fest, es dauert nur ein halbes Jahr ... Das haben die Engländer erfunden ... Jedenfalls steht das in der Zeitung.«

Sie machte das Bett und forderte mich auf, mich hinzusetzen.

»Möchtest du was trinken? Ein Gläschen?«

Ich schüttelte den Kopf. Sie spritzte sich Wasser ins Gesicht, zog den Ofen heran und setzte sich neben mich.

»Das ist alles nicht zum Lachen, nicht wahr, mein Junge?«

Sie fuhr mir mit den Fingern durchs Haar, dann sagte sie kaum hörbar:

»Was geht in diesem hübschen Kopf vor?« Sie legte meinen Kopf an ihre Schultern. »Was hast du? Ist es wegen deiner Eltern? Sollen wir darüber reden?«

»Ich weiß nicht ...«

»Du musst es nicht, du kannst auch nichts sagen, wenn es dir lieber ist.«

»Ich versuche, mich an das letzte Gespräch zu erinnern, das ich mit meinem Vater hatte. Es war am Morgen seiner Verhaftung, vielleicht auch am Tag davor ... mir fällt nichts mehr ein. Es ist wie ein schwarzes Loch. Sogar an sein Gesicht kann ich mich nicht mehr richtig erinnern. Ich spüre, dass er sich immer weiter entfernt.«

»Dann versuch, an andere Momente zu denken, die fest in deinem Kopf verankert sind. Wärm dich an schönen Augenblicken.«

»Heute Nacht habe ich ihn wiedergesehen. Es war im Juli, am Tag, als die Prüfungsergebnisse veröffentlicht wurden. Und auch an den nächsten Tag erinnere ich mich ...«

»Willst du es mir erzählen?«

»Papa hatte mich frühmorgens geweckt, um zum Friedhof zu gehen. Mit der Metro fuhren wir bis Bagneux. Ich sehe noch das riesige Eingangstor vor mir ... Dann ging mein Vater in einen Blumenladen. Er kaufte eine Topfpflanze und lieh sich beim Blumenhändler eine Schaufel aus. Wir gingen durch mehrere Alleen mit Gräbern an beiden Seiten. Papa blieb an einem Grab stehen, das aussah wie viele andere. Der Name seiner Eltern stand darauf, und auch ihre Lebensdaten.

Er kniete sich hin, kratzte mit der Schaufel die Marmorplatte frei und entfernte Erde und Steinchen. Dann grub er ein Loch in die Erde, um die Blumen zu pflanzen. Ich wartete auf einer Bank aus Stein gleich hinter ihm, im Schatten eines großen Baumes. Er wusch sich die Hände an einem Brunnen und setzte sich neben mich. Wir waren beide wie verloren in der Stille des Friedhofs, aber es war angenehm, wir wollten da bleiben und auf das Grab schauen. Plötzlich rief mein Vater aus:

›Habt ihr gesehen, was mein Junge geschafft hat?‹

Ich sah ihn erstaunt an, er lächelte seinen Eltern zu. Niemals hatte ich ein solches Lächeln bei ihm gesehen, es kam aus seinem tiefsten Innern, sein Gesicht strahlte. Dann sah er mich an und sagte leise:

›Ich bin stolz auf dich, du kannst dir gar nicht vorstellen, wie sehr.‹ An diesen Vormittag auf dem Friedhof kann ich mich gut erinnern und auch an sein Gesicht, als er seinen Eltern zulächelte.«

Belle zündete sich eine Zigarette an und trat ans Fenster. Sie nahm einen tiefen Zug und blickte hinaus.

»Das Lächeln deines Vaters für seine Eltern, ich glaube, ich verstehe ihn. Vielleicht tun wir vieles, was wichtig ist, den Toten zuliebe. So zeigen wir ihnen, dass sie nicht umsonst gelebt haben.«

Sie drehte sich zu mir um.

»Ich habe keine solchen Erinnerungen. Mein Alter ist vor meiner Geburt abgehauen. Meine Mutter wusste nicht mal mehr, ob er Maurer oder Bauer war. Stell dir vor, er wäre wirklich Bauer! Vielleicht kommt er hier zu den Hallen und bringt seine Waren her. Stell dir vor, er wäre ein Kunde von mir, ich hätte mit ihm geschlafen, und er hätte mir tausend unanständige Sachen gesagt, das wäre ja wohl der Gipfel!«

Sie rauchte schweigend weiter und drückte den Stummel im Waschbecken aus.

»Du hast wirklich Glück, Momo, dass dein Vater so was gesagt hat. ›Seht mal, was er geschafft hat‹ und ›Ich bin stolz auf dich‹. So was hat noch nie einer zu mir gesagt. Das muss einem ja Bärenkräfte geben!«

»Mama hat immer gesagt, nur wegen Marie und mir wäre Papa so stark.«

»Es gibt bestimmt ein ganz festes Band zwischen euch, und das hat nichts mit den Genen zu tun, wie es jetzt immer in den Illustrierten heißt. Da ist etwas ganz Starkes, das gibt eine Generation an die nächste weiter. Man kann es nicht sehen, genauso wenig wie die Seele. Ich glaube ja nicht an irgendwelchen Hokuspokus, aber eins ist sicher, Momo. Dein Vater, der hat gelächelt, weil er Dinge sah, von denen wir keine Ahnung haben.«

Ich stand auf, um zu gehen. Auf dem Flur nahm Belle meine Hände und gab mir einen Kuss auf die Wange.

»Weißt du, Momo, ich sage mir oft, wenn man einen Mann kennenlernen will, reicht es, seine Kinder zu kennen. Dein Papa, das muss ein ganz prachtvoller Kerl sein.«

Am nächsten Tag ging ich wieder zu der Schule im Cloître-Saint-Merri. Weiter oben in der Straße hatte ich einen Schulbuchladen entdeckt. Ich schob die Tür auf und die Ladenglocke über der Tür klingelte. Im Laden sah ich niemanden. Dann kam eine Dame mit hochgestecktem weißem Haar aus dem Lager nach vorne.

»Guten Tag, junger Mann, was möchten Sie?«

»Ich hätte gern ein Mathematikbuch, und eins für Diktate, für die fünfte Klasse.«

»Sie finden es dort hinter dem Ständer mit der Belletristik.«

Ich ging zu den Regalen und sah mir die Bücher an. Die Buchhändlerin war sicher über siebzig. Sie saß auf einem hohen Stuhl hinter der Kasse und las in einer Zeitung, während ich mir Mathematikbücher anschaute. Ich nahm das dickste. Ich nahm auch ein Buch mit Diktaten, das konnte nichts schaden. Mit den beiden Büchern in der Hand drehte ich mich zu der Frau um, die mich über ihre Brillengläser hinweg musterte.

»Und, haben Sie gefunden, was Sie suchten?«

»Noch nicht, Madame, ich suche noch.«

Ich sah mir alle Regale von oben bis unten an, kniete mich hinter den Aufsteller, wo man mich nicht sehen konnte, und schob die Bücher unter Pullover und Hose. Dann knöpfte ich die Jacke zu.

»Finden Sie nichts?« Die Buchhändlerin kam um den Aufsteller herum. »Sehen Sie, hier sind die Bücher mit Diktaten. Am besten nehmen Sie Auszüge aus *Poile de carotte.* Die hatten wir schon für meine Kinder, und es gibt einfach nichts Besseres. Bei der Mathematik müssen Sie schon selber schauen, da kenne ich mich nicht so gut aus …«

»Ich komme wieder, ich muss es mir noch überlegen.«

Sie sah mir nach, als ich den Laden verließ und die Straße entlangging. Ich bewegte mich schnell, den Kopf gesenkt, die Arme über dem Bauch verschränkt, und beschloss, mir später Stifte und Hefte auf die gleiche Weise zu besorgen, am besten, wenn viele Leute im Laden waren.

Ich brachte Marie die Bücher. »Wir fangen mit Mathe an, morgen machen wir ein Diktat. Ich muss noch mal los, um die anderen Sachen zu besorgen.«

»Müssen wir denn schon heute anfangen?«

»Du hast schon viel Zeit verloren, Marie. Lies mal das erste Kapitel in dem Buch, und zwar genau. Sie erklären auch, was du dir besonders merken musst. Danach machen wir die Übungen, um sicher zu sein, dass du alles verstanden hast.«

Sie blätterte in den ersten Seiten.

»Diese Rechnungen kann ich schon. Ich kann auch das große Einmaleins, ich kann es aufsagen, wenn du willst. Ich hab keine Lust auf diese ganzen Aufgaben.«

»Du musst üben, Marie, es geht leider nicht anders.«

»Ich sag doch, dass ich das Einmaleins auswendig kann. Du kannst Papa fragen.«

Sie ließ das Buch fallen, warf sich auf die Matratze und drehte mir den Rücken zu.

»Hör mal, Marie. Du kennst doch den Tennisspieler Donald Budge … Er ist ein Großmeister, das findest du sicher auch. Er kennt alle Bewegungen für sein Spiel genau, aber wenn er nicht jeden Tag trainiert, dann sinkt sein Niveau, Talent hin oder her. Dann gewinnt er auch nicht mehr Roland-Garros gegen diesen Nazi Menzel, erinnerst du dich?«

»Ich übe ja gern, aber nur in einem schönen Heft. Und mit Buntstiften.«

Ich wartete vor der Schule auf das Ende des Unterrichts. Gegen Mittag strömten Dutzende Schüler auf den Bürgersteig. Manche von ihnen gingen zu der Buchhandlung, und ich lief nebenher. Hinter mir kamen noch andere Kinder, und bald war der Laden brechend voll. Ein junger Mann, vielleicht der Enkel der Besitzerin, gab den Kunden Auskunft.

Ein paar Schüler blätterten in Handbüchern, andere schrieben Passagen daraus auf ein Blatt. Ich nahm ein schönes kariertes Heft mit Rand, ein Zeichenheft, einen Bleistift und fünf Buntstifte. In der hintersten Ecke der Buchhandlung, nah an der Wand und in der Hocke wie beim letzten Mal, schob ich die Hefte in meine Hose und die Stifte in die Tasche.

Auf den Stufen der Saint-Merri-Kirche saßen einige Jungen und aßen Mittag. Sie waren ungefähr so alt wie ich. Einer von ihnen öffnete eine Keksdose und hielt sie den anderen hin. Eine Flasche Limonade und Zigarettenstummel machten die Runde. Ihr Gespräch wurde lebhafter, weil der Junge mit den Keksen Darui verteidigte, den Torwart von Red Star Olympique, der bei der Meisterschaft der besetzten Zone zwei Tore von Reims einkassiert hatte. Ich setzte mich weiter oben hin, gleich unter die Fenster. Ich war seiner Meinung, Darui konnte man nicht dafür verantwortlich machen. Sein Foto hing in Fontenay über meinem Bett. Ich mochte ihn, besonders seine Dribblings. Die Red Stars waren meine Lieblingsmannschaft. Sie spielten in Saint-Ouen, in einem Stadion, dessen Osttribüne von der Firma meines Vaters renoviert worden war. Ab und zu bekam mein Vater Einladungen zu den Meisterschaftsspielen. Wenn sie sonntags stattfanden, nahm er mich mit. Eines Tages, es war der schönste meines Lebens, lud uns der Direktor des Stadions zu einem Mannschaftstraining ein. Mein Vater nahm sich dafür einen Nachmittag frei. Die Spieler wurden uns der Reihe nach vorgestellt, ich konnte es kaum glauben, dann durfte ich mit Segent, Thébenot und Bersoulle ein paar Bälle spielen. An diesem Tag signierte mir der berühmte Darui auch sein Foto.

Nach dem Essen zog einer der Jungen einen kleinen Lederball aus der Schultasche und rief:

»Wir spielen das Spiel auf dem Plateau Beaubourg nach. Wer kommt mit?«

Sie sprangen auf und liefen durch die Rue Brisemiche, eine düstere Gasse mit Kopfsteinpflaster gegenüber der Kirche. Ich folgte ihnen. An den Wänden klebten alte Werbeplakate, die Häuserwände der Gasse waren so schief, dass sie sich einander zuneigten, und die Bürgersteige waren so schmal, dass nur ein Fuß darauf passte. Erst am anderen Ende der Gasse wurde es wieder hell. Hier mündete sie in ein großes, unbebautes, viereckiges Gelände, so groß wie das der Hallen. Dort standen in wildem Durcheinander Hunderte Fahrzeuge aller Art herum. Die Jungen bildeten in einer freien Ecke des Geländes zwei

Mannschaften. Reims gegen Red Star. Ich setzte mich auf die Kühlerhaube eines Wagens und sah ihnen zu. Sie waren vier gegen fünf, und das führte zu einer lebhaften Debatte. Als sie mich bemerkten, sagte einer von ihnen etwas zu dem Jungen, dem der Ball gehörte. Er sah zu mir hinüber und schüttelte den Kopf. Dann veränderte er die Mannschaften, verteilte die besseren Spieler auf beide Seiten, um ein Gleichgewicht herzustellen. Sie spielten fast eine Stunde lang im Unterhemd. Mir war kalt, weil ein eisiger Wind über das Plateau Beaubourg wehte. Als der Ball einmal bis zu mir rollte, schoss ich ihn mit dem Innenfuß zurück, so wie Georges Meuris es immer machte. Von der Kirchturmuhr schlug es zwei. Die Jungen zogen sich wieder an und rannten durch die Rue Brisemiche zurück.

Marie wartete bestimmt schon auf mich. Deshalb lief ich schnell zu unserem Gebäude zurück.

Als ich zurückkam, saßen Marie und Belle über das Mathematikbuch gebeugt an unserem Tisch.

»Sie kennt das Einmaleins rauf und runter. Ein schlaues Köpfchen!«

Marie war ganz aufgeregt und hielt das Buch in die Höhe. »Ich habe jedes Mal gewonnen, Momo! Wir haben um die Wette auf die Fragen geantwortet. Die erste Lektion haben wir schon.«

Belle fasste sie am Kinn und sagte lächelnd:

»Vielleicht wirst du mal Lehrerin. Ich hätte auch studieren können, ich war, wie es hieß, auf meine Weise auch sehr begabt. Aus mir wäre vielleicht was geworden, Krankenschwester, Schriftstellerin, Herzogin. Sie hätten Madame zu mir gesagt, wären höflich und rücksichtsvoll zu mir gewesen. ›Madame, wollen Sie die Güte haben, einzutreten?‹ Aber meine Mutter hat mich nie darin bestärkt. Sie hatte andere Dinge zu tun.«

Als sie hinausging, sah sie Marie an und drohte ihr scherzhaft mit dem Finger.

»Morgen räche ich mich beim Diktat. In Rechtschreibung bin ich nämlich immer noch ganz gut!«

»Warte mal, Belle!«

Marie holte aus ihrer Tasche *Sophies Unglück.* »Du kannst es haben, ich kenne es inzwischen fast auswendig. Momo kauft mir andere Bücher.«

Belle sah sich das Buch an und begann darin zu blättern. Sie lächelte.

»Weißt du was, Marie? Wir gehen jetzt zu mir rüber und suchen einen guten Platz für das schöne Buch. Momo, komm auch mit, du kannst uns dann sagen, wo wir es am besten hintun.«

Sie stiegen auf das Bett, räumten das Regalbrett frei und stellten das Buch vorsichtig darauf. Sie fragten mich, ob ich es so gut fände. Das Buch stand in seinem festen Einband wie eine Sonne über der Welt der Unordnung, in der Belle sich den ganzen Tag über in ihrem Bett räkelte.

Die Blume aus Witebsk

Neujahr 1942

Nach Weihnachten gab es plötzlich wieder massenweise Fisch. Wir rackerten uns zehn Stunden am Tag ab und schafften es doch nicht, der großen Nachfrage Herr zu werden. Wir gingen auf dem Zahnfleisch. Am Silvestertag waren wir bis acht Uhr abends mit den Bestellungen beschäftigt. Dann packten wir den Stand zusammen, luden alles in La Ridelles Wagen, und danach wollte er unbedingt mit mir zu Marius.

Das Bistro war brechend voll, die Scheiben waren beschlagen, dicker Zigarettenrauch erfüllte die Luft. Im Geruch von Küche, Tabak und Schweiß tummelten sich Händler, Träger und Fahrer, lachend und mit roten Gesichtern. Inmitten all des Gelächters sang Jeanne mit durchdringender Stimme, um das Neue Jahr zu feiern. Marius hatte eine bunte Lichterkette aufgehängt. Wir schlängelten uns bis zur Theke vor, und La Ridelle bestellte eine Flasche Châteauneuf.

»Was wünschst du dir für das Jahr '42, mein Junge?« Er hielt mir ein Glas hin und stieß mir den Ellbogen in die Rippen. »Fällt dir irgendwas ein?«

Jeanne antwortete an meiner Stelle.

»Natürlich hat der Junge was vor. Garantiert will er das neue Jahr in den Armen einer süßen Puppe beginnen. Gute Idee. Ich hab's dir ja schon gesagt, mein schöner Engel, komm zu Jeanne. Sie öffnet dir die Türen zur Welt der Genüsse, und diese Türen machst du nie wieder zu.«

La Ridelle packte sie an ihrem roten Schopf und drückte ihren Mund auf seinen.

»Lass den Jungen in Ruhe, Jeanne, du bist zu alt für ihn. Konzentrier dich lieber auf Altbewährtes.«

Jeanne stieß ihn lachend von sich und räusperte sich, bevor sie *Ein liebes Wort von dir* sang. La Ridelle und Marius hoben sie auf die Theke. Nach dem ersten Vers verlor sich ihre Stimme im allgemeinen Lärm, aber niemand kam auf die Idee, sie wieder herunterzuheben. La Ridelle hatte die Flasche fast leer getrunken und zündete sich seine Pfeife an. Er hielt sie mit den Zähnen fest und meinte:

»Sag, mein Sohn, was hast du im neuen Jahr vor? Geld? Liebe? Beides? Es passt gut zusammen.«

»Wir könnten wieder solche Wochen erleben wie die letzte. Das wär doch nicht schlecht, oder?«

»Da hast du recht. Ich habe übrigens große Pläne für uns beide.«

Wir wurden von den vielen Gästen gegen die Theke gedrückt. La Ridelle bestellte eine neue Flasche und sagte etwas zu Marius, der uns einen Platz an einem abseits stehenden Tisch gab. Er servierte uns den Wein und dazu einen Teller mit feinen Wurstspezialitäten, der unter einer Serviette versteckt war.

»Ganz besonders feine Ware, ich schreib sie dir mit an. Sie ist drei Pfund Sardinen wert. Du kannst es nächste Woche bezahlen.«

Ich trank ein halbes Glas Wein, während sich La Ridelle den Rest der Flasche reinkippte. Seine Augen waren rot, er redete laut auf mich ein, den Oberkörper schwer auf die Tischplatte gestützt.

»Mit dir gibt es nie Ärger, Momo. Wie lange rackern wir uns jetzt schon zusammen ab? Zwei Monate oder drei? Ich vertrau dir blind, du kapierst schnell, hast Sinn fürs Geschäft entwickelt, vor allem schreckst du vor Arbeit nicht zurück. So was hab ich noch nie erlebt. Egal ob es regnet, ob die Kunden meckern oder wir die ganze Nacht wie wild schuften müssen, du beschwerst dich nie, bist immer zur Stelle.«

Er starrte mich an, schwer atmend und mit nach vorn gerecktem Kopf. »Manchmal guck ich dich an und sag mir: Der Junge, der hat eine dickes Fell. Man kann fast Angst kriegen! Seit einiger Zeit frage ich mich, woher du kommst. Nie redest du über deine Alten oder die Schule, ich weiß so gut wie gar nichts über dich. Was steckt dahinter, mein Junge?«

Er hatte die feine Wurst aufgegessen und goss sich ein neues Glas ein, das er in einem Zug austrank. Dann knöpfte er seinen Kittel auf, löste die Träger seiner Latzhose und wischte sich die Stirn mit der Serviette ab, die auf der Platte gelegen hatte.

»Weißt du, du bist mir nicht egal. Ich mag dich einfach, ich könnte dich lieben wie einen eigenen Sohn. Deshalb frage ich mich eben ... aber du erzählst mir nie was.«

Er sah mir in die Augen. Ich wandte den Kopf zur Seite und schaute angelegentlich auf das Treiben im gut besuchten Bistro. Über der Theke blinkten die bunten Glühbirnchen. Marius reckte sich in die Höhe und schraubte sie fest, wenn ihr Licht flackerte. Sein kariertes Hemd war durchgeschwitzt. Er bediente an der Theke und im Bistro, machte die Rechnungen fertig, begrüßte die Leute mit Namen.

La Ridelle gab nicht auf.

»Warum redest du nie mit mir? Hast du denn gar kein Vertrauen?« Er umschlang meinen Nacken und drückte seine Stirn gegen meine. »Hörst du, was ich sage, Maurice? Ich könnte dich gern haben wie einen eigenen Sohn. Verstehst du nicht, was ich damit meine?«

Sein Atem, der nach Alkohol roch, streifte mein Gesicht. Schließlich löste er seine Umarmung und schob brüsk seinen Stuhl nach hinten. Er klopfte seine Pfeife auf dem Tisch aus und stopfte sich eine neue.

»Ich könnte dir eine Existenz geben, deine Zukunft sichern. Da würde sich mancher die Finger nach lecken, glaub mir! Aber ich muss das Gefühl haben, dass du mir vertraust. Du musst mit mir reden. Ich brauche ein bisschen menschliche Nähe, ich kann nicht mit einer Wand zusammenarbeiten, verstehst du?«

Seine Stimme war lauter geworden, und er sah mich fragend an.

»Wo kommst du her, Maurice? Was soll die Geheimnistuerei?«

Mir standen Tränen in den Augen, und ich war kurz davor, ihm meine Geschichte zu erzählen, doch genau in diesem Moment kam Marius und brachte uns die Karte mit dem Menü des Chefs.

Er hatte sie für den besonderen Anlass mit der Hand geschrieben, mit Verzierungen und Schnörkeln.

»Sagt mir, worauf ihr Lust habt.«

Ich hielt mich an der Karte fest und las das Menü mehrmals durch, um mich wieder zu beruhigen. Gekochte Eier mit Senf, Chicorée in Honig, Huhn in Rotwein, geschmorte Pilze. Ob ich auf etwas Lust hatte? Mir lief das Wasser im Munde zusammen. Marius kam, um zu fragen, was wir wollten.

»Wirklich nichts? Komm morgen wieder vorbei, Maurice, es wird was übrig bleiben. Pierrot hat sich heute in der Küche selbst übertroffen. Ich kann ihn einfach nicht stoppen.«

Er stellte noch zwei Stühle hin, deckte zwei Gedecke auf und platzierte ein Paar zu uns an den Tisch. Auch La Ridelle schien sich wieder beruhigt zu haben. Er starrte mich durch den Rauch nachdenklich an.

»Morgen haben wir frei. Willst du bei uns essen, Momo? Meine Tochter kommt auch. Aber wahrscheinlich bleibst du lieber bei deinen Leuten.«

»Ja, morgen bin ich bei meiner Familie.« Ich nickte verlegen. »Na, ich muss jetzt los, sie warten mit dem Essen auf mich. Wir sehen uns dann übermorgen wieder auf dem Markt.«

La Ridelle zuckte die Achseln und zog ein Paket aus seinem Kittel.

»Hier, deine Bezahlung für heute. Der schönste Butt der Woche. Frohes neues Jahr, Maurice.«

Ich stand auf, und er packte mich am Arm.

»Du kannst dir nicht vorstellen, wie sehr es mir wehtut, dass du nie redest.«

Marie wartete bei Belle auf mich. Sie spielten gerade Karten. Der Tisch war schon gedeckt, sie hatten Girlanden aus Glanzpapier gebastelt, die wie Schlangen zwischen den Gläsern lagen. Belle kochte mit dem Butt ein wahres Festessen, zum Nachtisch gab es Maroneneis. Ich war viel zu müde, um zu warten, bis die Turmuhr von Saint-Eustache zwölf Mal schlug. Kaum hatte ich den Nachtisch gegessen, ging ich in unsere Kammer und fiel sofort in einen tiefen Schlaf, ohne mich auszuziehen, nicht mal die Schuhe.

Als ich aufwachte, war es taghell. Marie saß neben mir, hielt einen Bogen Papier in der Hand und sah sehr nachdenklich aus.

»Das ist Papas Schrift, ich erkenne sie wieder. ›Mein lieber Momo …‹ Und was ist mit mir?«

»Wo hast du diesen Brief her?«

»Weiß nicht, jemand hat ihn unter der Tür durchgeschoben, als du geschlafen hast. Auf dem Umschlag steht Avenue Henri Barbusse … das Lager …«

Ich riss ihr den Brief aus der Hand und überflog begierig die Zeilen.

»… und ich kann sie von meinem Zimmer aus sehen. An der Ecke Rue de l'Espérance ist eine kleine Apotheke. Komm an dem Tag, an dem Mama und ich immer unser Kennenlernen feiern. Du weißt es sicher noch, wir feiern es ja jedes Jahr zusammen. Komm genau um 12 Uhr mittags. Mein Zimmer liegt hinter einem Balkon auf der kürzeren Seite des Gebäudes, das eine U-Form hat. Du siehst mich am sechsten Fenster von rechts im zweiten Stock. Wenn es dir und Marie gut geht, heb den rechten Arm. Geht es euch schlecht, den linken. Halt den Arm mindestens zehn Sekunden hoch. Dann hebst du den Arm wieder, um mir zu sagen, wie es Mama geht: den rechten, wenn du etwas weißt, den linken, wenn nicht. Geht's ihr gut, halt den rechten Arm mindestens zehn Sekunden hoch, wenn's nicht so ist, nur fünf Sekunden. Ich weiß, dass das Wahnsinn ist, aber ich muss wissen, wie es euch geht. Viele Gefangene bitten ihre Familien, ihnen solche Zeichen zu geben, und haben mir versichert, bisher sei noch niemand verhaftet worden. Geh nicht ins Gebäude, sprich nicht mit den Gendarmen und rede mit niemandem. Nimm keinerlei Papiere mit und komm allein. Du musst danach gleich weggehen und darfst auf keinen Fall noch mal wiederkommen. Bleibt dort, wo ihr jetzt seid, bis Mama und ich kommen und euch abholen. Ich habe einen der Aufseher überreden können, diesen Brief an Monsieur Surreau zu geben, und der wird ihn euch überbringen. Die Adresse steht auf der Rückseite.

Dein Papa

Ich las den Brief mehrmals laut vor. Marie lachte und hob den Arm.

»Den rechten Arm … zehn Sekunden. Dann den linken. Ich kann das auch.«

»Marie, er lebt, Papa lebt! Er ist immer noch in der Nähe von Paris.«

»Letztes Mal hat er an uns beide geschrieben …«, beschwerte sich Marie.

»Sieh mal, hier auf der Rückseite hat er einen Plan gezeichnet.«

»Ich will Papa auch wiedersehen.«

Vor vier Monaten war mein Vater verhaftet worden, und dies war nach langem Schweigen die erste Nachricht von ihm. Er hatte es geschafft, uns zu erreichen. Jetzt war wieder alles möglich. Aufgeregt ging ich hinüber zu Belle, um ihr den Brief zu zeigen.

»Ich versteh nur Bahnhof, Momo. Hat das dein Vater geschrieben?«

»Ja, das ist seine Schrift, ich erkenne sie wieder.«

»Und wenn sie dich auch verhaften?«

»Er schreibt, es ist nicht gefährlich.«

»Vorsicht, Momo, man soll den Teufel nicht herausfordern.«

Für mich stand fest, dass ich hingehen würde. Papa wiederzusehen war das Allerwichtigste für mich. Dass dies eine Falle war, konnte ich mir kaum vorstellen. Ich verstand sowieso nicht, warum wir Feinde hatten und wieso Papa überhaupt verhaftet worden war. Belle las den Brief noch einmal.

»Und dann all diese Bewegungen und Handzeichen, das kapiert man doch überhaupt nicht. Mal sehen, lass es uns mal ausprobieren.«

Belle ließ mich zehnmal alle Gesten vormachen. Als ihr klar wurde, dass sie mich nicht davon abbringen konnte, zu dem Treffpunkt zu gehen, beschloss sie, mich zu begleiten.

»Wann findet unser Ausflug denn statt?«

»Am vierzehnten Februar.«

»Das sind noch sechs Wochen. Und wie willst du wissen, ob er dann überhaupt noch da ist?«

»Wenn er es so schreibt, wird es schon so sein.«

»Bist du dir auch ganz sicher, dass es der vierzehnten Februar ist, Momo? Ich fürchte, mehr als einmal hab ich nicht die Courage, dort hinzugehen.«

Der vierzehnte Februar war ein Datum, das meinen Eltern sehr am Herzen lag. Wir feierten diesen Tag immer bei Fernand im Restaurant. Anfang des Monats schrieb Mama auf die Schiefertafel, wie viel es kosten würde, und sparte die Summe beim Einkaufen ein. An diesem Tag kam mein Vater immer etwas früher von der Arbeit nach Hause. Er zog sich fein an, wie bei den Feiern in der Firma Surreau, wenn er vor der Personalversammlung sprechen musste. Mama und er gingen Arm in Arm die Rue des Érables hinunter bis zur Place des Cerisiers, und dort im Restaurant empfing uns Fernand mit Rosé-Champagner. Da dieses Jubiläum am Valentinstag stattfand, waren alle Tische mit roten Herzen aus Krepppapier verziert, die Fernands Frau selbst gemacht hatte, und dazwischen lagen frische Rosen.

Meine Eltern hatten sich am 14. Februar 1925 in einem weißrussischen Studentenheim im 5. Arrondissement kennengelernt. Mein Vater war dort, um das Zimmer eines jungen Lehrlings aus Minsk zu bezahlen, der gerade bei Surreau anfing. Meine Mutter war gerade aus Witebsk gekommen, um Kurse an der École des Beaux-Arts zu besuchen. Was hat er ihr wohl gesagt, um es zu einer Verabredung zu bringen? Jedes Jahr erzählte Papa wieder von ihrer ersten Begegnung, dazu tranken sie Wein, während ich mit den Papierherzen spielte. Mama hörte ihm mit ihrem schönen Lächeln zu, den Kopf auf den Ellbogen gestützt. Er hatte die schönste Blume aus Witebsk gepflückt.

Die Romane meiner Mutter

Januar 1942

La Ridelle sprach nicht mehr von einer gemeinsamen Zukunft. Seit der Szene am Silvesterabend war unser Verhältnis abgekühlt. Er führte sich auf wie ein abgewiesener Liebhaber, war unfreundlich und mäkelte sogar an mir herum, wenn ich etwas verkauft hatte.

Auch bei der Größe der Fische, mit denen er meine Arbeit bezahlte, wurde er kleinlich. Gegen die eisige Kälte im Januar verkaufte er mir eine Mütze und einen alten Mantel mit Lammfellfutter für einen horrenden Preis. Wenn wir uns nach der Arbeit verabschiedeten, war ich jedes Mal erleichtert.

Ich gab Marie Unterricht, danach ging ich aufs Plateau Beaubourg, um auf andere Gedanken zu kommen. Ich setzte mich auf einen Karren und sah zu, wie die Schüler Fußball spielten. Ich kannte bald alle ihre Vornamen, wusste, in welcher Klasse sie waren und wie es in ihren Familien zuging. Manchmal besuchte ich die kleine Buchhandlung, blätterte in Schulbüchern herum und klappte sie wieder zu. Da ich nach der Arbeit nichts mehr mit La Ridelle machte, hatte ich Zeit für mich und Marie. Jeden Tag erklärte sie mir eigensinnig: »Am vierzehnten Februar komme ich mit.«

»Das kommt nicht in Frage, es ist viel zu gefährlich, die Gendarmen könnten uns schnappen.«

»Die Gendarmen? Was haben wir denn verbrochen?«

»Im Moment verhaften sie viele Leute einfach so.«

»Haben sie Mama auch verhaftet?«

Sie machte Fortschritte in Mathe und Rechtschreibung. Ich brachte ihr Romane von Jules Verne, Alexandre Dumas, Victor Hugo und Maupassant mit. Sie wollte immer mehr zu lesen haben, verschlang alles, und wenn sie ein Buch ausgelesen hatte, gab sie es an Belle weiter, die es in den Wartezeiten zwischen ihren Besuchern las. Beim Abendessen redeten sie darüber.

»Das arme Mädchen in *Ein Leben*, wie heißt sie noch? Ach ja, Jeanne. Wie gemein die Männer sie behandeln! Bis ich das Buch fertig habe, brauche ich sicher das ganze Jahr. Marie, weißt du was, dieser Maupassant, der muss damals hier gewesen sein, denn solche Gemeinheiten kannst du jeden Tag unten im Haus erleben. Das menschliche Elend auf der Straße, es geht immer weiter und hält sich wie Unkraut.«

Dass Marie so gern las, hatte sie von Mama, die in die Bibliothek ging, als beträte sie eine Kirche, leise und ehrfürchtig. In Witebsk hatte sie kein Gymnasium besuchen können, und was sie nicht wusste, das wollte sie aus den Büchern lernen. Zweimal in der Woche nahm sie den Bus an der Place des Cerisiers und fuhr zur Bibliothek von Fontenay. Für die Begegnung mit Dostojewski und Goethe warf sie sich in Schale. Bevor wir in die Ferien fuhren, wählte sie mit dem Bibliothekar ihre Lektüre aus. Sie wollte im Urlaub nur Geschichten lesen, die gut ausgingen. Beim Kofferpacken wickelte sie die Bücher in ein Badehandtuch und klemmte sie in der Kofferecke fest. Kaum hatten wir unsere Ferienwohnung bezogen, legte sie die Bücher auf ihren Nachttisch. Dann öffnete sie eins nach dem anderen, sog den Duft von Papier und Druckerschwärze ein, las in jedem Buch ein paar Seiten, sah sich die Namen der vorherigen Leser an, die sie nun in ihre Gemeinschaft aufnahmen, und dann wählte sie ihren ersten Ferienroman aus. Wenn wir unsere Siesta hielten, legte sie ihren Kopf auf Papas Schulter und machte sich in Begleitung ihrer Helden auf in die Ferne.

Mamas Innenwelt war reich und voller Licht und war sicher viel heller und freundlicher als die Welt, die Papa ihr bieten konnte. Als sie im Zug aus Witebsk hierher gereist war, hatte Mama sich ihr Leben sicher einfacher vorgestellt. Die Lehrer an der Kunsthochschule dort hatten ihr Talent und ihre Schönheit gefördert. Tagsüber stand sie ihnen Modell, nachts brachten sie ihr bei, was sie selber konnten. Dann lernte sie meinen Vater kennen. Sie passte sich seiner Welt an, die viel enger war als die ihre, und fügte sich in die Regeln eines Buchhalterlebens. Niemals hat sie sich darüber beklagt. Sie glaubte unerschütterlich an die Zukunft. Sie fühlte sich von einer freundlichen Hand geleitet und war sicher, dass sie sich auf eine strahlende Zukunft zubewegte. Ihre Welt schien wie auf den Gemälden zu sein, die sie mir in ihren Kunstkatalogen zeigte. Wie die Figuren auf den Bildern von Chagall, den sie verehrte, schwebte sie über kargen Landschaften, irgendwo zwischen Himmel und Erde. Wie in ihren Lieblingsromanen musste im Lauf der Geschichte das Böse erledigt werden und das Gute siegen. Das Beste lag noch vor ihr, und bis es so weit war, erntete sie die wenigen Früchte, die ihr das Schicksal zugestand.

An jenem Abend des 20. August 1940 war sie beunruhigt, weil Papa nicht nach Hause kam, und ging zu Annette, der Concierge, in die Loge. Dort gab es ein Telefon. Ich nannte der Vermittlung die Nummer »Bastille 31 37«, reichte Mama den Hörer, nahm selbst die zweite Hörmuschel und hörte mit. »Sie sprechen mit der Firma Surreau … nein, Madame, wir wissen auch nicht, wo Monsieur Moscowitz ist … Vermutlich hat es mit der Razzia im Osten von Paris zu tun. Am besten, Sie gehen aufs Kommissariat des 11. Arrondissements …« Zutiefst erschrocken gingen wir hinauf in unsere Wohnung. Mama nahm ihre Handtasche und rannte in Panik die Treppen hinunter.

»Ihr bleibt schön brav bei Annette«, rief sie noch. Ihre Angst war groß.

Mein Vater hatte mich gebeten, ihm zu sagen, wie es Mama ging. Aber ich wusste nicht, wo Mama war. Und da Mama nicht wissen konnte, wo wir uns versteckt hielten, konnte sie keine Verbindung zu uns aufnehmen. Ich musste etwas unternehmen und sie suchen. Ob sie vielleicht immer noch in unserer Wohnung auf uns wartete? Vielleicht hatte sie ja bei der Concierge eine Nachricht hinterlassen. Ich würde Papa am vierzehnten Februar sehen und war fest entschlossen, ihm zu sagen, dass es ihr gut ging. Doch die einzige Möglichkeit, etwas über Mama in Erfahrung zu bringen, war, in unsere alte Wohnung zu fahren. Ich musste dorthin, egal, wie hoch das Risiko war.

La Ridelle erzählte mir von einem Großhändler, den er nach der Arbeit in der südlichen Vorstadt treffen wollte. Ich ergriff die Gelegenheit beim Schopf. Ich ging gar nicht erst bei Marie vorbei, sondern kletterte gleich in den Lieferwagen. Um elf Uhr setzte er mich an der Porte d'Orléans ab. Von dort brauchte ich zu Fuß eine Stunde bis Fontenay-aux-Roses. Mit Hilfe von La Ridelles Karte konnte ich den Weg zurückverfolgen, den wir im August mit Surreau gegangen waren.

Ich ging über die Avenue Aristide-Briand durch Montrouge und um den Friedhof von Bagneux herum. Nach zwanzig Minuten Wegs längs der Bahngleise erreichte ich Fontenay über die Rue de Chartres. Ich ging mit schnellen Schritten die Straße entlang und wich allen Blicken aus. Schließlich erreichte ich den Boulevard des Saules, von hier aus waren es nur noch zehn Minuten bis nach Hause. Ich ging an meiner Schule vorbei, bog in die Rue Gambetta ein und dann nach rechts Richtung Postamt. An der Place des Cerisiers überlegte ich, ob ich bei Fernand vorbeischauen sollte. Um diese Zeit kamen jedoch die ersten Besucher zum Mittagessen, und ich hätte den falschen Leuten begegnen können. Ich schlug meinen Kragen hoch und ging vorbei. Die Wiese unter dem

Kastanienbaum war menschenleer. Ich überquerte sie und ging dann in unsere Straße, die Rue des Érables. Bis zur Place de l'Avenir tauchte die Wintersonne sie in helles Licht. Noch dreißig Meter. Ich überquerte die Straße, um zu sehen, ob in der Wohnung Licht brannte oder sich am Fenster jemand bewegte. Immer wieder ging ich an dem Haus vorbei, ohne stehen zu bleiben, damit mich niemand bemerkte. Von der Straße aus war in der Wohnung kein Lebenszeichen zu entdecken.

Ich sah mich um und schlüpfte ins Haus. In Annettes Loge war es dunkel. In der zweiten Etage, wo der kleine Gérard gewohnt hatte, blieb ich einen Moment stehen und lauschte. Nichts zu hören. Ich schlich weiter in die dritte Etage und näherte mich auf Zehenspitzen unserer Wohnungstür. Ein handgeschriebenes Kärtchen steckte unter der Klingel. P. und L. Chauveau. Es überdeckte unseren in ein Metallplättchen gravierten Namen.

Verwirrt setzte ich mich auf die Stufen. Ich hatte mich weder im Gebäude noch im Stockwerk geirrt. Dieselbe Etage, die Fußmatte, der Klingelknopf. Alles sah aus wie früher. Warum also dieses Kärtchen? Ich ging noch einmal leise zur Tür und lauschte. Ich glaubte Schritte in der Wohnung zu hören. Schließlich fasste ich mir ein Herz und klingelte. Eine fremde Frau mit einem Tuch im Haar und einer Salatschüssel in der Hand öffnete.

»Wer sind Sie?«, fragte ich mit tonloser Stimme

»Was geht dich das an?«, entgegnete sie.

»Wohnen Sie hier?«

»So ist es, kannst du nicht lesen? Wer bist du überhaupt?«

Sie verzog den Mund und musterte mich von Kopf bis Fuß mit ihren kleinen dunklen Augen. Ich sprang eilig die Treppe hinunter und rannte bis zur Place des Cerisiers. Dort lehnte ich mich an den alten Kastanienbaum, völlig außer Atem, und wartete, bis ich wieder Luft bekam. Ich blickte in die Rue des Érables zurück. Die Frau war mir nicht gefolgt. Erschöpft ließ ich mich auf eine Bank fallen.

Ich überlegte, ob ich mit Fernand sprechen sollte. Ich brauchte ja nur zu warten, bis das Bistro sich geleert hatte. Er hatte sicher etwas über meine Eltern gehört. Ich konnte auch in den Läden in unserem Viertel nachfragen oder noch mal zu unserer Wohnung zurückgehen und versuchen, normal mit der fremden Frau zu sprechen. Vielleicht wusste sie etwas über meine Mutter. Ich ging wieder in die Rue des Érables und schloss geblendet von der tiefstehenden Wintersonne die Augen. Im Gegenlicht sah ich eine alte Frau näher kommen. Sie blieb bei der Nummer 74 stehen. Ich erkannte den Gang und die Gestalt sofort, es war Annette, unsere Concierge. Mit klopfendem Herzen rannte ich auf sie zu, und als sie mich sah, rief sie aus:

»Mein Gott, Maurice!«

»Annette, wer ist diese Frau, die in unserer Wohnung wohnt?«

»Komm mit, wir können hier nicht stehen bleiben.« Rasch zog sie mich in einen verlassenen Innenhof an der Place de l'Avenir.

»Momo, mein Kleiner, du musst hier ganz schnell verschwinden, sie kommen bestimmt wieder. Sie suchen nach euch!«

»Wer sucht nach uns, Annette?«

»Die Inspektoren …«

»Polizisten?«

»Ja, die vom Kommissariat für Judenfragen. Sie suchen dich und Marie.«

»Annette, in unserer Wohnung sind Leute.«

Sie sah mich einen Moment an und brach in Tränen aus. Sie verbarg ihr Gesicht in den Händen, und ich schlang meine Arme um sie.

»Ach, wenn du wüsstest, was hier los war, Momo, ich habe sie angefleht, das kannst du mir glauben, mein Junge, ich hätte mich vor die Tür gelegt, damit sie nicht rein können. Dieser verdammte Kommissar für Judenfragen. Sie haben euch enteignet, Maurice, weißt du, was das bedeutet? Sie haben euch die Wohnung weggenommen und sie anderen Leuten gegeben.«

»Wie ist das möglich? Das dürfen sie doch gar nicht.« Ich war entsetzt.

»Sie dürfen alles, Momo, sie haben neue Gesetze gemacht, die ihnen alles erlauben.«

»Was ist mit Mama, hast du sie noch mal gesehen?«

Die alte Concierge schüttelte den Kopf. Sie setzte sich auf die unterste Stufe einer Dienstbotentreppe und weinte.

Ich kannte Annette seit jeher. Sie war schon Concierge in dem Haus gewesen, als meine Eltern dort einzogen, und gehörte fast zur Familie. Sie zog ihre Handschuhe aus und trocknete sich die Augen.

»Warum muss ich so etwas erleben, mit meinen siebzig Jahren!«

Ich setzte mich neben sie.

»An dem Tag, als ihr verschwunden seid, bin ich in Fontenay zur Polizei gegangen. Sie wussten nicht, wo eure Mutter ist, da habe ich sie vermisst gemeldet. Am nächsten Tag bin ich wieder aufs Kommissariat, im 11. Arrondissement, da wollte sie doch hin, um nach deinem Papa zu fragen, erinnerst du dich? Ihr Name stand auf einer Liste, sie haben sie verhaftet. Und weißt, du warum? Weil sie Weißrussin ist, Bolschewikin, eine ›Feindin unserer Nation‹, das haben sie mir dort erklärt.«

»Aber du weißt doch, dass Mama Französin ist.«

»Natürlich weiß ich das. Seit fünfunddreißig oder sechsunddreißig, das habe ich denen auch gesagt. Sie haben ihr aber die französische Staatsbürgerschaft aberkannt, und jetzt gilt sie als Ausländerin. Sie ist staatenlos, Maurice.«

»Haben sie denn gesagt, wo sie sie hingebracht haben?«

»In eine Einrichtung für Ausländer, aber wo genau, das weiß ich nicht.«

Sie ergriff meine Hände.

»Sie sind mehrmals wiedergekommen, Maurice. Sie haben mich gefragt, wo ihr seid, du und deine Schwester. Du darfst nicht mehr hierherkommen, versprich mir das. Und geh jetzt, geh vor mir. Jetzt gleich.«

Ich küsste ihre Hände. Dann trat ich auf die Place de l'Avenir hinaus und ging die Rue des Érables entlang. An der Place des Cerisiers setzte ich mich auf eine Bank unter dem Kastanienbaum. Hier hatte Mama stundenlang gelesen. Ich sah, wie Annette unser Haus betrat.

Schüler kamen mit ihren Müttern vorbei, die Straßen belebten sich. Ich musste gehen. Ich nahm denselben Weg, den wir damals in der Nacht mit Surreau gegangen waren, und mied große Straßen.

Den ganzen Weg über war ich in Gedanken bei meiner Mutter. Ihre Romane waren nichts als Lügen, die Schönheit ihrer Träume hatte keine Chance, es war zu viel Schlimmes passiert. Sie hatten sie eingesperrt, weggesperrt von der Welt, die ihr Zuhause war. Haftanstalten waren nichts für sie. Ich stellte mir vor, wie sie sich gegen die Grobheit der Polizei zur Wehr setzte, wie sie ihre Hassparolen konterte. Bei jedem Schritt wünschte ich mir, dass sie sich nichts gefallen ließ. Ich sah sie vor mir, kämpferisch, wütend, rebellisch. Sie würde Widerstand leisten, sie würde es schaffen, aus dem Gefängnis herauszukommen, und am Ende würden wir uns wiedersehen. Eine Kolonne gepanzerter Fahrzeuge rollte vorbei, und in ihrem Lärm verschwand das Bild meiner Mutter.

Zweiter Stock, sechstes Fenster

14. Februar 1942

In dieser Nacht konnte ich kaum ein Auge zutun. Um fünf Uhr stand ich auf. Um Punkt zwölf Uhr musste ich zu dem Treffen mit Papa gehen. Ich hatte mir den Weg genau angesehen, wir mussten das Haus um spätestens halb acht verlassen. Belle hatte für uns Frühstück in ihrem Zimmer gemacht. Sie trat auf den Balkon, um zu sehen, wie kalt es draußen war.

»Fünfzehn Grad unter null. Bei so einem Wetter sollte man sich keinen Meter nach draußen wagen. Da geht ja kein Hund vor die Tür. Momo, du wirst dir eine Lungenentzündung holen. Und die *Boches* sind überall.«

Marie bedrängte mich, mitgehen zu dürfen. Die beiden machten mir das Leben wirklich schwer.

»Ich geh allein, ich habe keine Angst, weder vor der Kälte noch vor den Deutschen.«

»Denkst du, ich lass dich allein gehen! Gib mir zehn Minuten, um mich fertig zu machen. Und du, Marie musst jetzt sehr tapfer sein und hier die Stellung halten. Hör bitte auf zu jammern. Und wenn jemand an die Tür klopft, gibst du keinen Muckser von dir, verstanden!«

Schluchzend schloss sich Marie in unserer Kammer ein. Wir verließen das Haus Richtung Ostbahnhof. Belle hatte die Wollstrümpfe angelassen, in denen sie zu schlafen pflegte. Zur Feier des Tages trug sie ein lila Samtkostüm, das sich an der Taille nicht mehr zuknöpfen ließ, und darüber einen Mantel, der noch aus dem Ersten Weltkrieg stammen musste. Trotz Make-up und knallrotem Lippenstift war sie blass wie ein Gespenst. Ich trug meine gesamte Garderobe und hatte mir die Fellmütze von La Ridelle tief über die Ohren gezogen. Belle hielt sich an mir fest und lief mit kleinen Schritten über das vereiste Pflaster. Die Passanten begafften uns neugierig.

Obwohl wir schnell gingen, war uns immer noch kalt, als wir am Bahnhof ankamen. Scharen von Arbeitern verließen die düsteren Bahnsteige und verschwanden dann in den Gängen der Metro, als würden sie aufgesaugt. Hunderte Menschen warteten unter dem riesigen Glasdach. Ansagen dirigierten die Leute von einem Gleis zum nächsten. Angekündigte Züge wurden schon kurze Zeit später als gestrichen gemeldet. Belle meinte, das sei ja noch schlimmer als während des großen Streiks von 1936. Die Deutschen hatten die meisten Züge beschlagnahmt und die Gare de l'Est in eine deutsche Provinz verwandelt, die Schilder waren in Fraktur geschrieben, und es wimmelte von Uniformen. Wir wollten den Zug nach Bobigny nehmen, der schon mehrfach angekündigt und gleich danach wieder gestrichen worden war, um fünf nach acht, siebzehn nach acht, halb neun. Die Schaffner wurden mit Fragen bestürmt, auf die sie keine Antwort hatten. Wurde die Ankunft eines Zuges bestätigt, stürzten die Leute auf den Bahnsteig, und manche fielen in dem Gedränge hin.

Am Kopf der Züge standen Soldaten und sahen ungerührt dem panischen Treiben zu, ohne einzugreifen. Gruppen von Männern in schwarzen Regenmänteln machten Stichproben. Ganz in unserer Nähe verhafteten zwei von ihnen ein junges Mädchen. Belle zog mich zu einem kleinen Zeitungskiosk. Sie kaufte *Le Matin*, redete laut über den Vormarsch der Japaner in Singapur und tat sehr gelassen. Der Zug nach Bobigny war immer noch nicht angekündigt, und die Kontrolleure kamen näher. Wir gingen rückwärts, und als wir die Halle verließen, rief der Bahnhofsvorsteher ins Megaphon:

»Wir informieren die Reisenden, dass die Züge nach Bobigny heute ausfallen. Bitte nehmen Sie den Ersatz-Autobus, der draußen bereitsteht. Abfahrt acht Uhr fünfundvierzig.«

Was sie Bus nannten, war in Wirklichkeit eine alte Klapperkiste aus der Zeit der Jahrhundertwende, die vor der Metrostation wartete. Die Leute stürzten in Richtung Bus, aber Belle ließ sich nicht beirren und erkämpfte uns einen Platz auf der hinteren Plattform. Die Fahrt war der reinste Horror. Sie dauerte ewig, weil unterwegs dauernd Leute ausstiegen und andere versuchten, mit allen Mitteln in den Bus zu gelangen. Ich stand dichtgedrängt an Belle, das Gesicht in ihrem Haar, fühlte mich in meinen Kleidern eingezwängt und bekam kaum noch Luft. Am Bahnhof von Bobigny drängten wir uns durch die Menge nach draußen und stiegen in die Straßenbahn nach Drancy um. Hier setzten wir uns in die Nähe der Tür. Ich fürchtete mich vor allem, selbst vor der Uniform der Kontrolleure. Stieg ein Gendarm ein, flüsterte mir Belle zärtliche Dinge ins Ohr, damit man uns in Ruhe ließ. Um halb zwölf erreichte die Straßenbahn das Rathaus von Drancy. Zehn Minuten später hatten wir unser Ziel erreicht.

Die Apotheke, vor der ich meinem Vater die Zeichen geben sollte, lag in der Avenue Henri-Barbusse an einer kleinen Kreuzung. Auf der einen Seite sah es hier aus wie in der Hauptstraße einer Provinzstadt, eine lange Reihe kleiner Häuser säumte den Weg. Auf der anderen Seite standen fünf hohe Wohntürme am Rand schneebedeckter Felder. Davor ragte ein riesiges modernes seelenloses Gebäude mit vier Etagen auf. Da musste mein Vater drin sein. Auf allen Stockwerken gab es langgestreckte Balkone. Ich zählte: zweite Etage, sechstes Fenster von rechts. Dann ging ich zu Belle, die in einem Café wartete. Nur noch eine Viertelstunde bis zur Verabredung.

Das Café lag unauffällig in einer Parallelstraße zur Avenue Barbusse. Belle hatte einen Tisch beim Eingang ausgewählt, gleich unter der Uhr. In der Mitte des Raumes hockten Frauen um einen Ofen. Andere saßen auf einer Bank weiter hinten. Sie warfen mir einen kurzen Blick zu und senkten dann den Kopf. Belle hatte uns Pfefferminztee bestellt. Das an die Tür genagelte Thermometer zeigte zwanzig Grad unter null, fünf Grad weniger als in Paris. An den Ofen heranzukommen war unmöglich. Noch zehn Minuten. Der Patron las neben der Kaffeemaschine Zeitung, und es raschelte jedes Mal, wenn er die Seite umblätterte. Ansonsten herrschte im Café Totenstille.

Fünf vor zwölf. Es wurde Zeit. Ich wollte gerade aufstehen, als zwei Gendarmen hereinkamen und sich an die Bar setzten. Belle fing an, laut zu reden, als sei alles ganz normal. Alle blickten zu uns herüber. Ich nickte, obwohl ich gar nicht zuhörte, das Gesicht hinter meiner Tasse verborgen. Um drei Minuten vor zwölf hörte Belle auf zu reden. Sie schob ihren Ärmel zurück und deutete auf das Zifferblatt ihrer kleinen Armbanduhr. Dann trommelte sie mit ihren Fingern auf dem Tisch. Die Gendarmen und die Frauen beobachteten uns immer noch. Durch die Fenster drang winterliches Licht. Zwei Minuten vor zwölf. Ich bat Belle, mir eine Zigarette anzuzünden, und sagte laut:

»Ich geh mir ein bisschen die Beine vertreten.«

In der Avenue war keine Menschenseele. Ich überquerte sie und stellte mich an den Rand der Felder, dem riesigen Gebäude gegenüber. Dann ging ich den Bürgersteig entlang, um näher an das Fenster im zweiten Stock zu gelangen. Noch ein paar Sekunden, dann würde die Kirchturmuhr schlagen, das war unser Signal. Ich stand fünfzig Meter von der Fassade entfernt. Mein Vater musste da hinter dem Fenster stehen, aber ich sah wegen des Gegenlichts nur eine dunkle Scheibe. Die

Glocken begannen zu läuten, einmal, zweimal, dreimal. Ich spähte noch einmal in alle Richtungen. Einer der Gendarmen stand jetzt an der Kreuzung. Er sah in meine Richtung, die Arme über der Brust verschränkt, der Wind zerrte an seinem Umhang. Ich begann zu hüpfen, als wollte ich mich aufwärmen, und entfernte mich ein wenig von der Stelle, wo ich gestanden hatte. Ich spürte seinen Blick im Nacken.

Sechstes Fenster, zweite Etage. Die Glocken hörten auf zu schlagen, und ich dachte an nichts anderes als an unser verabredetes Zeichen. Erst den rechten Arm, dann den linken. Doch welches war das richtige Fenster? Ich glaubte eine Bewegung hinter der Scheibe zu sehen, aber vielleicht täuschte ich mich auch. In aller Eile vollführte ich die Armbewegungen, war mir aber nicht mehr sicher, ob ich mich noch richtig an die Anweisungen erinnerte. Anschließend rannte ich ins Café zurück. Ich stürzte auf Belle zu, die keine Zeit hatte, auch nur ein Wort zu sagen, denn der Gendarm war mir gefolgt und forderte sie mit einem Tippen an sein Käppi auf, ihre Handtasche zu öffnen.

Belle holte ihren Personalausweis heraus und legte dann ihre Sachen nacheinander auf den Tisch. Der Gendarm verlangte, ich solle meine Taschen leeren und ihm meine Papiere zeigen. Da ich nichts zu zeigen hatte, begann ich mich auszuziehen. Der andere Gendarm war zu den Frauen getreten, die um den Ofen saßen. Die eine weigerte sich, ihre Handtasche zu öffnen, und hielt sie dicht an ihre Brust. Der Gendarm zerrte so fest an den Henkeln, dass einer abriss. Die Frau ließ sich das nicht gefallen und setzte sich zur Wehr. Da packte er sie am Arm und drehte ihn ihr auf den Rücken, bis er ihr die Schulter verrenkte. Sie schrie auf vor Schmerz und ließ die Tasche fallen. Der Gendarm kippte den Inhalt auf den Boden. Ein Portemonnaie, ein Lippenstift, ein Kugelschreiber, ein Opernglas, das zerbrach. Er hob alles auf und zeigte es seinem

Kollegen, der uns daraufhin in Ruhe ließ. Beide fragten nun die Frauen nach ihren Papieren und wollten wissen, was sie in dem Café machten. Die Frau mit dem zerbrochenen Opernglas packte einen der Gendarmen am Gürtel, schüttelte ihn und schrie:

»Warum macht ihr das? Warum macht ihr das bloß, ihr Schweine?«

Der andere Gendarm stürzte sich auf sie und versuchte, sie am Arm zu packen. Wie eine Furie schlug sie ihm gegen die Brust, schrie lauter und lauter und riss ihm sein Abzeichen ab. Dann gab sie ihm eine Ohrfeige, dass sein Käppi herunterfiel. Schließlich drückten die beiden Männer sie zu Boden. Sie wehrte sich jetzt nicht mehr und weinte wie ein kleines Mädchen.

»Bitte, bitte, lassen Sie ihn mich sehen … Bitte …«

Nun mischte sich der Wirt ein:

»Ich will keine Geschichten hier. Ich hab mit dem Kram nichts zu tun, und die Frauen hab ich hier noch nie gesehen. Kann ich was dafür, dass ihr ihre Männer hier um die Ecke ins Gefängnis gesperrt habt?«

Die anderen Frauen blieben wie erstarrt beim Ofen stehen. Die Gendarmen halfen der Frau aufzustehen und erklärten, sie müsse mit aufs Revier. Den anderen befahlen sie, das Café zu verlassen. Belle packte mich am Arm und zog mich zum Ausgang.

Als ich zurückkam, fragte Marie mich, wie es Papa ging. Ich sagte ihr, es ginge ihm bestens, und gab ihr das Baiser, das ich gegenüber dem Bahnhof gekauft hatte. Ich sagte ihr auch, er lasse sie vielmals grüßen. Marie hatte Bratwurst für uns gemacht, aber ich bekam nichts runter.

Belle bot an, Marie zu sich zu nehmen und heute Nacht bei sich schlafen zu lassen. Ich lag auf der Matratze und ließ die

Ereignisse des Tages Revue passieren. Ich stellte mir vor, mein Vater sei hinter der sechsten Scheibe in der zweiten Etage und dort vor allen Schrecken sicher.

Im Traum sah ich ihn wieder, mit seinem schmalen Schnurrbart und in seiner Uniform aus dem Ersten Weltkrieg wie auf dem Foto auf unserer Kommode. Wir saßen an einem der Klapptische, die am 14. Juli am Strand aufgestellt waren. In dem kleinen Orchester spielten der Bäcker, der Briefträger und der Strandaufseher. Sie spielten *Die Liebenden von Saint-Jean*, ich stand auf und bot meiner Mutter den Arm. Sie lächelte mich an und fasste mich um die Taille. Ich sah sehr schick aus mit weißem Hemd und Leinenhose. Wir drehten uns im Tanz im Schein der Laternen, barfuß im Sand, ganz dicht am Meer. Papa sah uns von unserem Tisch aus zu. Als ich mich wieder setzte, gab er mir ein Geldstück für die Musiker.

Marktstände voller Gold

Frühjahr 1942

In einer Aprilnacht begrüßte mich La Ridelle ziemlich unwirsch.

»Heute Morgen ist hier nichts los. Du kannst nach Hause gehen.«

»Ich helfe Ihnen abladen.«

»Nein, ich brauch dich nicht, hab ich doch gesagt.«

»Ich kann doch den Stand aufbauen und den Kabeljau ausnehmen, dann ist das schon mal fertig.«

»Das mach ich selber.«

»Aber …«

»Los, geh schon!«

»Ich komm dann später wieder, wenn mehr los ist.«

»Nee, Maurice, nicht nötig. Ich hab 'nen neuen Helfer. Keine Arbeit mehr für dich.« Er zuckte die Achseln und drehte sich von mir weg. Ich folgte ihm zu seinem Wagen. Er begann abzuladen. Aus Gewohnheit lud ich die Kisten mit dem Fisch ab.

»Wir reden nie richtig miteinander, Maurice, das schlägt mir auf den Magen. Da ist kein Vertrauen zwischen uns.«

»Aber mit der Arbeit sind Sie doch zufrieden, das haben Sie jedenfalls immer gesagt.«

»Wie lange kennen wir uns jetzt? Sieben Monate? Oder acht? Immer noch hab ich keine Ahnung, wer du bist, wo du herkommst, was du willst … So geht das nicht. Ich kann so nicht arbeiten. Ich hatte schon im Winter die Nase voll, jetzt reicht's.«

Er nahm mir die Kisten weg.

»Jeanne hat mich bedrängt, dich zu behalten. Sie kämpft für dich, als wärst du ihr eigener Sohn.«

»Ich geb mir doch alle Mühe und mach alles. Sie müssen mir ja auch nicht viel zahlen, überlegen Sie es sich doch noch mal …«

»Zu spät, Maurice. Was vorbei ist, ist vorbei.«

»Aber ich brauche doch Arbeit.«

»Und ich muss an die Zukunft denken, ich brauche einen Teilhaber, kein Gespenst, das irgendwo herkommt und irgendwo hingeht. Einen, der mit mir redet und der alles übernimmt, ach, da kommt er ja.«

Ein Mann von etwa zwanzig Jahren kam auf uns zu. Sein Gang war lässig, er hatte eine Zigarette im Mundwinkel und die Hände in den Hosentaschen.

La Ridelle wickelte einen Kabeljau in Zeitungspapier. »Hier, nimm das, bist kein schlechter Kerl. Such dir Arbeit bei den Nassen Füßen oder in den Hallen.«

Als ich nach Hause kam, schlief Marie noch. Ich weckte Belle und erzählte ihr, was passiert war.

»Ist doch klar, dass das nicht ewig gehen konnte. War ja auch nicht ganz koscher, was ihr da mit den Lebensmittelkarten gemacht habt. Außerdem habt ihr die Leute übers Ohr gehauen. Rochen als Butt verkauft und dann dreimal so teuer, das ist doch kein ehrlicher Verdienst.«

Marie kam zu uns rüber, sie war noch ganz verschlafen.

»Was ist, hast du dich mit La Ridelle gestritten?«

»Er will nicht mehr, dass ich bei ihm arbeite.«

»Hast du was angestellt?«

»Nein, hab ich nicht.«

»Und was sollen wir jetzt essen?«

»Das kriegen wir schon hin, mach dir keine Sorgen.«

»Ist La Ridelle jetzt auch gegen uns?«

»Nein, nein, das wird schon alles wieder.«

»Du musst einfach wieder zu Papa gehen. Er weiß immer, was man machen soll.«

»Ja, nächstes Mal, wenn ich ihn besuche, frage ich ihn.«

Belle nahm Marie in den Arm und wiegte sie hin und her. Dann sah sie mich an und sagte:

»Du musst weiter in den Hallen arbeiten, Momo. Such dir irgendwas. Da kannst du dein Brot verdienen, ohne dass es auffällt. Fünfzigtausend arbeiten dort. Die Händler stellen jeden ein, der ihnen über den Weg läuft, stundenweise oder wochenweise, und sie stellen keine Fragen. Sie nehmen die schlimmsten Gauner. Ob einer zwei jüdische Großeltern hat, ist denen schnuppe.«

In den Wochen danach suchte ich mir in den Hallen Arbeit. Gegen zehn Uhr abends streifte ich durch die Pavillons und blieb die ganze Nacht auf dem Markt. Ich nahm jede Arbeit an, Lieferungen, Abladen, Stände aufbauen, saubermachen, wieder einpacken. Ich trug die Einkäufe betuchter Leute, ohne dass sie mich dazu aufforderten. Für ein Trinkgeld hätte ich ihnen die Sachen sogar bis Auteuil geschleppt. Wenn es bei Marius rappelvoll war, bot ich den Händlern meine Dienste an. Ich ging von Tisch zu Tisch. »Wie ein kleiner Nachtfalter«, meinte Jeanne dazu.

Wenn ich die Bistrotür aufstieß, sah ich schon ihr wildes orangefarbenes Haar, das wie ein Feuer loderte. Sie saß hinten auf einer Bank unter dem Spiegel, winkte mir zu und bestellte zwei Anisette. Marius hatte ihr im Hinterzimmer, in dem die Lieferanten aus- und eingingen, eine Schlafstelle eingerichtet. Die meiste Zeit verbrachte sie dort auf ihrer Matratze neben einem großen Jutesack, in den sie die Erinnerungen an die ersten fünfzig Jahre ihres Lebens hineingepackt hatte. Sie leerte ihr Glas und dann meins. Sie roch an dem Getränk, bevor sie ihre Lippen damit benetzte. Dann trank sie in kleinen Schlucken und tupfte sich die Lippen mit einem Taschentuch ab wie eine feine Dame.

»Ist die Nacht vorüber? Gehst du jetzt schlafen, mein kleiner Schmetterling? Hast du denn auf dem Markt noch immer keine Blume gefunden, die dir gefällt? Da mach ich mir keine Sorgen, bald blühen um dich rum die schönsten Blüten. Ich hoffe, du siehst sie dann auch.«

Sie redete geziert wie ein Fräulein. So musste sie gewesen sein, als sie eine junge Fischverkäuferin war.

»Ich war ein verdammt hübsches Mädchen damals, selbst wenn du davon nicht mehr viel siehst. Wenn du mir in die Augen guckst, erkennst du was von früher. Die Leute sagen immer, in den Augen wäre noch die Musik von damals. Der Blick bleibt einem am längsten erhalten.«

Ich ließ mich auf der Bank nieder, während sie den letzten Tropfen aus dem Glas trank. Schweigend lauschten wir der Musik aus Marius' Radio.

Jeanne schloss die Augen und lächelte. Sie stand auf und deutete einen Walzerschritt an. Langsam hob sie einen ihrer dicken Arme und hielt ihn über den Kopf. Den anderen streckte sie einem unsichtbaren Tanzpartner entgegen. Sie drehte sich summend, und ich überließ sie ihrem Tanz und ging, ohne dass sie es bemerkte.

Jeannes Freund, ein ehemaliger Knastbruder, den sie Dédé nannten, arbeitete in den Hallen als Aufstapler. Er war von der Justizverwaltung zur Arbeit in den Hallen verurteilt worden, um seine Wiedereingliederung in die Gesellschaft zu fördern. Um vier Uhr morgens begann er, Obst und Gemüse auf den Ständen zu stapeln, damit alles appetitlicher aussah. Die Händler rissen sich um ihn, denn er konnte in Windeseile einen Stand in ein Wunderwerk verwandeln. Manchmal folgte ich ihm von einem Stand zum nächsten, nur wegen des Schauspiels. Er hatte größeres Talent als die Jongleure im Winterzirkus. Er stand hinter den Verkaufstischen, fischte mit flinken Händen Äpfel, Birnen oder Tomaten aus den Kisten und baute daraus im Handumdrehen die schönsten Pyramiden.

Wenn er loslegte, bildete sich oft eine Zuschauermenge um ihn herum. Dann wurden seine Gesten ausladender, das Obst flog von einer Hand in die andere, es entstand eine bunte Mischung, er machte eine Riesenshow.

Ich hätte meine Mütze nehmen und Geld einsammeln können, das hätte keinen überrascht. Irgendwann wurde er auf mich aufmerksam. Manchmal zwinkerte er mir zwischen zwei Tricks zu oder steckte mir eine Orange zu. Eines Tages sprach er mich vor dem Stand eines Apfelverkäufers an.

»Du bist Momo, oder? Jeanne hat mir schon viel von dir erzählt. Auch La Ridelle. Es heißt, du stellst tausend Fragen und willst alles wissen.« Er grinste. »Bleib hier, dann bring ich dir bei, was ich kann …«

Er stellte mich dem Apfelverkäufer als seinen Assistenten vor und verlangte den doppelten Lohn. Ich reichte ihm nun die Kisten, er wählte die Früchte aus, polierte sie mit seinem Ärmel und baute sie auf den Brettern auf.

»Der Himmel hat mir eine Gabe geschenkt. Ich bin der Alchemist der Hallen. Aus einem Haufen Scheiße kann ich einen Berg Gold machen. Verstehst du, was ich meine? Ich kann noch den letzten Ramsch schön herrichten. Sieh mal hier, die gute Ware kommt nach oben, man sieht nichts anderes. Die schlechte packst du darunter. Wenn dann ein Kunde kommt, kauft er das schöne Obst, das tust du in die Tüte, aber nur zum Schein, du nimmst vor allem den ganzen Mist von unten und stopfst ihm sein Netz damit voll. Er wird's gar nicht merken. Hundert Gramm Kaviar und ein Kilo Schrott, alles zum Preis vom Kaviar. Das mache ich natürlich nicht bei den

Königen hier auf dem Markt wie zum Beispiel den Montessons, aber bei den Baltards braucht man aus seinem Herzen keine Mördergrube zu machen.«

In wenigen Minuten hatte er zwei wunderbare Berge aus Äpfeln aufgebaut. Nur die glatten und schönen waren zu sehen. Der Händler grinste, dankte dem Alchemisten und steckte ihm ein paar Scheine in die Tasche. Dédé packte mich am Arm und zog mich ein Stück weiter. Er war klein, von gedrungener Statur, hatte krauses Haar und ihm fehlte die Hälfte eines Ohrs.

»Jetzt hör mal gut zu, Junge. Du scheinst kein schlechter Kerl zu sein. La Ridelle hat mir gesagt, du bist schon recht geschickt im Verkaufen und ansonsten sehr verschwiegen. Ich schlag dir was vor … Nimm erst mal diesen Zettel, dafür kannst du Schuhe kriegen. Wenn du mit mir rumläufst, brauchst du verdammt gute.«

Er führte mich in die Rue Berger. An der Ecke zur Rue Lescot gab es einen Gemüsestand.

»Siehst du die Tomaten dort? Lies mal, was da auf dem Schild steht!«

»Vierzig Franc pro Kilo.«

»Merk dir den Preis und komm mit.«

Wir gingen quer über den Markt Richtung Saint-Eustache. Vor der Kirche blieb Dédé an einem Gemüsestand stehen.

»Was kosten die Tomaten hier?«

»Fünfundzwanzig Franc pro Kilo.«

»Und in der Rue Lescot?«

»Vierzig.«

»Was fällt dir dabei auf?«

»Die hier sind billiger.«

»Und wieso, was meinst du?«

»Vielleicht nicht so gute Qualität.«

»Nein, die da hinten sahen genauso mies aus.«

Er drehte sich um seine Achse und zählte laut:

»Eins, zwei drei, vier, fünf. Nee, sechs. Sechs Händler im Umkreis von zwanzig Metern verkaufen Tomaten. Kein Wunder, dass es nicht gut läuft. Die letzten verkaufen sie für zehn Franc pro Kilo. Vor dem Krieg hätte man solche Ware noch weggeworfen. Der Typ da hinten in der Rue Lescot ist der Einzige, der Tomaten verkauft, er hat das Monopol. Er hat einen Glückstag und nutzt das aus. Vielleicht verkloppen morgen in seiner Nähe fünfzehn andere auch Tomaten. Es hängt von den Lieferungen ab, verstehst du, was ich meine? So ein Preisunterschied bringt den Markt durcheinander. Und ich schlage dir vor, das wieder ins Gleichgewicht zu bringen.« Er warf mir einen Blick zu und seufzte. »Ich seh schon, du hast nichts kapiert.«

Bevor ich etwas sagen konnte, drückte er mir zwei Fünfzigfranc-Scheine in die Hand.

»Na los! Kauf dem Händler fünf Kilo seiner ärmlichen Tomaten ab. Such sie selbst aus, jede einzeln, und mach fix. Du musst den Preis runterhandeln, zwanzig statt fünfundzwanzig, das wäre ein guter Anfang.«

Der Händler verkaufte mir die Tomaten ohne langes Hin und Her für zwanzig Franc. Wir überquerten wieder den Markt, bis wir zu dem Händler an der Rue Lescot kamen. Ein paar Meter von dessen Auslagen entfernt stellte sich Dédé hinter einen Stapel Kisten, so dass man ihn nicht sah. Er drehte eine Kiste um, machte daraus einen kleinen Tisch und wischte ihn mit dem Ärmel ab. Auf eine andere Kiste setzte er sich. Er rieb die Tomaten mit ein bisschen Spucke ab und legte sie dann auf den Tisch.

»Weißt du, warum ich Dédé, der Alchimist genannt werde? Weil ich Gemüse, das trostlos aussieht, wiederauferstehen lasse. Guck mal hier, diese Leichen sehen jetzt besser aus als die Edelsteine einer Krone. Und jetzt pass auf! Stell dich vor den Stand, wo die Tomaten vierzig Franc kosten. Nicht zu dicht dran, ungefähr zehn Schritte. Kommt dann einer, der Tomaten kaufen will, gehst du zu ihm, fragst laut, wie viel Uhr es ist, und sagst dann leise: ›Ich hab bessere, die nur dreißig kosten.‹ Aber ganz diskret, ist das klar? Und dann bringst du ihn hierher.«

Eine Dame kam energischen Schritts auf den Stand zu. Ich hielt sie auf und sagte:

»Pardon, Madame, ich möchte nicht stören, aber wollen Sie vielleicht Tomaten kaufen?«

»Was geht dich das an, was ich kaufen will?«, sagte sie

»Na ja, ich mein ja nur, wenn Sie Tomaten wollen, müssen Sie sie ja nicht hier kaufen.«

»Was soll der Quatsch? Wer bist du überhaupt? Du siehst mir aus wie ein Gauner. Mach, dass du wegkommst.«

Bei jedem Versuch dasselbe Misstrauen. Schließlich kam eine vornehme ältere Dame auf mich zu. Sie trug einen feinen, knöchellangen Mantel.

»Mein Junge, du siehst ja ganz elend aus.«

»Ich versuche, meine Tomaten zu verkaufen.«

»Wie sind deine Tomaten denn?«

»Sehr gut. Sie können sie für dreißig Franc pro Kilo haben. Nebenan kosten sie vierzig. Ich zeige Ihnen, wo mein Stand ist.«

Dédé sprang auf und verbeugte sich beflissen vor seinem ersten Opfer. Ich ging wieder auf Kundenfang.

Mein Ton wurde sicherer. »Dreißig Franc pro Kilo, die Tomaten. Sie sind besser und billiger als alles, was Sie hier in der Gegend finden.«

Sobald ich jemanden anschleppte, wurde Dédé aktiv. Sein Berg aus Tomaten war schöner als der Kilimandscharo und wurde nur noch überstrahlt von seinem Lächeln, das keinerlei Skrupel kannte. Er redete und gestikulierte mit seinen berufserfahrenen Pranken und packte unter ein schönes Exemplar von oben fünf hässliche von unten. Wie ein Zauberkünstler lenkte er die Kunden mit schönen Worten ab, während seine Hände schamlos logen.

In einer knappen Stunde hatte Dédé alle unsere Tomaten für dreißig Franc pro Kilo vertickt. Er stand auf, reckte sich und räumte die Kisten beiseite. Von den fünfzig Franc, die er verdient hatte, gab er mir zehn.

»Jetzt weißt du, wie's geht, oder?«

In der nächsten Zeit machten Dédé und ich gute Geschäfte mit Obst und Gemüse. Jeden Morgen um sechs zog ich über den Markt, sah mir die Waren an und verglich die Preise. Dédé tauchte etwas später auf und wartete auf meinen Bericht. Wir ließen uns zunächst an einer Stelle nieder, wo die Preise für ein Produkt niedrig waren. Dédé zog Geldscheine aus seinem Kittel, die mit einem Gummiband gebündelt waren. Er nahm ein paar Scheine, überlegte, nahm dann noch ein paar mehr und sagte:

»Gute Geschäfte macht man immer beim Einkauf. Vergiss das nie. Gib das Geld vorsichtig aus. Wir müssen pro Kilo zwanzig Franc verdienen, sonst verlieren wir unsere Zeit. Also, zieh los und beeil dich!«

Ich ging los und kämpfte wie ein Löwe, um möglichst niedrige Preise zu erzielen, während er sich auf eine Kiste setzte, sich sonnte, Zigaretten rauchte und mit den Hausfrauen flirtete. Wenn ich schweißgebadet und schwer beladen zurückkam, empfing er mich mit dem Grinsen eines Nichtstuers, doch dann legte er los. Mit der Geschicklichkeit eines Affen verwandelte er den Müllhaufen in das Schaufenster eines Juweliers. Hatten wir alles verkauft, zogen wir gleich ab. Wir blieben nie länger als zwei Stunden an derselben Stelle.

Mittags machten wir Pause bei Marius. Zwei Wochen nachdem wir uns kennengelernt hatten, sagte Dédé, während wir eine heiße Suppe aßen, in feierlichem Ton:

»Lieber Momo, mein junger Teilhaber, ich habe das Vergnügen, dir mitzuteilen, dass wir einen ganz neuen Typ von Verkäufer erfunden haben. Früher gab es nur die Händler auf dem Markt und die Kaufleute in den Pavillons, aber wir sind die fliegenden Händler! Findest du den Ausdruck gut? Es gibt uns und es gibt uns nicht. Wir sind sozusagen unsichtbar.«

»Ich hab heute La Ridelle auf der Rue Baltard getroffen. Er schien weniger begeistert.«

»Ich wette, dass der Alte dir schon wieder eine Moralpredigt gehalten hat.«

»Er hat gesagt, wir haben keine Arbeitserlaubnis, bezahlen keine Gebühren, ignorieren die Lebensmittelkarten ... Er nannte das Schieberei ... Er sagt, wenn er mal ein bisschen lügt, dann ganz bestimmt im Rahmen des Erlaubten.«

Ich habe mich gehütet, ihm zu sagen, was als Nächstes passieren würde. Ich habe es nur gedacht: Dédé, du kannst ihm nicht trauen, er kann dich jederzeit verpfeifen, und danach tut er, als hätte er dich nie gekannt.

Dédé grinste breit.

»Wir versöhnen nur Angebot und Nachfrage. Wir bringen die Ware in Umlauf. Mit allerbesten Absichten. Wir sind keine Schmarotzer wie die Leute, die sich an den Ständen einfach gratis bedienen. Sie leben von Almosen und vom Klauen, wir aber kaufen die Ware wie ehrliche Leute. Ja, die Armen können dadurch sogar Geld sparen. Für dich gibt es kein Risiko. Ich hingegen komme für dreißig Jahre in den Knast.«

Ich verausgabte mich bei der Arbeit völlig, und das war mir nur recht. Nach dem Markt konnte ich mich kaum noch auf den Beinen halten, aber ich machte zu Hause gleich weiter und gab Marie Unterricht. Ende Mai waren wir mit dem Pensum durch. Um das zu feiern, lud Belle uns zum Essen ein. Sie hatte ein Geschenk in Packpapier gewickelt.

»Nun los, mach schon auf, worauf wartest du?«

Marie zog ein kariertes Sommerkleid aus dem Päckchen. Sie war fast verrückt vor Freude und fiel Belle um den Hals.

»Der Verkäufer sagte, es ist noch wie neu. Man knöpft es hinten zu. Gefällt es dir, meine Kleine? Ich hab es wegen der kleinen Tasche genommen, die rot ist wie der Kragen.«

Marie zog ihr neues Kleid gleich an und stellte sich vor den Spiegel.

»Ich seh aus wie eine Prinzessin«, stellte sie zufrieden fest.

»Sie werden dir alle zu Füßen liegen. Aber bei der Mathematik musst du dich etwas zurückhalten. Zu schlaue Mädchen machen den Bewerbern Angst.«

Ich gab Marie eine Karte, auf die ich mit schwarzer Tinte geschrieben hatte:

Hiermit erhält Mademoiselle Marie Moscowitz, Schülerin der sechsten Klasse, eine Ehrenurkunde.

Maurice Moscowitz, 29. Mai 1942.

»Du bist sogar einen Monat früher fertig geworden, herzlichen Glückwunsch, Marie!«

»Hab ich jetzt Ferien?«

»Wir fangen jetzt mit dem Stoff der nächsten Klasse an, einverstanden? Dann weißt du im September mehr als die anderen.«

»Geh ich dann wieder zur Schule?«

»Du wirst die Beste in der Klasse sein.«

»Und du, gehst du aufs Gymnasium?«

»Ich glaube, ich habe genug gelernt.«

»Papa und Mama wollen aber, dass du weitermachst.«

»Ich hab keine Zeit mehr für die Schule, ich werde es ihnen erklären. Bei mir im Kopf wächst gerade eine Kommerzbeule.«

»Was ist denn eine Kommerzbeule?«

»Wenn man spürt, dass die Welt sich öffnet.«

Die Jungs von unserer Gang

Sommer 1942

Im Juni gab es erste Probleme. Ich musste die letzten Winkel des Marktes abgrasen, um bezahlbare Ware zu finden. Dédé gab mir Geld mit, und ich zog bei brüllender Hitze über den Markt und suchte nach Ware, von der es zu viel gab. Schon bei Tagesanbruch sank ihr Preis. Ich rannte von einem Stand zum nächsten, um mögliche Schnäppchen auszumachen. Ich lief im Unterhemd herum, den Pullover um die Hüfte gebunden, und schrieb mir in ein kleines Heft die Preise, die zur Verfügung stehende Menge und den Fundort. Mir lief der Schweiß übers Gesicht, aufgeregt und außer Atem verhandelte ich die Preise. Dann zog ich meine von Hitze und Schweiß durchweichten Geldscheine aus der Hosentasche, bezahlte, kehrte mit ein paar Kilo Obst und Gemüse zu Dédé zurück und machte mich wieder auf den Weg. Wenn ich die Einkäufe erledigt hatte, ordnete ich meine Kleider so gut es ging, um Kundinnen für Dédé zu gewinnen. Mir lief immer noch der Schweiß herunter, vor Hitze hätte ich am liebsten geseufzt, doch ich murmelte schmeichelnde Worte. Die Kundinnen musterten mich von oben bis unten und wandten sich von mir ab.

Bald trugen mich meine Beine kaum noch. Als ich mich am nächsten Morgen auf den Markt schleppte, war es, als hinge eine schwere Eisenkugel an jedem Fuß. Als Dédé kam, saß ich völlig erschöpft auf einer Kiste.

»Morgen geht es sicher wieder«, sagte ich. »Vielleicht können Sie heute an meiner Stelle einkaufen. Nur heute, ausnahmsweise …«

»Tut mir leid, Junge, mein Talent steckt in den Händen, da bleibt nichts übrig für die Füße. In meinem Alter rennt man nicht mehr herum, nicht mal, wenn's ums Geld geht. Ich baue den Schrott hier auf, du besorgst die Sachen und lockst mit deinem Engelsgesicht die Kundinnen an.«

»Wenn ich alles in dieser Hitze selbst herbeischaffe, sehe ich hinterher so heruntergekommen aus, dass keine Kundin mehr anbeißen wird«, seufzte ich. »Das macht keinen besonders guten Eindruck.«

»Dann such dir eben einen, der für uns das Zeug anschleppt.«

»Wie wär's mit Legoas?«

»Der mit der Schwindsucht?«

Legoas war Einpacker. Ich hatte ihn bei La Ridelle kennengelernt, wo er Fisch in Zeitungspapier einwickelte. Abends sammelte er auf dem Markt weggeworfene Tageszeitungen ein und schleppte die Bündel auf seinem breiten Rücken. Den ganzen Tag über trieb er sich zwischen den Ständen herum. Er hustete wie ein Höhlenmensch, und so hörte man ihn schon von weitem. Manchmal rief man ihn, um ihm Almosen zu geben, aber nicht, damit er arbeitete, keiner wollte, dass er auf die Ware hustete. Seine Augen tränten ununterbrochen, und La Ridelle behauptete, er hätte eine Hormonstörung.

Legoas war eigentlich nicht in der Lage, in den Hallen hin- und herzurennen. Aber ich hatte herausgefunden, dass die Natur ihm in ihrer großen Willkür eine besondere Gabe verliehen hatte, die unserem Geschäft sehr nützlich sein konnte. Legoas verfügte über ein grandioses Gedächtnis. Wenn er nichts einzupacken hatte, las er Zeitung und sog alles in sich auf. Er kannte die Größen sämtlicher deutscher Bataillone an der Ostfront, die Einwohnerzahl französischer Städte, die Nummern der Telefonzentralen … Deshalb schlug ich

Dédé vor, Legoas' phänomenales Gedächtnis zu nutzen, um sich Preise und Mengen auf den Obst- und Gemüseständen zu merken. So ging er also morgens über den Markt und sah sich alles genau an, dann kam er zu uns und sagte uns auswendig alle Preise. Auf diese Weise wussten wir, wo wir die Waren kaufen und verkaufen konnten. Legoas wurde zu einem unschätzbaren Informanten. Hätte Churchill zehn solcher Leute um sich gehabt, wäre der Ausgang des Krieges keine Frage gewesen.

Anfang Juli lud mich Dédé bei Marius zum Mittagessen ein. Es war ein prächtiges Mahl. Suppe aus Buchweizenmehl, eine Scheibe Rindfleisch, Blumenkohl mit Béchamelsauce, Kartoffelkuchen ... Achtzig Franc pro Menü, dazu eine Flasche Bordeaux für 120 Franc. Den vorgeschriebenen Rationen, wie sie an der Tür standen, entsprach dies nicht im Geringsten. Auch die Preise folgten nicht den Vorschriften der Kontrollbehörde. Für Marius war dies ein Akt des Widerstands. Selbst die Inspektoren im Versorgungsamt rissen sich um sein Essen.

»Legoas bringt uns nicht genug ein. Mit ihm schaffen wir nicht mehr als zwei Partien. Wir könnten viel mehr verscherbeln. Wir müssen uns noch andere Partner suchen, Maurice.«

»Ich könnte wieder selbst mitmachen, dann hätten wir das Doppelte.«

»Was käme dabei raus? Fünfzig Franc vielleicht. Der Tag hat trotzdem nur vierundzwanzig Stunden. Wir müssen mehr Leute einstellen. Nutzen wir die Zeit der anderen und unser Verdienst kennt keine Grenzen mehr. Die Zeit der anderen, das ist das Geheimnis jedes guten Geschäfts, Momo!«

Wir nahmen den Träger Gaston mit ins Boot. Er kam eigentlich von der Eisenbahn. Um dazuzuverdienen, entlud er vor der Arbeit auf dem Markt Lastwagen. Man erkannte ihn von weitem, denn er lief mit einer zwei Meter fünfzig hohen Kiepe zwischen den aufgestapelten Kisten herum. Von ihm erfuhren wir, was genau geliefert worden war. Dann kam noch Pater Doucet dazu, der den Lieferfahrzeugen die Plätze zuwies. Er war früher Priester in der Kirche Notre-Dame-des-Victoires gewesen und trug sommers wie winters eine geflickte Soutane. Doucet war, glaube ich, der auf dem Markt am meisten gefürchtete Mann. Er entschied, wo die Lastwagen parken durften, wenn sie die Hallen erreichten. Passte ihm ein Fahrer nicht, schickte er ihn wieder weg, seine Lieblinge erhielten die besten Plätze, an denen das Abladen einfacher war. Doucet war eine echte Quelle. Da er jede Nacht die Gemüsehändler traf, wusste er genau, welche Waren in welcher Menge ankamen.

Der äußere Markt der Hallen, in dem kein Großhandel stattfand, war zu unserem Jagdrevier geworden. Kaum waren die Stände eröffnet, liefen wir herum und suchten billige Ware. Wenn es nicht genug gab, mussten wir andere Quellen finden, zum Beispiel den Markt in den Pavillons von Baltard. Er war für den Großhandel reserviert und die ganze Nacht offen. Hier gab es Obst und Gemüse in rauen Mengen. Wenn die Pavillons zumachten, wurden die Reste billig verhökert. Darunter war auch gute Ware, die kaum etwas kostete. Deshalb fingen wir jetzt zwei Stunden früher bei den Hallen an, kauften die Reste auf und wurden erst danach auf dem Markt aktiv.

Wir brauchten jemanden, der sich in den Pavillons auskannte. Sie waren in der Hand der »Forts«, die in den Hallen eine besondere Kaste bildeten. Gaston kannte einen von ihnen, der Coco hieß. Er hatte gleich kapiert, was unser Trick war, und beschlossen, bei uns einzusteigen. Jeden Morgen um fünf trafen wir ihn vor dem Pavillon, und er gab uns eine Liste der unverkauften Waren, die nur auf uns zu warten schienen.

Coco gefiel mir auf Anhieb. Mit seinem riesigen Schnauzbart erinnerte er mich an Porthos von den *Drei Musketieren.* Kurz vor dem Krieg hatte Coco sein Gartenbaustudium aufgegeben und beschlossen, bei den Forts eine Aufnahmeprüfung zu machen. Sie hatten ihn in ihren erlesenen Kreis aufgenommen, nachdem er sechzig Meter mit zweihundert Kilo auf dem Rücken gelaufen war und ein Diktat geschrieben hatte, in dem Unmengen Namen aller Arten von Flora und Fauna vorkamen. Die Forts waren die oberste Kategorie der Hallenarbeiter. Sie respektierten die Tradition, erwarteten hohen körperlichen Einsatz, legten aber auch Wert auf Kenntnisse über die Waren, die für sie offenbar die Kultur Frankreichs ausmachten. Coco hielt uns ellenlange Vorträge, wenn er uns den Zustand von Waren beschrieb. Eine Möhre nannte er »schönes Anhängsel«, eine Orange »leuchtenden Stern«. Wir baten ihn immer wieder, seine Ausschmückungen wegzulassen, um die Kunden nicht zu vertreiben, und Obst und Gemüse einfach beim Namen zu nennen, doch er konnte offenbar nicht anders, als sich so gespreizt auszudrücken, und so schmälerte er unseren Verdienst.

Abgesehen von dieser Marotte war er in den Hallen bekannt wie ein bunter Hund, und die Träger bewunderten ihn, weil er in einer knappen Stunde einen Wagen von fünf Tonnen abladen konnte. Er lief dreißig Kilometer am Tag und balancierte die Säcke auf seinem breitkrempigen hellen Lederhut, den er mit einer Kappe aus Blei verstärkt hatte. Kam er vorbei, machten die Leute ihm respektvoll Platz, und letztendlich war es für uns von Vorteil, dass er bei uns mitmachte.

Unser Geschäft kam in Schwung. Gaston, der Träger, Legoas, der Einpacker, Doucet, der Platzanweiser, Coco, das Mitglied der Forts … Jeder hatte seine Aufgabe, und alle hatten ihre Informationsquellen. Sie wussten als Erste, wo vor Schließung der Pavillons unverkaufte Waren verramscht wurden. Schon bevor der Markt öffnete, wussten sie, wo die Ware billig war. Punkt sieben trafen wir uns bei Marius und entwickelten den Schlachtplan. Jeanne stellte uns für unsere Zusammenkünfte ihre Matratze im Hinterzimmer zur Verfügung, wo wir geschützt vor neugierigen Blicken alles besprechen konnten.

Eines Morgens kam Pater Doucet und grinste über das ganze Gesicht. Er hatte von der Verwaltung einen Lageplan der Hallen ergattert und breitete ihn auf der Matratze aus. Feierlich begann er die Debatte, und es war fast wie beim Generalstabstreffen:

»Meine lieben Kollegen, in der Rue de la Lingerie gibt es prächtige Bohnen. Es gibt sie in rauen Mengen, und der Preis sinkt rapide. Bis zur Rue Vauvilliers wird er immer niedriger. Beim Pavillon sechs werden sie auf der Rue Berger kiloweise verramscht.«

Ärgerlich schob er Gastons Finger von der Karte, und die Rue Rambuteau trug nun Kohleflecken.

»Gott sei gelobt, er hat in seiner großen Güte auch den Unwissendsten unter uns das Wort erteilt, den Bahnarbeitern. Gaston, wie denkst du über die Bohnen?«

»Zwischen Montdétour und Saint-Eustache gibt es zu wenige. Ich habe nur bei Montesson welche gesehen, an der Ecke von Pavillon neun, fünfunddreißig Franc pro Kilo.«

Doucet nickte zufrieden und wandte sich an mich:

»Maurice, über wie viel Geld verfügen wir heute?«

»Vierhundertfünfzig Franc.«

»Also fangen wir mit den Bohnen an. Gaston und Coco, ihr kauft die Dinger für fünfzig Franc in der Rue Berger. Versucht, sie für zehn Franc pro Kilo zu kriegen, und Maurice und Dédé verhökern sie dann zwischen fünfundzwanzig und dreißig in der Rue Rambuteau.«

Wir mussten noch zwei weitere Verkäufe planen. Alle redeten durcheinander. Rüben kosteten fünfundzwanzig in der Rue Baltard und zwanzig in der Rue de la Truanderie, der Preisunterschied brachte nichts. Steckrüben und Topinambur gab es inzwischen überall für fünf Franc, damit war keine Kohle zu machen. Obst hingegen gab es gar nicht … Was für ein mieser Tag.

Plötzlich blickten alle auf das Ei, das Legoas auf den Plan gelegt hatte. Doucet richtete sich auf:

»Wo hast du das Ei her, du Unglücksrabe?«

Legoas hustete wie wild, während das Ei von Hand zu Hand ging. Zwischen zwei Hustenanfällen erklärte er schließlich mit krächzender Stimme:

»Ich könnte zwölf für fünfundneunzig Franc kriegen. Ein Bauer aus der Normandie. Jede Woche fährt er zweihundert Kilometer mit dem Rad, um sein Zeug in Paris zu verkaufen. Mit unseren vierhundertfünfzig könnten wir auch noch ein Kilo Butter bei ihm kaufen. Wir könnten es dann für sechshundert an Marius weiterverkaufen und müssten nicht durch alle Hallen rennen. Er hat auch noch zwei Hühner für vierhundert und sogar ein Schwein für …«

Doucet gab ihm einen Klaps auf den Nacken. »Das Volk, das ich aus Ägypten befreit habe, ist von dem Weg abgekommen, den ich ihm vorgezeichnet hatte. Es hat ein Kalb angebetet und ich werde es dafür strafen …«

Verblüfft kratzte sich Legoas den Kopf und sah mich an. Coco sagte zu ihm:

»Diese Sachen werden streng überwacht«, erklärte Coco. »Sie werden vom Versorgungsamt beschlagnahmt und die Preise werden kontrolliert. Wenn man sie unter der Hand verkauft, gilt das als Schmuggel. Wir wollen mit dem Schwarzmarkt nichts zu tun haben. Wir kungeln bei frischem Obst und Gemüse, solange es keine festen Preise gibt. Die was anderes machen, sind Schweine.«

Im August nahm die Lebensmittelknappheit weiter zu. Stundenlang liefen wir über den Markt, fanden aber nichts. Es kamen nur noch wenige Lastwagen aus weiter entfernten Gegenden, doch die Ware war sofort weg. Manchmal hatten wir mehrere Tage hintereinander keine Einnahmen. Die Stimmung im Bistro von Marius war auf dem Tiefpunkt.

Anfang September klopfte es eines Nachts vorsichtig an unsere Tür.

»Momo, mach auf, ich bin's, Coco! Beeil dich!«

Coco war der Einzige von der Markttruppe, der wusste, wo ich wohnte. Ich ließ ihn herein.

»So was hab ich seit Monaten nicht mehr gesehen! Obst und Gemüse. Die Lastwagen quellen über davon. Zieh dich an!«

Marie klammerte sich an mich.

»Hast du Angst vor mir, Mädchen?«

Marie schwieg.

»Ich heiße Coco.«

»Ich weiß, wer Sie sind.«

»Möchtest du gern Obst essen? So viel du willst? Obst so dick wie meine Faust. Hast du so was schon gesehen?«

»Darf ich mitkommen?«

Schließlich gingen wir alle drei los.

Coco trug Marie auf seinen Schultern. In den Markthallen brannten wieder alle Lichter. Auf dem Platz davor standen Dutzende Autos und Pferdewagen. Sie kamen aus der Beauce, der Picardie und sogar der Bretagne. In der Markthalle standen Karren, voll beladen mit Säcken Gemüse. Wochenlang hatten die Bauern nur einen winzigen Teil ihrer Waren geliefert und alles in Kühlräumen aufbewahrt. Jetzt öffneten sie die Schleusen. Was für eine reiche Ernte! Karotten. Kohl. Zucchini, Kartoffeln und Bohnen. Ein paar Landwirte, die kurz vor der Pleite standen, hatten beschlossen, die Vorratskammern zu leeren. Das hatte sich offenbar herumgesprochen, und dann machten alle mit. Die Forts liefen zwischen den Ständen herum und trugen stapelweise Kisten. Die Händler standen vor den Auslagen, schrien sich die Kehle heiser, so viel bestellten sie, und hielten ihre Geldscheine hin, ohne überhaupt auf die Ware zu schauen. In ganz Paris schien es sich herumgesprochen zu haben, dass es in den Hallen wieder Lebensmittel gab, und so kamen die Leute zu Tausenden herbeigeströmt, fest entschlossen, die Wochen des Hungers zu vergessen.

»Na, Mademoiselle Marie, wie gefällt dir das Schauspiel von da oben?«

»Es ist wunderschön … All diese Lichter, und die Schlösser hier …«

»Das sind unsere Pavillons. Heute Nacht platzen sie fast vor Schätzen.«

»Ich möchte die ganze Nacht hierbleiben und auf Ihrer Schulter sitzen.«

Coco reichte jedem von uns eine Birne.

»Das sind echte Passe-Crassane-Birnen. Ich hätte nicht gedacht, vor Kriegsende noch einmal welche zu sehen. Probiert mal!«

Es war das reinste Wunder. Staunend betrachtete ich diesen plötzlichen Überfluss. Dann steckte ich mir noch eine Birne für Belle ein, und Coco schnitt eine Orange für Marie in Viertel. Er selbst nahm sich einen Apfel und verschlang ihn in zwei Bissen.

»Heute müssen wir uns ums Obst kümmern: Äpfel, Birnen, Orangen, alles beste Qualität. Wir können sie mit Gewinn weiterverkaufen. Beim Gemüse können wir auf die Kartoffeln setzen. Diese Berge bleiben ihnen liegen, und wir kaufen sie für fast nichts. Ich spreche mit den Bauern, mit denen, die ich gut kenne, und bitte sie, die Ware aufzuheben. Such du nach Dédé und sag ihm, wir müssten den Einsatz verdoppeln. Wir brauchen mehr Geld als sonst. Ich bringe inzwischen die Prinzessin zurück in ihren Turm.«

Dédé erschien um sieben Uhr, als die Pavillons schlossen. Obst war keins mehr übrig, aber wir konnten noch unverkaufte Kartoffeln zusammenkriegen. Dédé zog zweihundert Franc aus der Tasche. Davon konnten wir vierzig Kilo kaufen, so gut wie nichts. Wir hätten leicht eine halbe Tonne unters Volk bringen können. Aber Dédé war nicht so leicht dazu zu bringen, Geld vorzustrecken. Unsere Einkaufsmöglichkeiten hingen von seinem guten Willen ab. Immer wartete er auf Verkaufseinnahmen, um das nächste Geschäft zu finanzieren. Er steckte zu wenig Ehrgeiz in unser Geschäft. In einer knappen Stunde waren unsere Vorräte weg, zehn Franc pro Kilo, das Doppelte ihres Einkaufswerts. Vor der Kasse, bei der Dédé seine Hügel errichtet hatte, drängten sich die Hausfrauen, beschimpften und schubsten sich, um als Erste bedient zu werden.

Gaston bekam eine Schramme ab, als er zwischen zwei wild gewordenen Weibern zu schlichten versuchte. Die Leute rissen uns die Ware aus den Händen, doch dank Dédés Sparpolitik hatten wir am Ende lächerliche zweihundert Franc Gewinn statt der zwei- oder dreitausend, die wir hätten machen können. Pater Doucet platzte vor Wut. Er zog mich beiseite und hielt mir eine flammende Predigt.

»Wochenlang sind wir durch eine trockene Wüste gegangen. ›Doch der Allmächtige erhörte seine Kinder und ließ Manna regnen.‹ Sieh dich mal um, Momo … Wir brauchen uns nur zu bücken, das Geld liegt auf der Straße, aber wir stehen da, die Hände in den Taschen, weil die von Dédé angeblich leer sind. Fromme Leute, wie ich sie kenne, würden diesen Mangel an Vernunft als schwere Sünde bezeichnen.« Er seufzte tief. »Maurice, wir brauchen mehr Geld.«

»Ich kann Dédé ja noch mal fragen.«

»Ach, Dédé, Dédé! Der rückt eh nicht mehr raus, diese Krämerseele. Ich wette, dieser Überfluss hält noch ein paar Tage vor, vielleicht sogar ein paar Wochen. Jetzt müssen wir davon profitieren. Diese Knauserei macht mich ganz krank. Ich bin nicht zum armen Schlucker geboren.«

»Wie viel können Sie denn beitragen?«

»Wie du weißt, mein Junge, besteht mein einziger Reichtum in den Worten unseres Herrn: ›Gib all deinen Besitz auf und folge mir nach.‹ Aber sieh dir an, wie viel Penunzen um uns herum fließen. Wir müssen einen Bankier finden. Du weißt doch, was das ist? Ein Typ, der dir Geld anvertraut, weil du eine ehrliche Haut bist und er glaubt, du gibst ihm ein bisschen mehr zurück.«

Er zog einen sauberen Kragen aus der Tasche, knöpfte seine Soutane zu und verabschiedete sich, um wieder auf den Markt zu gehen.

»Und wo findet man so einen Bankier?«, rief ich ihm nach.

»Die gibt's überall. Fang bei deinem Freund La Ridelle an. Ich glaube, der hat, was wir brauchen.«

Er ging los, drehte sich dann aber noch einmal um. »Reich wird man mit dem Geld der anderen. Sonst würden die Armen es ja nie zu was bringen.«

Ich ging zum Stand von La Ridelle. Er empfing mich ziemlich reserviert.

»Maurice, nee, in diese Leute, die du deine Partner nennst, hab ich wenig Vertrauen. Und auch nicht in das, was ihr da so alles hintenrum macht. Eure Schiebereien sind mir zu unsicher. Ich investiere in solide Sachen, zum Beispiel Zement. Mein Schwager arbeitet an der Börse. Er sagt, dass die guten Bestellungen der Deutschen die Kurse hochtreiben. Vielleicht auch die Kolonialpapiere, da werden Bodenschätze gefördert.

Auch beim Waffengeschäft würde ich noch mitmachen. Krieg ist was Offizielles, ein sicherer Wert.«

»Und wenn ich nur kurzfristig bei Ihnen Geld leihe? Morgens gebe ich Ihnen zurück, was Sie mir abends geliehen haben, vorher verlange ich kein neues. Da gehen Sie keinerlei Risiko ein.«

»Was? Innerhalb von vierundzwanzig Stunden kann mein Geld weg sein. Ich kenne Dédé, der saß mal im Knast, und Doucet ist ein abtrünniger Priester.«

Er packte einen Schellfisch am Schwanz, strich mit der anderen Hand darüber und knallte ihn auf den Tisch. Mit einer kleinen Hacke teilte er ihn entzwei und wandte sich seiner Kundin zu:

»Wollen Sie Filets wie immer? Ohne Haut und Gräten wegen der Kleinen?«

Ich wartete, bis die Frau gegangen war, um unser Gespräch fortzusetzen.

»Und wenn *ich* mir das Geld leihe? Und wenn ich es nicht zurückgeben kann, arbeite ich an Ihrem Stand, bis die Schuld getilgt ist.«

Er häutete eine Seezunge, packte sie in Zeitungspapier und schrieb einen Namen darauf. Dann spülte er seinen Verkaufstisch ab.

»Ich hab Vertrauen zu dir, Momo, aber du kannst schnell pleitegehen. Im Geschäft kann sich der Wind plötzlich drehen. Wenn ich so ein hohes Risiko eingehe, brauche ich auf jeden Fall die Hälfte von dem, was mein Geld dir einbringt. Kapiert, Momo? Ich will die Hälfte der Einkünfte. Denk über mein Angebot nach.«

»Hab ich schon. Wir machen es so, wie Sie wollen.«

»Was heißt hier *wir*? Ich rede mit dir, ich verleihe nur Geld, wenn du die Operationen leitest. Wir fangen mit fünfhundert pro Tag an. Wenn es läuft, kannst du auch mehr bekommen. Aber das muss sich erst einspielen.«

Inzwischen regnete es in Strömen. Ich ging zu Doucet und unterbreitete ihm La Ridelles Vorschlag. Er war auf dem Markt, eingewickelt in Wachstuch, und diskutierte mit einem Fahrer. Ich brüllte über den Motorenlärm hinweg:

»La Ridelle streckt uns das Geld vor. Wir fangen mit fünfhundert pro Tag an. Aber er will genauso viel verdienen wie wir. Und verhandeln will er nur mit mir.«

Doucets Gesicht hellte sich auf. »Dann glaubt er, dass unsere Idee und dein Organisationstalent so viel wert sind wie sein Geld. Das grenzt an Zauberei, Maurice. Wir bringen null Einsatz und kriegen die Hälfte von allem. Das Wunder eines guten Geschäfts, junger Freund. Eine Lektion für die Zukunft. Mit deinen Fähigkeiten kannst du immer Geld machen – es gibt genug Leute, die Kohle haben, aber keine Phantasie.«

Dédé war bereit, das Heft aus der Hand zu geben, froh, dass er nicht mehr seine Kohle aufs Spiel setzen musste. Er begnügte sich mit dem Aufschichten der Ware. Doucet hatte ganz recht gehabt, ein paar Wochen lang wurden die Hallen von Waren überschwemmt. Zwischen fünf Uhr morgens und zwölf Uhr mittags gingen wir in die Vollen. Dank La Ridelle verzehnfachten wir unsere Kaufkraft. Wenn wir fertig waren, teilten wir das Geld an seinem Stand auf. Wir verdienten bis zu tausend Franc pro Tag, fünfhundert für ihn, fünfhundert für uns. Ein Jahr nach unserer Ankunft bei den Hallen mussten Marie und ich nicht mehr unter Hunger und Kälte leiden.

Die Familie Aubervilliers

Oktober 1942

Die eigentliche Goldgrube unter den Gemüsen war der Kohl. Der Markt war damit überschwemmt. Coco hatte in einem Handbuch gelesen, dass dieses vitaminreiche Gemüse ein wirksames Mittel gegen die Melancholie sei. Pater Doucet sprang gleich auf den Zug auf:

»Das ist die beste Werbung für uns. Maurice, geh zu Marius und leih dir eine seiner Schiefertafeln aus. Nimm die größte und schreib drauf: ›Kohl ist reich an Vitaminen.‹«

Ich kam mit einer einen Meter hohen Tafel zurück und schrieb darauf, was Doucet gesagt hatte. Er sah mir dabei zu, dann stellte er sich vor das Geschriebene und meinte zweifelnd:

»Klingt wie Sirupreklame. Das lockt doch keinen hinterm Ofen hervor. Auch Orangen haben viele Vitamine, und jeder mag sie. Warum sollte man lieber Kohl als Orangen kaufen? Es darf sich nicht so medizinisch anhören. Probier' mal was anderes.« Er überlegte. »Kohl macht lustig, Ausrufungszeichen. Nein, das glaubt uns keiner. Wir müssen es nachweisen. Also, schreib oben drüber: Von Wissenschaftlern bestätigt, dann Doppelpunkt. Legoas, wer hat in den letzten Jahren den Nobelpreis bekommen?«

Legoas erwachte aus seiner Starre, setzte sich auf einen Zeitungsstapel und kratzte sich am Kopf. Doucet wiederholte seine Frage. Legoas sah ihn traumverloren an. Dann leierte er runter:

1930 Landsteiner; 1931 Warburg; 1932 Sherington und Adrian; 1933 Morgan; 1934 Wipple, Minot und Murphy;

1935 Speman; 1936 Dale und Loewi; 1937 Nagyrapolt; 1938 Heymans, 1939 …«

»Stopp, Heymans hört sich gut an. Momo, schreib auf die Tafel: ›Der Medizin-Nobelpreisträger Heymans bestätigt es: Kohl macht froh.‹ Nein, das ist nicht stark genug, wir brauchen eine griffige Formulierung, die man sich merkt. Wie wäre es mit ›Kohl vertreibt jeden Kummer‹.«

Doucet wollte noch mehr über das Gemüse wissen. Er lieh sich bei Coco Bücher aus und verschwand für einen Tag. Als er zurückkam, setzte er sich dicht bei unseren Gemüse-Bergen auf eine Kiste und forderte mich auf, möglichst viele Leute herbeizurufen.

»Der Kohl erwuchs aus den Tränen des Lykurg, die in Thrakien zu Boden gefallen waren«, begann er. »Wisst ihr, ihr jungen unschuldigen Mädchen und ihr tapferen Soldaten mit dem Löwenherz, wer Lykurg war? Der König Ädoniens, ein heiliger Mann. Er wollte die Missstände, in denen sein Volk ertrank, durch Alkohol bekämpfen und wurde von seinen eigenen Generälen entmachtet.«

Als Doucet bemerkte, dass die immer größer werdende Menge von seiner Rede beeindruckt war, knöpfte er den Kragen seiner Soutane ab und wies mit einem Finger zum Himmel, während Gaston Kohlblätter verteilte.

»Gott sah Lykurg und legte ihm seinen liebenden Finger auf die Stirn. Da sprangen Tränen aus den Augen des Helden, benetzten die Erde Thrakiens und verbreiteten überall Samen. Am nächsten Tag waren die Felder, Ebenen und Berge von Kohl bedeckt ….«

Ein Raunen ging durch die Menge, die Hausfrauen warteten gespannt, wie es weiterging, die Händler verließen ihre Stände, um das Ende der Geschichte zu hören.

»Seit diesem glorreichen Tag besitzt der Kohl eine wichtige Eigenschaft, die die Tränen des Lykurg ihm verliehen. Er kann nämlich das Gift des Alkohols vernichten und aus eigener Kraft Wildheit und Trunkenheit verursachen. Merkt euch das gut, der Kohl wird euch berauschen wie Wein. Aber er kostet nicht so viel. Die Römer hatten dies begriffen, denn …«

Jetzt sprang Dédé auf eine Kiste und übertönte Doucet mit seiner Stimme:

»Kommt und seht euch diesen Kohl an, um den selbst die Deutschen uns beneiden. Nur fünfunddreißig Franc pro Kilo, nur jetzt, ein Sonderverkauf zum öffentlichen Wohl.«

Die Leute stürzten nach vorn. Coco und Gaston betätigten sich als Ordner, während ich kassierte. Legoas wiederholte immer wieder lachend den Namen Lykurg, und Pater Doucet rief immer wieder: »Kohl vertreibt jeden Kummer.« Dédé nutzte die Gelegenheit, den Preis anzukurbeln, und die letzten Kohlköpfe gingen für vierzig Franc pro Kilo über den Ladentisch.

Der Herbst wurde plötzlich von einem frühen Wintereinbruch abgelöst. Es war so kalt draußen, dass Coco alte Kisten verbrannte, damit die Kunden stehen blieben, um sich zu wärmen. Pater Doucet verteilte Segen und Kabeljaustücke aus einem Kochtopf. Selbst Dédé weigerte sich nicht mehr, über den Markt zu rennen, damit ihm endlich warm wurde. Legoas spürte die Kälte ebenso wenig wie alle anderen Kümmernisse des Lebens, solange sein Gedächtnis arbeitete. Wir fütterten unsere Schuhe mit Zeitungspapier. Gaston legte ungeachtet des Wetters endlose Kilometer mit seiner Kiepe zurück. Er erledigte seine Arbeit ohne jede Klage, er schien zum Schuften geboren.

Unsere Geschäfte liefen weiterhin gut, und weil wir so erfolgreich waren, begannen wir, Fehler zu machen. Dédé hatte mit verschiedenen Kunden einen engeren Kontakt geknüpft. Um sie nicht zu verlieren, suchte er einen festen Standort, eine Art Treffpunkt für Eingeweihte. Ich war beunruhigt und sagte dies auch.

»Wir arbeiten ohne Genehmigung, wir halten uns nicht an die Rationierungsvorschriften, wir nehmen andern Händlern die Kunden weg. Die Sache mit dem festen Treffpunkt gefällt mir nicht. Ich finde, wir sollten weiterhin ganz unauffällig vorgehen.«

»Nein, Momo, wir sind ehrliche Händler und haben Besseres verdient als diese Bretterkisten. An der Ecke Rue Bergex, Rue des Bourdonnais ist genau der richtige Platz für uns. Was meinst du, Doucet?«

»Irgendwann lässt sich jeder mal nieder. Wenn dies unser Gelobtes Land ist, dann schlagen wir dort unser Zelt auf, jedenfalls für ein paar Tage. Keine Sorge, Momo, ich sehe zu, dass wir keine Genehmigung brauchen.«

Wir waren nur zwei Schritte von den Hallen entfernt. Bei dem Riesengewimmel auf dem Markt konnten wir vielleicht einige Zeit unbemerkt bleiben. Der Pavillon sechs mit Obst und Gemüse war etwa zwanzig Meter entfernt. Coco bereitete nachts alles vor und brachte uns spottbillige Restwaren. Gaston und Legoas kauften in der Rue Saint-Eustache noch mehr dazu. Wir zahlten zwanzig Franc für das Kilo Kohl und verkauften es für fünfunddreißig. Zum Morgen hin sanken die Preise. Manchmal blieben die Händler auf riesigen Mengen sitzen. Gegen elf Uhr holten wir uns alles, was wir kriegen konnten, und verscherbelten die Ware in den Nebenstraßen, oft bis zum späten Nachmittag.

Am anderen Ende der Hallen hatten die Aubervilliers ihren Stand. Diese Bauernfamilie aus dem Norden von Paris hielt seit mehreren Generationen einen der besten Plätze in der Rue Rambuteau, gleich beim Fischpavillon. Aus irgendeinem Grund gab sie den Kohl immer viel zu teuer ab, für über vierzig Franc pro Kilo, dabei bauten sie ihn selbst an und verkauften ohne Zwischenhändler. Sonst liefen die Verkäufe über Lieferanten, die die Ware den Gemüsebauern direkt abnahmen und mit Gewinn weiterverkauften oder über Kommissionäre, die im Auftrag der Bauern handelten und ihren Anteil erhielten. Wie kam es also, dass der Kohl bei den Aubervilliers teurer war als bei der Konkurrenz? Ihr Stand wurde der Lieblingsort meiner Betätigung. In einem Umkreis von dreißig Metern sprach ich die Kunden an, redete über den Kohl und schickte sie zu Dédé. Es herrschte solch ein Gedränge, dass mich niemand bemerkte.

Jeden Tag brachte ich La Ridelle seinen Anteil. Er war mit unserer Zusammenarbeit zufrieden und erhöhte den Kredit. So kauften wir mehr Kohl, Dédé errichtete riesige Pyramiden und lauschte Doucet, der auf seiner Kiste stand und die Rolle des Kohls bei den römischen Eroberungen pries. Da ich allein nicht genug Kunden heranschaffte, bat ich Gaston, mir zu helfen. Das war, wie sich herausstellen sollte, ein Riesenfehler. Eines Morgens sah ich ihn nur zwei Schritte vom Stand der Aubervilliers entfernt mit einem der Söhne reden. Offenbar hatte Gaston ihn nicht erkannt. Als ich näher kam, hörte ich ihn sagen:

»Wenn Sie Kohl haben wollen, kaufen Sie ihn nicht hier! Bei den Aubervilliers ist der viel zu teuer. Nur fünfzig Meter weiter hab ich welchen, der ist besser und viel billiger.«

»Tatsächlich? Dann zeigen Sie mal her.«

Gaston sah mich kommen und sagte grinsend:

»Aber gern, hier ist mein Kollege, der führt Sie hin.«

Ich kannte den Sohn der Aubervilliers. Die anderen Händler sagten, er sei strohdumm. Eines Nachts, so erzählte man sich, sei er auf dem Weg in die Stadt mit seinem Kutschwagen voll Gemüse eingeschlafen. Das Pferd sei bis zur Place de la Bastille getrottet und bis zum Erwachen seines Herrn immer um den Platz getrabt. Frühmorgens hätte man das Tier dann auf der Seite liegend mit Schaum vor dem Maul gefunden. Jetzt packte mich der junge Mann am Kragen und verlangte, dass ich ihn zu unserem Stand führte. Ich weigerte mich, und er gab mir eine Ohrfeige, dass ich zu Boden fiel. Mir wurde schwindelig, ich sah nur noch unscharf, meine Schläfe schmerzte. Ich hatte das Gefühl, dass sich Gaston über mich beugte, dann war er verschwunden.

»Versuch nie wieder, meine Kunden abzuwerben …«, hörte ich Aubervilliers sagen. »Ich werde deinen Stand schon finden, und deine Komplizen auch.«

Ich stützte mich auf einen Ellbogen, um hochzukommen, doch es gelang mir nicht. Leute blieben stehen und starrten mich neugierig an, aber keiner half mir. Da kam Gaston zusammen mit Coco zurück. Sie halfen mir auf und brachten mich zu La Ridelle, der mir einen Beutel Eis an die Schläfe hielt. Erst nach einer guten Stunde war ich wieder richtig bei Sinnen.

Wir mussten uns irgendwie mit den Aubervilliers einigen. Coco war bereit, diese Aufgabe zu übernehmen. Früh am Morgen kam er an, kurz vor Schließung des überdachten Markts im Pavillon. Er trug die Schürze eines Kameraden aus dem Schlachthaus, der die Köpfe der Tiere abschlug. Sie war voll von rotschwarzem Blut. Um die Wirkung zu erhöhen, hatte Coco seine Hose zusätzlich mit frischem Blut eingeschmiert. Er bat mich, ihm zu folgen. Diesmal sagte er kein Gedicht auf, um sich verständlich zu machen. An meiner Schläfe prangte ein blauer Fleck, groß wie eine Orange. Er baute sich vor dem jungen Aubervilliers auf und zeigte auf mich. »Das ist Momo, mein kleiner Bruder. Gestern hat ihn einer geschlagen, hier, so sieht er jetzt aus. Ich will nicht, dass man so mit meiner Familie umgeht.«

Ohne auf eine Antwort zu warten, zerrte er den Aubervilliers am Kittel bis zum Fleischmarkt. Da standen ein paar von den Forts neben einem Lastwagen aus La Villette. Sie öffneten die hintere Tür und luden ein ganzes Kalb aus. Coco packte den Aubervilliers am Arm und zog ihn mit sich.

»Wir Forts erklären die Dinge auf unsere Art. Hier, sieh mal her.«

Ohne den Aubervilliers loszulassen, schlug er die Zähne in den Nacken des Kalbs, hob es mit der Kraft seiner Kiefer hoch und zerrte es zwanzig Meter weit bis zum Fleischpavillon. Das Tier brachte hundertzwanzig Kilo auf die Waage. Coco packte es mit den Armen, um es an einen Haken zu hängen, neben die anderen dort aufgereihten Kälber. Dann riss er ihm das Maul auf und pustete wie wild hinein. Der Aubervilliers wäre gern abgehauen, aber Coco hielt ihn immer noch an seinem Kittel fest, der bis zum Gürtel aufgerissen war. Er hob den Kopf, sein Mund war völlig verschmiert.

»Siehst du, Aubervilliers, das machen wir immer, um die Muskeln des Tiers aufzublasen, es sieht dann appetitlicher aus beim Verkauf. Mit Leuten geht es genauso. Fiesen Typen pusten wir in die Lunge, damit sie bessere Menschen werden. Aber du bist vernünftig, oder? Du musst dich nämlich bei meinem kleinen Bruder entschuldigen.«

Der Sohn der Aubervilliers war völlig fertig. Er entschuldigte sich, ohne mich anzusehen.

Coco sagte: «Also gut. Das war ein erster Schritt. Jetzt komm mit, du auch, Momo.«

Er brachte uns zum sogenannten Loch, einem großen Kübel, in den die Reinigungsleute verdorbene Ware warfen. Coco packte den Aubervilliers mit seiner riesigen Hand am Kinn und sagte:

»Wenn je ein anderer Kerl meinen kleinen Bruder auf den Kopf hauen sollte, werde ich den Schuldigen finden. Der landet dann hier, in diesem Loch, und keiner wird ihn je finden. Wenn auf dem Markt einer morgens nicht mehr kommt, dann ist er tot, und das Leben geht weiter. Und jetzt zeigt ihr mir mal, dass ihr es gut meint, und baut euren Stand eine Woche lang hier auf.«

Die Plätze beim Loch wurden immer den Neuen zugewiesen. Es war eine Art Mutprobe. Es roch derart nach Fäulnis, dass den Kunden übel wurde, und so hatten sie keine Chance, etwas zu verkaufen. Dem Aubervilliers traten die Augen aus dem Kopf. Er starrte Coco an, hob seinen Kittel mit den Händen an und floh.

Meine Kollegen zogen mich gegen meinen Willen ein paar Tage aus dem Verkehr. Achtundvierzig Stunden schlief ich am Stück. Marie las neben mir. Sobald ich die Augen öffnete, klopfte sie dreimal gegen die Wand. Dann schickte Belle ihren Freier weg und kam zu uns herüber. Sie kniete neben mir, öffnete den Verband und massierte mir sanft die Schläfe mit einem feuchten Tuch.

»Dein Kopf sieht schon wieder ganz anständig aus. Ich wusste nicht, dass man für Gemüse sein Leben riskiert.«

»Na ja, wir haben den Aubervilliers ganz schön zugesetzt, weil wir Kunden abgeworben haben.«

»Eure Schiebereien sind Wahnsinn. Glaub mir, die werden wieder zuschlagen. Außerdem kriegt die Polizei Wind von der Sache.«

»Aber bis es so weit ist, haben wir alles, was wir zum Leben brauchen.«

»Momo, die Strümpfe und Seife, die du mir schenkst, die brauch ich nicht Ich will nur wieder dein schönes Gesicht sehen. Feine Sachen sollen ruhig andere haben.«

Marie wollte unbedingt nach draußen.

»Du arbeitest doch nicht, also geh mit mir spazieren. Sonst kann ich doch nie weg.«

»Das ist sehr unvorsichtig, Marie. Vergiss nicht, was Papa uns geschrieben hat.«

»Ich weiß, aber das ist lange her. Jetzt entscheidest du, was wir machen. Bitte, Momo!«

Ich gab nach, und wir drehten eine Runde. Ich stellte ihr den Fahrradhändler aus der Ruhe Saint-Honoré vor. Er wollte in den Ruhestand gehen und machte Ausverkauf.

»Zwei Decken für dreihundertfünfzig Franc, Kinder, das ist ein echtes Schnäppchen.«

»Ich bin erst zwölf, aber ich weiß, das ist zu teuer.«

»Sie sind aus echter Wolle und haben kein einziges Loch. Vielleicht ein paar Flecken, aber kein Loch.«

»Was Sie da tun, ist nicht richtig.«

»Was meinst du?«

»Bei dem Preis können wir uns nichts mehr zu essen kaufen. Wollen Sie das? Fünfhundert für beide.«

Mit den Decken unterm Arm gingen wir die Rue du Louvre hinauf und blieben in der Rue Coquillière am Schaufenster eines Heizungsverkäufers stehen.

»Sieh mal den Ofen, Marie, seit Wochen sehe ich mir den an.«

»Der ist ja schön, ganz blau, ob das Emaille ist?«

»Ein echter Godin. Das Holz steckt man oben rein. Er würde gut in unsere Kammer passen.«

»Viertausend Franc, Momo.«

»Ich lege jeden Tag Geld beiseite. Bald können wir ihn uns leisten.«

»Kaufst du mir trotzdem weiter Bücher?«

»Klar, du musst mir nur sagen, welche.«

»Alexandre Dumas. Ich möchte gern alles von ihm. Und Jules Verne.«

Wir gingen über die Rue Étienne-Marcel nach Hause. An der Ecke der Rue Montmartre warb ein Bistro mit einer Schale Muckefuck. Marie wollte unbedingt rein. Wir setzten uns an einen Tisch ganz hinten.

»Leg die Decke unter den Stuhl, damit es nicht so auffällt.«

»Ist doch ganz ungefährlich, hier ist doch kaum jemand.« Sie sah sich um. »Eigentlich ist es wie bei Fernand.«

»Weißt du noch, die Geburtstagsfeiern bei ihm?«

»Mmh, Schokoladenbrioche! Das war der schönste freie Tag im Jahr.«

Sie zog den Mantel aus und las die Namen der Stars, deren Fotos an der Wand hingen. »Sie waren alle hier im Bistro: Arletty, Fréhel, Jean Gabin, Lucienne Boyer, Albert Préjean. Kennst du sie?«

Eine Frau kam mit ihrem Sohn herein. Sie ging dahin, wo Marie stand, um einen Tisch auszuwählen. Der Ober nahm meine Bestellung auf, ging dann zu der Frau und sagte:

»Tut mir leid, Madame, aber es sind keine Plätze frei.«

»Aber der Tisch dort am Fenster.«

»Ist auch reserviert. Wie alle anderen.«

»Aber ich möchte nur schnell einen Tee bestellen. Und einen Orangensaft für den Kleinen.«

»Ich bitte Sie zu gehen.«

Marie sah, wie die beiden das Café verließen, und setzte sich wieder.

»Hast du gesehen, Momo?«, flüsterte sie. »Die hatten einen Stern auf dem Mantel. Alle beide. Da stand ›Jude‹ drauf, wie auf Papas Ausweis.«

Der Ober brachte uns zwei Schalen Muckefuck.

»Hat er sie deshalb weggeschickt?«, wollte Marie wissen.

»Ich weiß es nicht«, erklärte ich leise.

»Trägt Papa auch so einen Stern?«

»Komm, Marie, lass uns lieber nach Hause gehen.«

Die Königin der Hallen

15. November 1942

»Marie, ich hab für Belles Geburtstag ein Vermögen ausgegeben Ich fürchte, mit dem Ofen müssen wir noch warten.«

»Ist doch besser, wir geben unser Geld für sie aus.«

»In ein paar Wochen wird es Winter, Marie, wir hätten das vielleicht besser nicht machen sollen.«

»Doch, sie hat das schönste Abendessen verdient.«

Coco hatte alles perfekt vorbereitet. Er hatte erreicht, dass die Forts uns den Pavillon fünf ausliehen, in dem Innereien und Fleisch verkauft wurden, gleich neben Saint-Eustache. Während er geschlossen war, durften wir dort bleiben, bis zum späteren Abend.

Ein Dutzend Forts, die Coco mitgebracht hatte, machten den Pavillon sauber. Wir wollten uns auf das Podest setzen, dort, wo sie das Wild verhökerten. Man hatte von dort einen wunderschönen Blick. Drei Etagen Glas übereinander bis zu einer Höhe von zwanzig Metern. Jetzt, wo der Pavillon leer war, wirkte er doppelt so groß. Es war so kalt darin, dass wir ein Kohlenbecken mieten mussten. Wir versteckten es unter einer Plane, denn es war polizeilich verboten, weil die Wärme den Asphalt zum Schmelzen brachte. Marius brachte uns Tische, Stühle, Teller und Besteck. Er lieh uns auch das Tischtuch und die Lichterketten von Silvester. Der Pavillon wirkte wie ein Geistermarkt. Ich sah mir die Läden genauer an, suchte nach einem Rest Kutteln oder einem Schweinefuß, aber alle Auslagen waren sorgfältig ausgeräumt und gesäubert worden. Die Haken baumelten von der Decke und warteten auf die abendliche Lieferung. Ohne die Rufe der Händler wirkten die mit schwarzer Tinte geschriebenen Werbesprüche albern. Vor mir verschwand eine Ratte in einem Ausgussloch. Unter den Hallen wimmelte es nur so von Ratten. Sie folgten der Warenlieferung auf der Strecke Paris–Orléans, knabberten Warensäcke an und ließen sich darin nieder. Die Lagerhalter hätten die Waren gern in Eis aufbewahrt, doch es gab nicht genug im Raum Paris.

Man hörte das Lachen der Forts, das zwischen den Eisen- und Gusseisenpfeilern widerhallte. Nach und nach wurden die Fenster zur Rue Rambuteau dunkel. Alle Lampen, die von der Decke hingen, wurden angezündet. Ich traf mich mit Pierrot, dem Koch von Marius, der sich um das Essen kümmerte. Alles musste um sechs Uhr abends fertig sein.

Pierrot war ein wahrer Künstler. Er konnte die einfachsten Lebensmittel in köstliche Speisen verwandeln. Er war frühmorgens aufgestanden und hatte den ganzen Tag in der Küche gearbeitet. Ich hatte ihm Butte, Geflügel, Gemüse und Obst gebracht. Danach saß ich auf einem Hocker bei seinem Schneidebrett und ließ mir alles von ihm erklären.

»Zum Aperitif gibt es Röllchen von gefülltem Huhn. Ich habe Zwiebeln und Paprika in Olivenöl angebraten, nur einen Löffel, nicht mehr, eine Prise Salz dazu, Pfeffer und Kräuter der Provence. Das alles mischt man mit etwas Frischkäse und fertig ist's. Es kommt auf die Dosierung an. Jeanne hat das weiße Hühnerfleisch in feine Lamellen geschnitten und diese mit dem Nudelholz flachgedrückt. Dann habe ich meine Mischung darauf verteilt. Dann haben wir die Lamellen zusammengerollt. Sie sind so dick wie ein kleiner Finger. Zehn Minuten in den Dampfkochtopf, und fertig ist die Chose. Ich hab hundert Stück gemacht, das müsste reichen. Hier, probier mal eins.«

Ich war eigentlich kein Feinschmecker, aber was ich da kostete, war einfach himmlisch. Pierrot kannte immer die richtigen Mengen, ein Chemiker in seinem Labor.

»Der Trick ist die Hühnersauce. Ich nehme sie für die Buttkoteletts. Das Huhn lasse ich im Ofen braun werden, gebe die Zwiebeln dazu und werfe alles mit Möhren, Porree, Thymian und Lorbeer in den Topf. Dann pfeffere und salze ich es. Dann gieße ich Wasser dazu und lasse es einkochen. Wie lange? Das ist das Geheimnis. Ich mache es vom Geruch abhängig und von der Farbe der Sauce. Ich gebe noch etwas Butter hinein. Und dann, das Geheimnis des Chefs, ein bisschen Maisstärke. Jetzt mache ich mit dem Butt weiter. Das dauert noch eine halbe Stunde. Zum Nachtisch gibt es gefüllten Blätterteig, sehr einfach. Marius hat mir den Rum spendiert, in dem ich die Rosinen eingelegt habe.«

Ich hatte die ganze Truppe eingeladen: Legoas, Gaston, Doucet, Dédé, Coco, Jeanne, La Ridelle und natürlich Marius und Pierrot. Die Gäste brachten den Wein mit. Um halb sechs warteten sie im Pavillon auf mich.

Ich ging nach Hause, um mich umzuziehen und Marie feinzumachen. Sie hatte in Schönschrift das Menü aufgeschrieben, auf zehn kleinen Karten. Ihre Sachen lagen auf der Matratze, ein langer Schottenrock in Beige und Grau mit zwei Trägern, ein hübscher Pullover vom Trödelmarkt. Ich hatte die Sachen bei einer Frau, die mit ihrer Tochter durch die Hallen zog, gegen Obst, Gemüse und Heringe getauscht. Dédé hatte mir seinen einzigen Anzug geliehen, einen feinen Dreiteiler mit Prince-of-Wales-Muster aus den zwanziger Jahren, hier und da gestopft. Die Hose reichte mir bis über die Fußgelenke. Marie stellte sich vor mich hin.

»Wie findest du mich, Momo?«

»Du siehst wunderbar aus. Der Rock fällt sehr schön. Und ich?«

»Du siehst aus wie ein Gangster aus einem Film.«

»Dédé hat mir eine passende Mütze geliehen, sieh mal!«

»Wenn uns nur Papa und Mama jetzt sehen könnten!«

»Ich wünschte mir auch, sie wären hier. Ich bin sicher, sie wären stolz auf uns.«

Marie steckte mir die Menükarten in die Tasche.

»Momo, glaubst du, ich schaff das heute Abend? Wenn die Leute mich ansprechen, soll ich ihnen antworten?«

»Sollen wir ein bisschen üben?«

»Ja, stell mir ein paar Fragen.«

»Wer ist Gaston?«

»Der Träger. Er lädt Gemüse ab und ist schwarz wie ein Schornsteinfeger, weil er auch bei der Bahn arbeitet.«

»Und Doucet?«

»Pater Doucet, der Priester. Er weist die Fahrzeuge ein. Er ist der Platzanweiser. Und er trägt ein schwarzes Gewand.«

»Coco?«

»Ihn kenn ich doch. Er ist der von den Forts. Ich mag ihn sehr. Ich hoffe, er trägt auch seinen großen Hut.«

»Legoas?«

»Das ist der, der immer hustet. Der Mann, der die Ware verpackt. Er redet nicht viel, merkt sich aber alles.«

»Und wer ist Dédé?«

»Er baut Früchte zu Pyramiden. Er ist der beste Ausstatter der Hallen. Er war früher kriminell. Ich hab ein bisschen Angst vor ihm.«

»Und Jeanne?«

»Sie ist Dédés Freundin. Sie passt für die Leute auf ihre Einkäufe auf. Nennt man das Aufpasserin? Und sie singt auch. Früher war sie Fischverkäuferin.«

»La Ridelle?«

»Er verkauft auch Fisch. Er hat sich mit dir gestritten, aber jetzt leiht er dir Geld, und ihr seid wieder Freunde.«

Kurz vor sechs klopfte es an die Tür. Marie schrie auf vor Erstaunen. Belle stand vor uns, das leuchtend rote Haar fiel ihr auf die Schultern. Sie trug ein flaschengrünes Samtkleid mit weiten Ärmeln. Der drapierte Stoff reichte bis über die Knie. Marie streichelte ehrfürchtig den Kleidersaum.

»Es ist aus den Vorhängen der früheren Mieterin im ersten Stock. Der Stoff lag jahrelang bei mir im Schrank. Ich hab mir gedacht, jetzt ist die Gelegenheit, was daraus zu machen. Ich habe sie zu der Schneiderin im Haus gegenüber gebracht, und jetzt habe ich ein Kleid, so schön wie das Ballkleid von Aschenputtel. Sieh mal hier, Marie, die Stickerei auf der Brust. Sie ist nach Motiven von Lucien Lelong gemacht, wie ich sie dir in der Modezeitschrift gezeigt hatte, weißt du noch? Ton in Ton sieht es noch eleganter aus.«

Dann sah sie mich mit ihren grünen, schwarz umrandeten Augen an.

»Also wirklich, Milord, du siehst zehn Jahre älter aus. Was für ein schöner Kavalier! Sie werden alle ganz blass werden vor Neid. Hörst du sie schon auf dem Flur mit den Füßen scharren?«

Sie schob meine Mütze zurecht.

»So. Jetzt reicht sie bis über die Wange und verdeckt deinen blauen Fleck.«

Ihr Gesicht schwebte ganz nah vor meinem. »Ach, wenn du wüsstest«, seufzte sie. »Die Mädchen haben mir meine Wimperntusche geklaut. Sie tun, als wüssten sie von nichts, aber ich muss gar nicht woanders suchen. Na ja, hab ich es eben mit Kohlenstaub gemacht, sieh mal, meine Wimpern sind jetzt doppelt so lang wie sonst.«

Sie lächelte wie der Star einer Music-Hall. Dann legte sie meine Hände auf ihre Schultern, umfasste meine Taille und vollführte ein paar Tanzschritte. Ihre feuerroten Lippen streiften meine Wange, und sie wisperte mir ins Ohr:

»Du bist mein Kavalier, versprochen? Heute Abend möchte ich Charleston tanzen.«

Sie drehte sich um sich selbst und ließ ihr Kleid fliegen.

»Wohin führst du mich, mein Prinz?«

Jetzt ertönte in der Rue Saint-Denis ein Nebelhorn, einmal, zweimal. Die Flurnachbarinnen schrien. Belle stürzte auf den Balkon, und ich folgte ihr. Coco wartete am Fuß des Gebäudes auf uns, auf einem von zwei Pferden gezogenen Karren. Man sah von ihm nur den breitkrempigen gelben Hut und seine Puffärmel. Belle fragte mich leise:

»Ist diese Karosse etwa für uns gedacht?«

Sie hakte sich bei mir ein, und wir gingen zusammen mit Marie die Treppe hinunter. Die Straßenmädchen waren schon alle unten. Sie standen um Coco herum, lachten und berührten seinen Hut. Er trug eine mit Lammfell gefütterte schwarze Weste mit geflochtener Kordel. Als er uns sah, stieg er vom Wagen, nahm den Hut ab und verbeugte sich.

»Sie müssen Belle sein. Herzlichen Glückwunsch zum Geburtstag, Madame.«

Er half ihr beim Aufsteigen. Als wir alle drei auf dem Rücksitz saßen, breitete er eine Decke über unsere Knie.

»Ach, dich erkenne ich wieder, wie geht es dir, du hübsches Mädchen?«

Marie schmiegte sich an mich und antwortete mit einem strahlenden Lächeln.

Die Straßenmädchen lachten nicht mehr. Sie standen auf dem Bürgersteig, zitterten vor Kälte und blickten uns missmutig nach. Belle wandte sich zu ihnen um.

»Sie heulen fast vor Wut. Sieh mal ihre Gesichter an, wie sauer sie sind. Ich weiß, was sie denken. Dass ich mich freue, ist für sie, als nähme ich ihnen etwas von ihrem Glück weg, als gäbe es nicht genug für uns alle. Aber ich bin jetzt bei euch, und alles andere ist unwichtig.«

Der Wagen fuhr in die Rue de la Cossonnerie und dann rechts Richtung Rue Lescot. Belle nahm meine Hand.

»Ich zittere wie Espenlaub. Du ahnst ja nicht, was für einen Bammel ich habe!«

Es wurde dunkel und begann zu schneien. Die Flocken schmolzen, sobald sie den Boden berührten.

Marie flüsterte mir ins Ohr: »Du bleibst aber immer bei mir, versprochen?«

»Du wirst sehen, sie sind alle sehr nett.«

Jetzt bogen wir nach links in die Rue Rambuteau ein. Über uns gingen Fenster auf, ganze Familien beugten sich über die Balkonbrüstung, um uns im Licht der Straßenlaternen vorbeifahren zu sehen. Wir bewegten uns auf die düsteren Umrisse von Saint-Eustache zu.

»Momo, sieh mal!«

Belle hatte den Pavillon fünf entdeckt. Vor uns lag ein erleuchteter Kubus in der Dunkelheit der Hallen.

»Momo, ein Schloss!«

Die Forts hatten am Eingang Lichterketten aufgehängt. Meine Freunde warteten vor der Tür auf uns. Sie bildeten ein Ehrenspalier und zogen vor Belle den Hut. Coco hob den Sitz vorn am Karren hoch und reichte seinem Fahrgast einen Stiefmütterchenstrauß. Ich stellte ihr meine Leute einzeln vor. Dédé stand mit Jeanne eingehakt da und machte wie immer jede Menge schöne Worte. Gaston wollte etwas sagen, schwieg aber. Legoas versteckte sich hinter ihm. Pater Doucet aber verneigte sich wie ein feiner Herr und reichte Belle den Arm, um sie in den Pavillon zu führen.

Der Tisch war geschmückt wie für ein großes Festessen. Marius hatte Rosenblütenblätter um die beiden Leuchter verteilt. Er servierte den Wein. Belle thronte zwischen Doucet und mir. Ich ließ Marie auf meinem Schoß sitzen, bis sie sich traute, sich auf ihren Platz zu setzen. Sie ließ Dédé nicht aus den Augen. Pierrot hatte fünfzehn Flaschen entkorkt. Jedes Mal wenn Doucet ihr Glas füllte, protestierte Belle:

»Aber Pater Doucet, das ist doch unvernünftig!«

»Madame, ich sage immer, wenn Jesus Wasser in Wein verwandelt hat, dann hatte er einen guten Grund. Und ich, sein treuer Sohn, nehme seine Taten sehr ernst.«

Marius brachte die Speisen, während Pierrot sie erläuterte. Bei den kleinen Hähnchenrollen stießen die Gäste Freudenschreie aus. Jeanne nutzte den Moment, um ihr Lied zu trällern.

Wie oft hab ich im Mondlicht
Von dir geträumt
Und gewartet auf die Stunde
Unseres Rendez-vous.

Dédé brachte sie mit einem Kuss zum Schweigen. Jeanne saß zwischen ihm und La Ridelle und wusste nicht mehr, was sie tun sollte. In ihrem Rücken stand das Kohlebecken, und ihnen wurde sehr heiß, besonders La Ridelle. Er legte nach und nach seine Kleider ab und saß schließlich mit nacktem Oberkörper und Latzhose da. Jeanne streichelte ihn ununterbrochen. Marie hatte ihre Schüchternheit überwunden. Sie saß nun auf Cocos Schoß und zwirbelte seinen Schnurrbart. Belle kannte alle Gäste durch meine Erzählungen.

»Sind sie alle meinetwegen gekommen, bist du da sicher, Momo? Hast du gesehen, wie sie mir am Eingang die Hand geküsst haben – wie der englischen Königin? Wie auf den Bällen der reichen Leute. Und was sie mir Nettes gesagt haben, ich hätte auf der Stelle tot umfallen können. Und der Ort hier, es ist ja schöner als in der Kathedrale.«

Doucet legte Belle die Hand auf die Schulter.

»Maurice ist so ein Geheimniskrämer. Wo hat er Sie so lange versteckt? Wahrscheinlich hält er Sie aus Eifersucht von uns fern, Madame. Das ist wirklich schade. Warum kommen Sie uns nicht öfter besuchen?«

»Jeder an seinem Ort, lieber Pater Doucet.«

»Der elegante Bogen Ihrer Augenbrauen über diesen Meeresaugen … Wenn Sie erlauben, sage ich Ihnen, dass Ihre Schönheit so groß ist wie meine Wertschätzung für meinen jungen Kollegen.«

»Sie haben allen Grund, Momo zu schätzen.«

»Verdrehen Sie ihm nicht zu sehr den Kopf. Wir brauchen ihn noch.«

»Machen Sie sich keine Sorgen, sein Kopf sitzt sehr fest.«

»Ich bedauere, dass ich Sie nicht vor ihm kennengelernt habe.«

»Sie sind sehr redegewandt, Pater. Aber Ihr Ruf steht bereits fest. Sie brauchen nichts mehr dafür zu tun.«

»Wie meinen Sie das?«

»Der Riesentumult in Notre-Dame-des-Victoires vor ein paar Jahren, der war doch wegen Ihnen! Das ganze Viertel hat von nichts anderem gesprochen. Es heißt, deswegen sind Sie in den Hallen gelandet.«

Doucet richtete sich auf und knöpfte den Kragen seiner Soutane zu.

»Ich muss zugeben, dass die Sache mit Gott enttäuschend für mich war. Die Undankbarkeit Gottes und dazu die der Gläubigen haben mich dazu gebracht, mich anderswo zu betätigen. Ich bin zum Geschäftemachen konvertiert.«

Dédé war beschwipst wie alle anderen und hing auf seinem Stuhl. Er wollte gern mitreden und sagte zu Doucet:

»Könnte ja auch sein, dass du es mit dem Prinzip der Beichte ziemlich weit getrieben hast.«

»Ich habe vielen gläubigen Frauen geholfen, die verloren und verlassen waren. Das war meine Aufgabe. Alle diese braven Ehefrauen, die im Beichtstuhl von früh bis spät jammerten, wie enttäuscht sie von ihren Männern waren. Nach Jahren der Ehe, der Unterordnung, des Wohlverhaltens. Ich habe ihre Seele befreit, habe alle Bitterkeit beseitigt, die sich im Lauf der Jahre und des Verzichts angesammelt hatte.«

Er schwieg einen Moment, trank sein Glas aus, füllte es wieder und fuhr mit glänzenden Augen weinselig fort:

»Ich hatte das richtige Gespür für sie und brachte es auf den Punkt. Ein Wort von mir, ein Bild, und schon erkannte eine brave Gattin und Familienmutter, dass sie nichts von ihrer Schönheit eingebüßt hatte. Endlich hatte sie ihr Selbstvertrauen wieder, welch ein Zauber, welches befreite Lächeln begegnete mir. Du hättest mal diese reizenden Gesichter sehen sollen, Dédé, wie sie in ganz neuem Licht strahlten. Plötzlich wurde ihnen bewusst, wie blind sie jahrelang gewesen waren. In meinen fürsorglichen Armen gelangten sie in die Sphäre der Eingeweihten, und ihnen wurde klar, wie wenig die meisten anderen begriffen hatten. All die Zurückhaltung und Verspannung der letzten Jahre sprang auf wie der Korken einer Champagnerflasche.«

Gaston saß grübelnd am Tisch. Er zog ein silbernes Kreuz aus seinem Pullover hervor und ließ es für alle gut sichtbar auf der Höhe seiner Brust pendeln. Durch den Wein ermutigt, sagte er:

»Ich schäme mich für dich, Doucet. Und auch für mich. Dass ich mit einem Schwein von deinem Kaliber Geschäfte mache. Bisher hast du es nicht gewagt, uns solche Dinge zu erzählen. Und du, Dédé, hast du davon gewusst? Warum hast du nie was gesagt?« Er drehte sich zu Legoas um, der an seinem Kreuz herumfummelte, und knallte ihm eine. Dédé wollte sich verteidigen, aber Doucet brachte ihn mit einer Geste zum Schweigen. Er versuchte aufzustehen, fiel jedoch zurück auf seinen Stuhl und wies mit dem Finger drohend auf Gaston:

»Was erlaubst du dir, solche Urteile von dir zu geben, bist du etwa der spanische Großinquisitor? Mein Körper ist im

Einklang mit den Schwingungen des Universums. Die innersten Regungen der Natur zu begleiten bedeutet, den Willen des Allmächtigen zu erfüllen. Er und die Natur sind eins, davon bin ich überzeugt.« Er schielte zu Dédé hinüber. »Außerdem waren Expertenhände gefragt, um die verlorenen Schafe auf den steilen Weg der Lust zurückzuführen. Wer kann das besser als der Hirte Doucet?«

Dédé, den seine Jeanne mit feurigen Blicken verschlang, sagte:

»Glaub mir, Gaston, so unwissend die Gläubigen waren, genauso bereit waren sie zu lernen. Im Vergleich zu Doucets Beichtstuhl ist die Ostfront ruhiger als ein Sanatorium. Nicht wahr, Pater?«

Gaston wollte aufspringen, aber La Ridelle lachte und drückte ihn nach unten.

»Meine Herren, lasst es gut sein. Wir sind hier in Begleitung von zwei Damen und einem Fräulein. Wir machen jetzt lieber ein bisschen Musik.«

Er nahm sein Akkordeon, und bei den ersten Klängen forderte Coco Belle zum Tanz auf. Sie reichte ihm die Hand, während ihr eine leichte Röte in die Wangen stieg. Marius wollte mit Marie tanzen.

»Ich weiß nicht, da muss ich erst Momo fragen.«

»Der ist sicher einverstanden, komm!«

»Danach tanze ich aber mit Coco, das hab ich ihm versprochen.«

Jeanne schmiegte sich an Legoas. Pater Doucet saß mit geschlossenen Augen zurückgelehnt auf seinem Stuhl. Dédé trank weiter. Er näherte sich mir mit seinem massigen Kopf, zog leicht am Schirm meiner Mütze und sagte:

»Und weißt du was, Momo? Nach ihrem Glückserlebnis bei Doucet war die Sache noch nicht zu Ende. Er ließ sich für den erwiesenen Dienst bezahlen, sammelte Almosen für die

Kirche. Er verlangte eine Art Vergnügungssteuer. So ist das bei Doucet, die Geldgier hat immer das letzte Wort. Jeden Monat mussten die Frauen blechen, damit das Beichtgeheimnis gewahrt wurde. Das war ein geschicktes Geschäft mit festem Einkommen.«

Doucet machte ein Auge auf, bevor er sagte:

»Ihren Männern haben sie erzählt, es sei wichtig, die kirchliche Lehre zu unterstützen. Ich wurde entsprechend meiner Leistung bezahlt, erfüllte meinen Auftrag als Priester und verwandelte Raupen in Schmetterlinge.« Er nickte zufrieden, und Dédé schüttelte Jeanne ab, die tanzen wollte.

»Tja, Doucet hat es mit seiner Kunst sehr weit getrieben. Er war unser aller Lehrmeister. Zuerst prüfte er das Potenzial einer Kundin. An der Art, wie sie den Beichtstuhl betrat, an ihrem bittenden Blick, der Art, sich hinzusetzen und mit der Beichte zu beginnen. Er wusste genau, wie er vorgehen musste, wie viele Sitzungen er brauchen würde, damit sie in die Arme des Allmächtigen fiel. Dann aber hat er mit den Tarifen übertrieben. Irgendwann war den Frauen ihr Geld wichtiger als ihre Scham. Die Opfer, die kein Geld mehr hatten, machten die Sache öffentlich. Siebenunddreißig Klagen. Da hat die Diözese ihn gefeuert.«

Jeanne legte ihm einen Arm um den Hals. »Hör mit diesen Geschichten auf und komm, lass uns tanzen.«

Doucet hatte die Augen noch immer geschlossen und murmelte in meine Richtung:

»Ich musste ins Exil gehen, in die Hallen. Wie Moses haben sie mich in die Wüste geschickt, aus der komme ich nie wieder heraus.«

»Das muss ja verdammt viel Staub aufgewirbelt haben.«

»Nein, Maurice, da täuschst du dich. Die Kirche hat die Sache im Keim erstickt. Einen Barbaren haben sie mich genannt, stell dir das vor! Aber nur kein Aufsehen. Ich habe mich wirklich geschämt, über die Verleumdung durch diesen Verein, aber noch mehr wegen dieser Feigheit. Sie wollten kein Aufsehen und haben sich klein gemacht. Aber so ist sie nun mal, die Kirche, und angesichts der echten Barbarei geht sie in die Knie.«

Als der Kuchen gebracht wurde, stimmte La Ridelle das Lied »Dein Geburtstag ist heut« an. Alle drängten sich um Belle, die sich über fünfunddreißig kleine Kerzen beugte. Sie bat Marie, sie mit ihr zusammen auszublasen. Alle fingen wieder an zu singen, Belle blickte in die Runde und lächelte. Ihre grünen Augen waren größer denn je. Sie wollte etwas sagen, brachte aber keinen Ton heraus. Sie verbarg ihr Gesicht in den Händen. Die anderen forderten mich auf, sie zu küssen, also ging ich zu ihr hin. Sie hielt mir bereits ihren Mund entgegen. Sie legte einen Arm um meinen Hals und gab mir einen langen Kuss wie im Kino, während ihr die Tränen über die Wangen liefen.

Später gingen wir zu Fuß nach Hause. Marie war fröhlich, sie lief uns voraus und sang die Melodien, die La Ridelle gespielt hatte.

»Na, wie fandst du den Abend, Marie?«

»Ich finde Coco ganz toll. Marius auch. Und ich würde gern kochen können wie Pierrot. Er hat gesagt, er bringt es mir bei.«

Belle und ich gingen Arm in Arm, ihr Kopf lehnte an meiner Schulter.

»Ich hatte mir geschworen, das mit dem Kuss nicht zu machen, aber es war stärker als ich, meine Freude war einfach zu groß! Ich hoffe, es war dir nicht peinlich.«

Lastwagen kamen in die Hallen gefahren. Die ersten Pfiffe der Platzanweiser ertönten, die Stimmen der Forts erklangen weithin.

»Du hast sehr nette Freunde, Momo. Sie haben mich angesehen, als wäre ich 'ne Königin. So wie bei der Wahl, die sie jedes Jahr unter den hübschen Töchtern der Händler machen. Sie haben mich heute zur Königin der Hallen gemacht. Ihr Lachen bewahr ich in meinem Herzen wie einen Schatz.«

Die Rue Saint-Denis war mit einer dünnen Schneeschicht bedeckt. Ein paar Fenster waren noch erleuchtet. Der Himmel war weiß und erhellte die Straße wie am Tag.

»Es ist ganz neu für mich, dass alle so freundlich zu mir sind. Heute Abend an deinem Arm war ich jemand. Ich hatte auch den Eindruck, du wärst stolz. Stolz, dass ich da war, an deiner Seite. Verstehst du, was ich meine? Durch deinen Blick war ich schön.«

Mit den Schuhen in der Hand gingen wir leise die Treppe nach oben. Marie ließ sich auf die Matratze fallen, ohne sich auszuziehen. Ich blieb mit Belle vor ihrer Tür stehen.

»Zum ersten Mal im Leben habe ich das Gefühl, schön zu sein, Momo. Nicht jede Frau erlebt mit fünfunddreißig ihre zweite Jugend.«

Sie drückte mir noch einen Kuss auf den Mund, noch fester als den ersten.

»Mein kleiner Prinz, du hast mir eine Tür geöffnet, weit wie ins Paradies. Gute Nacht, Momo. Ich gehe jetzt zwischen den Sternen schlafen.«

Die Gemüsegärten des Herrn

16. November 1942

Am nächsten Tag nahm unser Leben auf dem Markt wieder seinen Lauf, und jeder spielte die gewohnte Rolle: Coco hielt Ausschau nach den Waren, Gaston, Legoas und ich nach Kunden. Dédé richtete seine Pyramiden auf, und Doucet pries die Wohltaten der Kohlpflanze. Um halb elf zog mich Gaston am Ärmel.

»Momo, hast du gesehen, wer da kommt?«

Die drei Söhne der Aubervilliers kamen entschlossenen Schrittes über die Rue Berger auf uns zu. Coco ahnte nichts Gutes und ging ihnen entgegen. Nach zehn Metern kam er zurückgelaufen und rief:

»Die Bullen! Wir hauen ab, jeder für sich!«

Sechs Polizisten folgten den Aubervilliers, durch die Rue Baltard kamen vier andere und zwei weitere durch die Rue des Halles. Überall ertönten Pfiffe. Keiner von uns konnte noch großartig reagieren. Alles war sorgfältig vorbereitet. Der Chef der Brigade rief:

»Wirtschaftskontrolle. Zeigen Sie Ihre Lizenz!«

Doucet war sprachlos. Dédé erstarrte neben seiner Kasse zur Salzsäule. Wir sahen uns an, also ob einer vom anderen erwartete, die Genehmigung hervorzuzaubern. Die drei Aubervilliers standen hinter dem Polizeichef und grinsten.

»Uns ist bekannt, dass Geschäftemacher die Rationierungsvorschriften ausnutzen, um sich zu bereichern. Die Polizei hat beschlossen, unerbittlich gegen solche Schieber vorzugehen. Hier ist das letzte Rundschreiben des Präfekten Bard zum Kampf gegen finstere Machenschaften. Heute Abend wird es ausgehängt.«

In der Rue Saint-Honoré wartete schon ein Streifenwagen auf uns. Er brachte uns aufs Kommissariat der Rue aux Ours. Nur Coco und Gaston hatten Papiere. Wie vom Schlag getroffen saß Dédé da, erstarrt, mit leerem Blick und geöffnetem Mund. Doucet hatte sich schon wieder beruhigt. Er zwinkerte mir zu und tätschelte das Knie von Gaston, der vor sich hin schluchzte.

Wir wurden gleich nach unserer Ankunft zum Hauptinspektor geführt. Als er uns fragte, was wir bei den Gemüsekisten gemacht hätten, antwortete Coco mit der Energie und dem Nachdruck eines Fort:

»Wir verteilten Kohl an Bedürftige, auf Initiative eines Mitglieds der Kirche, des hier anwesenden Pater Doucet.«

Alle Blicke richteten sich auf Doucet, der sich räusperte, die Ärmel seiner Soutane gerade zog und erklärte:

»Wir sind Opfer der Intrige einer Familie von Händlern, die nicht ertragen konnte, dass ihre Einkünfte durch unsere Hilfsaktion geschmälert werden. Wir haben an arme Leute Kohl verteilt. Wer will uns dafür bestrafen? Trauen Sie den Aubervilliers nicht. Ich sage mit Thomas von Aquin: ›Hütet euch vor den falschen Propheten, die als Lämmer zu euch kommen, in Wirklichkeit aber Wölfe sind. An ihren Früchten sollt ihr sie erkennen. Kann man Wein auf Dornensträuchern ernten und Feigen auf Disteln?‹«

»Und woher kommt das Gemüse, das Sie verteilen?«, fragte der Inspektor streng. »Geschieht das im Einvernehmen mit dem Versorgungsamt? Dort müssen Schenkungsaktionen genehmigt werden.«

»Im Matthäusevangelium steht: ›Die Ärmsten deines Volkes werden durch mich satt werden und alle Armen werden in Sicherheit sein.‹ Unser Gemüse wächst hier und da in den Gärten, nach dem Wohlwollen der Bevölkerung. Ich nenne sie die Gärten des Herrn.«

»In diesem Fall möchte ich die Gartenarbeitszulassungen dieser Leute sehen. Nur das Amt für Nationale Sicherheit darf Saatgenehmigungen erteilen.«

Jetzt gingen mit Doucet die Pferde durch. »Schande über euch Philister, ihr behindert unsere Hilfsaktion«, schrie er. »Selbst wenn der Stock, der dich schlägt, entzweibricht, wird aus seiner Rinde noch ein Kraut hervorgehen, dessen Nachkommen zu fliegenden Giftschlangen werden.«

Der Inspektor sah zu den Polizisten hinüber, die noch im Raum standen. Der Protokollant fragte ihn, ob er die letzten Äußerungen mitschreiben sollte. Überdrüssig schüttelte er den Kopf und wandte sich wieder an uns:

»Ihnen ist sicher bekannt, dass die deutschen Truppen nach der Landung von Engländern und Amerikanern in Nordafrika die Freie Zone besetzt haben. Mit der Besatzungsmacht ist nicht zu spaßen. Sie hat ihre Präsenz im Süden verstärkt und verlangt von uns größere Strenge im Norden. Deshalb dulde ich keinerlei Vorfälle in der Öffentlichkeit.«

Er nahm ein Dokument, das ihm ein Untergebener reichte. »Unter Ihnen befindet sich ein früherer Strafgefangener, der uns wohlbekannt ist. Unser Kommissariat ist mit seiner Wiedereingliederung betraut worden.« Er wandte sich an Dédé und fuhr fort:

»Sie stehen unter Bewährung. Wegen des Vorfalls sind wir verpflichtet, Sie wieder in Haft zu nehmen. Ich übergebe Ihre Akte dem Magistrat. Die anderen können gehen.«

Dann wandte er sich an Doucet: »Sie, Pater, behalte ich über Nacht hier. So wird Ihnen die Lust vergehen, einen Angehörigen des öffentlichen Dienstes zu beschimpfen.«

Wir gingen schnell zur Tür, ohne uns vom armen Dédé zu verabschieden.

»Junger Mann!« Der Inspektor hatte sich erhoben. Meine Kameraden blieben erschrocken stehen.

»Wie alt sind Sie?«

»Sechzehn.«

»Solltest du nicht in der Schule sein?«

Ich schwieg.

»Wie kann man deine Eltern erreichen?«

»Ich habe keine Eltern mehr.«

»Was? Keine Eltern mehr?«

»Sie sind bei einem Unfall ums Leben gekommen.«

Der Inspektor warf den anderen Polizisten einen Blick zu.

»Hast du Papiere?«

»Ja, Monsieur.«

»Zeig her!«

Ich blieb wie versteinert stehen.

Er ging zu seinem Schreibtisch, zog eine Zigarette aus einem Holzkästchen und zündete sie an.

»Wie heißt du?«

»Maurice.«

»Und der Nachname?«

Ich sagte nichts.

Erneut sah er zu den Polizisten hinüber. Dann zeigte er auf ein Plakat an der Wand.

»Was liest du da?«

»Edikt Nummer acht.«

»Lauter!«

»Edikt Nummer acht vom 29. Mai 1942 …«

»Weiter.«

»Im Vollzug der mir vom Führer und Obersten Befehlshaber der Wehrmacht gegebenen Vollmacht, ordne ich Folgendes an …«

»Los, weiter, worauf wartest du?«

»Erstens. Es ist Juden ab dem Alter von sechzehn Jahren verboten, ohne Tragen eines Judensterns in der Öffentlichkeit zu erscheinen.«

»Weiter!«

»Zweitens: Der Judenstern ist ein sechseckiger Stern von der Größe einer Handfläche und schwarz umrandet. Er besteht aus gelbem Stoff und trägt in schwarzen Buchstaben die Aufschrift JUDE. Er muss gut sichtbar auf der linken Seite getragen werden und fest auf das Kleidungsstück genäht sein.«

Der Inspektor stand vor mir, zog an seiner Zigarette und musterte mich. Ich hielt seinem Blick stand. Er ging ein paar Schritte um den Schreibtisch herum, die Hände auf dem Rücken. Er las das Protokoll durch und forderte den Polizisten auf, den letzten Abschnitt zu streichen. Dann setzte er sich und drückte seine Zigarette aus.

»Und jetzt verschwindet, ihr alle!«

Wir machten, dass wir fortkamen, und sie nahmen Doucet und Dédé mit. Wir verabredeten uns für den folgenden Tag um zwölf Uhr bei Marius.

»Ich bleibe noch eine Minute vor der Polizeistation, während du gehst, um sicher zu sein, dass dir niemand folgt«, sagte Coco.

Ich nickte und verschwand in der Menschenmenge der Hallen. Alle Leute kamen mir wie Inspektoren vor.

Der Meister der Farcen

17. November 1942

Das Rundschreiben des Präfekten verbot jegliche Schwarzmarktaktivität, und es hing überall auf dem Markt aus. In den Läden und bei den Ständen liefen die Brigaden der Wirtschaftskontrolle herum und nahmen Dutzende Leute fest. Coco holte Doucet am Kommissariat ab und brachte ihn zu Marius, um seine Befreiung zu feiern.

Ich verbrachte den Vormittag bei Pierrot in der Küche. Auf seinem Tisch hatte er alle möglichen Zutaten ausgebreitet.

»Wo du schon da bist, Maurice, kannst du mir helfen, die Farce zu machen. Weich das Brot in Milch ein. In dieser Schale zerdrückst du das Gemüse, danach gibst du etwas Öl, Salz und Pfeffer dazu. Sehr wenig. Und jetzt tu das Brot dazu, aber lass es vorher gut abtropfen. Dann die Eier, und jetzt mischst du das Ganze. Kräftig mischen.« Er nahm einen kleinen Löffel Farce, probierte sie, fügte Pfeffer und Salz hinzu, probierte wieder und nickte zufrieden.

Dann kümmerte er sich um die beiden Butte von La Ridelle.

»Der Vorteil beim Butt ist sein festes Fleisch. Ich habe Filets gemacht und sie dann eingeschnitten, aber sehr vorsichtig. Jetzt streiche ich die Füllung hinein. Gib Margarine in die Pfanne. Der Fisch steht nur ein paar Minuten auf dem Feuer, die Haut muss zart bleiben. Sieh mal, sie wird ganz gelb. Im Grunde erkennt man es an der Farbe.«

Mittags setzten wir uns zu Tisch. Coco kam mit Doucet ins Bistro. Sein Haar war zerzaust, der Kragen seiner Soutane aufgeknöpft. Er berichtete von Dédé, den sie noch in der

Nacht ins Gefängnis »La Santé« überführt hatten. Niemand erwähnte die Fragen, die der Inspektor mir gestellt hatte. Wir mussten jetzt entscheiden, wie es mit unserem Geschäft weitergehen sollte. Wir waren einhellig der Meinung, dass wir nicht weitermachen konnten. Es war das Ende. Um dies würdig zu begehen, holte Marius Meursault-Wein, den er für besondere Anlässe reservierte. Mit Freudenschreien empfingen wir Pierrot und seinen Butt. Nach der zweiten Flasche hatte Doucet seinen Glauben wiedergefunden. Er sagte mit vollem Mund Bibelverse auf und forderte Gaston und Legoas auf, sie ihm nachzusprechen, während er Reste der Füllung mit dem Finger vom Teller kratzte. Pierrot rief er zu:

»Du brauchst die besten Tafeln dieser Welt nicht zu beneiden. Sei gesegnet, Meister der Farcen, du verleihst dem Butt Intelligenz.«

La Ridelle fühlte sich angegriffen:

»Habe ich ihn etwa als Idioten verkauft?«

»Ja genau, deine Fische sind dumm. Sie liegen auf deinem Stand und sehen alle gleich aus.«

»Aber sie werden mir alle aus den Händen gerissen.«

»Bis zum Tag, an dem der Krieg vorbei ist. Wenn die Ozeane wieder bis über den Markt strömen, haben die Kunden die Qual der Wahl. Deine dummen Fische interessieren sie nur, wenn sie nicht viel kosten. Und deine Einkünfte schmelzen wie die Eisstücke auf deinem Stand. Bei Pierrots Essen aber würde keiner um Preise feilschen. Es ist vielmehr eine Ehre, ihm zu bezahlen, was man ihm schuldig ist. Man würde bei Ausgangssperre durch ganz Paris gehen, um so etwas zu bekommen.«

Er stand auf und zog seine Soutane zurecht. »Ich kann das alles beweisen. Ist nur eine Frage der Arithmetik.« Er wischte mit dem Ärmel das mit Kreide geschriebene Menü von der Schiefertafel, die an der Wand hing.

»La Ridelle, was kosten bei dir zwei Butte?«

»Nach heutigem Kurs etwa hundertfünfzig pro Stück.«

»Und wie viel kostet die Farce, Marius?«

»Sechs Eier für sechzig Franc, Speck, Brot, Zucchini, Tomaten, ungefähr zweihundert.«

»Und der Wein?«

»Hundertdreißig pro Flasche.«

Er schrieb die Rechnung auf:

»150 x 2 + 200 + 130 x 3. Also hat dich die Mahlzeit für uns sechs ungefähr neunhundert Franc gekostet, also hundertfünfzig pro Nase. Für wie viel verkaufst du sie uns?«

»Dreihundertfünfzig, na ja, sagen wir dreihundert, Freundschaftspreis.«

Doucet warf die Kreide auf den Tisch, zufrieden mit seiner Demonstration, wischte sich die Hände an der Soutane ab und setzte sich, voll weißer Flecke.

»Habt ihr kapiert? Er nimmt dreihundertfünfzig ein für eine Mahlzeit, die ihn hundertfünfzig kostet, und wir sind froh, uns ausnehmen zu lassen. Stimmt's, Marius?«

»Ihr müsst noch den Lohn von Pierrot, die Miete fürs Bistro und andere Kosten abrechnen, das ist nicht gerade wenig.«

»Dann musst du entsprechende Preise nehmen.«

Er wies mit dem Kinn auf Pierrot:

»Und wir kommen wieder und lassen uns rupfen und lächeln dazu, denn das Talent dieses Mistkerls ist großartig. Das ist wirklich ein tolles Geschäft.«

Dann wandte er sich mir zu:

»Momo, es muss dir nicht leidtun. Mit unserem elenden Gemüse haben wir eine Ware verkauft, die keine Zukunft hat. Weil wir die Preise so drücken mussten, haben wir uns auf einen Armenhandel eingelassen. Früher oder später hätten andere, die schlauer sind als wir, einen Weg gefunden, noch billiger zu verkaufen, und uns platt gemacht.«

Das Essen dauerte ewig lange. Als er ging, legte Doucet seine Hände auf meinen Kopf.

»Sei gesegnet, mein junger Freund. Hast du eigentlich die Psalmen Davids gelernt? ›Herr, die Zahl meiner Feinde ist groß. Doch du siehst mich an, denn du erkennst die Pein und Qualen und brichst den Arm des Bösen.‹ Keine Sorge, Maurice, der Allmächtige lässt die Kinder Jakobs nicht im Stich.«

Er kniff mich in die Wange und sah mir tief in die Augen.

»Ich spüre, wie das Blut in deinen Adern pocht, Momo. Es ist stark und lässt sich nicht aufhalten. Hör mir gut zu. Eines schönen Tages geht die Dunkelheit vorüber, und die Welt gehört dir. An dem Tag richtest du dich auf wie ein Reh in der Morgensonne.«

Er schloss den Kragen seiner Soutane, glättete sein Haar mit der Hand. Er säuberte seine Zähne mit dem kleinen Finger und meinte dann:

»Rechne nicht zu sehr mit dem Allmächtigen, und sei vorsichtig, damit du das Glück auf deiner Seite hast.«

Coco nahm mich in den Arm, dann La Ridelle und die anderen. Marius sagte, ich solle noch dableiben.

»Momo, jetzt wo du Zeit hast und dich mit Pierrot gut verstehst, willst du ihm nicht in der Küche helfen? Du kannst einfache Sachen kochen und abwaschen. Wenn Hochbetrieb ist, kannst du mir beim Servieren zur Hand gehen. Es ist auch besser, du bist hier als auf der Straße. Dafür gebe ich dir und deiner Schwester, was ihr zum Essen braucht, und Belle auch, wenn du willst. Für Weihnachten und Silvester habe ich schon jemanden, aber du kannst im Januar anfangen.«

Der Sonntag der anderen

Dezember 1942

»Momo, schläfst du?«

»Nein.«

Marie stand auf, machte Licht und kniete sich neben mich.

»Woran denkst du gerade?«

»Dass Coco um diese Zeit die Stände im Pavillon sechs herrichtet und La Ridelle auf den Markt kommt.«

»Momo, ich weiß, dass du jetzt mit mir schimpfen wirst, aber …«

»Was ist los?«

»Ich bin heute Morgen, als du einkaufen warst, mit Belle zu Georgette gegangen, und wir haben Radio Paris gehört.«

»Bei Georgette? Der Concierge?«

»Ja, wir haben ›Alle singen zusammen‹ gehört, da spielt das Orchester von Claude Ginou, und alle singen die Refrains mit.«

»Das war eine große Dummheit, Marie, das weißt du genau. Ich hatte dir doch gesagt, du sollst nicht nach unten gehen. Ich werde morgen mit Belle darüber reden.«

»Sie wollte es ja nicht, aber ich habe sie bedrängt. Sag ihr bitte nichts, Maurice! Wir haben ums Radio gesessen und gesungen. Heute war Danielle Darrieux eingeladen. Weißt du …«

Blumen sind Worte der Liebe
Zarter als ein Gedicht
Man kann durch sie alles verstehen
Der Zarteste und der Gröbste

Alle verstehen das süße Geheimnis
Wenn das Herz schwer ist.

»Oh, Momo! Georgette hat eine Platte von ihr, du müsstest mal das Gesicht von Danielle Darrieux auf der Hülle sehen. Ich dachte, es wäre Belle.«

Marie sah plötzlich aus wie Mama. Ihre Haare wurden dunkler, ihre blauen Augen grauer. Sie sah ihr immer ähnlicher.

»Du kannst mir auch gar nicht verbieten, nach unten zu gehen. Ich habe immer alle Aufgaben gut gemacht, das hast du selbst gesagt.«

»Es ist zu gefährlich, Marie, wir dürfen nicht auffallen, das hab ich dir doch schon erklärt.«

»Belle hat mir ein kleines Kreuz geliehen. Das ziehe ich immer an, wenn wir runtergehen Sie hat den anderen erzählt, dass wir nach Paris gekommen sind, weil wir Waisen sind und Geld verdienen müssen.«

»Und was hat Georgette da gesagt?«

»Wenn Belle ihr von uns erzählt, sieht sie mich immer an und sagt: ›Die armen Kinder!‹«

»Sonst nichts?«

»Nach der Sendung hat sie das Radio nicht abgestellt, sondern den Ton lauter gedreht. Dann hat sie was zu Belle gesagt.«

»Was denn?«

»Sie hat was über andere Kinder gesagt, die in anderen Häusern am Boulevard Sébastopol wären.«

»Und dann?«

»Sie hat erzählt, dieses Jahr im Juli wäre die Polizei gekommen und hätte sie abgeholt. Georgette sagte: ›Keine Deutschen. Es waren französische Polizisten. Tausende Kinder, und nicht nur ausländische. Bei Erwachsenen versteht man es ja noch, da haben sie vielleicht ihre Gründe – aber Kinder!‹ Den Rest habe ich nicht mehr richtig verstanden. Als sie das Radio ausmachte, sagte sie noch: ›Man fragt sich, ob es in Paris überhaupt noch welche gibt.‹«

Marie brach plötzlich in Tränen aus.

»Holen sie uns auch?«, fragte sie ängstlich.

»Wen meinst du mit ›sie‹?«

»Die, die Mama und Papa verhaftet haben, kommen die auch hierher?«

»Nein, du hast doch gehört, was Georgette gesagt hat, sie nehmen vor allem Ausländer fest.«

»Aber Papa und Mama sind Franzosen, und sie …«

»Ja, sie nehmen auch Franzosen gefangen. Komm her!«

Ich zog sie zu mir heran.

»Erinnerst du dich an das Café? Die Mutter mit ihrem Sohn? Sie trugen einen Stern. Jetzt müssen alle Juden einen tragen, wir eigentlich auch. Ich habe das auf einem Anschlag gelesen.«

»Sind wir denn Juden?«

»Nach deren Vorstellung, ja.«

»Und warum tragen wir ihn nicht?«

»Um nicht aufzufallen.«

Ich nahm ihr Gesicht in die Hände.

»Hör zu, Marie. Wir haben nichts zu befürchten, solange wir uns ruhig halten. Also geh bitte nicht mehr zu Georgette und auch nicht auf die Straße. Du musst hier im Zimmer bleiben oder zu Belle gehen. Versprichst du mir das?«

Sie nickte schniefend.

»Es wird nicht mehr lange dauern. Marius hat mir erzählt, dass die Amerikaner und Engländer in Nordafrika gelandet sind. Algerien und Marokko sind ganz nah auf der anderen Seite des Mittelmeers. Sie haben schon einen Fuß in Frankreich. Verstehst du?«

Sie nickte wieder.

»Bald können wir wieder nach Hause, ganz bestimmt, Marie.«

»Mit Mama und Papa?«

»Ja, wir alle zusammen.«

Ich machte das Licht aus, Marie schmiegte sich an mich.

»Hast du sie noch lieb?«

»Wen?«

»Mama und Papa, hast du sie immer noch lieb?«

»Warum sagst du so was?«

»Weil sie uns im Stich gelassen haben. Man darf seine Kinder nicht allein lassen.«

»Sie sind verhaftet worden, Marie.«

»Aber sie haben doch nichts Schlimmes gemacht, sie müssten schon längst wieder da sein.«

Sie zog ihre Decke bis zum Kinn. »Das sage ich ihnen, wenn sie wiederkommen.«

»Ja, Marie, das sagen wir ihnen.«

»Du gehst auch nicht mehr weg, Momo, versprichst du es mir? Du bleibst jetzt immer hier bei mir.«

»Tagsüber arbeite ich bei Marius und bringe uns dann schöne Sachen zu essen mit. Noch vor dem Abend bin ich wieder da.«

Wir gingen zu Belle zum Abendessen. Sie hatte Gemüsesuppe für uns gekocht.

»Momo sagt, ich soll nicht mehr aus dem Zimmer gehen …«

Ich unterbrach Marie.

»Du weißt doch, Belle, dass sie uns jederzeit verhaften können. Für sie sind wir Kriminelle. Das stand auf dem Aufruf, der im Büro des Polizeiinspektors hing. Ich habe das auch an seinem Blick erkannt.«

»Die arme Kleine verbringt ihre ganze Zeit mit Lesen. Das ist unmenschlich«, entgegnete Belle. »Gestern wollte sie ein bisschen Luft schnappen. Dafür stand sie auf einem Stuhl, die Nase an der Lukenöffnung. Ich habe sie mit zu Georgette genommen, damit sie auch mal rauskommt.«

»Wir erzählen den Leuten einfach, dass wir keine Juden sind. Ich war sowieso nie Jüdin«, fügte Marie hinzu.

»Man hat uns dazu gemacht. Weil wir zwei Großeltern ›jüdischer Rasse‹ haben. In ihren Augen sind wir Verbrecher, seit unserer Geburt, oder schon lange vorher. Verstehst du, Marie? Papa haben sie eingesperrt, Mama ist verschwunden, und sie suchen in Fontenay nach uns. Niemand weiß, dass wir uns hier verstecken. Wir dürfen den Teufel nicht herausfordern.«

Belle nahm Marie in den Arm.

»Dein Bruder hat recht. Es ist zu gefährlich geworden. Wir beide haben doch hier oben auch viel zu tun. Sieh mal, ein Kunde hat die letzte *Ciné-Mondial* hier liegen lassen. Die lesen wir gemeinsam beim Teetrinken.«

Nach dem Essen, als Marie schon in unsere Kammer gegangen war, hielt mich Belle am Arm fest.

»Momo, deine Schwester verändert sich, verstehst du? Sie wird größer, und mit dreizehn hat man Lust auf andere Dinge. Kümmere du dich um ihre Aufgaben, ich helfe ihr bei ihren Problemen. Du erklärst ihr die Dinge des Geistes, ich die des Körpers. Wir beide schaffen das schon.«

Als Marie am nächsten Morgen aufwachte, schlug ich ihr vor, bei Marius zu Mittag zu essen. Es war Sonntag, und deshalb gab es Pommes frites.

»Gibt es wirklich Pommes frites?« Ihre Augen leuchteten.

»Du könntest Pierrot sogar helfen, sie zu machen. Es werden viele Kinder mit ihren Eltern da sein, und da braucht er sicher eine Helferin.«

»Ich soll Pommes frites machen? Glaubst du, das kann ich?«

»Na klar! Und danach, und das musst du mir versprechen, gehst du nicht mehr aus diesem Zimmer, nur zu Belle, einverstanden? Versprichst du es mir, Marie?«

Auf der Tafel vor dem Restaurant stand:

SUPPE
Gratinierte Suppe von Topinambur
VORSPEISE
Haferflockentarte
HAUPTGERICHT
Makrele auf Tomatenbett
Pommes frites (ohne Kartoffeln)
DESSERT
Buchweizenfladen
EINHEITSPREIS: 18 Fr. pro Person.

Wir gingen durch den Gastraum in die Küche, ohne jemanden anzusehen. Pierrot wies Marie einen hohen Hocker zu.

»Na, Marie, kannst du Fritten ohne Kartoffeln machen? Es ist Zauberei. Du kannst mir dabei helfen. Zuerst erzähle ich dir, was gestern passiert ist. Ich habe ein Kilo Mehl mit ordentlich viel Milch gemischt, fünfzehn Löffel Sacharin und ein bisschen Hefe. Dann habe ich einen dicken Teig geknetet. Du kannst ihn hier sehen.«

Er nahm ein Brett, auf dem eine große Menge Teig lag. Marie streckte ihre Finger aus.

»Du kannst ihn ruhig anfassen. Du wirst sehen, er klebt nicht an den Händen. Ich habe fünf Stunden geschlafen, während der Teig aufging. Jetzt bist du dran. Zuerst musst du dir gut die Hände waschen.«

Pierrot hielt ihr ein Messer hin. »Jetzt machst du kleine Kugeln. Fang an … Nein, sie sind zu groß, nicht größer als ein Taubenei. Ja, genau so.«

Marie und ich bearbeiteten den Teig, während Pierrot das Menü vorbereitete. Jede Kugel rollten wir mit der Handfläche, damit sie eine längliche Form bekam.

»Jetzt frittieren wir sie in der Pfanne mit schön heißer Margarine. Nur zwei Minuten, nicht länger. Jetzt nehmen wir sie raus, lassen sie abtropfen. Und ich streue noch ordentlich Salz darüber.«

Das Restaurant war voll. Nach der Messe in Saint-Eustache kamen ganze Familien her. Von der Küche aus hörte man das Lachen von Kindern.

»Bravo, Marie. Alle diese Kinder werden das Essen genießen, das verdanken sie dir. Vor morgen haben sie keinen Hunger mehr, ihre Bäuche sind so richtig vollgestopft. Das freut die Eltern.«

Ab und zu standen wir auf und warfen einen Blick in den Gastraum. Die Kinder trugen Sonntagskleider.

Als Marius ihnen die Pommes frites brachte, schrien sie vor Freude und klopften mit ihrem Besteck auf den Tisch wie im Speisesaal der Schule. Pierrot füllte unsere Teller immer wieder, ohne dass wir danach gefragt hatten. Als Marie aufgegessen hatte, setzte sie sich an die Küchentür, von wo aus sie alles beobachten konnte, ohne gesehen zu werden. Sie wollte ihren Hocker gar nicht mehr verlassen. Sie schaute zu, wie die Familien ihren Sonntag verbrachten, und drehte dabei mit der Hand ihre blonden Locken.

Der feine Herr

Januar, Februar 1943

Am 10. Januar 1943 um elf Uhr vormittags erschien ich pünktlich bei Marius. Er begrüßte mich mit seinem besonderen Lächeln. Wegen seiner Boxkämpfe früher hatte er im Oberkiefer zwei Goldzähne.

»Heute folgst du mir wie ein Schatten. Du musst alles kennenlernen, was im Gastraum und in der Küche passiert. Die Arbeitskleidung leihe ich dir.« Er holte ein altes weißes Wollhemd und eine schwarze Hose aus einem Schrank im Hinterzimmer. »Nimm eine Kordel als Gürtel und krempele die Beine hoch. Jetzt zieh alles an, wir empfangen unsere Gäste immer ganz korrekt.«

Er legte eine weiße Serviette auf meine Schulter und ging mit der Karte zu einem jungen Paar, das gerade Platz genommen hatte.

»Ich kann Ihnen ein Menü für fünfundvierzig Franc anbieten, eins für dreißig, eins für zwanzig und das letzte für zwölf. Es gibt eine kalte Vorspeise dazu. Schauen Sie es sich in Ruhe an.«

Der Mann verzog das Gesicht.

»Was soll ich machen? Es herrscht Mangel, und die Menüs sind entsprechend. Solange uns die Vorschriften Eier und Fisch verbieten, sind unsere Karten so öde wie ein Handelsregister. Leider werden unsere Gerichte ohne Sahne oder Sauce serviert, und wir haben auch keine Butter mehr. Aber heute habe ich einen kleinen Moselwein. Maurice, bring den Herrschaften einen Schoppen.«

Um zwölf Uhr kamen massenweise Kunden. Ich gab die Bestellungen, die Marius mir nannte, an die Küche weiter. Wir mussten so schnell wie möglich servieren, dann abräumen und den Tisch für die nächsten Gäste decken. Ich lief überall da hin, wo man mich rief, und vergaß dann, was man von mir wollte. Ich irrte mich bei den Tischen, servierte das falsche Gericht und entschuldigte mich. Ich ging zu Pierrot, damit er mir den Plan des Restaurants erklärte, der bei ihm an der Wand hing. Dann stellte er mir mehrere Teller auf die Arme, wischte mir den Schweiß von der Stirn und schickte mich wieder ins Gastzimmer.

Ein älterer Herr hatte sich an einen Tisch beim Fenster gesetzt. Er trug einen Dreiteiler mit Nadelstreifen und einen eleganten Mantel mit Pelzkragen. Marius eilte zu ihm und gab mir ein Zeichen, ihm zu folgen. Der Kunde sagte leise zu ihm:

»Ein Freund hat mir von Ihrer Küche erzählt. Sie ist, wie er mir sagte, überraschend gut.«

»Darf ich den Namen meines Wohltäters erfahren?«

Der Mann flüsterte Marius etwas ins Ohr, und sein Gesicht hellte sich auf.

»Bitte kommen Sie mit. Wie heißt es noch, die Freunde meiner Freunde sind auch meine Freunde. Das kennen Sie ja.«

Wir führten den Herrn ins Hinterzimmer, in dem Jeanne nachts schlief. Marius machte den Wachstuch-Vorhang zu und sagte leise das Menü auf:

»Pochierte Eier auf Artischockenbett und Weißbrot. Bresse-Huhn in Mayonnaise, Lammkeule in Weinsauce, Blätterteig mit Pralinenfüllung und Orange. Dazu ein Châteauneuf du Pape aus meinem persönlichen Vorrat. Entsprechend dem heutigen Tarif wären das dreihundertvierzig Franc.«

Der Herr schien sehr zufrieden und zog seinen Mantel aus. Wir gingen zu Pierrot in die Küche, und er schloss die Tür ab. Dann öffnete er die Tür zur Abstellkammer an der hinteren

Wand und holte ein paar Gegenstände heraus, die im Weg standen. Er rollte den Linoleumboden beiseite und zog an einem Ring, mit dem er eine schwere Falltür öffnete. Über eine schmale Treppe stiegen wir nach unten. Marius knipste eine Glühbirne an und zeigte mir den Raum. Sie schoben ein paar alte Kisten beiseite, eine Matratze und ein paar Möbel, hinter denen sich ein sechstüriger Holzschrank verbarg, der mit Riegeln aus Gusseisen verschlossen war.

»Das ist ein Kühlraum, Maurice. Ich hab ihn vor zwei Jahren einem Metzger in den Hallen abgekauft. Die Erzeuger liefern uns ihre Ware direkt, wenn sie zum Markt fahren. Ich habe keine Zwischenhändler. Sieh mal, ich habe Rind, Fisch, Aufschnitt, Pasteten und sogar Butter. Ich verkaufe es um den zehnfachen Preise weiter.« Er wandte sich an Pierrot. »Pierrot, hol raus, was wir brauchen, aber sei sparsam, heute Abend kommen noch Leute!«

Er zeigte mir, was der Gast bestellt hatte.

»Solche Gäste musst du besonders gut behandeln, Momo, sie sind sehr vermögend. Du musst dir immer vorstellen, dass wir Adelige im Hinterzimmer bewirten. Jedes Essen, das du ihnen servierst, ist so viel wert wie der Wochenlohn einer Stenotypistin.«

An Pierrot gewandt sagte er:

»Nur wegen der Mayonnaise weiß ich nicht so recht, wir haben heute weder Eier noch Öl.«

Als wir wieder in der Küche waren, meinte Pierrot grinsend:

»Komm, Momo, wir schustern ihm eine Mayonnaise ohne Eier und Öl zusammen.«

Er band mir eine Schürze um.

»Ein Suppenlöffel Essig in diese Schale, dazu etwas Senf. Eine Prise Salz und etwas Pfeffer. Und jetzt mischen. Ich koche jetzt eine kleine Kelle Mehl in einem halben Liter Wasser.«

Ein paar Minuten später sagte er:

»Jetzt gieß den Inhalt der Schale in diesen Brei hier, ganz langsam, wie bei einer richtigen Mayonnaise, und hör nicht auf zu rühren. So, und jetzt lassen wir es kalt werden. Hack ein paar Schalotten, sehr fein. Ich tue noch ein paar gehackte Kräuter rein, und fertig ist das Gemisch. Ich wette mit dir, dass dieser vornehme Herr keinen Unterschied merkt.«

Nachdem alle Gäste gegangen waren, rechnete Marius mit mir ab. Er gab mir fünfunddreißig Franc, die Hälfte des Trinkgeldes. Pierrot reichte mir eine Einkaufstasche. Darin war Kochgeschirr mit den Resten vom Mittagessen. So hatten wir etwas für den Abend und Maries Mittagessen vom nächsten Tag. Sie wartete zusammen mit Belle auf mich, und wir aßen zusammen zu Abend.

Marius' Bistro war immer voll. Und bald bat er mich, zwölf Stunden am Stück zu arbeiten, um auch die Arbeiter aus den Hallen bedienen zu können. Wenn es nachmittags etwas ruhiger war, wurde gespült. Ansonsten rannte ich zwischen Küche und Gastzimmer hin und her. Zwischen fünf und sieben hatte ich frei, um mit Marie zu essen. Wenn viel los war, verließ ich das Restaurant abends mit fünfzig oder sechzig Franc Taschengeld.

Jeden Tag ging ich in der Rue Coquillière vorbei, um zu sehen, ob der Ofen noch da war. Der Händler war einverstanden, ihn mir auf Kredit zu verkaufen, gegen eine schriftliche Garantie von Marius. Wir mussten zwar Tisch und Stühle loswerden, um den Koloss in unserer Kammer unterzubringen, dafür aber konnte der Winter uns jetzt nichts mehr anhaben.

Am Abend des 4. Februar 1943 klopfte Belle an unsere Tür.

»Kinder, kommt mit! Georgette wartet auf uns wegen der Sendung um viertel nach neun.«

Marie sah von ihrem Buch auf. »Wir sollen Radio hören? Maurice hat gesagt, wir dürfen nicht mehr zu Georgette gehen.«

Belle ergriff meine Hände:

»Los, Momo, heute Abend machen wir eine Ausnahme. Georgette hat gestern Radio London gehört. Sie haben eine Neuigkeit angekündigt, und gleich spricht General de Gaulle.«

Wir gingen runter zu Georgette. Sie schloss die Tür hinter uns ab und löschte das Licht. Zuerst hörte man im Radio nur Rauschen, ein paar kreischende Laute, die man nicht verstehen konnte. Dann folgte mehrmals ein vierfaches Klopfen: »Hier London.« Einen Moment wurde die krächzende Stimme von Lokomotivengeräuschen übertönt, doch dann war sie wieder zu hören.

»Im Rahmen unseres Programms ›Franzosen sprechen mit Franzosen‹ hören Sie zunächst ein paar persönliche Nachrichten ... Der Armlose nimmt sie in den Arm ... Das Gespenst redet nicht gern ... Der Abbé ist sehr nervös, wir sagen zweimal, der Abbé ist sehr nervös ...«

Marie fing an zu kichern, Georgette sagte, sie solle still sein. Sie drehte den Ton leiser, nachdem sie durch den Vorhang an der Tür gespäht hatte. Man hörte nun im allgemeinen Rauschen: *»Und jetzt ... Stalingrad ... der Sieg!«*

»Die Russen haben in Stalingrad gesiegt«, flüsterte Georgette aufgeregt. »Paulus, wisst ihr, der deutsche General, hat sich ergeben. Das haben sie gestern gemeldet.«

Wir hörten noch ein paar Wortfetzen, in feierlichem Ton gesprochen: *»... dies ist für Deutschland und seine Verbündeten sehr beunruhigend. Einen deutschen Sieg kann man sich jetzt kaum noch vorstellen.«*

Georgette versuchte den Sender besser einzustellen und verlor ihn.

Eine süßliche Stimme, vielleicht die von Tino Rossi sang: *»Nimm mir die Hoffnung nicht, schenk mir dein Lächeln, das einzige Glück, nach dem ich mich sehne.«* Das Lied ging in Gepfeife unter. Georgette war ganz verzweifelt und stellte das Radio schließlich aus.

Vor unserer Tür sagte Belle zum Abschied:

»Jetzt haben wir es bald geschafft. Seit einem halben Jahr haben die *Boches* davon geträumt, Stalingrad umzubenennen. In Russland sind sie auf dem Rückzug, in Nordafrika verlieren sie an Land, sie müssen ihre Wünsche immer mehr zurückschrauben. Es geht vielleicht nur noch um Wochen. Bald ist es vorbei, meine Schätzchen.«

Der Mann mit dem Pelzkragen kam jetzt regelmäßig. Ich führte ihn in den hinteren Raum und servierte ihm ein Menü von über dreihundert Franc, je nach dem, was wir zu bieten hatten. Sobald er hereinkam, eilte ich zu ihm, um ihn zu seinem Tisch zu führen und ihm aus dem Mantel zu helfen. Leise nannte ich die Speisen und ihren Preis, und er war immer einverstanden. Während er aß, blieb ich in der Nähe, um ihm jede Bitte zu erfüllen, ohne dass er warten musste. Eines Tages, als ich ihm die Vorspeise brachte, richtete er zum ersten Mal das Wort an mich:

»Sagen Sie mal, junger Mann, wie alt sind Sie?«

»Sechzehn Jahre, Monsieur.«

»Gehen Sie denn nicht aufs Gymnasium?«

»Ich muss Geld verdienen, um zu leben.«

»Ich verstehe.«

Ich verschwand in der Küche, damit er nicht weiter mit mir sprach. Beim Hauptgericht setzte er das Gespräch jedoch fort.

»Wissen Sie, dass ich hier bei Ihnen besonders gut esse?«

»Vielen Dank, das werde ich unserem Koch sagen.«

»Auch die Bedienung ist exzellent.«

»Danke, Monsieur.«

Er legte eine Hand auf meinen Arm.

»Haben Sie einen Moment Zeit für mich?«

»Es sind gerade sehr viele Gäste da ...«

»Nur einen Augenblick.«

Er forderte mich auf, mich ihm gegenüber hinzusetzen, und sah mich an. Mein Blick verlor sich in den Streifen seines Anzugs. Er trug ein rotes Band im Knopfloch. Immer noch war er sehr elegant. Mir waren die Gamaschen an seinen Schuhen aufgefallen, die er selbst bei Schnee trug.

»Wären Sie bereit, einen besonderen Auftrag für mich zu übernehmen?«

»Was meinen Sie damit, Monsieur?«

»Ich empfange oft Leute bei mir. Meine Freunde. Ich bin Herausgeber einer Zeitung, nur eine technische Zeitung. *Le Nouvel Artisan*. Kennen Sie die? Vermutlich nicht. Aber sie hat ihre Leserschaft. Die Druckerei ist nah der Place de la Bourse, zehn Minuten von hier. Man muss nur die Rue Montmartre hinaufgehen.«

Er schnitt sein Geflügel mit eleganten Bewegungen. Er hatte gepflegte Hände und Fingernägel.

»Ich empfange oft bei mir zu Hause Gäste. Leute aus der Regierung, Journalisten, manchmal sogar Staatssekretäre. Wichtige Leute.«

Er schwieg und trank sein Glas aus. Das gab mir Gelegenheit aufzustehen, weil ich es nachfüllen musste.

»Entschuldigen Sie, Monsieur, aber ich muss die anderen Gäste bedienen.«

»Ich weiß, mein Junge, ich weiß. Ich wollte Sie nur bitten, bei Tisch zu bedienen, wenn ich das nächste Abendessen gebe. Es findet übermorgen statt. Ich bezahle Sie auch angemessen, das ist ja selbstverständlich.«

Ich verschwand in der Küche, ohne ein Wort zu sagen.

»Ach, da bist du ja, Momo, hilf mir mal …«

»Der feine Herr da draußen hat mir vorgeschlagen, bei ihm zu Hause bei seinem nächsten Essen zu bedienen.«

»Tatsächlich? Meint er das denn ernst?«

»Ich glaube schon.«

»Hättest du Lust dazu?«

»Er sagt, er bezahlt mich gut dafür.«

»Er wird nicht knauserig sein. Solche Leute sind immer großzügig, wenn sie repräsentieren müssen.«

Er sah in sein Bestellungsbuch und brachte das Essen zu den Tischen. Beim Hinausgehen sah er mich zweifelnd an.

»Sehr klug ist das allerdings nicht. Du könntest den falschen Leuten begegnen. Nimm die anderen Vorspeisen, die sind für Tisch fünfzehn.«

Als wir wiederkamen, wischte sich Pierrot die Hände an seiner Schürze ab und fragte:

»Was soll denn bei dem Essen serviert werden?«

»Weiß ich nicht, das hat er mir nicht genauer gesagt.«

»Ich könnte doch mit dem Kleinen hingehen«, sagte Pierrot zu Marius. »Wir könnten ihm vorschlagen, das Essen und den Service gemeinsam zu machen. So was wie ein Restaurant bei ihm zu Hause. Ich in der Küche, Momo im Speisezimmer. Was Besseres kann der Kerl doch gar nicht kriegen, um seinen Gäste zu imponieren.«

Zwei neue Gäste kamen, und Marius ging los, um sie zu empfangen. Ich brachte dem Herrn seinen Nachtisch. Er sah mich über seine kleine Hornbrille an. Nachdem ich ihn bedient hatte, ging ich sofort weg.

Marius kam wieder in die Küche.

»Momo, wir machen das so: Du nimmst seinen Vorschlag an, unter der Bedingung, dass er das Essen hier bei uns bestellt. Pierrot kocht alles hier und richtet es dort an, zwei Stunden vor Beginn des Essens. Und er bleibt den ganzen Abend mit dir dort, das ist sicherer.«

Ich ging wieder zu meinem Gast.

»Nun?«

Ich antwortete nicht sofort.

»Heißt das, Sie machen es nicht?«

»Sie sagten, Sie würden mich bezahlen, oder?«

»Natürlich. Sagen wir zweihundert Franc für den Abend. Was sagen Sie dazu?«

»Und das Essen? Wie machen Sie es mit dem Essen?«

»Was meinen Sie damit?«

»Wer kocht?«

»Ich mache das selbst. Das ist eine kleine Schwäche von mir, ich koche für mein Leben gern. Ich habe damit vor zehn Jahren angefangen, als meine Frau starb, und ich habe dabei ganz neue Horizonte kennengelernt. Am Tag des Abendessens nehme ich mir frei und bereite alles vor. Nun, wie sieht es aus, sind Sie einverstanden?«

Wieder schwieg ich.

»Nein?«

»Doch, in Ordnung.«

Er freute sich sehr, stand auf, und ich holte seinen Mantel. Während ich ihm half, den Ärmel zu finden, sagte ich:

»Wenn ich komme, müsste ich allerdings auch das Essen liefern.«

»Wieso?«

»Ich darf nur Essen servieren, das aus diesem Restaurant stammt.«

»Das verstehe ich nicht.«

»Sie sagten doch vorhin, dass Sie unsere Speisen schätzen.«

»Das stimmt allerdings.«

»Unsere Zutaten stammen von den besten Bauern der Gegend. Sie können das Menü mit Pierrot, unserem Koch, besprechen und mit ihm gemeinsam kochen. Sie werden sehen, er ist ein wahrer Künstler. So brauchen Sie nicht selbst einzukaufen. Ihre Gäste werden dieses Essen niemals vergessen, Monsieur. Das versichere ich Ihnen.«

Er setzte sich im Mantel wieder hin.

»Und was kostet mich dieser Wahnsinn?«

»Wie viele Gäste sind es denn?«

»Mit mir sind es sechs.«

»Wenn Sie mich entschuldigen wollen, Monsieur, ich muss mich erkundigen.«

Marius überlegte einen Moment und sagte dann:

»Schlag ihm denselben Preis wie heute vor. Dreihundertfünfzig pro Gedeck. Und nimm noch die Zweihundert für dich dazu, das kriegen wir hin. Ich suche mir eine Küchenhilfe, die Pierrot vertritt. So verkaufe ich mehr Essen ohne höhere Kosten, es ist, als vergrößerte ich mein Restaurant. Ist doch eine gute Idee.«

Der Mann wartete auf mich, die Ellbogen auf den Tisch gestützt, das Gesicht in den Händen.

»Monsieur, wir können Folgendes anbieten. Dreihundertfünfzig pro Person, dazu die Bedienung in der Küche und bei Tisch, wir bleiben den ganzen Abend bei Ihnen. Wir decken den Tisch, räumen ab, spülen das Geschirr und hinterlassen Ihre Küche blitzsauber und aufgeräumt.«

»Das heißt, Sie entlasten mich von all der Mühe?«

»Ja, Monsieur, Sie können auf uns zählen.«

»Und wie viel kostet dieser ›Service‹, wie Sie ihn nennen?«

»Hundertfünfzig pro Person, Sie nicht inbegriffen, das wären neunhundert Franc Service im Ganzen. Also fünfhundert pro Essen, alles inklusive.«

Er stand auf und verlangte mit einer spröden Geste seinen Hut. Er verließ den Raum, nachdem er einen Geldschein auf den Tisch gelegt hatte. Ich begleitete ihn zur Tür.

»Mein Name ist Jacques de Segondy, und ich wohne in der Avenue de la Bourdonnais Nr. 7. Ich erwarte Sie übermorgen mit Ihrem Koch, seien Sie pünktlich um fünf Uhr da.«

Belle und Marie wollten mir unbedingt helfen, mich anzuziehen. Ein neuer schwarzer Anzug, den Marius ausgesucht hatte, dazu ein weißes Hemd, Krawatte und Schuhe aus echtem Leder. Belle lieh mir einen Rasierapparat mit Seife und Pinsel. Sie schnitt mir die Haare so, wie Maurice Chevalier sie auf einem Foto in einer Zeitschrift trug, die Marie ihr geöffnet hinhielt. Damit es wirklich ähnlich aussah, kämmte sie mir die Haare mit etwas Bohnerwachs glatt.

»Gefalle ich dir, Marie?«

»Du siehst aus wie fünfundzwanzig.«

»Ich komme heute Abend spät, mach dir also keine Sorgen.«

»Ich warte auf dich, ich kann bestimmt nicht schlafen. Wenn du wiederkommst, musst du mir alles erzählen.«

Pierrot und ich kamen zu früh und warteten am Fuß des Gebäudes im Schnee. Marius hatte einen Pferdekarren ausgeliehen, um uns mit allen Vorräten hinzubringen. Segondy empfing uns im Hausrock. Er zeigte uns die Küche, die groß war wie unser Wohnzimmer in Fontenay.

Als wir das Esszimmer betraten, stieß Pierrot einen leisen Pfiff aus. Vor uns sahen wir den Eiffelturm in voller Größe im Halbdunkel. An der Spitze drehte sich eine Leuchtfackel. Segondy betrachtete sie eine Weile, die Hände in den Taschen.

»Die Deutschen haben das Licht dort angebracht, um ihren Flugzeugen den Weg zu weisen. Sie haben die Beleuchtung abgebaut, die die Stadt für die Weltausstellung von 1937 angebracht hatte. Das ist sehr schade.«

Er zeigte mir den Schrank, in dem das Geschirr aufbewahrt wurde. Aus der oberen Schublade zog er ein Paar weiße Handschuhe und reichte sie mir.

»Es dürfen keine Fingerabdrücke zu sehen sein. Stellen Sie die Platzteller zwei Zentimeter vom Rand hin. In der Schublade liegt ein Zentimetermaß. Erst zum Dessert nehmen Sie sie fort. Und Sie stellen den flachen Teller und den für die Vorspeisen darauf. Ich komme gleich wieder.«

Ich hatte noch nie solche Teller gesehen, außer in den Vitrinen des Versailler Schlosses vielleicht. Auf jedem war von Hand das Signé der Porzellanmanufaktur von Sèvres zu sehen.

Vierzig Minuten später kam Segondy in einem eleganten dunkelgrauen Anzug wieder.

»Es ist nicht ganz richtig so, junger Mann. Das Besteck muss drei Zentimeter vom Rand entfernt liegen, die Schneide des Messers Richtung Teller. Sie müssen nach Reihenfolge ihrer Benutzung gedeckt werden. Von außen nach innen. Das Dessertbesteck nehmen Sie wieder weg. Es wird erst hingelegt, wenn der Platzteller verschwunden ist. Für jeden Gast drei Gläser, so wie ich es hier zeige, in dieser Reihenfolge, leicht nach rechts ausgerichtet.«

Er zog ein viermal gefaltetes Papier aus seinem Sakko.

»Dann schreiben Sie die Namen der Gäste auf die kleinen Karten auf meinem Sekretär. Die Tischordnung finden Sie hier auf diesem Blatt.«

Als die Gäste kamen, bot ich ihnen ein Glas Champagner an. Eine Weile standen sie im Salon und plauderten, dann setzten sie sich zu Tisch. Ich bediente, räumte ab, füllte Gläser, erriet Wünsche, bevor sie geäußert wurden. Ab und zu gab mir Monsieur de Segondy eine mündliche Anweisung oder einen Hinweis mit den Augen. Komplimente über die köstlichen Speisen nahm er mit einem zufriedenen Lächeln entgegen. Pierrot hatte ein Publikum gefunden, das seine Kunst zu schätzen wusste.

Nach dem Essen servierte ich in der Bibliothek den Cognac. Vor der Sperrstunde waren alle bereits gegangen. Wir brauchten mehr als eine Stunde für das Geschirrspülen und Aufräumen.

Monsieur de Segondy wartete in der Bibliothek auf uns. Er hatte wieder seinen Hausmantel angelegt, rauchte eine Zigarre und las in einem Buch. Als wir uns verabschiedeten, reichte er uns einen Umschlag.

»Sagen Sie, junger Mann, suchen Sie zufällig Arbeit? Ich brauche einen Assistenten für meine Zeitung. Er soll Annoncen verkaufen, Werbung.«

Ich sah zu Pierrot hinüber, der die Geldscheine zählte.

»Ich danke Ihnen, Monsieur. Im Moment nicht. Marius, Pierrot und ich suchen neue Wege in der Gastronomie.«

»Natürlich, Sie haben sicher Besseres zu tun.«

Er bestellte unsere Dienste für den nächsten Monat und verabschiedete sich höflich. Die Metro fuhr nicht mehr, so gingen wir im Schneegestöber zu Fuß nach Hause. Die Gegend um den Invalidendom und die Tuilerien mieden wir, da es dort von deutschen Soldaten nur so wimmelte. Wir liefen bis zur Madeleine, dann die Grands-Boulevards entlang und näherten uns von dort aus südlicher Richtung den Hallen. Marius hatte auf uns gewartet, um abzurechnen.

»Dreitausendfünfhundert Franc. Fünfhundert mal sieben Personen, Segondy hat sich selbst dazugerechnet, das ist sehr fein von ihm. Uns hat das Ganze hundertfünfzig für Lebensmittel pro Kopf gekostet, also tausendfünfhundert, und dazu rechne ich noch das Geld für die Aushilfsköchin für Pierrot, das macht tausendzweihundert im Ganzen. Liebe Freunde, das ist ein Gewinn von zweitausendzweihundert Franc. An einem einzigen Abend. Das verdiene ich mit dem Bistro in einer Woche. Ich habe nachgedacht und finde, wir sollten das Geld in vier Teile aufteilen, zu gleichen Teilen, einen für das Restaurant. So wird Momos Anzug gleich mit bezahlt. Wenn wir so weitermachen, müssen wir auch etwas in die Kücheneinrichtung stecken.«

Ich kam erst um drei Uhr morgens nach Hause. Marie wartete auf mich. Ich legte die fünfhundert Franc auf die Matratze. Sie schaute auf die zerknitterten Scheine.

»Woher hast du das ganze Geld?«

»Von Leuten, die gut essen wollten.«

»Sind wir jetzt reich?«

»Noch nicht, aber bald. Ich habe Ideen, wie man noch viel mehr verdienen kann.«

Sie glättete einen Geldschein nach dem anderen und legte sie vor sich hin.

»Momo, was machen wir mit dem ganzen Geld?«

»Wir sparen es.«

»Und was kaufen wir uns dann?«

»Wir kaufen nichts, Marie. Wir geben es aus, damit Mama und Papa wiederkommen. Ich habe heute Abend ein paar wichtige Leute kennengelernt. Sehr wichtige. Vielleicht ist darunter jemand, der uns helfen kann, sie wiederzufinden. Ich kann mir vorstellen, dass das sehr viel kostet.«

Sie ordnete die Scheine nach Größen und legte sie in ihr Aufgabenheft. Dann versteckte sie den Schatz unter der Matratze.

»Werden wir wirklich reich sein, Momo?«

»So reich, wie du dir es gar nicht vorstellen kannst.«

Die Regeln des Geschäftslebens

März 1943

Das zweite Abendessen war ebenso erfolgreich wie das erste. Nach dem Essen kam Segondy zu mir in die Küche, während die Gäste in der Bibliothek rauchten.

»Einer meiner Freunde möchte Sie gern kennenlernen und Ihre Dienste für einen Empfang in Anspruch nehmen. Wenn Sie nichts dagegen einzuwenden haben, mache ich Sie mit ihm bekannt.«

Pierrot sah mich aufmunternd an. Ich folgte Segondy in sein Arbeitszimmer. Dort saß ein etwa fünfzigjähriger Mann bequem in einem Sessel, die Beine auf einem kleinen Hocker. Er blätterte im *Nouvel Artisan.*

»*Tief in der grünen Landschaft, nahe bei einem blühenden Obstgarten liegt die Keramikwerkstatt Vasselin, in der Hochbetrieb herrscht. Die Teilhaber, die ganz der Tradition verpflichtet sind, bearbeiten die Erde von dort, die schwer, reichhaltig und prächtig ist* ... gibt es wirklich Leute, die so einen Unsinn lesen?«

»Fünfzehntausend Exemplare, mein Lieber. Hier ist übrigens der junge Mann, von dem ich dir erzählt habe. Monsieur Maurice, ich möchte Ihnen meinen Freund Langeais vorstellen.«

Der Mann sah mich aufmerksam an, regte sich nicht und zog an seiner Zigarette.

»Mit Ihnen soll ich verhandeln? Sie sind doch noch ein Junge!«

Segondy reichte ihm ein Glas Cognac.

»Monsieur Langeais ist Co-Direktor der Continental. Der ›Continental Films‹, kennen Sie die?«, erklärte er mir.

Langeais tat, als bewege er eine Kurbel.

»Das Kino. Waren Sie schon mal im Kino?«

»Ja, Monsieur.«

»*Das unheimliche Haus*, *Der Mörder wohnt in Nr. 21*, *Phantastische Symphonie*, das war ich. Kennen Sie die? Offenbar nicht, dabei wurde für diese Filme monatelang auf Plakaten geworben. Gehen Sie denn nie nach draußen?«

Er war aufgestanden, hielt die Hände in den Taschen und ging ein paar Schritte. »Ich arbeite mit den größten Stars. Ich beschäftige nur die talentiertesten Filmemacher. Goebbels verlangt von mir zwar nur dümmliche Filme, aber was soll's.«

Er blieb vor Segondy stehen.

»Ich hab sogar noch Juden unter meinen Angestellten, stell dir vor. Sie schreiben Drehbücher, unter Pseudonym, als wüsste ich das nicht. Ich behalte sie. Ohne Juden kann man keine guten Filme machen.«

Segondy räusperte sich.

»Die Continental ist eine mit deutschem Kapital finanzierte Filmproduktionsfirma, die Josef Goebbels zu Beginn des Krieges gegründet hat. Monsieur Langeais aber hat das Zeug zu großen Filmen.«

»Ich nehme, was ich brauche, und sie geben mir beträchtliche Mittel. Ich kann in extra gefertigten Kulissen drehen, in historischen Kostümen.«

»Von Zeit zu Zeit investiere ich in einen seiner Filme. In sehr bescheidenem Umfang«, warf Segondy ein.

Langeais goss sich selbst Cognac nach und stellte die Karaffe wieder auf den kleinen Teewagen. »Am 21. April, also in einem Monat, hat mein neues Meisterwerk Premiere. Ein Film von Maurice Tourneur mit Pierre Fresnay. Eine Mischung aus Komödie und phantastischem Drama. Eine ganz neue Art Film.« Er wandte sich an Segondy. »Wir haben uns mit Tourneur gekabbelt. Er sagt, er sei stolz, mit Murnau oder Fritz Lang verglichen zu werden. Ich finde, er ist zehnmal besser. Übrigens, Jacques, gestern haben wir den Titel festgelegt, *Teufelshand*, nach deiner Idee.«

Er ging noch ein paar Schritte im Zimmer auf und ab, blieb dann vor dem Fenster stehen und starrte hinaus auf den Eiffelturm.

»Die Premiere findet im Palais Rochechouart statt. Tausendfünfhundert Plätze. Alles, was in Paris Rang und Namen hat, wird kommen. Sicher auch ein paar Würdenträger der Nazis. Kennen Sie Otto Abetz? Na, sicher kennen Sie ihn, er ist ja der Botschafter des Deutschen Reichs in Frankreich. Er hat Plätze reservieren lassen. Nach der Vorführung möchte ich ein Essen veranstalten. Mit der Filmmannschaft, Stars der Unterhaltungsmusik, Journalisten, Politikern. Fünfzig Personen. Es muss alles klappen wie am Schnürchen. Wären Sie dazu in der Lage?«

Segondy beugte sich über ein Blatt Papier auf seinem Schreibtisch. »Ich habe Ihre Tarife schon genannt, Maurice. Fünfhundert pro Kopf, Service in begriffen. Bei fünfzig Gästen macht das fünfundzwanzigtausend. Bei der Continental ist das Teil des Budgets für die Werbung, nicht wahr, Pierre-Émile?«

»Das Budget ist mir egal, wichtig ist mir …« Langeais verstummte und setzte sich wieder, dann knöpfte er seine Weste auf, die seinen Bauch zu sehr eingeengt hatte. Er drehte sein Glas in der Hand und atmete schwer, als sei er gerade zehn Stockwerke hochgegangen.

»Hören Sie, junger Mann, ich glaube, das ist keine gute Idee. Ich wusste nicht, dass Sie so jung sind. Ich brauche einen Empfang, der der Sache gerecht wird.«

Er wollte wieder aufstehen, was ihm erst beim zweiten Versuch gelang.

»Jacques, wir werden das so machen wie immer. Ich werde Abetz bitten, uns für den Abend das *Maxim*'s zur Verfügung zu stellen.«

»Das Niveau dort ist schwer gesunken. Und die Qualität hat nachgelassen, seit dort ein deutscher Koch arbeitet.«

»Das mag sein, aber der Ort hat Prestige. Das wäre für den Film genau das Richtige.«

Ich ließ sie reden und ging zu Pierrot. Er war mit Geschirr spülen fertig und machte die Küche sauber. Er wischte die Hände an seiner Schürze ab und zog Visitenkarten aus der Tasche.

»Momo, ein paar der Gäste waren hier. In den nächsten zwei Wochen haben wir zwei Anfragen für Abendessen. Sieh mal, die eine kommt vom Präsidenten der Stores et Toiles-Innung, die zweite vom Direktor der Industrie- und Handelsbank. Sogar eine Herzogin ist dabei, Emmanuelle de Ségovie, die in der Villa *Beauséjour* wohnt. Jedes Mal zehn bis fünfzehn Gäste. Ich habe denen gesagt, dass du ihnen die Preise nennst.«

»Könntest du es auch schaffen, an einem Abend für fünfzig Leute zu kochen?«

»Fünfzig Leute? Vielleicht. Da bräuchte ich Küchenhilfen, und eine Küche, die gut ausgestattet ist.«

Ich brachte Langeais seinen Mantel.

»Monsieur, um auf das Gespräch von vorhin zurückzukommen. Wenn Sie uns die Küche des *Maxim's* zur Verfügung stellen und auch die Bedienung, können wir ein Essen wie heute Abend für fünfzig Personen machen.«

»Ich glaube, das ist ein paar Nummern zu groß für Sie. So ein Risiko gehe ich nicht ein.«

»Drei Ihrer Freunde haben für die nächsten Wochen Abendessen bei uns bestellt. Im Ganzen vierzig Gedecke. Unser Chef wird deshalb neue Küchenhilfen ausbilden. So sind wir am Abend der Premiere fünf Leute in der Küche.«

Segondy fasste ihn an der Schulter.

»Mein lieber Pierre-Émile, ich lade dich zum Mittagessen im Restaurant von Monsieur Maurice ein, das ist gleich bei der Zeitung um die Ecke. Da kannst du sehen, wie sie dort arbeiten.«

Langeais und Segondy kamen ein paar Tage später ins Restaurant. Nach dem Essen legte Marius ihm unsere Vorschläge für das Gala-Essen vor.

»Wir könnten mit einer schottischen Gerstensuppe beginnen, die passt hervorragend zum Frühlingsbeginn. Als zweite Vorspeise Hechtklöße, kleine Portionen und eher leicht, um den Appetit zu erhalten. Danach würden wir Perlhuhn mit Estragon servieren. Im Anschluss Käse, gefolgt von Schokoladenéclairs mit Vanillesauce.«

Langeais nahm ihm das Blatt aus der Hand, las es durch und reichte es Segondy.

»Und welcher Wein?«

»Zuerst ein Piligny-Montrachet. Wegen des Nussgeschmacks, dadurch kommt der Hecht besser zur Geltung. Dann ein Clos de l'Angélus aus einem kleinen sehr vielversprechenden Winzereibetrieb. Ich habe ihn vor fünfzehn Jahren in Saint-Émilion entdeckt. Dieser Wein hat ein erstaunliches Bouquet, ist kräftig und vollmundig, zum Perlhuhn passt er ausgezeichnet. Am Ende des Essens gibt es Spirituosen.«

»Wie ist es mit den Mengen, würden Sie es für fünfzig Leute schaffen?«

»Ich serviere jeden Tag mehrere hundert Essen, Monsieur.«

»Genau das ist ja das Problem. Ich weiß nicht, ob Sie verstanden haben, was ich brauche. Es soll die Qualität der *Tour d'Argent* haben und nicht schmecken wie in einem Bistro in den Hallen.«

Jetzt übernahm Pierrot:

»Für Ihren Empfang beschäftigen wir ein paar Küchenhilfen. Die erste wird ab morgen angelernt, die anderen folgen in den nächsten Tagen. Mit den meisten haben wir schon gearbeitet. Ich übe diese Gerichte mit ihnen. Das Schwierigste ist die Lieferung. Wir werden sicher einen Monat brauchen, um die Waren zu bekommen. Wir müssen schon jetzt anfangen, alles, was wir bekommen können, herzuschaffen, und es dann im Kühlhaus aufbewahren.«

Segondy wandte sich zu mir. »Maurice, da darf nichts schiefgehen«, sagte er leise. »Wenn Sie den geringsten Zweifel haben, ist es besser, jetzt gleich abzusagen. Ich werde trotzdem weiter in Ihrem Restaurant zu Mittag essen.«

»Wir schaffen das, Monsieur, davon bin ich fest überzeugt«, antwortete ich.

Er lächelte und setzte sich auf einen Stuhl.

»Ich vertraue Ihnen. Lieber Pierre-Émile, entscheiden musst du.«

Langeais wirkte müde.

»Was würde das kosten?«

Marius schrieb ein paar Zahlen auf, rechnete.

»Normalerweise wären wir für ein solches Menü bei vierhundertfünfzig pro Kopf. Bei dieser Menge von Gästen runde ich auf vierhundert ab, Getränke inbegriffen. Mineralwasser geht auf meine Kosten. Mit Organisation und Servieren bei Tisch wären es fünfhundertfünfzig pro Kopf, also siebenundzwanzigtausendfünfhundert im Ganzen.«

Ich wagte niemanden anzusehen außer Marius, der auf seine Zahlen blickte. An einem Abend siebenundzwanzigtausendfünfhundert, so viel verdiente mein Vater bei Surreau in drei Monaten! Langeais überlegte ein paar Sekunden und stand dann auf.

»Also gut, machen wir es so. Aber ich sage Ihnen gleich, es gibt keine Vorauszahlung. Sie erhalten Ihr Geld erst nach dem Diner. Wenn es den Erwartungen entsprochen hat.«

Während ich sie zur Tür begleitete, sagte Segondy leise zu mir:

»Kommen Sie doch mal abends bei mir in der Zeitung vorbei. Ich glaube, ich muss mich etwas um Sie kümmern, mein Junge.«

Pierrot war wieder in der Küche, denn um diese Zeit waren noch ein paar Gäste da. Marius hatte sich nicht von der Stelle bewegt. Ich setzte mich neben ihn.

»Maurice, wir hätten uns nicht darauf einlassen sollen. Das packen wir nicht.«

»Ich weiß, dass wir es schaffen können.«

»Wir haben noch nie fünfzig Gedecke außer Haus serviert. Und dann noch von dieser Qualität.«

»Pierrot sucht sich die besten Köche aus, er bildet sie aus. Und er wird sich selbst übertreffen.«

Marius nahm sein Blatt zur Hand.

»Wo sollen wir nur die Unmengen Ware finden?«

»Frag unsere Lieferanten. Sie werden schon Erzeuger kennen. Wir müssen sofort anfangen, die Waren zu reservieren.«

»Die werden mindestens zweihundert Franc pro Person kosten. Im Ganzen zehntausend. Das müssen wir schon jetzt aufbringen, bekommen aber noch keinen Sou. Dazu kommen noch zweitausend Franc Lohn für die Köche, bis viertausend für Material, vielleicht eine zweite Kühlkammer.«

»Wenn wir siebenundzwanzigtausendfünfhundert Franc Einkünfte haben bei fünfzehn- oder sechzehntausend Ausgaben, dann nehmen wir zwölftausend Franc ein.«

»Das ist illusorisch, Maurice. Wovon sollen wir die Waren kaufen? Und selbst wenn wir es könnten … Die können uns reinlegen und brauchen bloß zu sagen, es sei nicht gut genug. Dann fehlen uns fünfzehntausend, und ich kann den Laden zumachen.«

Marius rechnete noch einmal nach, rieb sich die Augen und seufzte. »Ersparen wir uns die Mühe. Wir haben mehr zu verlieren als zu gewinnen. Wir haben doch schon genug zu beißen, oder? Wir müssen vernünftig sein, Momo. Geh morgen zu Monsieur de Segondy. Und dann sagst du ihm, dass wir von der Sache Abstand nehmen.«

Abends redeten wir bei Belle über nichts anderes als die Continental. Marie vergaß vor Aufregung, ihre Suppe zu essen.

»Machen wir jetzt wirklich beim Film mit? Stell dir vor, Pierre Fresnay! War der auch bei Marius zum Mittagessen?«

»Nein, um solche Sachen kümmert er sich nicht.«

»Und wie ist Langeais?«

»Schwierig, er hat all unsere Ideen verworfen. Pierrot musste wirklich alle Register ziehen.«

»Wer sind die Stars in dem Film?«

»Pierre Fresnay, Noël Roquevert, Josseline Gaël …«

»Momo, du musst das unbedingt machen!«, meinte Marie, doch Belle sah mich skeptisch an.

»Du hast eine angenehme Arbeit, du machst Abende bei feinen Leuten, wir haben alles zum Leben bis Kriegsende. Er hat recht, dein Marius. Warum ein Risiko eingehen?«

»Wenn wir diesen Abend hinkriegen, ist das der große Durchbruch. Ich weiß, dass wir es schaffen können.«

»Warte, bis der Krieg vorbei ist, Momo. Man könnte meinen, du suchst die Gefahr. Diese Leute stecken mit den *Boches* unter einer Decke. Und der Filmtitel *Teufelshand* ist ein böses Omen, wenn du mich fragst.«

Der *Nouvel Artisan* hatte seine Räume an der Ecke Rue Montmarte, Rue du Croissant. Früher war hier eine Lagerhalle gewesen. Man erreichte sie durch eine Eingangshalle und einen gepflasterten Innenhof. Es wurde bereits dunkel, als ich dort ankam. Die beiden ersten Stockwerke waren nicht erleuchtet. Aber hinter einem Fenster in der obersten Etage brannte Licht. Ich klingelte mehrmals, aber niemand öffnete. Ich wollte gerade gehen, als plötzlich nacheinander in allen Räumen das Licht anging. Jetzt konnte ich im Erdgeschoss verschiedene gusseiserne Maschinen und lange Holztische sehen.

An den Wänden waren Hunderte kleiner Fächer. Segondy machte die Tür auf.

»Ach, Sie sind es, ich habe nicht so bald mit Ihnen gerechnet. Kommen Sie herein.« Er schloss die Tür hinter mir und wies mit dem Zeigefinger auf seine Nase.

»Es ist die Druckerschwärze. Ein etwas scharfer Geruch. Ich nehme ihn seit langem nicht mehr wahr. Haben Sie schon eine Zeitungsdruckerei gesehen?«

Er hatte die Arme ausgebreitet und drehte sich um sich selbst.

»Sie sind hier an einem geschichtsträchtigen Ort. Hier wurde vor knapp vierzig Jahren die erste Nummer der *Humanité* gedruckt. Jaurès, Viviani, Briand … Ich habe noch ihre Handpresse hinten im Saal stehen. Sehen Sie, hier unter Glas haben wir die erste Ausgabe, 18. April 1904. *Unser Ziel: Der Name dieser Zeitung besagt genau das, was unsere Partei vorschlägt. Alle Sozialisten arbeiten an der Verwirklichung der Humanität*. Der Artikel ist von Jean Jaurès unterzeichnet. Seinetwegen bin ich Journalist geworden. Wissen Sie, wie man eine Zeitung macht?«

Er ging zu einem der Tische. Auf einer Metallplatte lagen reihenweise Buchstaben, die Worte in Spiegelschrift bildeten.

»In den kleinen Fächern dort haben wir alle Arten von Buchstaben. Wenn die Seite fertig ist, legt man sie auf diese Maschine hier. Diese Rollen streichen sie mit Druckerschwärze ein, die Farbe kann man wählen. Sie fließt aus Behältern. Dort wird der Papierstapel abgelegt und diese Saugnäpfe ziehen jedes einzelne Blatt nacheinander an. Diese Zange legt das Papier auf die Platte mit dem Text, und die Presse drückt es von oben an. Es ist eigentlich wie ein Stempel. Wenn die Seite gedruckt ist, wird sie von dieser Zange angehoben und dort gestapelt. Es ist eine Heidelberger Druckmaschine von 1935, mein neuestes Spielzeug. Vollautomatisch. Wir haben sie kurz vor Kriegsausbruch gekauft. Zweitausend Blatt pro Stunde kann sie drucken.«

Wir gingen hinauf in sein Büro. Große verglaste Bücherschränke bedeckten die Wände. Darin waren bibliophile Bücher, in Leder gebunden und mit goldenen Lettern. Auf dem Arbeitstisch lagen aufgeschlagene Zeitungen. Auf einem Foto sah man Segondy neben einem jungen Mann lächelnd vor einer Druckmaschine stehen. Auf einem anderen sah man den jungen Mann in Uniform. An einer Ecke des Bilderrahmens sah ich einen Trauerflor.

»Möchten Sie etwas trinken? Nein? Wenn Sie erlauben, nehme ich mir ein Glas.«

Er öffnete eine Tür unten an einem Bücherregal und nahm eine Flasche Whisky heraus.

»Danke, dass Sie gekommen sind.«

»Ich bin gekommen, um Ihnen zu sagen …«

»… dass Sie den Auftrag nicht übernehmen, nicht wahr?«

»Ja, Monsieur.«

»Sie haben Angst vor Schwierigkeiten oder die Sache scheint Ihnen zu anspruchsvoll.« Er schob seine Brille auf die Stirn und las aus der Zeitung, die vor ihm lag.

»*Die Amerikaner bombardieren weiter unsere Städte. Über hundert Tote in Rouen* … Das wird sie hier bei den Leuten nicht gerade beliebt machen. Was halten Sie von diesem Krieg, Maurice?«

»Nichts.«

»Nichts?«

»Ich mache mir darüber keine Gedanken.«

»Und Ihre Eltern?«

»Ich bin Waise.«

Auf einer kleinen Uhr auf dem Kaminsims läutete es achtmal. Segondy faltete die Zeitung zusammen.

»Wie viele Abendessen haben Sie bisher geliefert?«

»Zwei bei Ihnen, und drei andere sind für die nächsten Tage geplant.«

»Sehen Sie mal, was ich mir ausgedacht habe.« Er holte einen kleinen Karton aus einer Schublade, auf dem in eleganter Schrift gedruckt stand:

Quai des Halles
Gastronomischer Lieferservice
Lieferung frei Haus
Empfänge

Kostenvoranschlag auf Anfrage
24, Rue Berger, Paris

»Ich kann Ihnen Hunderte davon drucken. Am besten, Sie fügen noch eine Telefonnummer hinzu, aber ich glaube, Sie sind noch nicht entsprechend ausgestattet. Sie brauchen die Karten nur an alle Gäste zu verteilen, denen Sie bei den Diners begegnen.«

Er sah mich eine Weile nachdenklich an, das Kinn auf die Hände gestützt. »Wer will aufgeben, Sie oder Ihr Chef Marius?«

Er stand von seinem Sessel auf und setzte sich neben mich. »*Sie* würden es gern versuchen, stimmt's ?«

»Ich brauche das Geld und bin bereit, jedes Risiko einzugehen, um … und außerdem …«

»Und außerdem?«

»Es ist nicht nur eine Geldfrage. Ich weiß nicht, wie ich es sagen soll. Dieser Empfang, die Abendessen, die Kunden. Ich denke an nichts anderes mehr. Es ist wirklich ein Abenteuer. Nachts werde ich deswegen wach. Jeden Tag habe ich neue Ideen. Ich habe das Gefühl, dass mich nichts aufhalten kann. Ich weiß, dass ich es schaffen will.«

»Wenn es so ist, dann hören Sie auf Ihre innere Stimme. Übernehmen Sie den Auftrag, mit oder ohne Marius.«

»Ohne ihn geht es nicht.«

»Wenn er nicht mitmachen will, kann er doch Ihr Lieferant sein. Mehr brauchen Sie nicht. Sie kaufen bei ihm das Essen für einen Preis, in dem alles inbegriffen ist, Lebensmittel, Arbeit in der Küche, Bedienung, Einrichtungskosten. Wenn Sie sein Kunde sind, kann er ruhig schlafen.«

»Wenn ich ihn aber nicht bezahlen kann?«

»Ich strecke Ihnen das Geld vor, und Sie bezahlen ihn, bevor er die Waren kauft. Auf diese Weise geht er kein Risiko ein. Sprechen Sie noch heute Abend mit ihm, kommen Sie morgen wieder, und sagen Sie mir, was daraus geworden ist.«

Er öffnete den Bücherschrank, suchte eine Weile, nahm ein dickes Buch heraus und zeigte auf die ersten beiden Kapitel des Inhaltsverzeichnisses.

»Das ist die beste Einführung in die Welt des Unternehmertums. Lesen Sie zuerst den Abschnitt über Produkte, dann den über Kosten, so lernen Sie, wie man Buchführung macht. Ende der ersten Lektion.«

Er brachte mich zur Tür.

»Der Empfang findet übrigens einen Tag nach dem Geburtstag von Hitler statt. Sie werden zuerst auf sein Wohl trinken. Langeais hätte dafür gerne noch Champagner. Den müssen Sie im Kostenvoranschlag berücksichtigen und können dafür hohe Kosten einstellen.«

Ich ging zu Marius zurück und legte ihm meinen Plan dar.

»Du bekommst einen festen Preis pro Essen. Ich kann es verkaufen, an wen ich will. Für dich ändert sich dadurch nichts, das garantiere ich dir. Stell dir einfach nur vor, dass dein Bistro jetzt doppelt so groß ist.«

Er wehrte sich nicht länger und sagte schließlich:

»Momo, die machen dich fertig, glaub mir. Ich spreche mit dir wie mit einem Bruder und meine es nur gut.«

»Diese Gelegenheit lass ich mir nicht entgehen, Marius.«

Er seufzte. »Pierrot wird sich jedenfalls freuen. Für die feinen Leute in Paris zu kochen, macht ihm großen Spaß. Endlich hat er eine Kundschaft nach seinem Herzen gefunden.«

Später in der Nacht war die Druckerei in voller Aktion. Die Druckmaschine verschlang die Blätter und spuckte sie wieder aus, das alles in einem abenteuerlich schnellen Rhythmus. Eine andere Maschine faltete die Zeitungen und umgab sie mit einem Papierband, auf das junge Frauen ein Etikett klebten, bevor sie die Packen auf Wagen legten.

Segondy rief mir zu, ich solle ihm in sein Büro folgen. Ich berichtete ihm von meinem Gespräch mit Marius und Pierrot. Er hörte mir zu und drehte dabei an seinem Siegelring.

»Sie machen den meisten Gewinn, Maurice. Wäre Marius Ihr Teilhaber, würde er die Hälfte der Einkünfte erhalten. Er begnügt sich aber mit einem kleinen Aufschlag auf das Essen, das er Ihnen verkauft. Er überlässt Ihnen den Reichtum. Können Sie mir folgen?«

»Nicht so richtig.«

»Stellen Sie sich vor, Sie schaffen es, Ihre Dienstleistungen zu einem höheren Preis zu verkaufen. Davon hat er nichts, denn der Zugewinn gehört Ihnen. Warum lässt er sich auf so etwas ein? Will er Ihnen einen Gefallen tun?«

»Ich weiß es nicht.«

»Sie übernehmen die Initiative, er traut sich das nicht zu. Junger Mann, der Gewinn gehört den Mutigen, so sind die Regeln des Geschäftslebens.«

Lächelnd fügte er hinzu:

»Marius will jedes Risiko vermeiden, eigentlich aber übernimmt er eins. Wenn Sie nichts verkaufen, haben Sie nichts auszugeben. Marius muss in seine Einrichtung investieren, Leute einstellen. Er erhöht seine Kosten und hofft, dass Ihre

Kunden mitspielen. Er muss Geld investieren, um alles in Gang zu bringen. Der Service, den Sie leisten, kann ohne vorherige Kosten beginnen. Arme können reich werden, das ist eine frohe Botschaft, die ich Ihnen heute Abend überbringe. Auch dies gehört zu den Regeln des Geschäftslebens.«

Er öffnete eine kleine Holzschatulle, die vor ihm stand, holte einen schwarzen, mit japanischen Ornamenten verzierten Füllhalter heraus und füllte ihn in aller Ruhe mit Tinte.

»Jetzt kommen wir zu einem schwierigeren Thema: Wie viel bringt Ihnen die Sache ein?«

»Die Continental zahlt mir dreißigtausend Franc.«

»Ich meine nicht, wie viel sie zahlen, sondern, wie hoch Ihr Gewinn ist. Wie viel bleibt von der Summe übrig?«

»Die Ware kostet zwölftausend. Dazu achttausend für die Kosten.«

»Das heißt, für Sie bleiben zehntausend übrig. Wir sind uns einig, dass sich die Sache lohnt. Haben Sie die zwanzigtausend für die Waren und diverse andere Kosten?«

»Nein.«

»Wann müssen Sie zahlen?«

»In den nächsten Tagen.«

»Und wann nehmen Sie das erste Geld ein?«

»Am Abend des 21. April.«

»Sie brauchen also Geld. Was die Einkünfte betrifft, ist es ein gutes Geschäft, aber es fehlt Ihnen an Guthaben. Diese beiden Aspekte vertragen sich oft schlecht. Was kann man da machen?«

»Ich weiß es nicht.«

»Normalerweise würde man zu einer Bank gehen und sich die Zwanzigtausend, die Sie brauchen, leihen. Dafür würde die Bank zweihundert Franc Zinsen in einem Monat nehmen, das ist eine Kleinigkeit. Auch sie überlässt Ihnen den Hauptanteil des Gewinns, wenn ihr Risiko begrenzt ist. Da Ihr Geschäft aber nicht offiziell ist, wird keine Bank bereit sein, mit Ihnen zusammenzuarbeiten. Sie können sich also nichts leihen. Wie machen Sie es dann?«

Ein Mann in einem Kittel klopfte an die Tür und legte ein noch feuchtes Exemplar des *Nouvel Artisan* auf den Tisch. Segondy schlug die Zeitung auf, nahm eine Lupe zur Hand und sah sich die Anzeigen auf der vorletzten Seite an. Der Arbeiter wartete. Der Chef hob den Kopf. »Sehr gut.« Er nahm ein kleines Heft aus seiner Tasche und schrieb ein paar Namen und Adressen daraus auf ein Blatt Papier.

»Ein Exemplar für jeden, persönlich überbracht. Sind sie nicht zu Hause, gehen Sie wieder mit der Zeitung weg, wie immer.«

Der Mann ging hinaus und grüßte mit der Hand an der Mütze.

Segondy fuhr fort.

»Sie müssen sich Ihr Geld bei Teilhabern leihen. Bei Leuten, die bereit sind, Geld in Ihr Unternehmen zu stecken, seine Ressourcen zu erhöhen, ohne es gleich zurückzuverlangen. Dafür erhalten sie Anteile am Geschäft. Sie sind keine Bankiers sondern Aktionäre. An dieser Stelle beginnt mein Part.«

Er schwieg eine Weile und fuhr dann fort:

»Tun Sie sich mit mir zusammen, Maurice. Dann haben Sie kein Geldproblem mehr. Ich steuere zwanzigtausend Franc bei und stelle Ihnen meine Erfahrung und meine Beziehungen zur Verfügung. Ich bin Ihre letzte Chance und gehe ein beträchtliches Risiko ein. Aber auf diese Weise erleben wir das Abenteuer zusammen und teilen uns den Gewinn. Stellen Sie sich das vor! Ihr Können ist in meinen Augen ebenso wertvoll wie mein Beitrag. Nach dem Krieg können wir eine Firma gründen und werden beide Teilhaber mit gleichen Anteilen.«

»Nach dem Krieg, das ist etwas ganz anderes.«

»Was meinen Sie damit?«

»Ich lebe lieber von einem Tag auf den nächsten.«

»Trauen Sie mir nicht?«

»Ich kann mich nicht so weit festlegen, selbst wenn ich wollte. Und ich brauche das Geld.«

Segondy schraubte seinen Füller zu und lehnte sich in seinem Sessel zurück.

»Eine Liebeserklärung kann man das wohl kaum nennen. Das ist eher enttäuschend für einen Teilhaber.«

»Am besten, Sie leihen mir die Zwanzigtausend. Natürlich nur, wenn Sie wollen. Ich gebe sie Ihnen am 21. April zurück, mit Zinsen. Sonst leihe ich sie mir bei meinen früheren Kollegen in den Hallen.«

»So ist das also. Sie suchen einen Bankier, keinen Teilhaber. Dazu sagen Sie mir noch, dass ich Konkurrenten habe. Warum sollen Sie Ihren Gewinn mit mir teilen, wenn ich mich auf Leihzinsen beschränken kann. Ich muss sagen, junger Mann, Sie lernen schnell.«

»Ich bitte Sie nur dieses eine Mal. Durch den Empfang am 21. bekomme ich genug Rücklagen zusammen, um bei den nächsten Malen selbst das Geld vorzustrecken.«

»Dann gestatten Sie mir, dass ich die Situation ausnutze und tausend Franc Zinsen verlange. Sie haben keine andere Wahl. Selbst bei dieser Höhe ist Ihr Geschäft noch ausgezeichnet.«

»Ich zahle, was Sie verlangen.«

»Ich bringe Ihnen morgen das Geld, und Sie unterschreiben mir einen Schuldschein.«

»Wenn Monsieur Langeais uns nach dem Empfang nichts zahlen will, kann ich aber nichts zurückzahlen.«

»Das Risiko gehe ich ein. Ich zweifle nicht an seiner guten Absicht. Ich hoffe, dass ich Sie hinterher dazu bringen kann, mir zu vertrauen. Vielleicht brauchen wir etwas Zeit.«

Ich verabschiedete mich. Er folgte mir noch auf den Hof. Am Hauseingang fasste er mich am Arm. »Maurice, Sie dürfen mir nicht misstrauen.«

»Im Gegenteil, ich bin Ihnen sehr dankbar für alles, was Sie tun.«

Er sah mir nach, und ich sagte:

»Entschuldigen Sie, Monsieur, dass ich dem Vertrauen, das Sie mir schenken wollen, nicht gerecht werde. Vielleicht später.«

An sie geschmiegt

Anfang April 1943

Eine Woche vor dem Empfang der Continental fand ich Marie in Tränen vor.

»Du bist andauernd weg, Momo, von früh bis spät. Und wenn du nach Hause kommst, schläfst du oder liest die ganz Zeit.«

»Ich muss Geld verdienen, Marie, viel Geld, damit wir hier rauskommen.«

»Ich mache gar keine Aufgaben mehr mit dir …«

»Ich weiß. In zwei Wochen, nach dem Empfang, habe ich wieder mehr Zeit.«

Sie sagte nichts darauf.

»Was ist los, Marie?«

»Belle hat gesagt, ein solcher Abend mit den ganzen Nazis wäre Wahnsinn. Du könntest auffliegen, und sie könnten dich verhaften.«

»Es sind nur ein paar von ihnen eingeladen. Sie wissen doch auch gar nicht, wer ich bin.«

»Aber wenn sie es rauskriegen? Wie bei Mama und Papa?«

»Ich passe gut auf, das verspreche ich dir. Du vertraust mir doch, oder?«

Sie nickte und trocknete ihre Tränen.

»Ich muss noch ein paar Sachen ausrechnen wegen des Abends. Willst du mir dabei helfen? Du bist doch so gut in Mathe, und ich könnte dich gut gebrauchen.«

Ihr Gesicht hellte sich auf. Sie nahm ihr Heft zur Hand.

»Wie viele Gäste haben wir?«, fragte ich.

»Fünfzig.«

»Wie viel bezahlt die Continental pro Essen?«

»Du hast gesagt fünfhundertfünfzig Franc.«

»Rechne noch fünfzig Franc pro Person für den Champagner dazu.«

»Das sind sechshundert.«

»Jetzt ziehst du die Kosten für die Lebensmittel ab, sagen wir zweihundertfünfzig.«

»Dann verdienen wir dreihundertfünfzig pro Person.«

»Und wie hoch ist die Gesamtsumme?«

»Siebzehntausendfünfhundert.«

»Jetzt zieh die Kosten für …«

»Ich weiß schon, für Pierrot und die Köche, viertausend, dazu die Einrichtung, zweitausend.«

»Tausendfünfhundert für plötzlich entstehende Kosten, tausend für Segondy. Wie viel bleibt uns dann übrig?«

»Neuntausend Franc.«

»Jetzt will ich noch wissen, wie viel wir am Schluss mit jedem Gast verdienen. Dazu musst du teilen.«

»Das brauchst du mir doch nicht zu sagen. Es macht hundertachtzig Franc.«

»Das nennt man Gewinn pro Gedeck. Weißt du, was wir gerade gemacht haben? Einen Haushaltsplan.«

»Mach ich es richtig?«

»Ja, du bist gut genug, um meine Assistentin zu werden. Bist du bereit dazu?«

Die Bauern lieferten Marius ihre Waren zwischen zwei und fünf Uhr morgens. Wir zählten beim Abladen alles genau durch, und ich bezahlte mit dem Geld von Segondy. Selbst Pierrot staunte.

»Wenn man bedenkt, dass all dies an einem Abend verputzt wird. Die Leute vom Kino sind ja wohl verrückt. Marius hat schon recht, wir brauchen eine zweite Kühlkammer.«

»Wie viel Küchenhilfen haben wir?«

»Fünf. Die drei letzten kommen morgen.«

Nach den Lieferungen ging ich nach Hause, um ein paar Stunden zu schlafen. Je näher der große Abend rückte, desto mehr Mühe hatte ich zu schlafen. Ich ging im Flur auf und ab, wartete, bis es Tag wurde, und schaute, ob bei Belle nicht schon Licht unter der Tür zu sehen war. Dann klopfte ich leise an. Sie öffnete mir im Morgenrock, schlug die Bettdecke zurück und klopfte auf die Matratze.

»Auf welche Schlacht bereitest du dich vor, Momo? Manchmal machst du mir Angst.«

»Dieser Empfang ist der Beginn meines Erfolgs. Ich verteile danach meine Karten an alle wichtigen Leute in Paris. Wenn es mir gelingt, kann ich die nächsten Diners selbst finanzieren, und noch andere Sachen, Empfänge, vielleicht sogar Hochzeiten. Stell dir vor, Belle, so viel Geld!«

»Dieser Abend, zu dem auch Nazis kommen, ist Wahnsinn.«

»Je mehr Essen ich veranstalte, desto besser kann ich mit den Lieferanten verhandeln. Ich kann die Kosten pro Mahlzeit auf zweihundertfünfzig senken, sie aber für fünfhundert verkaufen. Das bedeutet fünfzig Prozent Gewinn.«

»Und was machst du hinterher mit dem ganzen Geld?«

»Ich will meine Eltern freikaufen. Meine Kunden kennen wichtige Leute unter den Deutschen. Ich verdiene viel Geld, so viel ich kann, und dann bezahle ich, was nötig ist. Es ist alles eine Frage von Beziehungen, Belle, sie werden mir helfen, mit den richtigen Leuten in Kontakt zu kommen.«

Sie lag eine Weile schweigend in meinen Armen und sagte dann:

»Momo, dir bleibt gar nicht genug Zeit, das alles hinzukriegen. Ich hatte gestern Nachmittag Besuch von einem jungen Mann. Er ist fünfundzwanzig und studiert Medizin. Auf seinem Mantel war ein gelber Stern. Statt ›Jude‹ hatte er ›Swing‹ reingeschrieben. Er erzählte mir, seine Kameraden täten dasselbe mit ›Clown‹ oder Ähnlichem. Manche sind wegen Provokation drei Monate in den Knast gewandert. Er hat mir auch erzählt, dass ein Bischof in der Nähe von Toulouse an seine Gemeinde geschrieben hat, dass die Juden unsere Brüder sind und ein Christ das nie vergessen darf. Man muss zuversichtlich sein. Wenn die Bevölkerung so reagiert wie er, dann müssten deine Eltern bald zurückkommen, auch ohne deine Hilfe.«

Sie streichelte mir mit dem Finger über die Wange.

»Glaub mir, du solltest lieber vorsichtig sein. Dann hättest du auch mehr Zeit für mich. Es ist ganz seltsam, was mit mir durch dich passiert. Ich weiß gar nicht mehr, wer ich bin. Wenn du traurig bist, fühle ich mich wie deine zweite Mutter. Wenn du von deinen Geschäften erzählst, fühle ich mich wie ein kleines Mädchen. Und wenn ich so wie jetzt in deinen Armen liege, fühle ich mich als Frau, als deine Frau als First Lady, wie die Amerikaner sagen. Ein armes Geschöpf wie ich, und dann all diese verschiedenen Rollen. Bei dir entfalte ich mich wie ein Fächer. Ich bekomme Farben. Wie ein Regenbogen in einer Pfütze. Hast du das schon mal gesehen?«

Sie setzte sich aufs Bett und zog ihre Knie an. Sie war nachts noch schöner als am Tag, weiß, ohne Make-up und mit gelöstem Haar. Sie trank in kleinen Schlucken ihren Tee und ließ mich nicht aus den Augen.

»Jedes Mal wenn wir uns so treffen wie jetzt, schenkst du mir Worte und deine Freundlichkeit, auch Zärtlichkeit, du bindest wunderschöne Sträuße für mich. Mir geht es so gut, dass ich danach bis zum Morgen schlafe, als läge ich zwischen lauter Sternen. Aber manchmal, auch wenn du mich im Arm hältst, ist dein Blick weit, weit weg. Dann gehörst du niemandem mehr, Momo. Du bist bei deinen Geschäften, und ich spüre eine Kraft in dir, die mir Angst macht.«

Sie zog ihren Morgenrock aus und legte sich hin.

»Komm unter die Decke, Momo, wir halten uns warm. Aber zieh dir vorher deine Sachen aus, ich achte sehr auf Sauberkeit.«

Sie sagte das auf so natürliche Art, dabei war es für mich alles verdammt neu. Wie machten die anderen das? Am einfachsten wäre es gewesen, in unsere Kammer zu entfliehen, aber ich traute mich nicht. Ich habe mich auf der anderen Seite des Betts auf den Boden gesetzt und mich ausgezogen. Marie konnte jeden Moment hereinkommen. Sie würde uns hören. Belle lag da, sah zu, wie ich meine Kleider auf den Stuhl legte. Ich nahm die Tagesdecke und wickelte mich darin ein. Dann legte ich mich darin unter die Decke.

»Du bist wie einer meiner Kunden, ein Philosoph. Er lehrt an der Universität, und ich nenne ihn Sokrates. Wenn er seine Hose auszieht, wirkt er gleich weniger klug, genau wie du. Im Bett hat er von nichts 'ne Ahnung, und ich muss ihm alles erklären. Aber du riechst gut. Er riecht immer nach kaltem Kaffee. Das ist nicht so schlimm, manche Intellektuelle waschen sich überhaupt nicht. Besonders im Sommer. Da hilft ihnen der Schweiß anscheinend, besser nachzudenken.«

Mit größter Mühe befreite ich mich von der Tagesdecke und blieb dann auf dem Bauch ganz am Rand des Bettes liegen.

»Hör mal, Momo, damit du es gleich weißt. Du bist nicht der Erste deiner Religion, der mir die Ehre erweist. Nackt zu sein, ist doch nichts Schlimmes. Ich weiß besser als ein wissenschaftliches Labor, wie viele verschiedene es gibt. Hätte mich diese kleine Sache an deinem Körper gestört, hätte ich mit dir darüber schon gesprochen, bevor du in mein Bett gekommen wärst.«

Sie zog ihr Nachthemd aus und legte meine Hände auf ihre Schultern. Ich bewegte mich nicht mehr. Ihre Haut war sanft, warm und duftete nach Orangenblüten. Sie legte ihren Kopf dicht an meinen.

»Ich schlage dir Folgendes vor, Momo. Wir bleiben einfach so liegen wie jetzt und erzählen uns ein bisschen. Danach geht jeder in sein Bett.«

Sie zog die Decke hoch bis zum Kinn. Wir blickten an die Decke und hielten uns bei der Hand.

»Sokrates hat mir auch einen Namen gegeben. Er nennt mich Sisyphus. Kennst du den? Das war ein Typ, der immer wieder einen Felsen auf einen Berg geschoben hat, doch dann rollte der Stein wieder nach unten. Was für eine verrückte Idee. Ich erinnere ihn an Sisyphus, sagt er immer, wenn ich mit einem Kunden die Treppe hochkomme. Ich bringe sie wieder runter und dann wieder hoch. Und wo endet das alles? In einem Loch. Es gibt Tage, findet er, an denen hat man Lust, sich eine Kugel in den Kopf zu schießen. Wenn er so redet, sage ich ihm, dass ich nicht die Einzige meiner Art bin. Ein Arbeiter, der nie das Tageslicht sieht, nur seine Fabrik und die Metro, lebt auch nicht im Wunderland. Überall gibt es Leute, denen es nicht besser geht als mir. Außerdem kommen meine Kunden ja her, damit ich ihnen etwas Glück schenke. Ich reiße mir das Herz raus und geb es ihnen, sie beißen rein und sind selig wie Neugeborene. Du, Momo, regst dich viel zu sehr auf. Vielleicht steckst du deshalb dauernd die Nase in die Bücher. Aus Widerspruchsgeist. Du nimmst dich zusammen, um keinen Kummer zu spüren. Du rackerst dich ab, willst Großes erreichen, als würdest du bald sterben. Bei mir ist es genau das Gegenteil. Ich sage mir, was passiert, lässt sich eh nicht ändern, und ich nehme es hin. Vielleicht gäbe es einen Grund, sich zu erschießen, aber mein Körper weigert sich. Er geht einen Schritt nach dem anderen und stellt keine Fragen. Es ist besser, nicht zu viel zu grübeln. Das sage ich auch immer meinem Sokrates. Ich spreche mit meinem Körper, er mit seinem Kopf, aber ich bewege mich mehr als er.«

Eine Weile schwiegen wir beide.

»Weißt du, Momo, es gibt Tage, da komme ich mir ganz komisch vor. Ich freue mich wie ein Kind über kleine Sachen. Die Sonne am Fenster, dein Lächeln vor meiner Tür. Manchmal bin ich abends auf dem Balkon und glaube, alles unten auf der Straße hat seine Richtigkeit. Der Gemüsekarren, die Galerie Baltard, in der die Passanten verschwinden, die Concierge, die über den Bürgersteig schlurft, selbst die Bullen scheinen am richtigen Ort zu sein. Dann sehe ich alles um mich herum und habe ein richtiges Glücksgefühl. In solchen Augenblicken möchte ich gern alt werden. Ich grübele nicht mehr, ich sage mir, dass mein Körper schon weiß, was richtig ist. Man muss es einfach geschehen lassen.«

Sie zog meine beiden Hände gegen ihre Brust. »Wir geben uns beide Mühe, erwachsen zu werden, Momo. Jeder auf seine Art. Du rebellierst, bist unternehmerisch, du willst die ganze Welt verschlingen. Ich nehme die Dinge, wie sie sind.«

Die Teufelshand

21. April 1943

Marius musste mehrmals mit dem Pferdekarren zwischen seinem Bistro und dem *Maxim's* hin- und herfahren, um seine Waren dorthin zu bringen. Fünfzehn Bedienstete erwarteten uns in Reih und Glied. Schließlich kam der Geschäftsführer auf uns zu.

»Sind Sie der Organisator des Abends?«

Ich nickte. »Ich heiße Maurice, und dies ist Pierrot, der Koch.«

»Wie alt sind Sie?« Er musterte mich neugierig.

Ich überging seine Frage. »Hören Sie, wir haben nur wenig Zeit, ich möchte jetzt gerne alles mit dem Dienstpersonal besprechen.«

Der Mann war fast zwei Meter groß. Er verdrehte die Augen und wandte mir den Rücken zu. Ich stellte mich vor ihn hin und sagte:

»Wollen Sie, dass ich Monsieur Langeais behellige?«

»Ich hatte nicht mit einem Knirps gerechnet.«

»Und ich trage die Verantwortung für diesen Abend.«

»Nun gut. Ich werde mich Ihren Anweisungen fügen, aber nur gegen meinen ausdrücklichen Willen.«

»Fünf Angestellte empfangen die Gäste, nehmen ihnen die Mäntel ab und führen sie zur Bar«, erklärte ich. »Die anderen servieren ihnen ein Glas Champagner. Die Continental hat mir die Fotos der wichtigsten Personen geschickt. Die begrüße ich selbst.«

Wir betraten den großen Salon. Die Fenster zur Rue Royale waren mit riesigen Tüllvorhängen verhangen, die bis zu dem mit dickem rotem Teppich bedeckten Boden reichten. Das Licht von der Decke wurde durch einen gläsernen Schirm aus roten, grünen und gelben Blumenmustern gedämpft. Kleine Lämpchen in Form von Blütenblättern beschienen die an die Wand gemalten Badeszenen, wohlgeformte nackte Frauen, die bequem an großen runden Teichen lagen. An den Wänden war das dunkel lackierte Holz mit schlangenförmig drapierten goldenen Schnüren verziert. Langeais hatte recht, es konnte kein prächtigeres Ambiente geben, um sein Meisterwerk zu feiern.

Wir stellten fünf Tische für zehn Personen in die Mitte des Salons. Pierrot und seine Gehilfen nahmen die Küche in Besitz. Ich ging nervös von einem zum anderen und gab ihnen zehnmal dieselben Anweisungen. Schließlich verboten sie mir den Zugang zur Küche. Wir hatten die ganze Woche Tag und Nacht an den Speisen gearbeitet. Jetzt mussten nur noch die Saucen gemacht und alles angerichtet werden.

Um acht Uhr hatte die Filmvorführung im Palais Rochechouart begonnen. Um halb elf hielten mehrere schwarze Citroëns vor dem Restaurant. Es regnete in Strömen, und so holten die Diener die Gäste mit einem großen Regenschirm ab und begleiteten sie zum Eingang. Im Handumdrehen war die Bar voller Menschen. Man musste ihnen mit der Garderobenmarke hinterherlaufen. Die Frauen trugen prächtige Kleider mit weiten Schulterdekolletés und breiten Gürteln an der Taille. Um sich auf die hohen, mit rotem Leder bezogenen Barhocker zu setzen, mussten sie die Kleider anheben. Ein Mann teilte seinen Champagner mit einem kleinen Affen, den er an der Leine hielt. Die deutschen Offiziere und die französischen Würdenträger schnipsten mit den Fingern, wenn sie mehr zu trinken haben wollten, und ich, der Junge mit zwei Großeltern jüdischer Rasse, der Ausgegrenzte, der keinen Judenstern trug, stürzte zu ihnen und hielt ihnen die Tabletts hin, während sie sich vor zierlichen Geschöpfen verneigten, die schön waren wie Filmschauspielerinnen.

Segondy und Langeais erschienen gemeinsam. Sie grüßten mich höflich, fragten, ob auch alles gut vorbereitet sei, und nannten mir die Namen von ein paar Stars, bevor sie unter den Gästen verschwanden. Als die Filmmannschaft auftauchte, wurde sie von Applaus begrüßt und war bald von Journalisten und der Schar der Gäste umringt. Eine halbe Stunde später ging ein Murmeln durch den Saal, und die Gäste bewegten sich zum Eingang. Ein paar deutsche Offiziere betraten zackig den Raum und inspizierten alles, dann stellten sie sich in Habachtstellung vor einem großen blonden Mann in Uniform auf, gutaussehend wie ein Athlet auf einem deutschen Propagandaplakat. Der Botschafter des Deutschen Reichs hatte einen perfekten Haarschnitt, eine feine Nase und eine gerade Stirn, und in seiner Gegenwart wirkten alle anderen winzig, sogar die hohen Tiere der Continental, die eilig auf ihn zugingen, um ihn zu begrüßen. Ich nahm Otto Abetz Mantel und Mütze ab. Er verlangte, sofort zu Tisch zu gehen.

Die Gäste stellten sich an ihre Plätze und setzten sich erst, nachdem ein Ehrentoast zum vierundfünfzigsten Geburtstag des Führers ausgebracht worden war. Offiziere verteilten Briefmarken mit seinem Konterfei, die eigens zu diesem Anlass gedruckt worden waren und von Hand zu Hand gingen. Alle äußerten sich sehr anerkennend. Nachdem Langeais ein paar Worte zu dem Film gesagt hatte, begann das Essen in freundlicher, ja fast warmherziger Atmosphäre. Ich lief von Tisch zu Tisch und gab den Bediensteten Anweisungen, ohne auf deren Chef zu achten. Pierrot übertraf sich selbst, und es gab Lob von allen Seiten.

Ich ließ Abetz nicht aus den Augen. Er saß zwischen Langeais und der Hauptdarstellerin und redete in freundlichem Ton in bestem Französisch. Ich musste unbedingt mit ihm sprechen und hatte mir tagelang überlegt, was ich sagen wollte. »Entschuldigen Sie, Exzellenz, meine Eltern sind Franzosen, mein Vater wurde im Ersten Weltkrieg ausgezeichnet. Sie sind irrtümlich von der Polizei verhaftet worden. Können Sie mir sagen, auf welchem Weg man sie freibekommen kann? Ich bin bereit, ein Lösegeld zu zahlen.« Nein, es war besser, noch nicht über Geld zu reden, zuerst brauchte ich die richtigen Ansprechpartner. Lieber nicht über die Verhaftung sprechen, sondern eher vorsichtig sagen: »Euer Exzellenz, meine Eltern sind verschwunden, ich bin allein mit meiner kleinen Schwester. Könnte mir Ihre Behörde helfen, sie wiederzufinden?« Besser, ich wartete das Ende des Essens ab, redete mit ihm ohne Zeugen, während ich ihm in den Mantel half. Vielleicht sollte ich einfach nur fragen: »Wer kann mir helfen, meine Eltern wiederzufinden?«

Ich ging in die Küche, um nach den Käseplatten zu sehen. Als ich zurückkam, war Abetz' Stuhl leer. Langeais und die anderen begleiteten ihn gerade zur Tür. Ich versuchte, zu ihm zu gelangen, doch er verschwand unter einem Regenschirm zwischen zwei Leibwächtern. Ich lief seiner Eskorte hinterher, wollte bis zu seinem Wagen. Ich war nur noch zwei Meter von ihm entfernt. Während er ins Fahrzeug stieg, rief ich: »Euer Exzellenz!« Er wandte sich suchend um. Ich rief ihn noch einmal. Da drehten sich alle Nazis zu mir um. Abetz starrte mich mit seinen kleinen runden Augen an und runzelte die Stirn.

»Euer Exzellenz, meine Eltern ...«

Er machte eine abweisende Handbewegung. Der Chauffeur schloss die Tür. Der Citroën fuhr Richtung Madeleine, gefolgt von anderen Autos, und ich stand allein vor dem Restaurant, vom Regen triefend.

Ich beendete meinen Dienst in nassen Kleidern. Als die Gäste zu gehen begannen, reichte mir Segondy eine kleine Schachtel mit den Karten, die er für mich hatte drucken lassen. Langeais erlaubte mir, sie zu verteilen. Manche Gäste baten gleich um mehrere Kärtchen, andere fragten, ob sie Termine reservieren könnten.

Ich notierte mir die Namen in mein Heft und machte Termine für sie bei Marius, damit sie ihre Bestellungen aufgeben konnten. Da die Gäste in der Schlange an der Garderobe ungeduldig wurden, half ich selbst bei der Mantelausgabe. Ich nahm die Marken eines Nazigenerals und eines sehr eleganten Franzosen, die sich angeregt unterhielten. Als ich ihnen die Mäntel reichte, hörte ich den Deutschen mit starkem Akzent sagen:

»Dieser Kerl von Himmler hat sich mächtig beeilt und dem Führer ein Geschenk gemacht, um die Nummer eins zu werden. Wissen Sie, was es ist?«

»Nein.«

»Ein Ghetto.«

»Ein Ghetto?«

»Warschau ist gesäubert worden. Dazu gehört schon was, finden Sie nicht?«

Der Saal leerte sich, wie er sich gefüllt hatte, unter Lachen und Geplauder. Die Leute benahmen sich wie verwöhnte Kinder. Die Frau, die den Ort als Letzte verließ, kam taumelnd auf mich zu, schob einen Geldschein in meine Tasche und bat mich, ihr zu helfen, die Stiefel anzuziehen. Als niemand mehr im Restaurant war, erschien Langeais, klopfte mir auf die Schulter und sagte:

»Gute Arbeit, mein Junge. Ich werde Sie gern wieder beschäftigen. Hier Ihr Lohn.«

In dem Umschlag lagen dreißigtausend Franc. Neuntausend nahm ich heraus und steckte sie mir in die Tasche, den Rest gab ich Segondy.

»Monsieur, hier sind die Zwanzigtausend, die Sie mir geliehen hatten, plus tausend Franc Zinsen. Und haben Sie vielen Dank.«

»Sie haben das sehr gut gemacht, Maurice. Ich hoffe weiterhin, dass ich Sie überzeugen kann, mit mir zusammenzuarbeiten. Hier haben Sie zwei Karten für das Palais Rochechouart. Sagen Sie mir, wie Ihnen der Film gefallen hat.«

Unsere Form der Eleganz

Mai 1943

»Momo, rat mal, wie viele neue Kunden uns das Essen im *Maxim's* eingebracht hat. Neunzehn!«

Marie war jetzt meine Sekretärin geworden. Da ich die meiste Zeit nicht mehr zu Hause war, übernahm sie den Papierkram. Sie lernte erstaunlich schnell.

»Du müsstest sie mal sehen, Marie, alle diese Stars, hohen Beamten und Journalisten, die bereit sind, ein Vermögen auszugeben, um andere zu beeindrucken. Marius' Küche wird gar nicht mehr kalt. Hast du noch mal alles nachgerechnet?«

»Wir verdienen zweihundert Franc pro Essen. Zweitausend bei einem Essen mit zehn Gedecken.«

»Wie ist die Auftragslage?«

»Bis zum 25. Mai seid ihr fast jeden Abend ausgebucht.«

»Das heißt, dass wir bis Ende des Monats fünfzigtausend Franc Gewinn machen werden.«

»Vergiss nicht, noch mehr Geldkassetten zu kaufen. Hinter den Schuhen unten in Belles Schrank ist noch Platz.«

Ich arbeitete jetzt nicht mehr bei Marius und widmete mich ganz unseren Diners. Ende Mai gönnte ich mir ein paar freie Tage. Einmal ging ich mit Belle ins Palais Rochechouart. Ich hatte ihr für den Sommer ein lila Kleid nach einem Modell von Madame Grès nähen lassen, das bis zu den Knien reichte. Wir gingen in den Faubourg Montmartre. Das Kino war ein seelenloser Betonklotz am Fuß des Hügels von Montmartre. Ein riesiges Porträt von Pierre Fresnay hing über dem Eingang des Kinos. Als wir an der Kasse vorbeigingen, ohne zu zahlen, klopfte die Kassiererin an die Scheibe. Belle sagte ihr, sie solle sich an die Continental wenden. Dann reichte sie der Platzanweiserin die Karten, die Segondy uns geschenkt hatte, und stellte mich als Mitarbeiter des Produzenten vor. Sie führten uns in eine Ehrenloge. Der Saal war riesengroß, nicht sehr tief, maß aber in Höhe und Breite mindestens fünfzehn Meter. Als der Vorhang aufging, sah man zuerst die Nachrichten von *France Actualités*. Ein Regierungskommissar kündigte den nächsten »Muttertag« an. Er erinnerte an ein Versprechen von Marschall Pétain, das die Behörden in Fontenay-aux-Roses eindeutig nicht beachtet hatten: *»Familien müssen geehrt, unterstützt und geschützt werden … Wir wollen die Kraft der Ehe und das Lebensgefühl der Familie bewahren«*, hieß es in dem Bericht. Lächelnde Mütter küssten ihre pummeligen Kinder bei einem Picknick im Grünen. *»In allen Städten und Dörfern Frankreichs werden die französischen Mütter gefeiert, sie kümmern sich mit Hingabe um ihre geliebten Kinder und sind der Nation eine Ehre. Unter jedem Dach Frankreichs gibt es fortan mehr Zärtlichkeit und Liebe …«* Dann begann der Film. Ich erkannte die Schauspielerin, die die Rolle der Irène spielte. Eigentlich war sie eher schüchtern, kam aber im Film sehr spritzig rüber. Als wir nach dem Film nach draußen gingen, war Belle begeistert. Immer wieder sagte sie einen Satz, den Irène gesprochen hatte:

»›Ich will leben, leben … weit weg von hier.‹ Dass eine Frau so was sagt, Momo. ›Sie sind stark genug, um mir wehzutun, aber zu schwach, um mir Angst zu machen.‹ Ihr armer Maler, aus dem nichts Richtiges wurde. ›Sie werden an kleinen Tischen essen, in einem kleinen Bett einen unbedeutenden Tod sterben, und wenn Ihr unwichtiges Leben vorüber ist, legt man Sie in eine kleine Kiste.‹ Und dann schlägt sie ihm die Tür vor der Nase zu. Wenn das nichts ist. Warum sage ich bloß nie solche Sachen?«

Arm in Arm gingen wir über die Grands-Boulevards bis zur Porte Saint-Denis. An jedem Theater blieb Belle stehen und sah sich das Programm an. An der Porte Saint-Martin sahen wir zwei Frauen am Triumphbogen lehnen. Sie sonnten sich und hielten sich an der Hand, beide trugen einen gelben Stern an der Jacke. Schaulustige drehten sich nach ihnen um und gingen dann weiter. Die breite Straße war ohne Autos zu einer riesigen Promenade geworden. Die Leute warteten auf einen freien Tisch auf den Caféterrassen. Als wir den Faubourg Montmartre erreichten, setzten wir uns bei *Chartier* hin. Belle wählte einen Platz in der oberen Etage, gleich vorn am Geländer, um den Saal besser zu überblicken. Wir verbrachten den Rest des Nachmittags bei Tee und einer Schale Schlagsahne.

»Dieser Brissot im Film, der gescheiterte Maler, den die Frau, die er liebt, sitzen lässt, warum, glaubst du, hat er mit dem Teufel gemeinsame Sache gemacht? Will er in der Gesellschaft glänzen und ein wichtiger Kerl werden? Oder will er die Frau zurückerobern, die er verloren hat? Verstehst du das, Momo? Also, ich kann's verstehen, ich würde, um meine Liebe zu retten, meine Seele ganz bestimmt dem Teufel verkaufen.«

Bevor es dunkel wurde, gingen wir zurück zu den Hallen, um mit Marie Abend zu essen. Sie hatte schon in Belles Zimmer den Tisch gedeckt und Kissen um das Tischchen gelegt. Während wir Pierrots Kochgeschirr auskratzten, fragte sie:

»War das ein amerikanischer Film?«

»Nein, die Deutschen wollen lieber, dass wir französische Filme sehen.«

»Ich habe in der Englischlektion Bilder aus Amerika gesehen. Wenn Papa wiederkommt, fährt er da mit uns hin. Das hat er uns versprochen, wir bleiben einen ganzen Sommer dort. Er hatte eine Reklame aus der Zeitung ausgeschnitten, da war ein Foto von einem Schiff drauf, groß wie ein Haus.

Die Gebäude dort sind höher als Berge, Momo sagt, ich soll Englisch wie eine echte Amerikanerin sprechen.«

Belle antwortete ihr lächelnd:

»Ich kann auch die Sprache von Shakespeare. Vor dem Krieg kamen Lords zu mir und brachten mir eine Menge bei, den Dialekt der Vorstädte, nicht, was in Büchern steht. Jetzt nähern sich uns eher die Amerikaner. Gabès, Sfax, Sousse, Tunis, jeden Tag schreiben sie neue Namen auf ihre Fahnen. Namen, bei denen man einen Sonnenstich kriegt.«

Nach dem Dessert öffnete Belle das Fenster zum Balkon, um zu rauchen. Es war ein schöner Frühlingsabend. Unser gemeinsamer Nachmittag hätte ewig dauern können. Ich hätte mir gewünscht, mein ganzes Leben sei so wie die Stunden mit Belle in den Faubourgs. Ich sagte Marie, sie solle in unsere Kammer gehen und nicht auf mich warten, und wünschte ihr gute Nacht.

Belle saß auf ihrem Hocker, und ich kniete mich hinter sie. Ich legte meine Wange an ihre und die Arme um ihren Hals, und so sahen wir zu, wie es über den Dächern langsam dunkel wurde.

»Ich denke immer noch an diesen seltsamen Film, Momo. Dieser Kerl, der sein Leben verbessern will. Glaubst du, es ist möglich, mit allem ganz neu anzufangen? Selbst für so eine wie mich mit fast sechsunddreißig, die nicht so viel in der Birne hat wie du?«

»Belle, ich werde genug verdienen, um dich hier rauszuholen. Das verspreche ich dir.«

»Nein, Momo. Jeder hat den Platz, wo er hingehört. Ich habe wenig im Kopf, aber im Grunde weiß ich, was geht und was nicht. Nach dem Krieg wirst du Rockefeller, und ich gehöre nicht mehr zu deiner Welt. Stell dir mal vor, wie ich in zehn Jahren bin. Da könnte ich nicht mehr an deinem Arm herumspazieren, ich würde nur eine schwere Kugel an deinem

Bein sein. Du redest wie im Märchen. So ist das Leben nicht. Für dich bin ich zu allem bereit, ich würde sogar meine Seele verkaufen wie der Mann im Film, aber ein Hemmschuh möchte ich niemals sein, verstehst du das? Vielleicht taucht ja mein Hauptmann aus der Wüste wieder auf, nachdem ich zwei oder drei Jahre nichts von ihm gehört habe. Falls die Skorpione in Afrika was von ihm übrig lassen. Eines Morgens erscheint er hier in diesem Zimmer und sieht besser aus als Rudolph Valentino in seinem arabischen Prinzengewand. Und du kommst mich ab und zu mit der lieben Marie besuchen. Mehr erwarte ich nicht.«

Sie schlang ihren Arm um meinen Nacken und gab mir einen Kuss, wie ihn Valentino bestimmt noch nie bekommen hat. Es fiel mir schwer, ihr das zu sagen, was ich mir seit Wochen überlegt hatte. Sie kam mir zuvor und sagte leise:

»Hast du noch ein bisschen Zeit? Damit wir uns auch alles gesagt haben?«

Belle nahm den Koffer aus abgewetztem Schlangenleder, in dem das Grammophon steckte. Sie nahm eine Platte aus dem Fach im Kofferdeckel, pustete den Staub weg, legte sie auf den Teller, bewegte die Kurbel und hob den vergoldeten Arm hoch, um die Nadel in die richtige Rille zu legen. Nach einigem Rauschen erklangen die beiden Geigen. Seit Monaten hatte ich diese fröhlichen Klänge nicht mehr gehört. Belle hielt die Augen geschlossen und bewegte zur Musik träumerisch die Arme.

»Mein Konzert für zwei Violinen in d-Moll, langsamer Satz. Von Herrn Bach! Das haben wir beide verdient! Ich hatte es dir gesagt, Momo. Weißt du noch? Immer wenn ich es höre, bin ich sterbensglücklich.«

Sie hatte mir die Arme um die Taille gelegt, und wir tanzten zu den Melodien, der ersten, sanft und heiter, dann der zweiten, die sich immer höher hinaufschwang, bis zur Sonne.

»Jetzt bleib nicht da am Bettende stehen wie ein Trottel. Du könntest endlich mal anfangen, mich zu entblättern. Langsam, Momo, damit meine Ungeduld wächst. Nur die Strümpfe nicht, die zieh ich mir selber aus, das ist mir so wichtig wie meine Augäpfel.«

Ich blieb bis zum frühen Morgen bei Belle.

»Du lernst ganz schön schnell, wie man mit einer Frau umgeht, das muss ich sagen. Auch wenn ich dir einen Teil der Arbeit abgenommen habe, damit wir fertig werden, bevor die Alliierten kommen ...«

Das Fenster war noch offen. Belle berührte mich mit ihren Lippen. Frühlingslicht fiel auf ihre Haare.

»Irgendwann musste es passieren, oder? Ich bringe dir bei, ein galanter Liebhaber zu sein. Mein Körper ist immer für dich da, aber du musst behutsam mit ihm umgehen. Dann öffne ich mich wie eine Blume. So sehr, dass du das Parfum meiner Seele riechen kannst. Du darfst ruhig ein bisschen ungeschickt sein, mit Engeln habe ich eine Engelsgeduld.«

Sie stand auf, um Kaffee zu kochen. Während sie das Brot rösten ließ, trat sie auf den Balkon, splitternackt. Sie lehnte am Geländer und sah sich das Treiben auf der Straße an. Ich ließ sie nicht aus den Augen. Belle sang eine Melodie von Bach und wiegte sich dazu leicht in den Hüften. Als sie wieder ins Zimmer kam, sah sie meinen Blick. Offenbar hatte ich sie sehr verliebt angeschaut, denn sie setzte sich neben mich und sah mich freundlich an.

»Momo, das mit uns ist nur ein Spiel, es ist nichts fürs Leben. Es kann gar nicht anders sein, verstehst du? Wenn wir wieder damit anfangen, dann nur mit etwas Abstand. Wir lieben uns aus Vergnügen.«

Sie lieh mir ihren Morgenrock mit dem Pompomgürtel, zog ihr Nachthemd an und servierte das Frühstück, Brot, ein kleines Stück Butter aus dem Glasbehälter und einen Rest Marmelade.

»Sicher hast du dir das erste Mal anders vorgestellt. Nicht mit einer Frau wie mir. Eher eine Romanze auf einer Blumenwiese. Mach dir nichts draus, das von heute Nacht wird nie jemand erfahren. Was wir zusammen erlebt haben, bleibt irgendwo im Hinterkopf, so wie dein Geld bei mir unten im Schrank.«

Ich fand ihre Worte unerträglich. Je mehr sie auf Distanz zu gehen versuchte, desto größer wurde mein Wunsch, sie in den Arm zu nehmen. Warum tat sie alles, um den Himmel, den wir gemeinsam geöffnet hatten, wieder zu verschließen? Ich wollte das alles nicht, aber sie machte munter weiter.

»Dies ist die erste Lektion in Sachen Verführung. Wenn du den Mädchen gefallen willst, dürfen sie nie erfahren, dass du es mit einem Geschöpf wie mir zu tun hattest.«

Sie schmierte mir ein Brot. »Das ist genauso, wie wenn man etwas Hässliches tut. Das behält man ja auch für sich. Die Mädchen, die schönen, die du verführen möchtest, fühlen sich verletzt, wenn sie es erfahren. Sie müssen glauben, dass um dich herum nur edle Pflanzen wachsen. Du musst nur einmal einer Schönheit näher kommen, und schon beginnt der Erfolg. Die anderen wollen dann auch dazugehören, verstehst du, sie wollen Anerkennung von dir. Und du musst dich etwas spröde geben, dann sind sie ganz verrückt nach dir, und du weißt gar nicht mehr, wo du anfangen sollst.«

Ich zog mich an und ging wortlos weg. Belle kam mir hinterher. Als sie ihre Lippen von meinen löste, sagte sie:

»Momo, lass nicht den Kopf hängen. Ich habe dir doch gesagt, jeder gehört an seinen Ort. Versprich mir, dass wir uns nicht zu ernst nehmen. Gerade die Leichtigkeit macht doch die Eleganz zwischen uns beiden aus.«

Tauschware

4. Juni 1943

Ich ging zu Segondy, um ihm die Abrechnungen zu bringen. Er war gerade in der Druckerei inmitten seiner Arbeiter und las die Fahnen der neuesten Ausgabe des *Nouvel Artisan*. Wie immer war er sehr elegant in seinem grauen Nadelstreifenanzug mit dem schwarzen Band im Knopfloch.

»Gehen wir in mein Büro, Maurice. Ich habe andere Aufgaben für Sie.«

Er öffnete die Glastür seines Bücherschranks, suchte mehrere Bücher heraus und legte sie mir auf den Schoß. »Das sind Berichte von Unternehmern vom Anfang des Jahrhunderts. Nichts ist erfunden. Ich habe sie vor dem Krieg verlegt und wollte eigentlich eine Reihe daraus machen. Mögen Sie Abenteuerbücher? Dann werden Sie nicht enttäuscht sein.«

Er bat mich um etwas Geduld, weil er den Andruck freigeben musste. Währenddessen blätterte ich in den Büchern.

»So, die Maschine läuft. Heute möchte ich Sie auf ein Glas einladen, bitte lehnen Sie es nicht ab. Wie geht es Ihnen?«

»Ich weiß nicht mehr, wo mir der Kopf steht. Pierrot und drei Hilfsköche arbeiten für mich.«

»Sie stoßen an Ihre Grenzen. Damit könnten Sie sehr zufrieden sein. Alles läuft gut, und Sie haben ein dauerhaftes Auskommen. Aber Sie kommen nicht weiter, wenn Sie so viel selbst machen. Wenn Sie die Dimensionen erweitern wollen, müssen Sie Mitarbeiter einstellen. Die werden Ihnen die tägliche Arbeit abnehmen, und Sie können sich darum kümmern, das Ganze zu vergrößern.«

Er überlegte eine Weile, dann blätterte er in seinem Adressbuch.

»Sie müssen sich ein paar Stammkunden zulegen, die Ihnen ein festes Einkommen sichern. Das ist wie eine Rente. Zu Beginn jedes Monats ist dann Ihr Einkommen schon garantiert. Ich kann Ihnen noch etwa hundert ausgewählte Namen geben, bei denen Sie gute Chancen haben. Diese Leute können sich Ihre Essen zu Hause leisten und sind diskret genug, um keine unerwünschte Neugier zu wecken. Dafür erhalte ich zehn Prozent der Einkünfte, die Sie mit diesen Kunden erzielen. Was sagen Sie dazu?«

Wir gingen wieder in die Druckerei. Er begann, Buchstaben auf einer Platte zu ordnen. Zwei Stunden verbrachten wir im Maschinenlärm und verfassten eine Seite mit Werbung, auf der Menüs und Tarife standen.

»Wir machen jetzt einen Probedruck!«, rief mir Segondy zu. Er legte seine Jacke über eine Stuhllehne, steckte seine Manschettenknöpfe in seine Westentasche und krempelte die Ärmel hoch. Er strich die Platte mit Druckerschwärze ein und legte sie auf eine alte Maschine hinten im Saal. Mit einer Kraft, die mich überraschte, drückte er ein Blatt Papier auf den Text und drehte mit beiden Händen an einer riesigen Kurbel. Danach veränderten wir die Buchstaben und probierten so lange herum, bis die Seite sehr gut aussah.

»Da hätten wir's. Wie gefällt es Ihnen? Morgen lasse ich hundert davon auf Karten drucken und schicke sie an meine Bekannten.«

Er wischte sich die Hände an mit Alkohol getränktem Sägemehl ab und zog sich wieder sein Jackett an.

»Diese Werbeaktion bringt Ihnen Dutzende neuer Termine. Jeden neuen Kunden bitten Sie, Sie weiterzuempfehlen. Aber seien Sie vorsichtig, wenn Ihnen ein Kunde nicht gefällt, lassen Sie die Sache fallen und brechen das Gespräch ab.«

»Das wird einen Sturm von Anfragen geben«, überlegte ich. »Dann brauche ich mindestens drei Küchenmannschaften.«

»Setzen Sie auf Ihre Angestellten, Maurice. Erweitern Sie deren Horizont. Machen Sie Künstler aus ihnen, jeden auf seinem Gebiet. Ihre Leute werden die Qualität Ihrer Leistungen garantieren. Befreien Sie sich von der Tagesroutine, konzentrieren Sie sich auf die Entwicklung der Firma. Mit tausend Essen pro Monat haben Sie die erste wichtige Stufe genommen. Das sollte Ihr Ziel bis zum Jahresende sein. Na, wie klingt das?«

»Ich weiß nicht, Monsieur.«

»Dies ist der erste Gipfel, den es zu besteigen gilt, Maurice. Haben Sie ihn einmal erklommen, erscheint er ihnen lächerlich, und Sie denken schon an den nächsthöheren. Sie werden sehen!«

Ein Angestellter unterbrach uns mit einem frisch aus der Druckmaschine gekommenen Exemplar. Wie beim ersten Mal sah sich Segondy auch jetzt die Kleinanzeigen mit einer Lupe an.

»Maurice, wissen Sie, welcher Tag heute ist?«

»Der vierte Juni, Monsieur.«

»Ich habe oben auf der ersten Seite einen kleinen Kasten drucken lassen, in Erinnerung an Dünkirchen. Wissen Sie, was das war? Dreißigtausend französische Soldaten. Sie haben mit letzter Kraft gekämpft, um hundertsechzigtausend Deutsche in Schach zu halten. Durch diesen Widerstand konnten die Engländer sich aus Dünkirchen, wo sie eingeschlossen waren, befreien und in ihr Land zurückkehren. Der 4. Juni 1940. Heute ist es drei Jahre her. Mein Sohn gehörte zur 12. Motorisierten Infanterie. Ich habe gehört, er und seine Kameraden hätten sich tapferer geschlagen als die Kämpfer von Verdun. Dass sie vielleicht England gerettet haben und die Deutschen sie dafür bewundert haben …«

Er nahm das Foto, das ihn mit seinem Sohn vor der Druckmaschine zeigte, und öffnete den Rahmen. Er holte ein paar zerknitterte Blätter heraus, die aus einem Schulheft gerissen waren, und las:

»*Dünkirchen ist ein Flammenmeer. Die feindliche Luftflotte hat es auf uns abgesehen. Wir müssen den alliierten Truppen Platz für die Evakuierung schaffen. Wir haben gerade erfahren, dass wir uns als Letzte zurückziehen sollen. Lieber Papa, ich versichere dir, wir halten durch bis zum Schluss …*«

Er entschuldigte sich und verschwand in der Toilette. Als er zurückkam, goss er sich ein Glas ein, dann bemerkte er, dass der Rahmen noch immer in Teilen auf seinem Schreibtisch lag. Er versuchte, ihn wieder zusammenzusetzen, aber seine zitternden Finger gehorchten ihm nicht.

Ich nahm ihm die Blätter und das Foto aus der Hand und steckte alles wieder ineinander. Eine ganze Weile standen wir uns gegenüber und sagten kein Wort. Dann brach es aus mir heraus:

»Meine Eltern sind verhaftet worden. Vor zwei Jahren schon, und ich habe keine Nachrichten von ihnen.«

Segondy blickte auf, ich hatte ihn etwas aus seiner Starre gerissen.

»Zuerst haben sie meinen Vater mitgenommen, weil seine beiden Eltern Juden sind, dann meine Mutter. Vielleicht, weil sie durch das neue Gesetz plötzlich wieder Weißrussin war. Im August '41 hat die französische Polizei meine Mutter verhaftet.«

Er sah mich immer noch verblüfft an.

»Ach, das ist also der Grund …« Er schüttelte den Kopf und ließ nicht den Blick von mir. »Wieso bin ich nicht selbst darauf gekommen? Wissen Sie denn, wo Ihre Eltern sind?«

»Ich glaube schon. Mein Vater wird in einem großen Gebäude in der nördlichen Vorstadt gefangen gehalten, in Drancy. Meine Mutter vielleicht auch, oder vielleicht ist sie in den Süden Frankreichs gebracht worden.«

Segondy stand auf und ging ein paar Schritte.

»Ich will sie befreien«, fuhr ich fort. »Ich werde dafür alles Geld bezahlen, das nötig ist.«

»Und wie wollen Sie das anstellen?«

»Das weiß ich noch nicht. Ich dachte, Sie kennen vielleicht jemanden …«

Er überlegte. »Ich meine mich zu erinnern, dass ein Unternehmer, ein Mineningenieur, der Direktor von Kuhlmann war es, glaube ich … Er wurde letztes Jahr verhaftet und auch dort eingesperrt, bis sein Aufsichtsrat ein Lösegeld gezahlt hat. Er wurde freigelassen, es muss also möglich sein. Wie viel Geld steht Ihnen denn zur Verfügung?«

»Ich habe schon fünfzigtausend beiseitegelegt. Ich hoffe, ich kann im Juni hunderttausend und im Juli vielleicht fünfzigtausend verdienen.«

Er blätterte in seinem Büchlein.

»Ich erkundige mich, wie man da vorgehen muss. Das dauert vermutlich ein paar Wochen. Man muss sicher mehrere Personen bezahlen, Franzosen und Deutsche, und nicht nur einmal. Wollen Sie mir Ihr Geld anvertrauen? Die fünfzigtausend morgen und den Rest später? Und sind Sie sicher, dass Sie mir wirklich vertrauen?«

»Ja, Monsieur.«

Er brachte mich zur Tür.

»Meine Eltern haben nichts getan. Sie sind unschuldig.«

Segondy lächelte traurig. »Unschuldig? Jeden Tag werden unschuldige Menschen verhaftet, Maurice. Ohne Urteil, wegen der Gefahr, die sie für die nationale Sicherheit bedeuten könnten. Man nennt das ›Gesetz der Verdächtigen‹, das ist furchtbar, nicht wahr? 1938 traf das Gesetz die Ausländer, Spanier, Deutsche, Österreicher, die als Flüchtlinge nach

Frankreich gekommen waren. Seit Pétain gehören auch die Juden zu den Unerwünschten. Unschuldig, schuldig, das hat heute keinerlei Bedeutung mehr.« Er hob die Stimme und hielt mich an den Schultern fest.

»Das ›Judenstatut‹ hat aus Ihnen eine andere Rasse gemacht, verstehen Sie? Sie sind ein Paria, den man ausfindig machen und vom öffentlichen Leben ausschließen und sogar völlig legal einsperren kann.«

Er hatte mich untergehakt, und wir gingen über den Hof. Ich wollte, dass er mir alles von Anfang an erklärte.

»Es ist eine teuflische Verkettung von Umständen. Zuerst die Niederlage von 1940. Erinnern Sie sich an die Tage im Juni? Die Regierung schwankte zwischen einem Waffenstillstand und einer Fortsetzung des Krieges von den Kolonien aus, auf Seiten der Engländer. Und dann die Kettenreaktion. Erst die heftigen Angriffe von Laval, dann das Massaker an unserer Flotte in Mers-el-Kebir durch die Engländer, durch das alle vernünftigen Leute zum Schweigen gebracht wurden. Man kann fast von konkurrierenden Umständen sprechen. Unsere arme Republik hat sich dem Marschall und seinen faschistischen Spinnereien in die Arme geworfen. Danach, und das wissen Sie ja, wurde der ›nationale Zusammenhalt‹ umgesetzt, und zwar auf Kosten der Juden.«

»Und niemand hat darauf reagiert?«

»Alles ging so schnell, Maurice. Die Niederlage hat die Dämonen geweckt, die im Herzen all derer schlummerten, die Hass gegen Juden hegen. Sie haben ihren Antisemitismus freigesetzt und daraus eine Staatsangelegenheit gemacht. Jetzt ist es zu spät. Es gibt keine ideologischen Auseinandersetzungen. Die Regierung macht gemeinsame Sache mit den Deutschen. Damit Frankreich nach dem Krieg einen guten Stand hat. Sie sind zur Tauschware geworden. Wir nehmen sie beim Wort.

Kommen Sie morgen wieder, lieber Freund, und bringen Sie das Geld mit.«

Bevor ich ging, schlug ich ihm vor, ihm etwas zu bezahlen. Für seine Hilfe, die Zeit, die er mir widmete, und seine Beziehungen. Er lächelte.

»Wir treffen eine Abmachung, Maurice. Ich helfe Ihnen, Ihre Eltern wiederzufinden. Sie schenken mir dafür Ihr Vertrauen. So wie ein Sohn seinem Vater traut. Ich weiß, das ist viel verlangt. Gestatten Sie mir … Wir gehen ein Stück Wegs zusammen. Wenn Sie es für nützlich halten, sprechen wir über Ihre Zukunft. Ich berate Sie und von Zeit zu Zeit darf ich mir an Ihrer Jugend ein bisschen das Herz wärmen.«

»Französische Miliz!«

Juli 1943

Einmal pro Woche kam Segondy zu Marius und brachte mir Neuigkeiten. Wir hatten uns auf eine Strategie gegenüber den Behörden geeinigt. Wir wollten mit guten Argumenten eine Freilassung verlangen, ohne gleich Geld anzubieten. Dies sollte zur »Unterstützung des Verwaltungsaufwands« verwendet werden, aber keinesfalls als Lösegeld gelten, damit alle Beamten, die mit der Sache befasst waren, ihre Würde behielten.

Für die Befreiung meines Vaters führten wir ins Feld, dass er sich im Ersten Weltkrieg Verdienste als Soldat erworben hatte. Da wir keine Dokumente zur Hand hatten, stützten wir uns auf mein Gedächtnis. Papa hatte von 1916 an zum 52. Infanterieregiment gehört und mehrere Auszeichnungen erhalten. 1917 am Chemin des Dames und in der Champagneschlacht 1918. Auf dieser Basis unternahm Segondy Recherchen in den Archiven des Heeres. Er brauchte einen Monat, bis er alle Unterlagen zusammen hatte. Er zeigte mir eins der Dokumente: *Das 52. Infanterieregiment unter Befehl von Oberstleutnant Picard hat am 23. Oktober 1917 mit bewundernswerter Energie exzellent organisierte Stellungen beim Moulin de Laffaux eingenommen. Weiterer Vormarsch am 25. Oktober, Aufreiben der feindlichen Nachhut ohne Zögern trotz Bombardierung, schwierigem Vorwärtskommen in Sumpfgelände und einem Gewitter mit Wind und Regen. Hat dreizehn Kanonen erobert und achthundert Gefangene gemacht. gez. Pétain*

Zu Gunsten meiner Mutter beschlossen wir vorzubringen, dass sie keine Jüdin sei. Auch hier fand Segondy die entsprechenden Einwanderungspapiere und trug Informationen über Namen und Herkunft ihrer Familie zusammen.

Anfang Juli war es so weit. Segondy hatte mit größter Diskretion zehn Beamte aus verschiedenen Ministerien informiert, damit die Sache eine Chance hatte. Sie erhielten entsprechend ihrer Hilfe Geld. Da die Unternehmung dringend und schwierig war, verlangten sie über hundertfünfzigtausend Franc. Die offizielle Bitte um Freilassung war zusammen mit den Unterlagen durch einen Bekannten von Langeais übergeben worden, der die Polizeiverwaltung leitete. Nach den Worten von Langeais, der sich auch hatte bezahlen lassen, fehlten noch hunderttausend Franc, um die Entscheidungen der Präfektur und der Gestapo in der Rue Lauriston zu beschleunigen.

Mitte Juli erschien Segondy im Restaurant. Er war sehr aufgeregt, führte mich in die Küche und sagte, unsere Bitte werde am 20. des Monats einer Kommission vorgelegt. Die Präfektur suche schon nach meinen Eltern. Die Vermittler hätten sich zuversichtlich gezeigt. Er nahm mich fest in den Arm und bat Marius, eine Flasche Wein zu bringen.

Am Abend feierten wir die Neuigkeit bei Belle. Das Grammophon spielte amerikanische Trompetenmusik. Belle trat mit dem Fuß den Takt dazu und drehte Marie im Kreis. Ich sah zu, wie sie tanzten, ein Glas Champagner in der Hand.

»Wenn Mama und Papa wiederkommen, werden sie schrecklich stolz auf dich sein«, rief Marie mir zu.

»Stolz auf uns beide! Ich werde ihnen sagen, wie sehr du mir geholfen hast.«

»Weißt du, Belle, Momo hat große Pläne für die Zeit nach dem Krieg. Er macht ein Unternehmen auf, ein richtiges, wie in den Büchern von seinem Freund Segondy.«

Belle setzte sich neben mich und tauchte ihre Lippen in mein Glas.

»Mach mir keine Angst, Momo! Was führst du da im Schilde?«

»Nach dem Krieg können wir alles öffentlich machen. Dann suche ich mir Kunden in den Warteschlangen der großen Läden, in den exklusiven Clubs der Stadt, am Ausgang von Restaurants und Theatern. Ich stelle Handelsvertreter ein und verkaufe meine Menüs in allen besseren Vierteln. Wir fangen im Westen von Paris an, und dann machen wir in den vornehmen Vierteln von Lyon, Marseille und Lille weiter, überall, wo die Großbürgerfamilien wohnen. Wir haben die Gastronomie im Privathaus erfunden, Belle, und das sollen alle erfahren.«

»Dann eröffnet Momo mit Pierrot zusammen eine Kochschule«, erklärte Marie stolz. »Vielleicht kauft er sogar Marius' Restaurant.«

Nach dem Essen bat ich Marie, uns allein zu lassen.

»Schläfst du bei Belle?«

»Ja, Marie. Keine Sorge. Wir gehen hier nicht weg.«

Belle beugte sich zu ihr und hob ihr Kinn leicht an. »Dein Brüderchen und ich, wir reden noch ein bisschen.«

»Ja, ja, Belle, das hast du mir doch schon erklärt. Mit den Geigen der Verliebten.«

Ich übernachtete jetzt so oft wie möglich bei Belle, wenn nicht gerade Freier da waren. An diesem Abend bat ich sie wieder inständig, ihre Arbeit aufzugeben und meine Hilfe anzunehmen, ich wäre dann ihr einziger Kunde. Die Zukunft, das seien sie und ich, und niemand anders.

»Du kannst mit deinem Geld was Besseres anfangen, Momo. Du hast doch sowieso schon alles ausgegeben, ist mir auch lieber so. Wenn es länger unten in meinem Schrank geblieben wäre, hätte mir das noch Unglück gebracht.«

»Ich werde dich brauchen, Belle. Wir werden nicht mehr wissen, wo uns der Kopf steht, vor lauter Arbeit, und du wirst mir helfen.«

»Im Sommer hebst du besser den Kopf und schaust, wie schön der Himmel ist. Sieh mal, mit all deinen Geschichten ist es Hochsommer geworden, und wir haben es fast nicht gemerkt. Aber jetzt gibt es noch ein paar schöne Nächte, und die müssen wir auskosten. Sonst bereuen wir es noch.«

Sie legte die Violinen von Bach auf. Dann faltete sie ihre Decke und machte uns damit ein Nest auf ihrem kleinen Balkon. So lagen wir nebeneinander hoch über den Dächern. Ihr Gesicht war so hell und durchscheinend, dass ich glaubte, durch ihre Augen in ihre Seele zu blicken.

»Du wirst mich immer so ansehen wie jetzt, nicht wahr, Momo? Schwör es mir. Die anderen wenden immer den Kopf ab, wenn sie mich berühren. Sie denken, dass sie die Schande in ihren Armen halten. Aber du hast mir meine Ehre wiedergegeben mit deinem Verlangen, das vom Herzen kommt.«

Es wurde gerade hell, als ein erster Schlag die Tür erzittern ließ. Beim zweiten zersplitterte sie. Männer in Uniform stürzten sich auf mich und packten mich.

»Französische Miliz, Sie sind verhaftet!«

Marie kam schreiend aus unserer Kammer herbeigerannt. Belle sprang auf und drückte sie rasch an sich. Pinel, der Mieter vom ersten Stock, erschien im Nachtgewand und lächelte zufrieden. Der Chef der Truppe nickte mit dem Kopf.

»Wir haben ihn. Vielen Dank für Ihre Hilfe.« Dann wandte er sich mit seinem schwarzen Barett, das ihm bis zum Ohr reichte, an mich:

»Mitkommen. Ziehen Sie sich an und folgen Sie uns.«

Belle zog sich den Morgenrock über und warf mir meine Kleider zu. Pinel zeigte mit dem Finger auf Marie und stotterte:

»Und die Göre? Sie teilt sein Zimmer.«

Belle richtete sich zu voller Größe auf. »Diese Kleine ist meine Tochter, der krümmen Sie kein Haar. Normalerweise schläft sie bei mir, aber heute hatte ich einen Kunden. Los, Pinel, nun sag ihnen schon, dass sie meine Tochter ist.«

Er rührte sich nicht. Sie wies mit dem Kinn auf mich. »Woher sollte ich wissen, dass der einer von denen ist!«, meinte sie obenhin.

Die Männer von der Miliz durchsuchten meine Sachen, hakten mich unter und zogen mich hinter sich her. Ich drehte mich zu Belle um, die oben auf der Treppe stand und mich hinuntergehen sah. Sie legte die Hand auf Maries Mund und hielt sie fest im Arm. Ich hörte, wie der Chef der Truppe zu einem seiner Männer sagte:

»Kümmer du dich um die Nutte. Krieg aus ihr raus, was sie weiß.«

Auf der Straße schoben sie mich in einen grauen Lieferwagen. Wir rasten die Rue Montmartre hinauf bis zur Kreuzung von Châteaudun. Vor einem großen Eckgebäude hielt der Wagen an. Da war ein Schild mit der Aufschrift *Französische Miliz*. Etwa zwanzig Männer machten sich vor der Eingangstür zu schaffen. Ich musste über drei Stunden in einem fensterlosen Zimmer im zweiten Stock warten, dann wurde ich in einen benachbarten Raum geführt. Hinter seinem Schreibtisch saß ein Milizionär in einer engen schwarzen Uniform. Er war kaum zwanzig Jahre alt. An seiner Stuhllehne hing eine Maschinenpistole am Riemen. Er starrte mich an.

»Wie heißt du?«

Ich antwortete nicht.

»Du hast keinen Namen und auch keine Papiere …« Er musterte mich weiter mit durchdringendem Blick. »Aber wir wissen, dass du Jacques de Segondy kennst.«

Wieder sagte ich nichts.

»Du bist mehrmals mit ihm gesehen worden. Gestern noch, ein paar Stunden vor seiner Verhaftung. Meine Leute sind dir bis zur Rue Saint-Denis gefolgt.« Er sah in eine Akte, die offen auf seinem Tisch lag. »In den letzten Wochen warst du sechsmal in seiner Druckerei und dreimal hat er dich in einem Restaurant bei den Hallen besucht. Warum?«

Ich schwieg.

»Du willst also nichts sagen?«

Er stand auf, ging um seinen Schreibtisch herum und pflanzte sich mit einem grausamen Grinsen direkt vor mir auf.

»Du bleibst erst mal hier. Und du wirst reden, genau wie die anderen.«

Man brachte mich in eine Zelle im Untergeschoss. Ich verbrachte dort die Nacht ohne Essen und Trinken. Die Schläge gegen die Tür, das Splittern des Holzes, Maries Schreie, Belles letzter Blick oben auf der Treppe. In meinem Kopf dröhnte es. Ich konnte keinen klaren Gedanken fassen. Was sollte ich auf ihre Fragen antworten? Und was war mit dem Kerl, der noch im Haus geblieben war? Was hatte er mit Belle gemacht? *Kümmer du dich um die Nutte. Krieg aus ihr raus, was sie weiß.* Und selbst wenn Belle nichts sagte, Marie hatte er sicher zum Sprechen gebracht, sie war zu sehr in Panik, um zu lügen. Bestimmt war sie schon hier, meine kleine Schwester, in einer der Zellen. »Marie, Marie!« Ich rief die ganze Nacht nach ihr.

Bald würden sie wiederkommen und ihr Verhör fortsetzen. Ich musste Marie schützen, sie vor allen anderen. Ich sagte mir den Satz hundertmal vor: Sie ist das Kind von Belle, ich kenne sie nicht. Am frühen Morgen wurde ich wieder in das Büro des Milizionärs gebracht. Er stand mit verschränkten Armen da und erwartete mich schon.

»Wir haben inzwischen erfahren, dass du nicht zu Segondys Netz gehörst. Als er erfuhr, dass du hier bist, hat er sich entschlossen, die Namen preiszugeben. Er hat bereitwillig ausgepackt, damit du nicht in die Sache mit reingezogen wirst. In den Kleinanzeigen seiner Zeitung gab er Informationen an Staatsfeinde weiter. Keine hat mit dir zu tun. Er hat versichert, dass er dir nur geholfen hat, deine Eltern zu finden. Kannst du das bestätigen?«

Ich nickte, und er fuhr fort:

»Wir haben bei ihm Dokumente beschlagnahmt. Du bist Maurice Moscowitz und wohnst in Fontenay-aux-Roses, stimmt das? Deine Eltern wurden schon verhaftet, ich habe auf den Listen der Präfektur nachgesehen. Und du fährst jetzt gleich.«

Er rief zwei Gendarmen, um mich abführen zu lassen.

»Wohin komme ich jetzt?«, fragte ich, als sie mich aus dem Büro führten.

»Dahin, wo wir die ganze jüdische Pest hinbringen.«

»Und Monsieur de Segondy? Kann ich ihn sehen? Was haben Sie mit ihm gemacht?«

»Das geht dich nichts mehr an.«

Das Lager in Drancy

Juli bis August 1943

Der Wagen fuhr mit mir Richtung La Villette. Wenn sie wussten, wer ich war, wo ich wohnte, dann mussten sie auch von Marie wissen. Sie waren sicher in der Nacht oder frühmorgens wieder bei Belle aufgetaucht. Wir erreichten Pantin, Bobigny und schließlich Drancy. Ich erkannte die Straße wieder, in die Papa mich vor achtzehn Monaten bestellt hatte. Ich würde ihn endlich wiedersehen. Da waren die hohen Wohntürme und davor das schreckliche Gebäude.

Ich wurde durch ein schweres Eingangstor geführt. Vor mir lag ein riesiger Hof, ringsherum das vierstöckige Gebäude. Zwei etwas ältere Gefangene packten mich an beiden Armen und führten mich auf den Betonweg, der um den Hof angelegt war. Sie trugen gelbe Armbinden auf denen MS stand. Einer von ihnen verscheuchte ein paar Kinder, die mit Steinchen spielten. Die Kinder sahen, wie wir vorübergingen. Sie mussten zwischen fünf und zehn Jahren alt sein und trugen an ihren Kleidern den gelben Stern.

Es waren weder deutsche Soldaten noch französische Gendarmen hier. Auf dem Hof sah ich Hunderte Gefangene, die in kleinen Gruppen herumgingen. Manche standen auch zusammen und rauchten eine Zigarette, die unter ihnen die Runde machte. Ich hielt Ausschau nach meinem Vater. Mindestens zehnmal glaubte ich, ihn gefunden zu haben. Ein paar junge Mädchen sonnten sich auf einem Rasenstück. Alte Frauen mit Wäsche auf dem Arm warteten vor einer Reihe Wasserhähne über einer Zinkplatte. Wir gingen durch die überdachte Galerie an der rechten Seite des Gebäudes. Hier lagen verschiedene Büros: *Schälerei*, *Gemüsedepot*, *Schreinerei*, *Architekten*, *Küchen*, *Verwaltung*. Wir blieben vor der Kanzlei am Aufgang 9 stehen. Einer meiner Begleiter nahm mir die Mütze ab, gab sie mir in die Hand, durchsuchte mich, klopfte an die Tür, öffnete sie ehrfurchtsvoll und schob mich hinein.

Vier Männer saßen um einen Tisch. Auch sie trugen gelbe Armbinden. Der älteste richtete das Wort an mich, die Augen starr auf ein Lineal gerichtet, das er auf einem Finger balancierte.

»Papiere!«

»Ich habe keine.«

»Warum?«

»Ich habe sie verloren.«

Er sah die anderen wissend an, holte einen Stift aus seiner Tasche und nahm die oberste Karteikarte von einem Stapel, der vor ihm lag.

»Name?«

»Moscowitz. Maurice Moscowitz.«

»Geburtsort und -datum.«

»14. April 1927 in Paris.«

»Hast du Verwandte?«

Ich schwieg.

»Irgendwelche Verwandten?«

Er warf verärgert den Stift auf den Tisch.

»Jetzt hör mal gut zu, mein Junge. Wir müssen diese Karteikarte ausfüllen. Wenn du nicht redest, tust du dir keinen Gefallen. Weißt du, was passiert, wenn du dich weigerst zu antworten? Die Deutschen im Büro nebenan stecken dich sofort in eine Zelle im Untergeschoss. Willst du das? Sei vernünftig.«

»Hast du eine Familie?«

»Meine Eltern wurden im August 1941 verhaftet. Ich weiß nicht, wo meine Mutter ist. Mein Vater ist hier, glaube ich. Er heißt Joseph Moscowitz.«

Der Mann sah wieder seine Kollegen an. In einem Schrank hinter ihm standen Karteikästen. Er nahm den mit dem Buchstaben M und blätterte ihn durch.

»Hier im Lager gibt es keinen Moscowitz. Weder einen Mann noch eine Frau.«

»Ich weiß, dass mein Vater hier ist.«

»Woher weißt du das?«

»Ich weiß es eben.«

»Wann soll er denn hierhergekommen sein?«

»Am 21. August 1941.«

Er seufzte. »Kein Gefangener bleibt lange hier. Er muss woandershin gebracht worden sein.« Er beugte sich zu einem Stapel schwarzer Aktenordner herunter und holte den untersten heraus.

»Diese Ordner hier sind von 1943. Die von 1941 und 1942 werden in der Präfektur aufbewahrt.« Er setzte sich wieder und schrieb sich etwas auf.

»Deinen Vater hat man sicher in eine andere Einrichtung gebracht, in der Umgebung von Paris oder anderswo. Vielleicht auch in ein Arbeitslager nach Deutschland. Hier ist er jedenfalls nicht mehr.«

Während er meine Karteikarte ausfüllte, fragte mich der Mann, der neben ihm saß, noch einmal, ob ich Geschwister hätte. Mit sanfter Stimme sagte der Dritte am Tisch zu mir:

»Sie haben keine Geschwister, oder? Wenn Sie nämlich welche hätten, müsste man sie dem Dienstbüro melden. Das ist bei der Tür nebenan. Dort sind Gefangene, die im Auftrag der Deutschen Familien zusammenführen. Sie würden ihre Verwandten holen und hierherbringen, verstehen Sie? Deshalb nehme ich an, dass Sie Einzelkind sind, habe ich recht?«

Er sah mich an.

»Ich schreibe also: keine Geschwister, in Ordnung, mein Junge?«

Ich nickte stumm.

»Du wirst im ersten Stock untergebracht, Aufgang 8. Hast du Geld dabei? Einen Koffer?«

»Ich habe nichts.«

»Du darfst keine Päckchen oder Briefe erhalten. Du musst dich mit dem begnügen, was du hier bekommst. Geh zum Sozialdienst, und hol dir eine Decke. Er liegt gegenüber, beim Aufgang 20 A. Nebenan ist der Friseur.«

Der Alte nahm ein Etikett und schrieb in blauer Tinte den Buchstaben B darauf.

»Da du keine Papiere hast, gehörst du zu den Staatenlosen. Bald wirst du in ein anderes Lager überführt. Die Bs fahren immer als Erste.«

Der Mann, der bisher nichts gesagt hatte, warf mir einen müden Blick zu.

»Was kannst du? Kochen? Bauen? Nähen? Gar nichts? Na gut, dann streichst du die Zimmer in Block III an. Das ist unser Block, da wohnen die Funktionsträger. Hol dir, was du brauchst, in der Materialausgabe, gleich hinter Aufgang 13.«

»Und pass gut auf die Funktionsträger auf«, fügte der Alte noch hinzu. »Du erkennst sie an der Armbinde und dem Schild C1. Wir sind zwar Gefangene wie ihr, haben aber wichtige Aufgaben im Lager. Den Deutschen musst du unbedingt gehorchen, sie haben hier das Sagen. Alles Übrige lernst du von selbst oder von deinem Zimmerwart. Wenn du dich fügst, geht alles gut. Aber du kommst sowieso bald von hier weg.«

Im ersten Stock von Aufgang 8 betrat ich einen großen Raum, in dem es düsterer aussah als in einem Schiffsrumpf. In dem Betonboden verliefen Rinnen. Hier und da waren die Mauern geweißt. In dem Schlafraum standen dreißig Stockbetten, manche aus Eisen, manche aus Holz, in den meisten lag jemand. Wäsche hing an Leinen, die an den Bettholmen festgeknotet waren. Die Fenster konnte man nicht öffnen, manche Scheiben waren sogar blau gestrichen.

Nahe beim Eingang stand ein alter Mann. Er trug einfache Unterwäsche und eine schwarze Hose aus grobem Leinen und wusch ein Hemd in einem Waschbecken. Er musterte mich und sagte dann mit rauer Stimme mit einem ausländischen Akzent, der mich an den meiner Mutter erinnerte:

»Riecht nicht gerade gut hier drin, wenn man von draußen kommt, was? Wie heißt du, junger Freund?«

»Maurice Moscowitz.«

»Maurice, ich hätte dich gern an einem besseren Ort begrüßt. Ich bin der Rabbiner Mielisch, ich bin für diesen Aufgang verantwortlich und hier der Zimmerwart.«

»Kennen Sie meinen Vater Joseph Moscowitz?«

»Joseph Moscowitz? Nein, mein Sohn, ist er denn hier?«

»Sein Fenster lag an der schmalen Seite des Gebäudes in der zweiten Etage. Sechstes Fenster von rechts, von außen gesehen.«

»Das muss bei Aufgang 13 sein. Vielleicht sind dort noch ehemalige Kameraden von ihm.«

Er drehte den Hahn auf, in den Rohren rumorte und spuckte es, das Wasser spritzte in einem Umkreis von einem Meter. Mielisch musste um die fünfundvierzig sein, aber man hätte ihn wegen seines Patriarchenbarts für sechzig halten können. Wenn er sprach, lächelte er, sein Blick war spitzbübisch.

»Ich habe bei der Materialausgabe mehr Betten angefordert. Niemand hat darauf reagiert. Manche von uns müssen am Boden schlafen. Dabei sind in anderen Räumen Tausende von Betten frei, weil so viele von hier weggebracht worden sind. Du teilst dein Bett mit Mordechai. Er ist ein bisschen verrückt, aber völlig harmlos. In seiner Matratze ist, so weit ich weiß, auch kein Ungeziefer.«

Er trocknete seine Hände an der Hose ab und zog eine Taschenuhr heraus.

»Fünf vor halb zwei. In fünf Minuten hat unser Block Hofgang. Genau um drei musst du wieder hier oben sein. Ich rufe euch dann auf. Du hast gerade Zeit genug, diesen Stern auf deine Jacke zu nähen.«

Der Gefangene, der für Aufgang 13 zuständig war, hatte noch nie etwas von meinem Vater gehört. Er erlaubte mir, in die zweite Etage zu gehen. Der Schlafraum sah aus wie meiner, und es roch dort genauso fürchterlich. Ich ging zu zwei Gefangenen, die Schach spielten.

»Kennen Sie Joseph Moscowitz?«

Ich ging von einem Bett zum nächsten und stellte immer dieselbe Frage. Niemand machte sich die Mühe, mir zu antworten. Wie lange hatte Papa auf einer dieser Pritschen gelegen? Ich ging zu einem Fenster, dessen Scheibe nicht blau gestrichen war. Draußen konnte ich die Kreuzung vor der Apotheke sehen, an der ich meinem Vater die Signale gegeben hatte. Ich erkannte die Rue de l'Espérance, die Wohnhäuser und Felder wieder. In der Ferne stieg ein Flugzeug auf.

In der Materialausgabe erhielt ich einen Topf mit weißer Farbe, Pinsel, eine Rolle und eine Leiter. Ich ging über den Hof zu meinem Block. Auf der Mitte des Hofs erschien ein Deutscher in schwarzer Uniform und schrie mich an. Er musste einen Meter neunzig groß sein und hatte die Statur eines Boxers. Mit dem Lederriemen, den er in der Faust hielt, schlug er mir auf Beine und Rücken, dann auf Nacken und Kopf. Ich ließ alles fallen und rollte mich am Boden zusammen. Er trat mich in den Bauch und brüllte irgendetwas, während ich versuchte, mein Gesicht mit den Armen zu schützen. In diesem Moment kam ein Gefangener herbei und redete auf Deutsch mit ihm. Daraufhin erlaubte ihm der Nazi, mir beim Aufstehen zu helfen.

»Du musst strammstehen.«

Er hielt mich unter den Achseln fest und ich versuchte trotz der Schmerzen aufrecht stehen zu bleiben. Alles um mich herum drehte sich. Der SS-Mann kam mit seinem Gesicht näher und brüllte immer lauter. Er schlug mir ins Gesicht und warf meine Mütze zu Boden. Dann wandte er sich an den Mann, der mich festhielt, und forderte ihn auf zu übersetzen.

»Du bist an ihm vorbeigegangen, ohne strammzustehen und die Mütze abzunehmen.«

Der SS-Mann zückte ein Messer, hielt es mir unter die Nase und pflanzte es dann zwischen meine Füße. Dann bellte er wieder ein paar Worte.

»Berühr den Messergriff mit der rechten Hand, leg die linke an deinen Nacken und lauf so schnell du kannst im Kreis.«

Der Gefangene half mir, die Hände so zu halten wie verlangt und brachte mich in Bewegung. Immer wenn ich an dem Nazi vorbeikam, schlug er mich. Nach drei Runden wurde ich ohnmächtig.

Ich lag auf meinem Strohsack und verwechselte das Licht der Scheinwerfer mit dem frühen Tageslicht. Ich hatte heftige Kopfschmerzen, und jede Bewegung tat mir weh. Jemand schlief neben mir, das Knie an meinem Schenkel, seinen Atem an meinem Hals. Ich legte mich so weit von ihm weg wie möglich, drehte ihm den Rücken zu und landete auf dem Fußboden. Der Beton war kalt, die Oberfläche rau, und ich hatte das Gefühl, dass sich Steinchen in meine Hüfte bohrten.

Manchmal schlief ich ein, aber nie für lange Zeit. Immer wieder musste ich an das denken, was der Milizionär in seinem Büro gesagt hatte. *Du bist Maurice Moscowitz und wohnst in Fontenay-aux-Roses. Deine Eltern sind schon verhaftet worden, ich habe in den Akten der Präfektur nachgesehen.* Kein Wort über Marie. Er musste von ihr wissen, wenn er sich nach meiner Familie erkundigt hatte. Er wusste, wo sie war, sonst hätte er versucht, es von mir zu erfahren. Sie waren am Morgen wieder ins Haus gekommen, gleich nachdem ich weggebracht worden war. Sie war sicher schon in ihrer Hand, und sie würden sie auch hier ins Lager bringen, wo man »die jüdische Pest« einsperrte.

Der Körper meines Nachbarn auf dem Strohsack zitterte wie der eines Kindes. Ein paar Sekunden lag er angespannt da, dann begann er zu stöhnen und hörte gar nicht mehr auf. Ich hörte Namen, Weinen, vielleicht auch Gebete. Manchmal fuhr er hoch und rief »Radzilow, Radzilow …«. Er richtete sich auf, starrte vor sich hin, Schweiß lief ihm über die Stirn, und seine Augen traten hervor. Dann wurde sein Atem wieder ruhiger. Ich wagte nicht die kleinste Bewegung. Schließlich stand er auf und urinierte in den Eimer bei der Tür. Um uns herum begannen Schatten sich zu bewegen. Gespenster auf dem Weg zum Eimer, manche nahmen auch das Waschbecken.

Ich hatte seit zwei Tagen nichts gegessen. Wenn ich schlafen wollte, mussten erst die Magenkrämpfe aufhören. Bei meiner Ankunft im Lager hatte ich beim Aufgang 7 die Küchen gesehen, gleich nebenan. Ich konnte dorthin gelangen, ohne den Hof zu überqueren, vielleicht würde mich niemand bemerken. Ich kroch ein paar Meter auf allen vieren, dann rutschte ich auf Knien. Mein Nachbar ließ mich nicht aus den Augen. Ich hielt mich am Waschbecken fest und fand mein Gleichgewicht wieder. Ich ging die Treppe hinunter und hielt mich am Geländer fest. Im Erdgeschoss war niemand. Ich steckte meinen Kopf durch die Tür. Der Hof war leer und hell erleuchtet. Ein paar Meter links von mir war der Kücheneingang. Sicher würde gleich einer kommen und die Essensrationen für den Tag bereitstellen. Vielleicht könnte ich um etwas Suppe oder Gemüse bitten, ein bisschen Brot, Reste von gestern, Gemüseschalen. Ich setzte mich unten auf die Treppe und wartete eine Stunde darauf, dass die Küchentüren aufgingen. Zwei

Männer kamen mit einem riesigen Mülleimer vorbei, aber ich schaffte es nicht, rechtzeitig aufzustehen. Zehn Schatten waren schon vor mir da. Die Schatten durchsuchten den Müll mit einer Hand und schützten ihre Beute mit der anderen. Sie verschwanden so schnell, wie sie gekommen waren, mit Resten beladen, wortlos. Die Tür ging wieder zu, die ersten Stimmen im Lager wurden laut. Ich schleppte mich wieder in den Schlafraum in der ersten Etage.

Gegen Mittag brachten die Köche Suppe. Mielisch drückte mir eine rostige Konservenbüchse in die Hand und etwas Zeitungspapier, um sie sauber zu machen. Ich trank die Suppe in einem Zug und verbrannte mir Zunge und Gaumen. Jetzt war ich erst recht hungrig. Die anderen hatten ein halbes Ei und ein Stück Fleisch erwischt. Von den Karotten und Topinamburs, die in der Suppe schwammen, bekam ich nichts. Ich begriff, dass es darauf ankam, wo man in der Warteschlange stand. Man musste beim Topf sein, wenn er schon ziemlich leer war, damit man mit der Kelle auch Gemüse erwischte.

Zum Glück gab es Brot, das in andächtigem Schweigen geteilt wurde. Die Gefangenen versammelten sich um Mielisch und verfolgten jede seiner Gesten. Nahrung zu verteilen war ein Privileg. Mielisch musste acht Brote in sechzig Rationen teilen, jeden Laib in acht Teile. Während er seine Aufgabe mit der Genauigkeit eines Chirurgen erfüllte, suchten sich sechzig Augenpaare von weitem ihr Stück aus. War ein Stück kleiner als das andere, gab es Aufregung bei den Wartenden und Mielisch legte es beiseite. War das Brot ausgegeben, verteilte er die vier restlichen Stücke und schrieb sich auf, wer sie bekommen hatte. Alle gingen zurück an ihren Schlafplatz und nahmen ihr Brot mit wie einen Schatz. Es waren nie mehr als zweihundert Gramm.

Ich sah mir mein Brot lange an, nachdem ich nach denen der anderen geschaut hatte. Manche verschlangen es in zwei

Bissen, andere aßen den ganzen Tag über daran. Bevor Mielisch aß, sprach er ein Gebet, einen hebräischen Satz, den alle nachsprachen. Was bedeutete er? Das Brot war alt, es zerbröselte wie Gips. Ich las mit dem Zeigefinger Krümel aus meiner Hand auf. Weil alle das Gebet murmelten, fing auch ich an zu beten. Ich sagte mir, eines Tages würde es sicher besseres Brot geben.

Der Himmel war azurblau. Da wir die Mitte des Hofes nur selten betreten durften, gingen wir auf dem Weg dicht an den Hauswänden spazieren. Dreihundertfünfzehn Schritt in der Länge und hunderteinundsiebzig in der Breite. Jeden Tag gab es frische Luft von halb zwei bis drei Uhr am Rand des Stacheldrahts. Neunzehn Wachtposten beobachteten uns, das war das Mindeste, um die öffentliche Gefahr, die wir darstellten, in Schach zu halten. Die französischen Posten bewachten das Lager von außen und hatten Anweisung, auf uns zu schießen, wenn wir Anstalten machten abzuhauen und dreimal gewarnt worden waren. Eigentlich war der Stacheldraht überflüssig, denn die Beschimpfungen, die die Nazis uns ins Gesicht spuckten, bildeten eine undurchdringliche Mauer zwischen uns und dem Rest der Welt.

Bei den Freigängen lief ich von einer Gruppe zur nächsten und suchte Marie. Die jungen Mädchen waren einander sehr ähnlich. Wahrscheinlich war meine Schwester in ein anderes Lager gebracht worden, vielleicht das von Mama. Oder sie hockte in einer der Gefängniszellen und wartete auf den Abtransport nach Drancy.

Ich stellte andauernd dieselben Fragen: »Haben Sie ein blondes dreizehnjähriges Mädchen gesehen, das Marie heißt? Und Joseph Moscowitz? Vielleicht auch Clara Moscowitz? Seit wann sind Sie hier im Lager?«

Ich fragte auch alle Diensthabenden bei den Treppen. Einer riet mir, in die Personalabteilung zu gehen, wo die Abtransporte aus dem Lager organisiert wurden. Sie bewahrten dort aber keine Listen auf und gaben mir alle dieselbe Antwort: »In den letzten achtzehn Monaten sind mehr als fünfzig Transporte losgeschickt worden, jedes Mal tausend Leute. Wir haben die Listen nicht mehr. Wie soll man sich an alle Namen erinnern?«

Ich fragte in der Krankenabteilung nach. Mielisch hatte mir gesagt, Ärzte blieben länger hier als die anderen. Doch keiner konnte sich an meinen Vater erinnern. Keinerlei Spuren. Im Februar '42 aber war er doch noch da gewesen, sonst hätte er sich ja nicht mit mir verabredet.

Da ich dauernd Leute ansprach, wurde ich zur Zielscheibe all jener, die etwas verkaufen wollten. Sie dachten, dass ich Essen oder andere Dinge haben wollte. Ich zog sie an wie Fliegen. Sie hielten mich auf und raunten mir zu:

»Willst du einen Brief an deine Familie schreiben? Zwanzig Franc pro Blatt. Soll er nach draußen geschmuggelt werden? Das kostet zweihundert. Höchstens zwanzig Zeilen, für jede darüber dreißig Franc zusätzlich. Mündliche Nachrichten sind billiger, fünfzig Franc und achtzig, wenn du eine Antwort haben willst. Ich habe auch noch was zu essen, von der Ration eines Gendarmen, frisches Baguette, kostet hundertfünfzig. Oder Zigaretten? Es hängt von der Menge ab. Eine Gauloise dreißig Franc, ein Päckchen fünfhundert. Es gibt auch Selbstgedrehte, das ist billiger, um die fünfzehn, eine Celtique kriegst du nicht unter sechzig …«

Solche Kerle hatten ein ganzes Kaufhaus unter ihrem Mantel, und sie handelten wie verrückt. Der Hof war ein Markt unter offenem Himmel. Alle trieben irgendeinen Handel, um besser über die Runden zu kommen. Eigentlich war Geld im Lager verboten. Bei ihrer Ankunft mussten die Gefangenen ihre persönliche Habe gegen Quittung abgeben. Dennoch zirkulierten Geldscheine. Es wurde alles verkauft, sogar Plätze in der Krankenstation, die niemals leer wurde. Vor ihr bildeten sich lange Schlangen, die Leute klagten und hofften, dass es dort ein Mittel gegen Durchfall, Flöhe, Hunger und Traurigkeit gab. Man kaufte sogar Zigarettenzüge. Zehn Franc für einmal Ziehen. Käufer und Verkäufer verstanden sich auf einen Blick.

Ich lebte nur noch für diesen Spaziergang. Wenn ich die Treppe nach unten ging, sagte ich leise zu mir selbst: »Heute werde ich Marie finden. Jemand wird mir von Papa erzählen.« Aber meine Hoffnung erfüllte sich nie. Jeden Nachmittag sagte ich mir, sie würden bestimmt auftauchen, man konnte doch nicht einfach so verschwinden. Wenn ich aber nachts dalag und alles still war, dann packte mich die Angst und all meine Zuversicht war wie weggeblasen.

Warum stand von Marie nichts in den Unterlagen? Die Milizionäre wussten doch von ihr, sie wussten alles über unsere Familie, sie hatten unsere Kammer im Gebäude bei den Hallen entdeckt. Was war aus Marie geworden? Aus Belle? *Kümmere du dich um die Nutte, krieg alles raus, was sie weiß.* Der Mann war wieder nach oben gegangen. Bestimmt hatte er Marie gefunden. Oder er hatte sich über Belle hergemacht. Vielleicht hatte sie sich geopfert, um Marie zu schützen. Aber dann war diese jetzt allein, allen Gefahren ausgesetzt. Wie sollte sie da überleben? Wenn sie doch nur hierhergebracht würde! In Drancy konnte ich mich wenigstens um sie kümmern, ihr zu essen geben und sie trösten.

Ich musste in das Büro gehen, das sich um Familienzusammenführung kümmerte, beschloss ich. Doch bevor ich dorthin ging, bat ich darum, den Chef der Kanzlei zu sprechen, zu dem ich Vertrauen hatte. Eines Abends wartete ich, bis er allein bei der Arbeit saß.

»Ich gehe zu dem Büro für Familienzusammenführung und sage denen, wo meine kleine Schwester ist. Hier bei mir geht es ihr sicher besser.«

Er sah mich traurig an.

»Den Gefangenen, die dort arbeiten, ist nicht zu trauen. Weißt du, was sie machen? Sie erpressen die Gefangenen hier, um die Adresse ihrer Angehörigen zu erfahren, damit sie verhaftet und in Lager gesteckt werden.«

»Aber sie könnten dafür sorgen, dass meine Schwester herkommt, nur das zählt.«

Der alte Mann legte mir die Hand über den Mund und wies mit dem Kinn auf das Zimmer nebenan. Dann schob er sich neben mich und flüsterte mir ins Ohr:

»Du sagst, die Miliz kennt die Geschichte deiner Familie. Ich sage dir, diese Leute verlieren keine Zeit. Deine Schwester ist sicher längst verhaftet und in ein anderes Lager gebracht worden.«

»Eine Freundin hat sie beschützt. Eine Frau, der man trauen kann. Sie hat sicher richtig gehandelt, und Marie ist immer noch frei. Sie ist sich selbst überlassen, mitten in Paris und irgendwo versteckt. Das wird sie nicht lange schaffen. Da ist es doch besser, sie kommt hierher, in meine Nähe.«

»Glaub mir, alles ist besser, als hierher zu kommen. Ich kann dir nur raten, sie von hier fernzuhalten. Gib ihr eine Chance zu überleben.«

Er holte tief Luft, als wollte er mir noch etwas sagen, dann aber besann er sich.

»Hör zu, mein Junge, vergiss deine Schwester, glaub mir, das ist besser.«

Ich glaube, ich habe ihn am Kragen gepackt. Er musste das doch verstehen. Ohne mich wäre Marie verloren und würde an Hunger sterben.

Er schüttelte einfach nur den Kopf. »Gib ihr eine Chance zu überleben. Vergiss sie!«

Jom Kippur

September 1943

Nur Mielisch war in der Lage, mit der Heiterkeit König Salomos einzuschlafen. Um die anderen nicht zu stören, gingen Mordechai und ich hinaus auf die Treppe. In unsere Decken gewickelt saßen wir da und rauchten die paar Zigarettenstummel, die wir tagsüber aufgelesen hatten.

Ich erzählte ihm von meinen Eltern und Marie. Von Belle sagte ich nichts. Wenn ich auf meinem Strohsack lag, dauerte es nur ein paar Sekunden, und ich war wieder auf dem kleinen Balkon, dicht an sie geschmiegt. Ihr Zimmer und die Geigen, ihr Orangenblütengeruch. Jede Nacht dachte ich an sie, hörte ihre Stimme, sie war ganz in der Nähe, nur ein paar Flügelschläge entfernt.

Aber dann tauchte das Gesicht des Milizionärs auf. *Kümmere du dich um die Nutte* … Was hatten sie wohl mit ihr gemacht?

Als ich ihm die Geschichte meiner Familie erzählte, tat Mordechai, als höre er mir zu. Er war wirklich ein bisschen verrückt. Kaum saß er auf der Treppe, da stand er wieder auf und sagte: »Warte, ich zeig dir etwas.« Das machte er jeden Abend, als wäre es das erste Mal. Er durchsuchte das Stroh unserer Matratze und kam mit einem zerknitterten Foto wieder. Er legte es sich auf die Knie und streichelte es mit den Fingerspitzen, während er es sich ansah.

»Sieh mal, wie schön sie ist.«

Er strich über das Gesicht einer Frau, die an einem Tisch saß, um sich herum vier Kinder.

»Das ist Rivka, meine Liebste.«

Sie hatte auf dem Foto hohle Wangen und einen düsteren Blick. Ihre Haare waren hochgesteckt. Ihre breiten Schultern und die Haltung ihres Kopfes gaben ihr etwas Männliches. Ich fand sie zugleich streng und freundlich. Ihre lange gerade Nase wirkte streng, ihre vollen Lippen weich und voller Liebe.

»Diese da ist meine Tochter Henna. Sie wird bald achtzehn. Ich werde sicher bald Großvater, du wirst sehen. Sie ist mit einem Jurastudenten an der Universität Bialystok verlobt. Henna ist meine Perle, ein Segen für mich. Der hier ist Aizik, mein kleiner Revolutionär. Er fürchtet sich vor nichts, und die Kommunisten haben ihm den Kopf verdreht. Dieser hier macht mich ganz wahnsinnig. Schon zweimal haben sie ihn aus der Talmudschule geworfen. Er ist anders als Haskel. Der ist noch keine zwölf, weiß aber schon mehr als seine Lehrer. Ich spare Geld, um ihn nach Amerika zu schicken. Da wird er ein großer Kabbalist werden, Lexika verfassen und an den Universitäten englische Vorträge halten. Und hier ist mein kleiner Herschel. Der ist einfach so gekommen, ohne Voranmeldung. Als wollte er, dass man ihm vergibt, strahlt er von morgens bis abends. Er ist unser Sonnenschein.«

Als es Herbst wurde, beschlossen Mordechai und ich, gemeinsam unter unseren beiden Decken zu schlafen. Dazu mussten wir uns in die gleiche Position legen. Drehte sich einer um, musste der andere es auch tun. Irgendwann war unsere Choreographie so perfekt wie bei einem Auftritt der Ziegfeld Follies vom Broadway.

Manchmal fing Mordechai mitten in der Nacht an zu reden. Er setzte sich in den Schneidersitz und erzählte Geschichten in einer Mischung aus Polnisch, Französisch und Jiddisch. Auf die Beschimpfungen um sich herum achtete er nicht. Er lächelte scheu und neigte den Kopf, und ich erkannte die Namen seiner Frau und seiner Kinder. Manchmal sprach er nur kurze Sätze, legte die Hände krampfhaft um seine Knie, dann stand er auf, ging im Zimmer umher und schrie »Radzilow… Radzilow!«. Er schlug sich gegen die Stirn, bis ein Gefangener, den dieser Lärm wütend machte, aufstand und ihn verprügelte. Dann legte Mordechai sich wieder hin, und noch lange wurde sein magerer Körper von Krämpfen geschüttelt.

Im Schlafraum hatte sich eine gewisse Solidarität auf Kosten von Mordechai entwickelt. Die größten Meinungsverschiedenheiten endeten und man vertrug sich wieder, weil man Mordechai die Schuld gab. Wie durch ein Wunder war der Streit vorbei, es kehrte Frieden ein, alle umarmten sich und verfluchten Mordechai. War das Brot ungerecht verteilt worden? Man konnte die Rationen nicht mehr vergleichen, weil Mordechai seine zu schnell aufgegessen hatte. War eine Decke gestohlen worden, hieß es, das sei ja nicht so schlimm, wäre da nicht das Geschnarche von Mordechai. War man sich nicht einig bei der Auslegung einer Stelle des Talmud, war das verzeihlich, wenn man nur bedachte, wie wenig Ahnung Mordechai hatte. Der Blitzableiter Mordechai zog alle Blitze auf sich und schützte den Schlafraum vor größeren Einschlägen. Selbst der Gestank wurde ihm zugeschrieben. »Nicht ich stinke«, sagte er dann, »es sind meine Träume, ich kann nichts dafür. In der Nacht sind meine Träume aktiv, meine Visionen legen sich übereinander, dann geben sie einen schrecklichen Geruch von sich …«

Ich gab Mordechai recht. Unsere Albträume rochen abscheulich.

Die Rabbiner im Lager richteten eine Bitte an die Deutschen. Sie wollten am Jom Kippur Gebete abhalten. Der SS-Kommandant war unterwegs, um die Razzien in Südfrankreich zu überwachen. Seine Untergebenen gaben der Bitte wider Erwarten statt. Sie versammelten die Bewacher der Aufgänge, um die Details der Feier zu regeln, und erlaubten, dass ein großer nicht benutzter Raum im Westflügel des Gebäudes hergerichtet wurde. Die Gefangenen bauten aus Decken einen Gebetsbaldachin. Sie reinigten den Saal gründlicher als ihren eigenen Schlafraum.

Von den tausend Gefangenen im Lager passten nur zweihundert in die »Synagoge«. Die anderen mussten der Feier von ihrem Zimmer aus folgen. In jeder Etage wurde ein Rabbiner mit der Zeremonie beauftragt, und wenn es keinen gab, trat ein Schriftgelehrter an seine Stelle. Die Deutschen erlaubten das Aufstellen von Lautsprechern im Hof, damit alle die Gebete hören konnten. Am Vorabend des Jom Kippur versammelten sie die zweiundzwanzig FluräItesten, um ihnen Anweisungen zu geben. Die Köche sollten größere Essensrationen ausgeben als üblich. Um sieben Uhr war alles bereit. Tausend Seelen bereiteten sich darauf vor, die ersten Gesänge zu hören.

Die Lautsprecher wurden eingeschaltet, jemand hielt eine kurze Ansprache an die Gläubigen, dann folgte langes Schweigen. In meinem Zimmer blickten die Gefangenen auf Mielisch, der einen Gebetsschal trug. Die Zeit schien stehen zu bleiben, während die Lautsprecher knisterten. Dann hörte man die Stimme. Eine helle, klare Kinderstimme. Sobald sie erklang, nahm sie uns gefangen, schon die ersten Noten waren wie ein tiefes Schluchzen. Die Gefangenen waren ergriffen und sahen einander an. Selbst Mielisch war sprachlos.

Ich ging hinunter auf den Appellplatz. Durch den Gesang des Kindes erschien er mir in ganz anderem Licht. In den Wohntürmen, die den Hof überragten, beugten sich die Familien der Gendarmen aus dem Fenster. In der Synagoge war es brechend voll, und ich setzte mich draußen hin, in die Mitte des Hofes. Es war Wind aufgekommen, und rußiger Staub wirbelte über den Boden. Immer mehr Gefangene verließen die Gebäude und schauten auf die Lautsprecher, aus dem die Stimme des Knaben kam. Um mich herum standen Menschen mit wirrem Haar und voller Schmutz, die aussahen wie Gespenster und beteten. In ihren zerlumpten Kleidern bildeten sie eine eintönige gesichtslose Masse. In den Zeitungen nannte man diese Menschen »Feinde der Nation«. Sie schlugen ihre Kragen zum Schutz gegen den Abendwind hoch. Hunderte von Sternen leuchteten zum Klang der Stimme aus dem Lautsprecher. Der Himmel schien sie an diesem Ort in der nördlichen Vorstadt vergessen zu haben. Mit schnellen, ruckartigen Bewegungen beugten sich Oberkörper vor und zurück wie Automaten. Ich verstand nicht, was sie sangen, und wusste nichts von ihrer Religion. Wir kamen nicht aus demselben Land, aber ich war dennoch mit ihnen verbunden. Ich zitterte wie sie. Die Stimme des Kindes drang in mein Innerstes und brachte mich dahin, wo ich noch nie gewesen war. Was für eine seltsame Macht hatte dieses Gebet. Endloses Schluchzen.

Der Junge machte jetzt den Rabbinern Platz, und es folgten Litaneien. Trotz der Kälte standen wir da und hörten den monotonen Gesängen zu. Zwei Stunden später verließen die Gläubigen die Synagoge und verteilten sich auf den Treppen. Ich wollte das Kind aus der Nähe sehen. Man zeigte mir einen Jungen, der jünger war als ich, sehr mager, mit ganz kurz geschnittenem Haar und einem Gebetbuch unterm Arm. Er ging allein am Rand der Gebäude entlang zurück zu seinem Schlafraum. Ich ging zu ihm.

»Ich heiße Maurice.«

Er sah mich kurz an und ging weiter. Ich lief neben ihm her.

»Wie heißt das Gebet, das du am Anfang der Feier gesungen hast?«

»Kol Nidré.«

»Was steht darin?«

»Weißt du das nicht? Du bist ja gar kein Jude. Was machst du hier?«

»Wie lautet das Gebet?«

»Sie haben mich gezwungen, es zu singen. Dieses Jahr wollte ich das gar nicht.« Er ging schneller. Ich stellte mich ihm in den Weg.

»Ich hatte das Gefühl, dein Gesang käme aus einer anderen Welt.«

»Ja, das ist es auch, ein Lied für eine andere Welt. In dieser Welt hier gibt es zu viel Leid.«

»Was sagt das Gebet?«

»Es fordert Ungläubige wie dich auf, sich uns anzuschließen.«

»Um was zu tun?«

»Nichts. Nur um zu beten und um Verzeihung zu bitten. *Allen Kindern Israels und allen Fremden, die bei ihnen wohnen, wird vergeben. Denn alle haben durch die Verirrung ihres Herzens gesündigt.* Das ist alles. Zwei Jahre krepiert man hier hinter diesen Mauern und soll noch um Verzeihung bitten. Ich halte gar nichts von diesem Gebet.«

»Es gibt hier nur wenige, die so alt sind wie wir. Vielleicht können wir uns wieder treffen.«

Er zuckte die Achseln und trat einen Schritt zur Seite. Ich folgte ihm. Ohne sich umzudrehen, sagte er:

»Ich will nicht dein Freund sein, lass mich einfach in Ruhe.«

»Du könntest mir doch einige Gebete beibringen. Sag mir wenigstens, wie du heißt.«

»Vergiss den Gesang und die Gebete. Und vergiss mich.«

Ich ließ ihn ziehen und sah, wie er zum Aufgang 13 ging.

»Ist das deine Treppe?«

Er antwortete nicht.

»Auf welcher Etage wohnst du? Wo ist dein Schlafraum?« Ich stellte mich in den Türeingang, um ihm den Weg zu versperren.

»Sag mir, in welcher Etage dein Schlafraum ist, und ich lass dich gehen.«

»Zweite.«

Er schob meinen Arm weg, ging die Treppe hoch und reihte sich ein in der Schar der Gläubigen.

»Hast du Joseph Moscowitz gekannt?«, rief ich ihm hinterher.

Er verschwand im Gedränge, oben auf der Treppe. Ich blieb noch eine Weile unten stehen und trottete dann als Letzter Richtung Schlafraum. Als ich die Mitte des Hofes erreicht hatte, hörte ich plötzlich seine Stimme in meinem Rücken.

»Woher kennst du Joseph Moscowitz?«

»Er ist mein Vater.«

»Wo schläfst du?«

»Aufgang 8, erster Stock.«

»Ich komme morgen vorbei. Ich heiße Lulek.«

Den nächsten Tag verbrachte ich oben im Zimmer, ich lehnte mich an die Wand und lauschte den Gebeten. Entgegen meiner ursprünglichen Absicht fastete ich wie die anderen. Mielisch sang mit tiefer Stimme und runzelte die Stirn. In seinem Gebetsschal erkannte ich den Mann, der mich am ersten Tag empfangen hatte, nicht wieder. Er war alterslos.

»Gib denen, die dich verehren, Ruhm, denen, die dich suchen, Hoffnung, gib Gewissheit denen, die an dich glauben. Lass das Licht des Sohnes Jesse, deines Messias, bald leuchten zu unserer Zeit. Die Gerechten werden es sehen und werden fröhlich sein. Die frommen Menschen werden jauchzen, die Ungerechtigkeit hat ein Ende, das Böse verschwindet wie Rauch, denn du wirst die Herrschaft des Bösen von der Erde vertreiben.«

Ich wartete auf Lulek. Endlich kam er und setze sich neben mich. Er holte einen Apfel aus seiner Tasche und erklärte mir mit zahnlosem Lächeln:

»Gleich werden wir zusammen das Fasten brechen.«

Eine Weile saß er da, ohne etwas zu sagen, konzentrierte sich auf Mielischs Gebete und betete mit. Dazu bewegte er leicht den Kopf. Er war schrecklich mager, seine Wangenknochen standen hervor, und sein Gesicht war ganz hohl. Er sang mit so heller Stimme, dass Mielisch bald verstummte und ihm das Gebet in unserem Raum überließ. Es folgte ein langer Augenblick der Andacht. Lulek schob seine Mütze zurück und seufzte. Plötzlich schien er sich an mich zu erinnern. Er gab mir ein Zeichen, ihm zu folgen. Wir setzten uns auf die Treppenstufen.

»Bist du wirklich der Sohn von Joseph Moscowitz?«

»Ja, ich bin Maurice Moscowitz.«

»Wie heißt deine Mutter?«

»Clara.«

»Und deine Schwester?«

»Marie.«

»Dann musst du der Maurice sein, von dem er mir erzählt hat.«

»Weißt du, wo mein Vater ist?« Ich war plötzlich ganz aufgeregt.

»Er ist vor achtzehn Monaten hier weggebracht worden, am 27. März 1942, gleich mit dem ersten Transport.«

»Wohin wurden die Leute gebracht?«

Lulek lächelte vage und hob den Kopf.

»Da, wo er ist, sind noch viele andere. Es heißt, sie seien in Polen auf dem Land, um auf Bauernhöfen zu arbeiten. Ich hatte Glück, ich bin schon dreiundzwanzig Monate und elf Tage hier. Ich bin nützlich, weil ich singe. Ich bin Vorsänger bei den Gebeten der Juden, und für die *Boches* singe ich Chansons. Sie laden manchmal Gäste ein, die mich singen hören wollen, Leute von der Gestapo, Französinnen. Sie sind ganz wild auf meinen Gesang, jedenfalls bis ich in den Stimmbruch komme.«

Er ließ mich nicht aus den Augen.

»Ich war bei ihm, als du gekommen bist.«

Ich sah ihn verständnislos an.

»Der Morgen, an dem du da warst, an der Kreuzung, vor der Apotheke. Erinnerst du dich? Ich war neben ihm am Fenster.« Er stand auf und machte große Gesten mit ausgestreckten Armen. »Erinnerst du dich an die Zeichen? Der rechte erhobene Arm bedeutete, dass es dir und deiner Schwester gut geht. Der linke Arm war für eure Mutter. Wir hatten uns das zusammen ausgedacht. Hast du uns denn gesehen?«

Ich schüttelte den Kopf.

»Wir haben dir Zeichen gegeben. Es dauerte etwa dreißig Sekunden, dann bist du schnell weggerannt. Wir blieben noch eine Stunde am Fenster stehen, für den Fall, dass du wiederkommst. Danach sagte er immer wieder: ›Sie leben noch, Lulek, sie leben noch. Hast du gesehen, wie mutig mein Junge ist?‹ Nachmittags brach er zusammen, und ich habe ihn bis zum nächsten Morgen in meinen Armen gehalten. Ich hätte nicht gedacht, dass man so leiden kann.«

Ich sprang auf, um nicht vor ihm zu weinen, und ging in den Schlafsaal zurück. Lulek folgte mir nicht. Den Rest des Tages habe ich auf meinem Strohsack verbracht. Mein Vater in einem fremden Land. Wann würde ich ihn wiedersehen? Und Mama war verschwunden. Und die kleine Marie. Ich sollte mich um sie kümmern, das hatte Papa in seinem Brief geschrieben, aber ich hatte es nicht geschafft. Wo war sie? Auch in einem Lager? Auch im Osten? Oder in einem Versteck? Zwei Monate waren wir jetzt schon getrennt. So lange war sie schon allein. Allein konnte sie nicht überleben, ich wusste es genau. Ich saß hier hinter dem Stacheldraht, und es kam mir vor, als hätte ich sie sterben sehen. Und was war mit Belle passiert? Wo waren sie alle?

Am Ende des Gottesdienstes standen alle auf. Mielisch zog mich zu sich heran.

»Das ist das letzte Lied, Maurice. Die *Neïla*. Die Stunde der Versöhnung.«

Die Gefangenen hatten sich in der Mitte des Raums versammelt und sangen gemeinsam.

»Maurice, bei diesem letzten Gebet versammeln sich die Familien unter dem Schal des Vaters. Das ist ein Anblick! In den Synagogen sieht es dann aus wie auf einem Zeltplatz.«

Die Väter um mich herum standen allein unter ihrem Tuch, und der Raum sah aus wie ein Wald von Statuen. Mielisch nahm mich unter seinen Schal.

»Wie heißen deine Eltern? Und deine Schwester?«

Er mischte ihre Namen unter Worte, die ich nicht verstand. Ich hatte die Stirn an seine Schulter gelegt und wiederholte seine Worte.

Mielischs Gesang

Oktober 1943

Jeden Morgen nach dem Appell strich ich in Block III die Schlafzimmer an. Hier wohnten die Lagerarbeiter, die C1, die Oberschicht der Gefangenen. Sie waren Franzosen jüdischen Glaubens und waren vor dem Krieg Offiziere, Beamte oder Unternehmer gewesen. Sie besorgten die Lagerverwaltung und erledigten den Ordnungsdienst. Die Anweisungen der Deutschen setzten sie gewissenhaft um. Und sie erledigten alles so professionell, dass eine Handvoll Nazi-Offiziere genügte, um tausend Gefangene zu unterdrücken.

Als ich Mielisch erzählte, dass die C1 zu zweit oder dritt in beheizten Räumen schliefen und besonderes Essen erhielten, sagte er:

»Mein lieber Maurice, sie sind ›Israeliten‹. Das bedeutet Juden, die noch etwas mehr haben. Sie sind seit Generationen Franzosen, haben studiert, manche sind mit Arierinnen verheiratet. Man kann ihnen alles wegnehmen, auch ihre Freiheit. Doch ihren sozialen Status geben sie als Letztes auf. Ich weiß nicht, wie lange die Deutschen diesen Unterschied noch machen werden. Im Moment stehen diese Leute noch nicht auf den Deportationslisten. Sie werden noch gebraucht. Deshalb schlafen sie wohl besser als wir.«

Mielisch war der Einzige bei uns, der ruhig schlief. Oft hörte ich seinen regelmäßigen Atem. Manchmal stand ich auf, um sein Gesicht zu betrachten. Im Licht der Scheinwerfer wirkte er so friedlich. Dann legte ich mich wieder hin und war nicht mehr ganz so verzweifelt.

»Wo du schon bei den C1 arbeitest, stell dich gut mit ihnen, versuch dich unentbehrlich zu machen. Vielleicht streichen sie dich dann von der Liste. Mit etwas Glück kannst du einen oder zwei Monate Aufschub erreichen.«

»Wo kommen die Leute denn hin, die deportiert werden?«

»In den Osten, vermutlich nach Polen. Vor der Abreise gibt man ihnen ihr Geld in Zlotys zurück. Es heißt, sie arbeiten dort auf dem Land und bauen Bauernhöfe.«

Auch unser Lager sah aus wie eine riesige Baustelle. Die Deutschen konnten es offenbar nicht ertragen, dass wir nichts taten, und so musste ein Teil des Hofes neu gepflastert, Zimmer und Aufgänge neu gestrichen, Einrichtungen abgebaut und anderswo wieder aufgebaut werden. Die Gefangenen rissen sich um diese Arbeit, denn sie hofften, eine regelmäßige Beschäftigung würde sie einige Zeit vor der Deportation bewahren. Neue Gefangene kamen zu Hunderten, die meisten aus Nizza, wo Brunner, der SS-Kommandant des Lagers, immer mehr Razzien durchführte. Er hatte auch das Rothschild-Krankenhaus in Paris, eine Nervenklinik und ein Waisenhaus leer geräumt. In den Schlafräumen munkelte man, dass durch die neuen Häftlinge wieder ein Transport bevorstünde. Das Gerücht verbreitete sich schnell. Man erzählte sich, es würden schon Leute für einen Transport nach Osten ausgewählt. Alle fürchteten, auf die Liste zu kommen, vor allem die B, die Leute meiner Kategorie. Man hatte uns ja gleich gesagt, dass dies nur ein Durchgangslager sei.

Zwei Unteroffiziere halfen Brunner. Sie waren Österreicher. Ein früherer Straßenpflasterer, kräftig wie ein Boxer, und ein Friseurlehrling, dürr und hochgewachsen. Dem ersten war ich bei meiner Ankunft begegnet. Wenn er nachts durch die Schlafräume zog, brüllte er mit seinem furchtbaren Akzent: »Tausend Schädel, ich will tausend Schädel im Loch haben!«

Wenn der Boxer auftauchte, standen alle stramm. Wenn die Schritte seiner Stiefel durch das Treppenhaus hallten, erstarrten wir. Manchmal ging er einfach nur vorüber oder begnügte sich mit Beschimpfungen, nur der Form halber. An solchen Abenden verdoppelten die Kartenspieler ihren Einsatz. Sie legten alles hin, was ihnen das Monster nicht weggenommen hatte. Wir lachten, sangen, liefen im Kreis und hielten uns dabei an den Schultern. Wenn wir den Nazi im ersten Stock herumbrüllen hörten, stürzten wir uns auf unsere Essensreserven, die wir geduldig gesammelt hatten und die wir oft vor dem Einschlafen einfach nur ansahen, um uns zu freuen. Wir aßen sie in einem Mal auf, ohne Rücksicht auf den Magen. Wir rauchten jede Menge Zigarettenstummel, die ein Vermögen gekostet hatten – immer in der Angst vor Stockschlägen, die nur aus Willkür auf uns niederprasseln konnten. War es besser, den Boxer anzusehen, wenn er vorbeikam, oder senkte man lieber den Blick? War er zufrieden, nachdem er die Menschen nebenan verprügelt hatte, oder hatte er erst recht Gefallen daran gefunden und würde weitermachen?

Nur der verrückte Mordechai redete uns noch gut zu. Während des Spaziergangs ging er zu allen, die seinen Blick erwiderten, und flüsterte ihnen ins Ohr:

»Es gibt keine Transporte mehr, meine Brüder. Das hat mir der Lagerkommandant versichert. Wir können alle nach Hause, und ich werde meine Rivka wiedersehen.«

Die Hände tief in den Taschen seines steifen Wachstuchmantels vergraben, lief er mit kleinen Schritten von Gruppe zu Gruppe. Die Gefangenen stießen ihn von sich, sie konnten seine Spinnereien nicht mehr hören. An einem Tag kündigte er den Einmarsch der Russen in Paris an, am nächsten Tag den von amerikanischen Offizieren, die die Krankenstube inspizieren wollten. Manche glaubten ihm seine Hirngespinste noch, besonders wenn er aus der Küche kam und behauptete, er habe Fleischbällchen in der Suppe schwimmen sehen. Andere zogen ihm eins über, bevor er zu sprechen anfing. Er selbst glaubte an seine Geschichten und hörte nicht auf, sie zu erzählen. Bei jeder Beschimpfung, die er dafür erntete, lächelte er. Es war wohl seine Art, der Realität zu entkommen. In der Welt, die er sich zurechtgezimmert hatte, konnte ihn nichts mehr treffen.

Doch das Schicksal konnte Mordechai mit seinen Märchen nicht aufhalten. Eines Montagnachmittags schickten die Nazis uns alle in die Schlafräume. Wir drängten uns an den Fenstern zusammen. Die Flurältesten wurden auf dem Hof zusammengerufen. Die Angestellten der Personalabteilung übergaben ihnen Listen, die sie durchlasen, um dann im Laufschritt wieder nach oben zu kommen.

Mielisch wurde mit entsetztem Schweigen empfangen. Er zog seine kleine Metallbrille auf und nahm das Blatt zur Hand. Dann ertönte ein Name nach dem anderen.

Die aufgerufenen Häftlinge packten stumm ihre Sachen. Der Schneider Hankele neben mir hörte gar nicht mehr auf zu zittern. Er versuchte, seine nasse Hose mit den Händen zu verbergen.

»Sollen die Ausgesuchten schnell ihre Koffer packen und gehen«, murmelte er. »Bevor die Nazis andere aussuchen.«

Mielisch begleitete die Leute zum Appellplatz und führte sie zu den Aufgängen 1 bis 5, nahe beim Lagerausgang. Dort standen tausend Häftlinge mit ihrem Gepäck, darunter auch viele Kinder, die vor ein paar Tagen aus dem Waisenhaus geholt worden waren. SS-Mann Brunner stand mit verschränkten Armen da. Ein etwa zehnjähriger Junge kam zu ihm und fragte ihn etwas. Der Deutsche sah ihn kaum an, packte ihn am Kragen und schleifte ihn zu der Gruppe zurück. Dabei hielt er die Hand weg von seinem Körper, als habe er Hundekot aufgehoben. Dann verschwand er und überließ die Arbeit seinen Unteroffizieren. Der Boxer bellte einen Befehl, um die Reihen zu ordnen. Wir beobachteten das Manöver vom Fenster aus. Neben mir murmelte jemand:

»Zwanzig Gruppen zu je fünfzig Leuten, so machen sie es jedes Mal. Zwanzig Räume, die nur vor der Abreise benutzt werden, dann zwanzig Busse und danach zwanzig Waggons.«

Mit ihren Koffern neben sich stellten sich die Gefangenen in Reih und Glied, brav wie Schüler auf einem Schulhof, trotz des Regens, der jetzt zu fallen begann. Männer vom Sozialdienst eilten herbei. Manche trugen Stapel von Decken, andere Kochgeschirre und Schuhe. Fünfzehn Leute, die allein zwanzig Zimmer vorbereiten sollten. Sie brachten die Sachen im Laufschritt aus dem Magazin und legten sie an den Aufgängen ab. Dann liefen sie, unter den Beschimpfungen der Nazis, zurück, um die nächste Ladung zu holen. Als einer unter der Last zusammenbrach, stürzte ein anderer herbei, um ihn zu ersetzen. Von oben betrachtet bildeten sie ein seltsames Ballett. Vor jedem Deutschen nahmen sie die Mütze ab, gingen um ihn herum, um die vorgeschriebenen drei Meter Abstand zu wahren, und setzten ihren Lauf fort.

Der Regen fiel immer heftiger. Der hagere Unteroffizier näherte sich den Reihen und korrigierte die Geradheit der Linie mit dem Knüppel. Die Kinder zappelten, und der Deutsche schlug mit aller Kraft zu. Je mehr er prügelte, desto mehr gerieten die Reihen in Unordnung. Die Kinder schrien unter den Schlägen, und ihre entsetzten Schreie brachten die Leute aus dem Irrenhaus durcheinander. Auch diese armen Geschöpfe waren, gleich nachdem sie aus dem Heim geholt worden waren, zum Transport bestimmt worden. Die Irren gerieten in Panik und stürzten sich auf ihre Leidensgenossen, um sich an ihnen festzuklammern. Da sie gar nicht mehr loslassen wollten, machten die Nazis sich über sie her. Sie trennten die

Menschen mit Stock- und Gewehrkolbenschlägen. Die Kinder, die Irren, die anderen Gefangenen, die Unteroffiziere – sie alle brüllten derart laut, dass meine Zimmergenossen sich die Ohren zuhielten und sich bäuchlings auf ihre Pritsche legten.

Als endlich Ruhe eingekehrt war, befahlen die Nazis den Häftlingen im Hof, ihre Koffer zu öffnen. Im Handumdrehen war alles vom Regen durchweicht. Die Kleider, Fotos, Bücher und Zigaretten schwammen in Pfützen und Schlamm. Der Boxer fand im Koffer eines alten Mannes Besteck – Messer und Gabel, die dieser wohl eingesteckt hatte. Außer sich vor Wut, warf er den gesamten Inhalt des Koffers auf den Boden und befahl dem Schuldigen, durch den Schlamm zu robben. Zwanzig Meter weit schleppte sich der Alte. Sobald er schlappmachte, schoss der Nazi neben seinen Körper, damit er weiterrobbte. Die französischen Milizionäre beobachteten die Szenerie von ihrem Wohnturm aus.

Mehr als eine Stunde mussten die Gefangenen im strömenden Regen stehen, manche von ihnen sackten einfach in der Reihe in sich zusammen. Wer ihnen aufzustehen half, erhielt Schläge mit dem Knüppel. Der alte Mann war so weit gerobbt, wie er konnte. Sein Körper lag in einer Pfütze und regte sich kaum noch. Zwei Häftlinge durften ihn schließlich forttragen. Sie hoben ihn auf wie eine Stoffpuppe, fassten ihn an den Schultern, und seine Fuße schleiften über den Schotter.

Die Kinder, die Irren und alle anderen Gefangenen waren so durchnässt, dass sie nur noch stumm dastanden. Der Sozialdienst war mit seiner Lieferung fertig. Unter dem Geräusch der Trillerpfeifen schlossen die Häftlinge ihre Koffer und verschwanden in den Aufgängen. Wir gingen schweigend zu Bett und warteten nicht mal auf die Essenausgabe.

Am nächsten Tag fuhr Brunner beim Appell den Gefangenen, der für die Materialien zuständig war, an:

»Sie haben das Ventil der Pumpe am Lastwagen verloren! Das ist unzulässig. Das Material, für das Sie verantwortlich sind, muss immer in tadellosem Zustand sein!« Wegen eines Stopfens regte er sich auf. Aber tausend erschrockene Blicke, tausend unschuldige und misshandelte Menschen zählten nicht. Wir waren auch gar nicht mehr unschuldig. Und waren wir noch Menschen? Nein, wir waren Nummern, und am Ende des Appells musste die Zahl stimmen. Wenn ich vor den Unteroffizieren entlanggehen musste, zog ich die Schultern hoch und krümmte den Rücken. Ich versuchte gar nicht erst mehr, die Beschimpfungen und Schläge zu begreifen, nur sie zu vermeiden. Wie ein Schatten bewegte ich mich an den Wänden entlang, mein Blick war flüchtig, ich versuchte nicht aufzufallen. Als ob ich schuldig wäre. An diesem Morgen auf dem Appellplatz wagte niemand, jemanden anzusehen. Wir schlugen die Augen nieder und empfanden tiefe Scham. Vielleicht hatten wir wegen des alten Mannes, der durch die Pfützen robbte, aufgehört, wirkliche Menschen zu sein.

Die Räume, in denen sich die Häftlinge befanden, die auf Transport gingen, waren verschlossen. Zwanzig Zimmer mit fünfzig Menschen, tausend Gefangene, von der Welt abgeschnitten. Am Freitag nach der Selektion wurden sie in Gruppen um sechs Uhr morgens auf dem Hof versammelt. Busse warteten an den Lagertoren. Wir standen mit Mielisch am Fenster und sahen zu, wie sie abfuhren.

Auch der alte Mann stieg ein, von zwei Gefangenen gestützt. Wir wussten nichts über ihn. War er Kaufmann, Zahnarzt oder Anwalt gewesen? Er musste eine Familie, eine Vergangenheit und Erinnerungen haben. Es spielte keine Rolle mehr. Eine der Frauen aus der Psychiatrie machte eine Szene und weigerte sich, in den Bus einzusteigen. Zwei Nazis packten sie, ein dritter drückte ihr ein Tuch mit Chloroform aufs Gesicht. Dann hoben sie die bewusstlose Frau in den Bus, und der Konvoi fuhr los zum Bahnhof von Bobigny. Ich drehte mich zu Mielisch um.

»Sollen diese Irren, Alten und Kinder etwa Bauernhöfe bauen?«

Er antwortete nicht. Ich bin nicht in Block III gegangen, sondern habe mich hingelegt, um Schlaf nachzuholen. Ich wollte in endlosen Schlaf fallen, mich darin auflösen. Ich schloss die Augen, um mir die Landschaften vorzustellen, die ich sehen konnte, wenn mir die Angestellten erlaubten, auf ihrem Balkon zu rauchen. Von ihren Zimmern aus sah man Felder, an denen eine Straße vorbeiführte. Gegen zehn kam immer eine Mutter mit Kinderwagen vorbei, neben sich ein kleines Mädchen auf einem Dreirad. Um halb zwölf ging ein gebeugter Mann dort spazieren, der zehn Minuten für hundert Meter brauchte, einen Brotlaib unterm Arm. Manchmal traf er einen anderen Alten, und ich stellte mir vor, wie sie miteinander redeten.

»Gestern habe ich unseren Freund getroffen, den alten Hindu aus Mandalay.«

»Wissen Sie, dass es Gipfel gibt, die höher sind als der Anapurna?«

»Wir sind weit entfernt von der Qualität der Uhren aus dem Jura.«

Jeden Tag gingen Leute am Lager vorbei, an den Mauern unseres Gebäudes entlang. Wie konnte man Tausende von unschuldigen Menschen mitten in einem Wohngebiet einsperren, ohne dass die ganze Stadt sich darüber empörte? Die Frauen der Gendarmen konnten uns von ihrem Wohnturm aus sehen, sie sahen doch, was im Hof alles passierte, und erzählten bestimmt ihren Freundinnen davon, ihrer Familie oder redeten beim Einkaufen darüber. Und keiner sagte etwas dazu?

Manchmal sah ich von dem Balkon aus Flugzeuge vom Flughafen Le Bourget aufsteigen. Dann begann ich zu träumen.

Nachdem die Busse weggefahren waren, stellte ich mir vor, in einem Flugzeug zu sitzen. Ich überflog einen Wald, so dicht, dass darin am Tag nächtliches Dunkel herrschte. Zwischen zwei Wäldern erstreckten sich Felder in geometrischen Formen, gelbe, grüne, violette. Grüne, mit Wein bewachsene Flächen, so weit das Auge reichte. Unter Pinien standen Bauernhäuser, weiter entfernt große Felsen, die immer zahlreicher wurden. Darauf standen Häuser, die wie Blumen wirkten, dicht nebeneinander und ockerfarben. Ich flog über die Dörfer, in den Gassen war Leben, das Herz der Felsen klopfte. Ich begegnete unbekannten Vögeln und wollte ihnen ähnlich sein. Ich rutschte den Kirchturm hinunter, rieb mich an den Ziegeln, landete auf einem von Pinien, Ulmen und Zypressen bestandenen Abhang, der bis zum Meer reichte. Schilfgürtel kündigten Strände an. Das Mittelmeer glitzerte. In der Ferne ein paar Boote. Ich lag schon seit einer Weile auf meinem Handtuch, Marie stand neben mir, die Füße im Sand vergraben. Sie schaute zum Horizont und hielt ihre Hand an die Stirn wie ein Visier. Mama kam auf Zehenspitzen zu uns, trug ihre Sandalen in der Hand. Sie legte sich neben uns und zog ihre Bluse aus. »Marie, setz deinen Hut wieder auf! Maurice, gehst du wieder schwimmen? Komm aus dem Wasser, bevor dir ganz kalt wird. Maurice, Maurice, alles in Ordnung?«

»*Alles in Orndung?*« Mielisch beugte sich über mich, und der Traum zerplatzte wie eine Seifenblase.

»Du hast vierundzwanzig Stunden geschlafen, bald ist Morgen und es ist schon Samstag.«

»Ich will aber nicht aufstehen.«

»Ich habe die ganze Nacht über deinen Schlaf gewacht, ich habe dich weinen hören.«

»Lassen Sie mich schlafen, bitte!«

Mielisch ging nach hinten in den Raum, wo das Morgenlicht schon ein paar Streifen durch das Fenster warf. Er hüllte sich in sein Gebetstuch. Andere Gefangenen traten zu ihm, ein Buch in der Hand, und murmelten Gebete. Nach dem letzten Segen kam er wieder zu mir.

»Weißt du, was Hiob sagte, als er auf seinem Bett aus Asche lag? ›Möge der morgige Tag sich in Dunkelheit verwandeln. Möge die Dunkelheit den Tag, der kommt, zu ihrem Raub machen, und möge er umsonst das Licht erwarten, da er mein Leid nicht von mir nimmt.‹ Steh auf, Maurice, bald ist Appell.«

»Ich gehe nicht zum Appell.«

»Na gut, dann gehst du nicht zum Appell. ›Wer bist du, dass du meine Pläne verdüsterst? Befiehlst du dem Morgen? Weist du der Morgenröte ihren Platz? Hast du die Ausmaße der Erde ermessen, kannst du ahnen, welche Zukunft ich zeichne?‹ Das hat der Ewige Hiob geantwortet. Maurice, lass dich nicht in die Irre führen, weil dein Herz verzweifelt ist. Du darfst nie am Willen des Allmächtigen zweifeln. Selbst wenn er dir fremd ist, darfst du nicht an der Welt verzweifeln.«

Er setzte sich neben mich. Mordechai, der seine Predigten kannte, bekam Angst und sprang auf. Mielisch ergriff sanft meine Hände und zog mich an sich.

»Maurice, wenn du aufgibst, sind wir verloren. Junge Menschen wie du müssen sich weiter aufrecht halten und der Welt mit Kraft begegnen. Ihr müsst die, die straucheln, wiederaufrichten. Wenn du nicht kämpfst, Maurice, dann gibst du denen da draußen recht. Ich werde dir etwas sagen. Wenn der Appell ewig dauert, weil sie sich mal wieder verzählt haben, dann spüre ich, wie die Kraft mich verlässt. Meine Beine fangen an zu zittern, ich kann mich kam aufrecht halten und frage mich, wie ich das noch eine Minute länger schaffen soll. Weißt du, was ich dann tue? Ich sehe dich an, Maurice. Meine Augen sind auf dich gerichtet, du stehst da so gerade, so stolz. An dir halte ich mich fest. Ich sage mir, sollen sie ruhig von uns verlangen, uns in der Kälte in Reih und Glied aufzustellen, sollen sie uns ruhig das Essen verweigern. Solange die Jugend auf diesem Appellplatz blüht, wird das Leben trotz allem die Oberhand behalten. Das sage ich mir immer wieder.«

Ich packte ihn an den Schultern und schüttelte ihn. Was redete er da bloß? Kein Leben hatte die Oberhand gewonnen, weder das meines Vaters, den sie nach Polen verschleppt hatten, noch das meiner Mutter, die verschwunden war. Keine Jugend hatte geblüht, weder meine noch die von Marie, die diesen Teufeln ausgeliefert war.

Mielisch drückte mich an sich, und ich brach in Tränen aus. Ich konnte gar nicht mehr aufhören zu weinen. Alles, was sich zwei Jahre hindurch in mir angesammelt hatte, brach jetzt aus mir heraus, und ich weinte bis zur Erschöpfung. Ich versuchte zu reden, aber meine Worte gingen unter in lautem Schluchzen. Die anderen kamen schweigend näher. Mielisch hielt mich weiter im Arm. Beim letzten Schluchzer nahm er mein Gesicht in beide Hände.

»Du musst mir eins versprechen, Maurice. Selbst in dunkelster Nacht darfst du nicht daran zweifeln, dass es wieder Morgen wird.«

Wir gingen zusammen zum Appell. Auf dem Hof blieb Mielisch neben mir. Er war so nah, dass ich seine Zähne klappern hörte. Ich sah, wie sich sein Körper in der Kälte zusammenzog und sein Bart nass wurde vom Regen. Ich sah, wie ein Schatten seinen Blick verdüsterte, als die Deutschen die Kranken aus dem Krankenrevier trieben, um bei ihrer Bestandsaufnahme keinen zu vergessen.

Als wir wieder oben waren, setzte sich Mielisch neben mich und öffnete sein Gebetbuch. Die anderen Gefangenen hockten sich um uns herum. Samstagmorgens dauerte der Gottesdienst länger. Alle im Raum fingen an zu singen, während Hankele mir den Text leise übersetzte.

Er hat seinem Volk sein heiliges Gesetz gegeben. Dies Gesetz ist unwandelbar. Nie wird es sich ändern. Er sieht und kennt unsere geheimsten Gedanken. Von Anfang an, und er sieht das Ende voraus. Er belohnt die Guten nach ihrem Verdienst. Und bestraft die Bösen nach ihrer Missetat.

Während er sang, schloss Mielisch die Augen. Ich fand, dass er gut aussah. Er stammte aus Czernowitz in der Bukowina und war vor dem Antisemitismus in Rumänien geflohen. »Freiheit und Klarheit des Denkens« hatten ihn angezogen, und er hatte sich im 11. Arrondissement von Paris niedergelassen. Er stand in der frommen chassidischen Tradition der Ukraine, die der Mystik nahekam. Tagsüber war er Kürschner, abends Rabbiner. Stellte man ihm eine Frage, erhellte ein breites Lächeln sein Gesicht, das schon ein Teil der Antwort war. Sein Französisch war etwas holprig, aber man konnte ihn doch verstehen. Er sprach sehr gut Deutsch und bewunderte die deutsche Kultur. Meistens aber redete er Jiddisch.

Seine Lieder waren wie ein Freudenfeuer zwischen unseren Pritschen. Einige Gefangene kamen zu uns, und auch aus den anderen Schlafräumen hörte man immer mehr Stimmen. Mielischs Gesang verbreitete sich wie ein Strom, und alle stimmten ein. Wer war ich, dass ich nicht mitsang?

Der Herr hat seine Hilfe den Völkern zuteil werden lassen
Er lässt seine Gerechtigkeit walten, er schenkt seine Gnade
Allen Enden der Erde
Er kommt und richtet die Welt mit Gerechtigkeit und die Völker mit Aufrichtigkeit.

Im herbstlichen Halbdunkel war plötzlich ein Lichtschimmer in Mielischs Augen zu sehen, seine Augen übernahmen das Licht des Himmels. Er wiegte mich in seinen Armen und bewegte sich im Rhythmus des Gebets, und alle um uns herum begannen sich ebenfalls zu bewegen.

»Maurice, du musst Vertrauen haben.«

»Vertrauen in was, Mielisch?«

»In die Zukunft.«

»Wie könnte ich Vertrauen haben?«

»Weil es so geschrieben steht, und Er, der es geschrieben hat, ist gerecht. Er belohnt das Gute und bestraft das Böse. Er hat Erbarmen und vergibt den Sündern, es heißt nämlich: ›Am Ende der Tage wird er den Messias senden, um die zu erlösen, die auf ihn hoffen. Mit seinem großen Erbarmen wird er die Toten aufwecken. Gesegnet seien sein Name und sein Ruhm in alle Ewigkeit.‹«

Ich spürte den Hunger, der meinen Körper zerriss. Ich hatte gesehen, wie auf dem Appellplatz die Decken der Kranken durch die Luft flogen und sie mit bloßem Körper dastanden. Ich atmete den Hass, der aus dem Mund unserer Peiniger drang. Meine Eltern, Marie, Belle, sie fehlten mir von Stunde zu Stunde mehr, Tag und Nacht. Was wusste ich von der Zukunft? Was sollte ich mit dem Ende der Tage anfangen? Ich wollte leben, zusammen mit den Menschen, die zu mir gehörten, in diesem Leben und in keinem anderen.

Gemüse putzen

November 1943

Alle drei Tage fragte ich Hankele, ob er meine Hose enger machen könne. Wenn ich durch die Glastür ging, die zum Hof führte, wandte ich den Kopf ab, um mein Spiegelbild nicht zu sehen. Meine Haut wurde gelb, meine Augen lagen tief in ihren Höhlen, meine Wangen waren hohl.

Wenn der deutsche Unteroffizier den Appell beendet hatte, stellte Brunner immer dieselbe Frage: »Wie viel Stück fehlen heute Morgen?« Wir waren nichts als angesammelte Gegenstände, alle gleich und austauschbar. Ich war den anderen immer ähnlicher geworden. Manchmal fragte ich Hankele, wenn wir nach oben gingen:

»Habe ich mich, seit ich hergekommen bin, sehr verändert?«

Er blickte auf seine Schuhe und gab die Antwort, die ich auch allen gab, wenn sie mir diese Frage stellten.

»Nein, Maurice, keine Sorge, du bist immer noch derselbe, ganz sicher.«

Jede Woche duschten wir unter einem dünnen Strahl warmen Wassers mit Seife aus Talg. Man musste sich beeilen, denn das warme Wasser war rar und abspülen musste man sich sowieso kalt. An den anderen Tagen wuschen wir uns mit eiskaltem Wasser an Waschbecken. Mir fiel auf, wie unsere Körper zusammenschmolzen und austrockneten, überall standen die Knochen hervor. Der Hunger in der Nacht raubte mir den Schlaf.

Vor wenigen Wochen war ich noch Kaufmann gewesen, hatte meine Einkünfte kalkuliert, mir Verkaufsargumente überlegt und Geld eingenommen. Ich lief durch die feinen Viertel, feuerte meine Mitarbeiter an, dehnte die Grenzen immer weiter aus. Hier hinter Stacheldraht war alles winzig geworden. Mein Gehirn schien mir so klein wie die Welt um mich herum. Ich dachte nicht mal mehr daran, das Lager zu verlassen, nur Essen war mir noch wichtig. Wenige Kilometer und ein paar Wochen hatten genügt, um aus mir ein primitives Wesen zu machen.

Ich ging zum Küchenchef, einem Landwirt mit barschem Umgangston, und fragte, ob ich bei ihm arbeiten und Gemüse für die Suppe schälen könne. Dies war eine der begehrtesten Beschäftigungen im Lager. Es musste ein Kinderspiel sein, zwischen all den Kisten etwas Essen beiseitezuschaffen. Ich wollte es gegen Zigaretten und Brot tauschen und mich endlich satt essen. Jeden Tag nach meiner Arbeit in Block III ging ich zu ihm. Ich überlegte genau, was ich ihm sagte, erklärte, dass ich gut organisieren könne. Irgendwann ging ihm mein Gerede auf die Nerven, und er sagte, ich solle ihm folgen. Wir standen vor den Gefangenen, die für ihn arbeiteten. Sie saßen auf Hockern und arbeiteten plötzlich doppelt so schnell. Sie hatten kleine schartige Messer, schälten Gemüse und warfen es in große Eimer. Ein Koch kam vorbei, kniff die Augen zusammen, zeigte auf einen Jungen meines Alters mit kahlem Schädel und sagte:

»Der hier ist der Langsamste von allen.«

Dann schob er seinen Ärmel zurück und sah auf die Uhr. »Zwanzig Sekunden für eine Karotte.«

Er nahm dem Jungen das Messer weg und hielt es mir hin. »Jetzt zeig du mal, was du kannst. Worauf wartest du noch?«

Die anderen Gefangenen sahen mich an. Das Messer in der einen Hand, die Karotte in der anderen, machte ich, ohne zu überlegen, das, was ich in Pierrots Küche tausendmal gemacht hatte. Meine Hände erinnerten sich gut daran. Ich war so schnell, dass der Mann seine Uhr vergaß. Alle blickten auf den Jungen, der mich tief erschrocken ansah.

»Ich brauch dich nicht mehr. Diesen Vormittag bist du noch hier, und das war's dann. Und wie heißt du?«, fragte er und sah zu mir herüber.

»Moscowitz.«

»Morgen früh um zehn nach acht kommst du her, gleich nach dem Appell. Ich kenne dich nicht und traue keinem. Beim kleinsten Fehler bist du wieder draußen.«

Der Junge wehrte sich nicht und arbeitete weiter. Jetzt war er zu nichts mehr nütze und dem scharfen Wind des Lagers ausgesetzt. Durch meine Schuld. Angst und Hunger waren ihm anzusehen. Ich hatte darüber nicht nachgedacht, meine Hände hatten die Entscheidung für mich getroffen.

Die anderen Küchenhelfer waren böse auf mich. Nicht weil ich den Jüngsten von ihnen geopfert hatte, sondern weil ich ein schnelleres Arbeitstempo mitbrachte. Aus Angst, nicht gut genug zu sein, gab ich mir größte Mühe und wurde der Schnellste der Gruppe. Ich schälte auf einem Hocker sitzend draußen im Freien, manchmal nass bis auf die Haut. Die Gefangenen, die vorbeikamen, warfen mir neidische Blicke zu. Schlamm wurde zu meiner zweiten Haut, meinen Daumen und Zeigefinger spürte ich nicht mehr. Aber um nichts auf der Welt hätte ich diesen Job aufgegeben.

Das Gemüseschälen wurde mein Rettungsanker. Nur wenige Tage später nahmen die Razzien in Südfrankreich zu, durch die entfesselte Macht von Gestapo und französischer Miliz landeten Hunderte Juden bei uns. Um eine Überfüllung des Lagers zu verhindern, schickte die SS immer mehr Transporte nach Osten. Ich war immer noch Gefangener der Klasse B, mein Schicksal hing an einem seidenen Faden. Jedes Mal wenn von einem neuen Transport die Rede war, ging ich ins Personalbüro und erklärte, wie unentbehrlich ich sei. Ich hatte auch eine Empfehlung des Küchenchefs bei mir. Den Jungen, dem ich die Arbeit weggenommen hatte, sah ich Wochen später vom Fenster aus. Er war für den Transport selektioniert worden. Vor dem Bus stand ein Unteroffizier der Nazis und durchsuchte jeden vor dem Einsteigen. Bei dem Jungen fand man das Küchenmesser, das er nicht zurückgegeben hatte. Der Deutsche rief den »Boxer«. Dieser brutale Mensch nahm das Messer und fuhr mit der Klinge dicht vor den Augen des Jungen hin und her. Dann schnitt er ihm ein halbes Ohr ab. Der Junge schrie laut auf. Das Blut spritzte auf die anderen Gefangenen. Eine Frau umwickelte das Ohr mit einem Taschentuch. Der Nazi weigerte sich, auf den Arzt zu warten, und zwang alle Gefangenen einzusteigen. Dann verließ der Bus das Gelände.

Wenig später grassierte Durchfall im Lager. Auch unser Schlafraum war betroffen. Tagsüber gingen die Gefangenen auf die Toiletten im Hof hinter den hohen roten Palisaden. Dieser Ort wurde »Schloss« genannt. Die Frauen auf der einen, die Männer auf der anderen Seite. Dort waren sechzig Gruben gegraben worden, abgeteilt durch kleine, einen Meter hohe Holzverschläge. Sechzig Löcher für über tausend Häftlinge. Die Durchfallerkrankten prügelten sich fast, um dort hinzukommen. Als die Ärzte schließlich protestierten, meinten die Nazis nur:

»Die Ernährung ohne Fett führt zu häufiger Verstopfung, Verstopfung gegen Durchfall, das wiegt sich doch gegenseitig auf. Entsprechend wurde die Zahl der Löcher berechnet.«

In der Nacht versperrten die Gefangenen, die unten bei den Aufgängen postiert waren, den Zugang zum Schloss, also beschmutzten die Kranken die Waschbecken. Die Luft in den Schlafräumen war unerträglich geworden. Wer noch nicht krank war, suchte nach Schleim und Blut in seinen Exkrementen. Eine Decke oder Hose zu beschmutzen konnte man sich nicht leisten. Durchfall zu haben war teuer. Ein Blatt Toilettenpapier kostete zwei Franc fünfzig, weil man es auch als Zigarettenpapier verwenden konnte. Durch die Epidemie stieg der Preis, und die Häftlinge legten Vorräte an.

Ich aß den ganzen Morgen Gemüse, trotz der Durchfallgefahr, sobald der Aufseher uns den Rücken kehrte. Ich brachte auch meinen Zimmergenossen welches mit, so dass ich in ihren Augen zu einer Art Chef wurde. Sie teilten mir ihre Sorgen mit. Manchmal diktierten sie mir Protestbriefe an den von den Deutschen ernannten Lagerleiter, der selbst ein Häftling war. Ich versprach ihnen, die Briefe zu übergeben, und diese Aussicht verlieh ihnen Flügel. Wenn sie Jiddisch sprachen, bat ich Mielisch zu übersetzen. Ich hörte zu, gab ihnen recht, schrieb ein paar Worte auf ein Blatt, das tat ihnen gut, und es war, als hätte ich die Macht, sie sofort aus dem Lager zu befreien. Sie kamen der Reihe nach zu mir, ich hörte mir alles an, ihre Not, ihre Klagen, ihre Zweifel, ihre Reue, ihre Sünden. Alles, was sie belastete, luden sie bei mir ab und gingen leichteren Herzens wieder fort.

Meine Schlafgenossen warteten zur Mittagszeit auf mich. Wenn ich das gestohlene Gemüse auf meinem Bett ausbreitete, musste ich ihre Erregung durch Strenge im Zaum halten. Mielisch hielt sich von all dem fern, beobachtete uns einen Moment und vertiefte sich dann wieder in sein Buch. Ich reichte ihm ein Kochgeschirr, damit er seinen Anteil an der Beute als Erster erhielt, doch er nahm es nicht an. Sein Schweigen erschien mir vorwurfsvoll. Eines Tages fragte ich ihn:

»Warum essen Sie nicht, was ich mitbringe, Mielisch?«

»Was du in der Küche wegnimmst, bekommen andere nicht.«

»Ich kann nicht mehr ohne das Gemüse leben.«

»Vor ein paar Monaten hättest du so etwas nicht getan.«

Vor ein paar Monaten, das war die Welt von früher. Hinter Stacheldraht hatten sich alle Wohlgerüche des zivilen Lebens verflüchtigt: Ehrlichkeit, Wohlwollen, Mitleid, es blieb nichts übrig als der reine Überlebenswille.

Mielisch drang nicht weiter in mich, und ich schwieg ebenfalls. Ich fühlte mich in der Lage, noch viel weiter zu gehen, um nicht deportiert zu werden und genug zu essen zu haben, auch wenn andere den Preis dafür bezahlen mussten. Hätte er über mein Seelenheil gesprochen, hätte ich ihm geantwortet, ich sei immer weniger in der Lage, es vom Wohl meines Leibes zu unterscheiden. Meine Skrupel waren ebenso dahingeschmolzen wie das Fett an meinem Körper. Mielisch sah stumm zu, wie ich langsam verrohte. Hier im Lager forderte die Natur ihren Preis. Es gab genauso wenig Grund, sich über meine diebischen Hände aufzuregen wie über den Regen, der den Appellplatz überschwemmte. Die Nazis hatten gewonnen. Wir begannen zu dem zu werden, was zu sein sie uns vorwarfen.

Mordechais Bericht

Dezember 1943

Sobald man ihn etwas fragte, fing Mordechai endlos an zu reden. Nach dem Abendessen feuerten ihn die Zimmergenossen an wie ein Tier, das Kunststücke vorführen soll, und dann strahlte er und fing an, seine Märchen zu erzählen. Er stellte sich eine glanzvolle Zukunft vor und zeichnete die Vergangenheit in neuen Farben. Alle machten sich über seine Hirngespinste lustig. Irgendwann jedoch kippte die Stimmung, man war es leid, sich seine falschen Hoffnungen weiter anzuhören, und verbot ihm den Mund. So kam es, dass er mir eines Abends, als er auf der Treppe saß, erzählte, was ihm durch den Kopf ging. Mir waren seine Spinnereien jedenfalls lieber als die Klagen der anderen oder die Vorwürfe von Mielisch. Mordechai erzählte von seinen Kindern. Er fing auf Französisch an, dann vergaß er mich und fuhr auf Jiddisch fort. Er brachte die Zeiten durcheinander, verwechselte die Städte, und ich setzte die wirren Versatzstücke seiner Erzählung zusammen, so gut ich konnte. Seine Familie stammte aus Polen, aus einer kleinen Stadt namens Bialystok nordöstlich von Warschau. In fünfzig Jahren hatte dieser Ort zu sechs verschiedenen Nationen gehört.

»Erst waren da die Russen, dann die Deutschen, die Weißrussen und Polen. Zu Beginn des Kriegs wurden wir wieder Deutsche, dann Russen. Wenn neue Besatzer in die Stadt zogen, beobachteten wir sie vom Fenster aus und fragten uns jedes Mal: ›Ist es diesmal besser für uns? Vielleicht sind diese besser als die vorherigen.‹«

Nach dem Studium an der Uni Bialystak war Mordechai Apotheker geworden. Er hatte die Tochter eines Spirituosenhändlers geheiratet, und sie hatte ihm vier Kinder geschenkt. Er war dem Himmel dankbar dafür. Wenn er von seiner Stadt sprach, verkrampften sich seine Hände wie zu einem panischen Gebet. Er beschrieb das Pogrom von 1906, als hätte er es selbst erlebt. Wenn er von den Polen sprach, wurde seine Angst noch größer. Sie waren seit 1920 Herren in der Stadt. Erzählte er dann vom Einmarsch der deutschen Truppen zu Kriegsbeginn, krümmte er sich zusammen und zog die Knie vor den Bauch.

Jeden Abend reiste Mordechai neben mir auf der Treppe hockend nach Bialystok.

»Nach dem Einmarsch der Deutschen kam der Rabbiner, rief mich in den Unterrichtsraum der Synagoge und sagte zu mir: ›Mordechai, unsere Gebete genügen nicht mehr, um die Gemeinde zu retten. Ich nehme jetzt die Wissenschaft zu Hilfe. Wir brauchen jetzt keinen Rabbi mehr, sondern einen Apotheker. Liefere mir bitte Flaschen mit dem Saft gegen die Angst, den verteile ich dann am Eingang des Tempels. Und sag ihnen, dass es gute Nachrichten gibt. Du hörst viel, und in diesen Zeiten beruhigt dein weißer Kittel die Leute mehr als mein schwarzes Gewand.‹«

Wenn er von dem Rabbiner sprach, wurde Mordchai immer etwas ruhiger. Dann streckte er die dünnen Beine von sich und öffnete die Hände. Ein spitzbübisches Lächeln huschte über sein Gesicht.

»Rabbiner, du kannst stolz auf mich sein«, brabbelte er vor sich hin. »Jeden Morgen fragen mich die Kunden: ›Mordechai, was für gute Nachrichten hast du heute?‹ Und ich erzähle ihnen schöne Dinge, das versichere ich dir, Rabbi, so schön, dass sie ihre Medizin auf dem Ladentisch vergessen. Abends kommen die Nachrichten wieder bei mir an. Sie haben in der Stadt die Runde gemacht und sind noch ermutigender als am Anfang. Ich habe eine Gabe, Rabbi, ich erhöre Gebete. Ich kann die Farben der Tage verändern. Deshalb hat mich Gott auf die Erde geschickt.«

Des Nachts fuhr Mordechai manchmal im Schlaf hoch und schrie und jammerte. Dann irrte er von Pritsche zu Pritsche und rief nach seinen Kindern. Auch andere Namen hörte man: Bialyszi, Radzilow, aber auch Janow, Jedwabne, Wasosz, Tycosin, Augustow.

Im Licht der Scheinwerfer traten seine Augen aus den Höhlen, und er starrte auf die Dämonen, die seinen Geist beherrschten.

»Auf Befehl des Hochkommissars der SS und der Polizei … Der Kommandant Weiß … Chef des Polizeibataillons 309 … Ordnungspolizei«, stammelte er und riss an seinem Bart. »Sie haben den Bart des Rabbiners verbrannt … Sie haben auf ihn gepinkelt … Befehl von Oberst Montua … Nach der Erschießung werden die Gräben zugeschüttet. Schnaps und Freudenmädchen für die Schützen … Keine Fotos am Ort des Geschehens …«

Die Nächte mit ihm wurden immer qualvoller. Wenn man mit ihm redete, schlief er ohne Schwierigkeiten ein. Doch nach ein paar Stunden begann das Theater von neuem. Seine Phantasie entfachte die Flammen vom Vorabend, und er verbrannte darin und schrie wie von Sinnen. Die anderen Gefangenen schlugen ihn, damit er endlich Ruhe gab. Dann legte er sich wieder neben mich und stöhnte wie ein Hund. *Radzilow, Radzilow.*

Die Situation wurde unerträglich. Schließlich schickte Mielisch Mordechai in die Krankenstation. Dort machte der Wahnsinnige den Mund nicht mehr auf. Ich besuchte ihn manchmal und legte eine Karotte oder Rübe neben ihn. Er starrte schweigend an die Decke. Er aß nichts mehr, und die Nazis weigerten sich, ihn nach draußen in ein Krankenhaus zu verlegen. Ein paar Tage lebte er noch, ohne zu reden und vor allem ohne sich selbst etwas vorzulügen. Aber für ihn waren die schönen Lügen so wichtig wie die Luft zum Atmen. Und als er nicht mehr in seiner Phantasiewelt leben konnte, gab er sich schließlich dem Sterben hin. Der Krankenpfleger kam, um uns Bescheid zu sagen.

Wir fanden Mordechai auf seiner schmalen Pritsche, die Lider halb geschlossen und die Andeutung eines Lächelns im Gesicht. Mielisch sprach den Segen und bat mich, ihm zu helfen, das Totengewand anzulegen. Mordechais Haut war bleich und schlaff. Er wog überhaupt nichts mehr. Ich hatte das Gefühl, er werde in meinen Armen zerbrechen. Wir hatten keine Zeit für die Totenwache, wickelten ihn in Zeitungen und ließen Kopf und Füße frei. Dann legten wir ihn auf einen Schubkarren und brachten ihn zu der Hütte, die als Leichenhalle diente, vor den Augen der Häftlinge, die auf dem Hof zum Appell bereitstanden. Französische Gendarmen brachten ihn zum Kommissariat, um seinen Tod registrieren zu lassen. Dann warfen sie ihn ins Massengrab.

»Möge sein Tod uns wenigstens von Nutzen sein«, sagte Hankele. »Wieder ein Toter mehr, das erregt Aufsehen. Außerhalb des Lagers werden sie reagieren, Journalisten werden kommen und darüber berichten.«

Ich hatte wenig Hoffnung. Wie viele Häftlinge waren schon hier im Lager gestorben? Wie viele mussten noch sterben, bevor sich irgendetwas änderte?

Abends zündete Mielisch eine Kerze zum Gedenken an Mordechai an. Die Häftlinge beteten an der Pritsche, die ich monatelang mit ihm geteilt hatte. Diejenigen, die am härtesten mit ihm umgegangen waren, ihn beschimpft und geschlagen hatten, saßen da und weinten. Sie baten Hankele, ihnen von Mordechai zu erzählen, denn die beiden waren bei derselben

Razzia festgenommen worden. Hankele wusste am meisten über Mordechai und beschrieb ihn als einen Mann, der früher intelligent und mutig gewesen war. Als Mordechai nach Drancy gekommen sei, da sei er noch nicht verrückt gewesen. Aber im Lauf der Zeit habe er sich mit Hirngespinsten umgeben wie mit einer zweiten Haut. Hankele erzählte, dass Mordechai 1929, beim Einmarsch der Russen in Bialystok, in den polnischen Widerstand gegangen sei, bevor die Deutschen kamen. Tagsüber sei er Apotheker gewesen und nachts Nachrichtenoffizier.

»Im September 1940 hatte die polnische Exilregierung beschlossen, in Frankreich ein Nachrichtennetz aufzubauen. Es sollte eine Verbindung zwischen London, den polnischen Flüchtlingen in ganz Europa und den Widerständlern in Polen entstehen. Mordechais Ruf war über die Grenzen seiner Provinz hinausgedrungen. Mit zehn anderen wurde er ausgewählt und verließ Bialystok von einem Tag auf den nächsten. Bevor Mordechai verrückt wurde, war er so etwas wie ein Held.«

Hankele sah uns bedeutungsvoll an. Inzwischen hatte sich ein Kreis um ihn gebildet. Er erzählte, Mordechai habe gerade noch Zeit gehabt, sich von Frau und Kindern zu verabschieden, die er bei einer Tante in Radzilow im Umland untergebracht habe. Der Widerstand habe ihn quer durch Polen bis in den nördlichen Teil, der sowjetisch war, geschickt, dann durch Litauen bis zur baltischen Küste, von wo aus er mit dem Schiff nach Schweden gefahren sei. Von dort habe ihn ein Flugzeug nach England und später nach Frankreich gebracht. Im Dezember 1940 sei er nach Paris gekommen. Seine Landsleute hatten eine Arbeit als Laborant in der Avenue Parmentier für ihn gefunden. Nachts gab Mordechai in seinem kleinen geheimen Büro in Paris die Nachrichten aus Polen an London weiter. Hankele meinte, er habe nie mehr als drei Stunden geschlafen. Er wertete die Depeschen aus, die ihm der polnische Widerstand schickte. Manche betrafen Bialystok und Umgebung unter sowjetischer Besatzung. In den ersten Junitagen berichtete er vom bevorstehenden Eindringen deutscher Truppen in die Region. Und Mitte Juni erfuhr der polnische Widerstand zu seinem Entsetzen, dass die dritte Panzerdivision an der deutsch-sowjetischen Grenze stand, weniger als achtzig Kilometer von Bialystok entfernt.

Mehr wusste Hankele nicht. Seines Wissens hatte Mordechai bis zu seiner Verhaftung Anfang 1943 weiter für den polnischen Widerstand gearbeitet. Fast ein Jahr war er im Lager gewesen. Mordechais Koffer stand noch offen unter unserem Bett. Die Häftlinge hatten alles herausgenommen, was man essen, rauchen oder auf dem Schwarzmarkt verkaufen konnte. Da waren nur noch ein Hemd voller Flöhe, ein Blechnapf und ein Paar alter Leinenschuhe. Es brachte Unglück, die Schuhe eines Toten zu tragen. Deshalb beauftragte Mielisch mich, sie zu zerreißen und wegzuwerfen. Der Wachmann unten erlaubte mir, die Küche zu betreten. Mit einem Fleischermesser zerfetzte ich die Schuhe und warf sie in den Abfalleimer. Als ich die Sohlen abriss, entdeckte ich zusammengefaltete Papiere. Die Blätter waren auf Französisch und eng mit Schreibmaschine beschrieben. Oben auf jeder Seite war der Name des Agenten Mordechai als der des Autors vermerkt. Ich setzte mich auf den Fußboden und las:

22. Juni 1941:

Wizna. Deutsche Luftangriffe. Jüdisches Viertel in Brand gesetzt. Raubüberfälle. Zwölf Juden von polnischen Nationalisten getötet. Verbrechen nicht verfolgt. Flucht der Einwohner Richtung Jedwabne.

Augustow. Einmarsch der Wehrmacht, gefolgt von der mobilen Einsatzgruppe B. Vier mobile Einheiten in der sowjetischen Zone, dreitausend Mann. Säuberungen auf erobertem Gebiet. Tausend jüdische Männer im Wald zusammengetrieben. Alle erschossen.

23. Juni 1941:

Volkovysk. Einmarsch der Nazis. Synagogen und Häuser von Juden zerstört.

Lomza: Gleiches Szenario.

27. Juni 1941:

Bialystok 309. Bataillon der SS-Ordnungspolizei. Versammlung der Juden auf dem Marktplatz. Transport in den Stadtpark (gleich hinter meiner Apotheke).

Sokolka. Einmarsch der Nazis. Zwangsarbeit für Juden. Einschränkungen, Gewalt, Verhaftungen.

28. Juni 1941:

Bialystok. Vierundzwanzig Stunden im Park. Verbot, sich zu setzen, zu trinken oder zu essen. Nur erwachsene Männer.

29. Juni 1941:

Bialystok. Aufreihen vor der Steinmauer. Erschießungen den ganzen Tag über. Eine Sintflut von Schüssen, in der ganzen Stadt zu hören. Tote an Ort und Stelle liegengelassen. Kein Überlebender.

Grajewo. Versammlung der Juden auf dem Marktplatz. Polnische Nationalisten mit Stöcken bewaffnet. Opfer totgeschlagen. Zahl? SS-Leute als Zeugen, grinsen, machen Fotos, feuern die Täter an.

1. Juli 1941:

Bialystok. Großes Feuer in der Altstadt. Juden lebendig in ihren Häusern verbrannt. Riesiges Feuer bis Radzilow zu sehen.

3.Juli 1941:

Szczuczyn. Völliges Chaos nach Durchzug der Wehrmacht. Stadt in der Hand polnischer Nationalisten, die aus dem Gefängnis befreit wurden. Racheakte gegen Bolschewiken und Juden. Familien massakriert in den Vierteln Lohmzer, Pavelkes und auf dem Marktplatz. Alte verspottet, müssen Gras in Gärten essen. Tausendneunhundert Tote. Unterschlupf in deutschen Vierteln.

4.Juli 1941:

Bielsk. Außerhalb der Stadt dreißig jüdische Führungspersönlichkeiten und Intellektuelle ermordet. Von Polen denunziert, von den Nazis umgebracht. Geldbuße für die jüdische Bevölkerung, vier Kilo Gold und zweihunderttausend Rubel.

Lomza. Mobile SS-Bataillone. Fünfzig Juden verhaftet. Mit Lastwagen in den Wald von Galczyn gebracht. Hingerichtet.

5. Juli 1941:

Bialystok. Ankunft der deutschen Polizeibataillone 316 und 322.

Wasosz: Aufbau einer polnischen Miliz auf Befehl der SS-Polizei. Stadt eingekesselt. Systematisches und gründliches Pogrom. Tausendzweihundert Tote?

7. Juli 1941:

Bialystok. Durchsuchung des jüdischen Viertels durch deutsche Polizei.

Radzilow. Jüdische Bevölkerung in einer Scheune eingesperrt. Von den polnischen Nationalisten angezündet. Männer, Frauen und Kinder. Lebend verbrannt. Wie viele Gerettete?

8. Juli 1941:

Bialystok. Überraschungsbesuch des Reichsführers SS Heinrich Himmler.

Radzilow. Über tausend Tote in der Scheune. Ein polnischer Student hat eine jüdische Freundin gerettet. Sie wollte aber lieber zurück ins Feuer. Acht Gerettete. Wer?

9. Juli 1941:

Bialystok. Himmler-Rede: »Jeder Jude jeglichen Alters und Geschlechts ist als Feind zu betrachten.«

Radzilow. Die Geretteten gehören der Familie von Rav Jeoshuah an. Sonst niemand. Keiner sonst.

An dieser Stelle hatte Mordechai mit der Hand an den Rand geschrieben:

Sie sind in den Flammen umgekommen, Rivka, meine große Henna, Aizik, Haskel und Herschel, mein kleiner Herschel. Warum bin ich noch am Leben?

10. Juli 1941:

Jedwabne. Tausend Juden von Polen ermordet. Ertränkt, erstochen, aufgeschlitzt, gesteinigt. Zungen herausgerissen, Augen ausgestochen, Kehlen durchgeschnitten. Wie viele Opfer genau? Beteiligung der SS?

12. Juli 1941:

Bialystok. Ende der Razzien. Versammlung der Juden im Stadion. Männer zwischen siebzehn und fünfundvierzig. Inspektion durch Bach-Zelewski, Hochkommissar der SS und der Polizei in der Region Zentrum.

13. Juli 1941:

Bialystok. Heißer Tag im Park. Nichts zu trinken. Keine Toiletten.

14. Juli 1941:

Bialystok. Transport in den Wald mit Lastwagen. Versammlung vor den Panzergräben. Ansprache von Bach-Zelewski. Organisation von Tötungskommandos. Erschießungen bis spät in die Nacht. Beleuchtung mit Scheinwerfern der Lastwagen.

15. Juli 1941:

Bialystok. Arbeit beendet. Über dreitausend Tote. Gräben mit Erde zugeschüttet. Bei Abfahrt der Deutschen bewegt sich der Boden noch.

Die Daten und Beschreibungen der Massaker gingen über Seiten. Auf einem Blatt entdeckte ich eine handgezeichnete Karte. Ein dicker Strich zeigte den Vormarsch der deutschen Armeen und ihrer Mordkommandos von Bialystok bis Minsk. Von dort teilte sich der Strich in zahlreiche kleine Pfeile, die auf andere Städte zeigten.

15. August 1941:

Minsk. Erklärung von Himmler. »Hitler und ich tragen allein die Verantwortung für die Liquidierung der Juden.« Von Bach-

Zelewski und Nebe, dem Chef der Einsatzgruppe B, überwachte Hinrichtungen. Himmler: »Die Juden müssen ausgerottet werden ohne Unterschied von Alter und Geschlecht.« Vorgehensweise hat sich eingespielt: Durchforstung der Stadt, Versammlung der Juden auf dem Marktplatz, Transport in den nächsten Wald. Opfer nackt, auf Knien vor den Gräben oder liegend mit dem Gesicht zur Erde. Bajonett im Nacken. Nächste Opfer auf die vorherigen gelegt. Erschießungsdienst eingerichtet wie Wachdienst.

Dies war der letzte Bericht. Ich faltete die Blätter zusammen und steckte sie in meine Tasche, bevor ich wieder in den Schafraum ging. Die Trillerpfeifen ertönten, das Licht wurde gelöscht. Meine Kameraden hatten sich schon auf ihre Pritschen gelegt. Am Fuß meines Bettes stand die Kerze für Mordechai. Sie war fast heruntergebrannt. Ich legte mich hin und sah zu, wie sie erlosch.

Mit der Macht eines Propheten

Januar 1944

Beim Schälen einer Kartoffel schnitt ich mir in den Finger. Ich umwickelte ihn rasch mit einem Taschentuch und verdeckte die verletzte Hand so gut es ging unter dem Ärmel. Auf diese Weise schaffte ich es, bis Mittag durchzuhalten. Ich arbeitete langsamer als sonst, klemmte das Gemüse beim Schälen zwischen meine Knie. Die Wunde brannte, aber es war auszuhalten. Hankele machte mir oben im Schlafsaal einen Verband. Ich wollte nicht in die Krankenstation gehen, um meine Arbeit zu behalten. In der Nacht aber wurde mein Finger ganz dick. Am Rand des Nagels bildete sich eine weiße Beule. Der Schmerz war nicht mehr auszuhalten und breitete sich in der ganzen Hand aus. Am Morgen war mein Arm gelähmt, und so musste ich zum Küchenwart gehen und ihm erzählen, was passiert war. Die Beule war inzwischen riesig geworden und sah scheußlich aus. Er feuerte mich sofort.

Die Ärzte sagten, es sei ein Phlegmon, und schnitten es ohne Betäubung auf. Es tat höllisch weh, und auf dem Rückweg zum Schlafsaal fiel ich in Ohnmacht. Mehrere Tage musste ich auf der Krankenstation bleiben, denn ich hatte hohes Fieber. Ich schlief fast die ganze Zeit. Wenn ich die Augen öffnete, sah ich die Ärzte und fühlte mich sicher. Sie waren Häftlinge wie ich, sie hatten kein Verbandsmaterial, keine Medikamente, nur weiße Kittel, aber das reichte mir schon, um mich sicher zu fühlen. Das Zimmer, in dem ich lag, war eher ein Ruheraum als eine Krankenstation. Wir schliefen dort in Feldbetten mit Decken zugedeckt und nahe beim Ofen. In der Suppe gab es außer Gemüse sogar etwas Fleisch.

Die Pfleger gossen uns bitteren Lindenblütentee nach, ohne dass wir darum bitten mussten.

Ein paar Tage nach meiner Einweisung holten die Deutschen alle aus der Krankenstation auf den Appellplatz. Die Ärzte wickelten uns in unsere Decken, damit wir zu den schon aufgereihten anderen Häftlingen gehen konnten. Seit mehreren Stunden schon fiel Schnee. Die Männer vom Ordnungsdienst liefen von den Schlafräumen in den Hof und zurück, die Arme voller Decken. Der hagere Nazi fing an, etwas auf Deutsch zu sagen. Bei jedem Satz schlug er mit einer Peitsche gegen seinen Stiefel. Der Verbindungsdienst übersetzte alles dem Lagerleiter, und der wiederum sagte mit lauter Stimme:

»Manche von euch verwenden mehrere Decken für sich allein. Die Regelung aber schreibt vor, dass es nur eine Decke pro Person gibt. Der Ordnungsdienst untersucht jetzt alle Betten. Überzählige Decken werden konfisziert und hierher gebracht.«

Wir standen stundenlang da und wagten es nicht, uns zu bewegen, die Füße im Schnee, kaum bekleidet, dem eisigen Wind ausgesetzt. Die Kälte drang tief in unsere Körper ein. Die Gefangenen versuchten so gut wie möglich in Reih und Glied stehen zu bleiben, aber viele fielen einfach um, ohne Geräusch. Kinder, Frauen, Alte. Die Kranken hatten sich zusammengekauert. In unseren Haaren bildete sich Raureif. Unsere Körper zitterten.

Nach kurzer Beratung der SS-Leute übergossen die Leute vom Ordnungsdienst die konfiszierten Decken mit Benzin und steckten sie in Brand. Die französischen Gendarmen bewachten das Feuer. Die Deutschen zwangen uns, uns in einem Viereck aufzustellen, und zerrten in die Mitte zwei Gefangene. Der hagere Nazi erklärte, diese beiden seien die schlimmsten Diebe, da sie beide fünf Decken gehabt hätten. Sie mussten sich rittlings auf Stühle setzen, das Kinn auf der Lehne, mit nacktem Oberkörper. Dann suchte er einen Gefangenen aus und gab ihm seine Peitsche. Da der Gefangene sich weigerte, seine Kameraden zu verprügeln, befahl der Nazi ihm, sich hinzuknien, und bestimmte einen vierten Häftling, um die drei anderen zu schlagen. Die Peitschenhiebe klangen wie Revolverschüsse durch die eisige Luft.

Die Decken verbrannten vor unseren Augen. Wir hätten unsere Seelen verkauft, um sie wieder in unsere Betten zu bringen und dort bis zum Frühling zu bleiben. Wir durften die Kranken nicht aufheben. Ihre Körper waren von einer Schneeschicht bedeckt, ihr Atem war eisig vor Kälte und weiß, ihr Leben hing nur noch an einem Faden. Die Ärzte erhielten schließlich die Erlaubnis, sie wieder in die Krankenstation zu bringen. Sie wollten auch mich mitnehmen, aber ich blieb lieber an meinem Platz für den Appell unter den Lebenden. Ich hatte die Fäuste unter meiner Decke zusammengeballt und ließ die Nazis nicht aus den Augen. Tränen der Wut vereisten auf meinem Gesicht. Ich musste stehen bleiben und ihnen die Stirn bieten. Es wurden wieder Reihen gebildet. Die Deutschen waren müde und starr vor Kälte und schafften es nicht mehr, uns zu zählen. Immer fingen sie wieder von vorn an und bildeten neue Reihen. Der Wind fegte durch den Hof, Ruß flog durch die Luft, drang in unsere Kleider, brannte in den Augen. Ich begann, die Gefangenen zu beschimpfen, die sich nicht richtig aufstellten, ich konnte ihr Gejammer, ihr Seufzen und ihre Gebete nicht mehr ertragen.

Dann erschien Brunner, in bester Form, mit rosigem Gesicht und entspanntem Grinsen. »Na, wie viel Stück?«

Da standen wir, tausend Gefangene und vier Deutsche. Eigentlich hätte die ganze Sache bei tausend gegen vier ins Gegenteil umschlagen können … Vielleicht hätte ein Einziger von uns alle anderen mitgerissen. Man brauchte nur die französischen Gendarmen oben in ihren Wohnungen zu vergessen.

Der Boxer nahm jetzt die Dinge in die Hand. Er befahl uns, wieder zu den Aufgängen zu gehen und die Bewusstlosen wegzutragen. Sein Gebrüll zerstreute die Menge wie Blätter in einer Sturmböe. Die Häftlinge brachten plötzlich eine ungeahnte Energie auf, sie stürzten auf die Gebäude zu, drängten sich vor den Eingängen, kämpften sich mit Ellbogen vorwärts. Die SS-Männer warfen ihnen Beschimpfungen und Steine nach, manche so spitz, dass sie Schädel hätten zertrümmern können. In ein paar Sekunden war der Hof leer.

Ich ging in mein Bett in der Krankenstation zurück, das neben dem Ofen stand, doch es gelang mir weder mich zu beruhigen, noch wieder warm zu werden. Nach dem Abendessen stieß ein französischer Offizier die Tür auf, zögerte einen Moment an der Schwelle und trat dann hinkend ein. Er nahm den einzigen freien Stuhl neben meinem Bett. Mit starkem südfranzösischem Akzent erklärte er, er habe sich den Fuß verstaucht und wolle nicht wegen einer so kleinen Sache ins Militärkrankenhaus.

Er verzog das Gesicht, als er seinen Stiefel auszog. Der Arzt untersuchte den Fußknöchel, trug eine Salbe auf und verband ihn sorgfältig. Ich drehte mich zu ihm und stützte mich auf den Ellbogen.

»Haben Sie eigentlich von Ihrem Balkon aus gesehen, was eben auf dem Hof passiert ist? Man hat die Kranken im Schnee nach draußen getrieben!«, sagte ich aufgebracht.

Er ignorierte mich und fragte den Arzt, ob er mit dem Fuß auftreten dürfe.

»Haben Sie gesehen, wie diese kranken Menschen reihenweise umgefallen sind?«, insistierte ich und wunderte mich selbst, woher ich den Mut nahm.

»Es ist strengstens untersagt, mit einem Gefängniswärter zu sprechen, der Herr ist Offizier«, wies mich der Arzt zurecht, während er den Franzosen versorgte.

Der Offizier musste um die vierzig sein, er hatte einen dünnen gezwirbelten Schnurrbart und trug eine kleine runde Metallbrille. Er sah mich immer noch nicht an.

»Sie gehen jetzt nach Hause, Ihre Frau und Ihre Kinder erwarten Sie sicher schon zum Abendessen. Sie hängen Ihre Uniform in den Schrank und gehen zu Tisch, und dann erzählen Sie irgendetwas und tun so, als ob nichts geschehen sei ...«

Er zog seinen Schuh wieder an und schlug seine Handschuhe mit einem ärgerlichen Knall in seine Handfläche.

»Ich könnte Sie auf der Stelle verhaften lassen, junger Mann, wegen Beleidigung der Ordnungsmacht.«

»Das ist doch schon passiert. Ich bin bereits im Gefängnis.«

»Jetzt geben Sie endlich Ruhe, das führt doch zu nichts«, bat mich der Arzt besorgt.

»Warum sperren Sie uns hier ein?«, wiederholte ich.

»Ich tue, was man mir befiehlt. Ich achte das Reglement wie alle anderen in diesem Land. Ich habe dem Marschall Gehorsam und Treue geschworen, ich habe dies schriftlich getan und halte mich daran. Ich tue es für Frankreich.«

»Aber diese Befehle sind unmenschlich.«

»Das habe ich nicht zu beurteilen. Ich führe sie aus, das ist alles.«

»Sie halten Unschuldige gefangen.«

Der Offizier tat ein paar vorsichtige Schritte, zog Handschuhe und Käppi an und sagte:

»Wer ist schon unschuldig? Vor ein paar Jahren mussten die französischen Gendarmen folgende Frage beantworten: *Haben Sie jüdische Großeltern?* Alle jüdischen Gendarmen wurden vom Dienst suspendiert. Ich habe mir das nicht ausgedacht.

Aber in den Rundschreiben heißt es, wer Jude ist, ist schuldig. Wenn ich Sie also hier im Lager festhalte, verstoße ich nicht gegen das Gesetz, sondern befolge es.«

Die Hand an der Türklinke drehte er sich noch einmal um.

»Einige von uns haben sich geweigert, den Befehlen zu gehorchen, und sind versetzt worden. Die hätten Ihnen wohl besser gefallen, was? Aber diese Leute sind Feiglinge, die die Drecksarbeit ihren Kameraden überlassen. Ich bin jedenfalls stolz darauf, auch schwierige Aufgaben zu erfüllen und meinen Teil zu erledigen wie alle anderen aus meiner Truppe.«

Mit diesen Worten verließ er die Krankenstation.

»Was hast du dir nur dabei gedacht«, fuhr mich der Arzt an, als die Tür ins Schloss fiel. »Willst du dir und uns allen Schwierigkeiten machen?« Er legte die Hand auf meine Stirn. »Du kannst morgen früh wieder zurück in den Schlafsaal.«

Während er sich bückte, um Holz in den Ofen zu füllen, meinte er:

»Die französischen Gendarmen sind wenigstens nicht gewalttätig. Sie sind normale Menschen, nicht wie diese Nazis.«

Ich ließ mich in mein Bett zurückfallen und schloss die Augen. Der Franzose machte mir mehr zu schaffen als der Deutsche. Diesen Bestien konnte man versuchen auszuweichen. Sie waren vorhersehbar, brüllten, man sah sie von weitem kommen. Aber die Neutralen, die ohne Rückgrat, die Durchsichtigen, die ohne Zögern und Skrupel den Befehlen folgten, mordeten uns auf leise Art. Normale Menschen? Unsere schlimmsten Feinde.

Am nächsten Tag landete ich wieder im Schlafsaal bei meinen Zimmergenossen, und auch der Hunger kehrte zurück. Man hatte mich beim Küchendienst nicht mehr genommen, auch die Renovierungen und die Wartungsarbeiten im Hof waren schon vergeben. Ich kam mir nutzlos vor, denn ich hatte den ganzen Tag nichts zu tun. Umso mehr machte mir das Eingesperrtsein zu schaffen. Die Menschen, die ich liebte, hatte man mir genommen, und mir fehlte allmählich die Kraft, mich zu fragen, welches Schicksal sie ereilt hatte. Meine Eltern hatten nichts mehr von sich hören lassen, und ich wagte mir nicht auszumalen, was aus Marie geworden war. War sie in ihrem Versteck verhungert? War auch sie verhaftet und deportiert worden? Immer wieder hörte man von den Transporten gen Osten. Bald würde auch ich dort hinkommen und die wunderbare Belle nie mehr wiedersehen. Ich konnte nichts tun als warten. Ich räumte den Schlafsaal auf, schrubbte den Boden mit einer Bürste, verjagte das Ungeziefer aus den Strohsäcken. Ansonsten stand ich am Fenster und sah den Schnee auf die Wachtürme, den Appellplatz und die Durchsuchungsbaracke gegenüber Block III fallen. Die Durchsuchungen fanden auf Bitten der Flurältesten inzwischen drinnen statt. Wenigstens das.

Während ich auf der Krankenstation lag, war ein neuer Transport von über tausend Gefangenen organisiert worden. Um große Emotionen zu vermeiden, ließen die Nazis die Fenster jetzt mit Eisenblenden versehen. Meine Zimmerkameraden und ich waren bisher durch die Maschen der Deportationskommandos geschlüpft. Jeden Tag rannten meine polnischen Mitgefangenen zu Mielisch und baten:

»Du bist unser Zimmerältester. Geh ins Personalbüro und sag ihnen, wie wichtig wir alle sind. Dass wir hier wichtige Dinge tun. Wo du schon die jüdischen Mitarbeiter im Verbindungsbüro vor dem Sabbat segnest, kannst du da nicht auch etwas Einfluss auf die Selektionen nehmen? Sie können bei den Deutschen sicher etwas bewirken …«

»Gott allein trifft die Entscheidung über seine Kinder.«

»Na, dann können wir nur hoffen, dass er uns eine Zeitlang vergisst.«

Nach dem Hofgang begegnete ich manchmal Lulek und überhäufte ihn dann mit den immer gleichen Fragen. Wie hatte sich mein Vater vor der Kälte geschützt? Hatte er genug zu essen gehabt? Mit wem ging er draußen im Hof herum? Worüber hatte er geredet? Meistens machte sich Lulek nicht die Mühe, mir zu antworten.

»Was nützt es dir, all diese Details zu wissen?«

»Ich gehe erst wieder, wenn du mir geantwortet hast.«

»Dein Vater hat mir Mut gemacht. Er war ein guter Mensch. Darauf kommt es an.«

»Erzähl mir mehr, Lulek, bitte!«

»Abends gab er mir Unterricht und brachte mir bei, Französisch zu schreiben. Und wenn er mich Maurice nannte, lachten alle um uns herum. Dann ging er auf den Balkon. Ich folgte ihm oft. Wir sahen auf die Lichter von Le Bourget. Wir stellten uns das Leben der Leute in ihren Häusern vor, die Orte, zu denen die Autos fuhren, den Weg, den die Flugzeuge nahmen. Wenn ich merkte, dass er traurig war, ließ ich ihn allein und ging zum Gebet mit den anderen. Manchmal sagte er stundenlang nichts und ging erst zu Bett, lange nachdem die Lichter gelöscht waren. In der Nacht hörte ich ihn oft schluchzen wie ein Kind. Ihn und die anderen.«

Nach zwei Jahren Lager hatte Lulek die fahle Haut und den abgemagerten Körper eines kranken Jugendlichen. Sein Kopf war geschoren, wie man es bei allen B-Gefangenen machte. Die Nazis wollten in der Lage sein, uns auf den ersten Blick zu erkennen. Nur die Funktionsträger durften ihr Haar behalten, aber es musste dem Reglement entsprechend kurz geschnitten sein. Wenn Lulek lächelte, sah er wegen seiner schlechten Zähne aus wie ein Greis.

»Manchmal rief dein Vater mich auf den Balkon. Ich mochte es, wie er redete: ›Diesmal, Lulek, sind mir die Lichter von Le Bourget gleichgültig. Ich fühle mich den Sternen näher. Heute Abend ist mein Herz ruhig.‹ Einmal sagte er etwas, über das ich lachen musste. ›Ich kann mich in der Nacht auflösen, weißt du, was ich meine?‹ Dann fügte er hinzu: ›Sieh in den Nachthimmel und atme mit ihm. Meine Kinder schauen in diesem Moment vielleicht auf dieselben Sterne wie wir. Ich weiß, dass es ihnen gut geht, Lulek, das spüre ich. Bald sehen wir uns die Sterne wieder gemeinsam an, im Süden am Meer, wenn wir wieder alle zusammen sind.‹ Er hat mir auch erzählt, dass er für euch eine Reise nach Amerika plante. Mit der Eisenbahn von der Gare Saint-Lazare bis Le-Havre, dann mit der *Normandie* über den Ozean bis New York. Das war für ihn das schönste Schiff auf Erden, so groß, dass eines Tages sogar ein Flugzeug darauf gelandet ist. Sogar eine Kapelle und eine Synagoge gibt es dort. Siehst du, ich weiß alles.«

Eines Abends, als sich Mielisch an unserem Gespräch beteiligte, meinte Lulek plötzlich:

»Mit Ihren Gebeten und frommen Sprüchen kommen wir hier niemals raus, Mielisch. Am Anfang hab ich das noch geglaubt, aber jetzt nicht mehr.«

»Hast du einen besseren Vorschlag, Lulek?«, entgegnete Mielisch.

»Wir müssen uns zur Wehr setzen. Auf Gewalt muss man mit Gewalt antworten. Auf Blut mit Blut reagieren. Draußen sind Scharfschützen und Partisanen. Sie kommen bis an die Straße, um uns Nachrichten zu überbringen. Wir fangen ihre Signale auf den Balkonen von Block III auf. Bald werden sie Waffen schicken. Es gibt immer mehr Leute im Widerstand. Sie organisieren alles und tun sich zusammen.«

»Sie haben andere Dinge zu tun, als sich um uns zu kümmern.«

»Wir müssen uns um sie kümmern, Mielisch. Ihr Kampf ist auch der unsere, die Freiheit des Einzelnen, der Schutz der Unterdrückten …«

»Unser Freund Lulek will die Welt verändern.«

»Wenn die Nazis erst einmal besiegt sind, werden wir weiter für Gerechtigkeit kämpfen. Wir werden eine Gesellschaft aufbauen, in der alle gleich sind, wenn notwendig mit Gewalt. Wir sind Millionen, alle bereit, sich dafür zu opfern.«

»Wenn es Gottes Wille ist …«

»Es ist der Wille des Volkes, Mielisch, der einzige, der zählt!«

»Sieh an, da haben wir ja einen neuen Saint-Just!«

Mielisch sah Lulek lächelnd an, dann meinte er:

»Saint-Just sollte nun etwas leiser reden, damit das Volk schlafen kann. Vielleicht pinkelt er künftig auch nicht mehr ins Waschbecken. Das würde dem Volkswillen eher entsprechen. Ich muss mich offenbar mehr um deine Erziehung kümmern, komm, setz dich zu mir.«

Die anderen Häftlinge lagen auf ihren Pritschen und verfolgten gespannt die Diskussion. Lulek war nicht zu bremsen.

»Sie können das nicht verstehen, Rabbi Mielisch, es unterscheidet uns zu viel. Unser Alter, die Art, wie wir die Welt sehen, unser Leben, unsere Taten. Sie schauen zurück, ich aber blicke in die Zukunft.«

»Im Gegenteil, Lulek, wir sind uns im Wesentlichen einig. Wir sagen beide, dass die Menschheit mehr Gerechtigkeit braucht. Die Welt ist dazu da, sich dem Guten zuzuwenden. Diese Einsicht ist größer als wir, sie leitet uns, und sie wird sich erfüllen.«

»Wenn sie die Menschenrechte achtet.«

»Wenn sie Gottes Geboten folgt.«

»Sie werden vom Glauben beflügelt, Rabbi, ich halte mich lieber an den Verstand.«

»Der Allmächtige wird die auswählen, die es verdienen.«

»Die Geschichte wird sie würdigen.«

»Und in den Gebeten, die du so schön singst, Lulek, und die uns Hoffnung geben – geht es darin nicht um Gott?«

»Meine einzige Religion ist das Volk. Es muss sein Schicksal selbst in die Hand nehmen.«

Die Gefangenen nickten bei jedem Argument. Sie pressten ihre Köpfe gegen die Gitterstäbe der Betten und lauschten. Wer war der Stärkere von beiden? Weder Lulek noch Mielisch gaben nach. Beide beharrten auf ihrer Position. Da stand Hankele, der kleine Schneider, auf. Ausnahmsweise wich er nicht den Blicken der anderen aus.

»Was haben wir davon, wenn wir nach der Logik des Ganzen suchen? Wenn wir nach dem Sinn der Geschichte oder dem Willen Gottes fragen. Dadurch kommt die Welt auch nicht wieder ins Gleichgewicht.«

Dann setzte er sich wieder auf sein Bett, zog die Schuhe aus und sprach weiter vor sich hin:

»Müssen alle Dinge unbedingt einen Sinn haben? Dann sagt mir doch mal, warum wir hier hinter diesen Mauern verschimmeln? Wir sind doch gewissenhafte Menschen, wir haben hart gearbeitet, um unsere Kinder großzuziehen. Warum sind wir dann hier? Na, was meint ihr? Ist es nicht besser, den Grund nicht zu wissen?«

Er hob den Kopf und blickte fragend in die Runde. Einige riefen seinen Namen und baten ihn, fortzufahren. Er sah Mielisch fragend an, und der lächelte ihm zu. Der schmächtige Hankele knöpfte seine Jacke zu und stellte sich auf bloßen Füßen mitten in den Raum. Er zog die Kordel an seiner Hose fest und räusperte sich schüchtern.

»Ich bin der Jüngste einer Familie von zwölf Kindern. Wir sind in dem kleinen Dorf Uman in der Ukraine aufgewachsen. Mein Vater war auch Schneider. Meine Mutter half ihm beim

Nähen. Wie meine Brüder verließ auch ich die Schule, um Geld zu verdienen. Im Frühjahr 1919 fand ein Pogrom statt, dem in unserer Gemeinde siebzig Menschen zum Opfer fielen. Im folgenden Sommer kamen die Russen wieder, um ihre Arbeit zu Ende zu führen, und wir mussten neunzig weitere Tote begraben. Manchen nannten die Mörder Weiße, andere Rote, wir haben nie erfahren, wer sie wirklich waren. In den folgenden drei Jahren zitterte die Erde mehr als tausend Mal unter den Füßen der Juden.«

Er schwieg. Einige waren aufgestanden und hatten sich um ihn herumgesetzt, die anderen richteten sich in ihren Betten auf. Plötzlich hatte Hankele all seine Unsicherheit verloren. Seine Stimme weckte all jene, die noch schliefen, und mit ihnen Hunderte Generationen von Hankeles.

»In unserem Dorf waren die Juden eine Minderheit. Wenn die Meute durch die Straßen fegte, wurden die Läden geschlossen, selbst in den besseren Vierteln, wo die Leute nichts zu fürchten hatten. Meine Mutter hielt mir die Augen zu, doch ich hörte die Frauen schreien. Es wurde gar nicht mehr dunkel, die Flammen drangen durch die vor die Fenster genagelten Holzbretter. Den Geruch hatte ich noch Wochen später in der Nase.«

Hankele machte eine Pause. Seine Augen glänzten. Während er sonst bei jeder Gelegenheit vor Angst zitterte, redete er an diesem Abend mit der Macht eines Propheten.

»Nach jedem Sturm hoben in unserem Dorf alle Mielischs den Kopf gen Himmel, um den Atem Gottes zu spüren. Junge Luleks standen vor deutschen Zeitungen und maßen den Fortschritt der menschlichen Vernunft. Doch der Mensch blieb wahnsinnig wie zuvor, und der Himmel war ein Chaos. Mein Vater zog die Flucht vor. Er brachte uns nach Paris. Wenn wir ihn nach den Massakern fragten, sagte er stets: ›Das ist nur eine böse Erinnerung, besser, wir sprechen nicht mehr davon.‹

Er hat nie versucht, uns den Lauf der Dinge zu erklären. Und warum? Weil er sonst verzweifelt wäre.«

Trillerpfeifen kündeten den Beginn der Nachtruhe an. Normalerweise verschwanden die Gefangenen aus den anderen Sälen, wenn das Licht ausging, schnell auf ihre Zimmer, doch diesmal blieben alle da und zündeten Kerzen an.

»Hankele, Hankele, erzähl weiter, warum hörst du auf?«

Aus Angst vor Strafmaßnahmen legte sich der schmächtige Hankele normalerweise immer als Erster ins Bett. An diesem Abend blieb er mitten im Zimmer stehen. Seine Gesten warfen Schatten auf die Wände. Der schmächtige Schneider wirkte plötzlich riesengroß.

»Was gibt es zu erklären? Ich habe nicht studiert, ich bin nicht so schlau wie ihr. Aber ich weiß, dass dieselben Ursachen dieselbe Wirkung haben. Neue Vulkane brechen an allen Enden der Erde aus, wenn die Brutalität einiger weniger auf die Passivität der meisten anderen stößt. Jedes Mal verliert die Geschichte etwas von ihrer Menschlichkeit, der Mensch von seinem Bewusstsein und Gott von seinem Zorn. ›Begnügt euch damit, den Schlägen auszuweichen‹, sagte mein Vater. ›Zieht eure Kinder groß, arbeitet unermüdlich, und hört auf nachzudenken. Lasst die Verzweiflung draußen vor der Tür.‹«

An diesem Abend verstießen wir gegen die Nachtruhe, und die Aufseher drangen in den Schlafsaal ein. Sie traten die Kerzen aus, befahlen uns, uns hinzulegen, und scheuchten die Häftlinge aus den anderen Schlafsälen hinaus. Ich ließ mich auf mein Eisenbett sinken. Ein paar Meter weiter hörte ich Hankeles schnellen Atem. Er hatte sich in seinen Kleidern auf die Pritsche gelegt und die Decke über das Gesicht gezogen, um sich vor dem grellen Licht der Scheinwerfer zu schützen.

Luleks Frühling

Anfang Februar 1944

Die Vereinigung der französischen Juden kümmerte sich um die Versorgung der Gefangenen. Sie belieferte das Lager in Drancy auf eigene Kosten mit Kleidung, Nahrungsmitteln und Einrichtungsgegenständen. Die Gefängnisverwaltung verteilte die Sachen nach Gutdünken. An guten Tagen konnte man ein halbes Ei oder ein Stück Fleisch ergattern, außerdem Suppe und Kartoffeln. Manchmal sogar einen Viertelliter Wein oder Zigarettenrationen. Wenn es viel gab, sank der Kurs auf dem Schwarzmarkt erheblich. In Zeiten der Knappheit stieg er ins Unermessliche. Eine Handvoll französischer Gendarmen, die außerhalb des Lagers postiert waren, nutzten dies aus, um ihren Lohn zu verdoppeln oder gar zu verdreifachen. Seit ich im Lager war, trieb ich mit einem Gendarm Handel, es war immer derselbe. Fielen die Preise auf dem Schwarzmarkt, kaufte ich bei ihm billig Zigaretten und bewahrte sie auf, bis es nur noch wenige gab. Dann verscherbelte ich sie mit beträchtlichem Gewinn.

Eines Abends traf ich mich wieder einmal mit dem Gendarm für die Warenübergabe. Es war mitten in der Nacht, und wir hatten uns im »Schloss« verabredet. Den Wärter hatte ich mit der Aussicht auf Zigaretten bestochen. Ich schlich mich an den Wänden entlang und begegnete zahlreichen Schatten, die die Arme voller Ware hatten. Kurz vor halb zwölf stand ich am roten Zaun der Toiletten auf der dem Wachturm abgewandten Seite. Hier, an diesem von den Scheinwerfern nicht erfassten Platz, war das Herz der Börse. Um halb zwölf pfiff ich leise das verabredete Lied *Es herrscht Freude* von Charles

Trénet. Jede Zigarettenmarke hatte ihre eigene Erkennungsmelodie. Die ersten drei Töne, dreimal hintereinander, wenn es um die *Celtiques* ging. Zweimal für *Gauloises*, einmal für Selbstgedrehte. Keine Antwort. Ich stand gegen die Wand gelehnt, ohne mich zu rühren, und wartete. Starr vor Kälte hörte ich endlich fünfzehn Töne von der anderen Seite des Zauns. Dieselbe Tonfolge noch einmal, damit es nicht zu Fehlern beim Zählen kam. Im Geiste sang ich mit: *Guten Tag, ihr Schwalben, im Himmel herrscht Freude …* Jede Note war drei Franc wert. Fünfzehn Noten, fünfundvierzig Franc, Tagespreis für eine *Celtique*. Das war ziemlich hoch, aber ich entschied mich, sie zu nehmen. Ich pfiff zurück, zweimal hintereinander, wobei die Zahl der Töne der Menge entsprach, die ich haben wollte. *Über den Dächern herrscht Freude …* Acht Töne, acht Päckchen mit zwanzig Zigaretten, 7200 Franc, mein ganzes Geld, das ich seit meiner Ankunft im Lager gespart hatte. Mit steifen Fingern zog ich die Scheine hervor, die zusammengerollt in Gummis steckten. Ich steckte sie in die Regenrinne und pfiff erneut zum Zeichen, dass das Geld bereit lag. *Es herrscht Freude …* Drei gleiche Töne bestätigten mir, dass die Ware da war. Ich schlich um das »Schloss« herum und betrat im Licht der Scheinwerfer die Toiletten. Die Päckchen lagen am Rand des letzten Lochs. Mit meinem Schatz im Ärmel ging ich langsamen Schrittes zu meinem Block zurück und vermied es, zu den Wachtürmen hinüberzusehen. Ich hatte in meiner Matratze ein Versteck eingerichtet. Ich legte die Zigarettenpäckchen hinein und schlief glücklich ein, nicht ohne vorher mit dem Gefühl, reich wie Krösus zu sein, leise zu singen: *Sonne scheint in den Straßen, überall herrscht Freude, überall …*

Noch vor dem Morgenappell stürmten der Boxer und ein weiterer Wachmann in unseren Schlafsaal, vor ihnen der französische Gendarm, von dem ich die Zigaretten gekauft hatte. Hankele stieß einen entsetzten Schrei aus, und Mielisch ging den Männern entgegen, um sie zu empfangen. Sie kamen direkt auf mich zu und stießen mich aus dem Bett. Sie rissen an meinen Kleidern, warfen alle meine Sachen auf den Boden und schnitten meine Matratze mit dem Bajonett auf. Natürlich fanden sie die Zigaretten und hielten sie dem Gendarm unter die Nase. Dieser stand da wie ein begossener Pudel. Ein Gefangener vom Verbindungsbüro übersetzte:

»Der Gendarm hat alles gestanden. Er und ein paar andere sind von einem ihrer Kameraden an die Deutschen verraten worden. Sie werden vom Dienst suspendiert und dann versetzt. Und du kommst ins Verlies, und da bleibst du bis zum nächsten Transport.«

Sie ließen mir keine Zeit, mich anzuziehen oder meine Sachen mitzunehmen. Der Boxer stieß mich unter Wutgeschrei ins Treppenhaus, und ich landete in Unterhose und Unterhemd auf dem Hof. Ich spürte die Spitze seines Bajonetts zwischen den Schulterblättern. Dann ging es im Laufschritt über den Appellplatz, und das Gebrüll des Boxers hallte über den Hof und in meinen Ohren. Der Übersetzer lief neben uns her.

»Er sagt, Schwarzhandel wird bestraft. Das Lager muss von Parasiten befreit werden.«

Unter dem Aufgang 17 stiegen wir in einen tiefen dunklen Keller. Dort war es kälter als draußen. Wir blieben vor einer winzigen Zelle stehen. Der Gefangene vom Ordnungsdienst sagte:

»Hier bleibst du, du hast Redeverbot. Tut mir leid wegen dem Eimer. Ich muss es tun.«

Er verschwand einen Augenblick und kam dann mit einem Eimer zurück, den der Boxer über mir ausgoss. Ich schrie, weil das Wasser eiskalt war, und bekam eine Ohrfeige. Der Gefangene kam mit einem zweiten Eimer. Noch eine Dusche. Ich presste die Lippen aufeinander und rührte mich nicht, und sie warfen die Tür hinter mir zu. Ich zitterte am ganzen Körper und schlief irgendwann auf der kalten Erde ein.

Als die Tür aufging, erkannte ich Luleks Stimme.

»Maurice, Maurice?«

Ich streckte die Beine aus. Arme und Schultern spürte ich nicht mehr. Mein Nacken war steif, ich konnte den Kopf nicht heben.

»Los, Maurice, steh auf, wir gehen ein paar Schritte, damit dein Kreislauf in Gang kommt. Halt dich an mir fest.«

Wir gingen eine Weile durch den Keller, Luleks Kerze leuchtete uns den Weg.

»Mielisch und ich haben uns mit dem Ordnungsdienst geeinigt. Ich kann jeden Morgen zu dir kommen, so wie heute.«

Ich hatte jegliche Orientierung verloren.

»Wie lange bin ich schon hier?«

»Vierundzwanzig Stunden. In unserem Block reden alle nur von dir. Deine Kameraden haben Essen für dich übrig gelassen. Suppe, Brot, Ei. Jeder wollte etwas beisteuern. Morgen komme ich mit neuem Essen wieder.«

»Bis morgen halte ich niemals durch.«

Nachdem wir ein wenig hin- und hergegangen waren, betraten wir wieder meine Zelle.

»Hier, Maurice, deine Kleider. Ich habe sie über meine gezogen, damit es keiner merkt. Hankele hat dir deine Jacke geflickt. Hier, zieh zwei Paar Socken übereinander. Die Schuhe sind in meiner Tasche. Deine Decke konnte ich nicht mitnehmen, das wäre zu sehr aufgefallen. Jetzt muss ich gehen, ich habe versprochen, dass ich nicht länger als eine Viertelstunde bleibe. Der Ordnungsdienst wartet, um die Tür abzuschließen.«

Die Zelle versank wieder in Dunkelheit, und ich setzte mich auf den Boden. Trotz der Kleider war mir immer noch kalt. Die Suppe war eiskalt. Das Brot und das Ei aß ich ganz langsam.

Plötzlich kamen die Nazis in den Keller gestürmt. Ich hörte, wie Türen aufgerissen wurden und wie sie ihre Befehle brüllten, hier und da knallte ein Schuss. Als sie wieder fort waren, hörte man ein paar Stunden lang Jammern, dann war alles still.

Die Stille machte mich wahnsinnig. Ich ging im Dunkeln auf und ab, immer zwei Schritte von der einen Wand zur anderen, und sagte mir Hankeles Satz vor: »Bloß nicht verzweifeln.« Mir gingen immer dieselben Gedanken durch den Kopf. Sie bewegten sich im Kreis. Wenn Appell war und die Zahl der Häftlinge nicht stimmte, machten sie sich auf die Suche. An der Art, wie der Name ausgesprochen wurde, hörte man, dass sich wieder jemand selbst getötet hatte. Das Ende der Reise. Warum eigentlich nicht? Hier oder anderswo, das war doch ganz gleich. Zwei Schritte von einer Wand zur anderen, bloß nicht verzweifeln wegen Marie, Belle und meinen Eltern. Ich zitterte vor Kälte, ich starb vor Hunger. Noch zwei Schritte, zwei kleine Schritte, ich musste bis zu Luleks nächstem Besuch durchhalten.

Nur durch sein Kommen erfuhr ich, dass es Tag geworden war. Er brachte mir, was die Kameraden aus meinem Zimmer für mich aufgehoben hatten. Es war mehr als eine Mahlzeit. Eine Viertelstunde liefen wir im Keller auf und ab und redeten.

Am letzten Tag kam Lulek mit leeren Händen.

»Gestern haben sie über achthundert Häftlinge in die Abreiseräume verlegt. In den nächsten Tagen werden sie das Lager verlassen. Die Hälfte deiner Kameraden sind dran. Mielisch, Hankele und die anderen. Du fährst mit ihnen, Maurice.«

Wie jeden Morgen gingen wir im Flur auf und ab. Lulek sorgte dafür, dass ich aufrecht ging und die Beine bis zum Bauch hochzog.

»Ihr fahrt aufs Land nach Polen. Jetzt führen sie in den Transporten Familien zusammen. Das stärkt die Arbeitsmoral. Ihr sollt Wälder roden und Bauernhöfe errichten. Die Deutschen haben uns einen Artikel der *Pariser Zeitung* gezeigt. Offenbar kümmern sie sich dort um ihre Arbeiter, ihr werdet es recht gut haben.«

»Ich habe keine Angst, Lulek. Schlimmer als hier kann es nicht sein. Dann bin ich wenigstens meinen Eltern näher. Vielleicht bringen sie mich ja sogar zu ihnen.«

Lulek blieb plötzlich stehen.

»Maurice, dein Vater …«

»Was ist mit ihm?«

»Er ist meinetwegen von hier weggebracht worden.« Er wartete auf meine Reaktion und fuhr dann fort. »Dein Vater war unser Zimmerältester, das habe ich dir nie erzählt. Damals wurde das Lager von französischen Gendarmen geleitet. Sie alle respektierten seinen Mut und seine Aufrichtigkeit. Weil er im Ersten Weltkrieg gekämpft hatte, war er vor der Deportation sicher.«

Lulek schluckte und machte eine Pause.

»Im März '42 dann wurde ich für den ersten Transport ausgewählt. Dein Vater versteckte mich unterm Dach des Gebäudes. Am Morgen des Appells haben noch andere gefehlt. Die Deutschen, die den Apell überwachten, waren außer sich vor Zorn. Da haben sie ein Exempel statuiert und jeden, der fehlte, durch seinen Zimmerältesten ersetzt, weil sie der Meinung waren, diesen mangele es an Disziplin. Er ist an meiner Stelle gefahren, Maurice.«

Lulek weinte. Ich drehte mich um, um in meine Zelle zurückzugehen, da hielt er mich auf.

»Wir haben uns auf dem Dach verabschiedet. Dein Vater hielt meine Hand ein paar Sekunden fest, wir konnten nicht mehr sprechen. Dann trat er zurück und sah in den Himmel. Es war, als umarmte er ihn mit den Augen, und dann sagte er: ›Der Frühling kommt bald, dein Frühling, Lulek.‹ Das war alles. Ich sah von oben, wie er mit den anderen abtransportiert wurde.«

Wir hörten, wie eine Stimme durch das Kellerverlies schallte. Lulek lächelte sein trauriges Greisenlächeln und verschwand im Dunkeln. Die Zellentür fiel ins Schloss.

Die Autobusse

17. Februar 1944

Geblendet vom Tageslicht schloss ich für einen Moment die Augen, während mich zwei Häftlinge vom Ordnungsdienst bis zum Aufgang 2 brachten. Auf den Treppenstufen waren Exkremente und Urin. Im Innern des Gebäudes stank es erbärmlich.

»Hier darf niemand raus«, erlärte der Wachtposten. »Auch nicht zu den Toiletten draußen. Wahrscheinlich sind die Eimer voll, deshalb nehmen sie den Fußboden.«

Alle Fenster waren mit dunkelblauer Farbe überstrichen. Im ersten Stock empfing mich Mielisch mit einem breiten Lächeln.

»Für ein Gespenst siehst du eigentlich noch ganz gut aus.« Er musterte mich besorgt. »Es tut mir leid, dir sagen zu müssen, dass wir nur eine Nacht hier bleiben. Du wirst dich nicht lange ausruhen können. Morgen geht es los.«

Ich zuckte mit den Schultern. »Hier oder dort, was macht das schon? Immerhin habe ich jetzt endlich die Hoffnung, meine Eltern und meine Schwester wiederzufinden.«

Ich legte mich auf eine der Pritschen, während Mielisch seine Sachen zusammenpackte. Er gab mir meine Essensration für die Reise und ein neues Paar Schuhe.

»Hattest du Geld dabei, als du herkamst, Maurice? Die Kanzlei hat uns anderen ein Papier gegeben, mit dem wir uns nach unserer Ankunft den Wert in Zloty auszahlen lassen können. Manche haben sich auch Franc aufgehoben. Der Schuster hat das Geld unter ihrer Schuhsohle versteckt.«

Hankele betrat den Schlafraum, schwarz wie ein Schornsteinfeger. Er kam mit fünfzehn anderen Gefangenen vom

Bahnhof Bobigny zurück. Sie hatten den ganzen Tag über Waggons geschrubbt, um sie von der Kohle zu säubern. Während Hankele sich wusch, erzählte er uns, was er gehört hatte.

»Wir fahren morgen früh. Wir kommen in denselben Waggon. Sie trennen die Zimmergenossen nicht voneinander. Du führst unsere Gruppe, Mielisch, weil du Deutsch kannst. Abends passieren wir die Grenze. Der Nazi-Offizier, der uns begleiten wird, war heute auch am Bahnhof. Er meinte, wir wären weniger wert als der Kohletransport und hätten es nicht verdient, Zug zu fahren.«

Um acht Uhr kam der Ordnungsdienst, und die Deutschen verlangten, dass wir Jacken und Hosen auszogen. Sie leerten unsere Koffer, und wir durften nur das Nötigste behalten. Alles Übrige steckten sie in einen großen Sack. Das kontrollierte Gepäck markierten sie mit Kreide.

Im Schlafraum war es ganz still. Alle warteten auf die Abreise. Ich war nach der Durchsuchung eingeschlafen, wurde aber wieder wach, weil sich ein junger Mann mit Mielisch unterhielt.

»Meine Verlobte und ich fahren auch morgen. Wir würden heute Abend gern getraut werden.«

»Wo ist Ihre Verlobte denn? Ist sie hier?«

»Sie ist bei den Frauen im Gebäude 3. Aber wenn Sie bereit wären, uns zu trauen, erlaubt der Wachtposten, dass sie rüberkommt.«

Mielisch wiegte den Kopf. »Und wie heißt Ihre Verlobte?«

»Rebecca. Wir haben uns vor einem halben Jahr im Lager kennengelernt. Ich heiße Lucien, mein biblischer Name ist Aaron, aber Lucien ist mir lieber.«

»Ich hole zehn Leute für das Gebet. Habt ihr denn Ringe?«

»Zwei Mitgefangene haben uns ihre Ringe geschenkt.«

Lucien und seine Kameraden hatten den Boden im Erdgeschoss saubergemacht. Zwischen Wand und Treppe war eine

Decke gespannt, in deren Schutz die Zeremonie stattfinden sollte. Rebecca kam in Begleitung von zwei anderen Mädchen. Sie war eine schlanke junge Frau mit dunklem Haar, sorgfältig gekämmt und geschminkt. Die Häftlinge drängten sich auf der Treppe, um der Trauung beizuwohnen.

Mielisch bat mich, mit der Kerze sein Gebetbuch zu beleuchten. Er begann mit leiser Stimme. Lucien und Rebecca standen vor uns, lächelnd und aufmerksam, an ihren Mänteln trugen sie den Stern. Die Gesänge erklangen auf allen Etagen. Am Ende der Feier klatschten alle Gefangenen in die Hände. Ein in Zeitungspapier eingepacktes Glas machte die Runde. Mielisch forderte Lucien auf, es zu zerbrechen.

»Zertritt es mit dem Fuß. Damit wir Jerusalem, die Zerstörung des Tempels und die Zerbrechlichkeit des Glücks auf Erden nicht vergessen!«

Auf das Geräusch des zerbrochenen Glases folgte kräftiger Beifall. Wir bekamen Lust zu tanzen, aber dazu reichte der Platz nicht aus.

»Worauf wartest du noch, gib deiner schönen Frau einen Kuss«, sagte Mielisch aufmunternd. Dann wandte er sich uns zu und meinte:

»Na kommt! Ich glaube, wir haben in unseren Zimmern noch viel zu erledigen.«

Luciens Freunde brachten eine Matratze, legten sie unter die Treppe und verhängten den Raum mit der Decke. Wir ließen das junge Paar allein und gingen wieder in unsere Schlafräume.

Um sechs Uhr morgens ertönten die Trillerpfeifen. Der Ordnungsdienst forderte uns auf, hinauszugehen und das Gepäck stehen zu lassen. Fünfzehn Autobusse standen vor dem von Scheinwerfern hell erleuchteten Lagereingang. Wir versammelten uns ein letztes Mal auf dem Appellplatz. Wie bei jedem Transport mussten die anderen Gefangenen auf ihren

Zimmern bleiben. Durch die Fenster konnten sie wegen der Eisenverblendungen nichts mehr sehen. Die ganze Führungsmannschaft war gekommen – Brunner, der Boxer, der hagere Nazi, ein paar Gendarmen und Offiziere. Das Personalbüro prüfte nach, ob auch niemand fehlte. Andere Häftlinge brachten die Koffer und luden sie in die Busse entsprechend der Zimmerbelegung ein. Dann wurden die Lagerfriseure aktiv, und mir wurde erneut der Kopf geschoren. Mielisch sah ohne seinen Bart zwanzig Jahre jünger aus.

Mehrere Stunden standen wir im Hof herum. Einer der Busse fehlte, und die Nazis beschimpften die Gendarmen. Ich ließ meinen Blick über die Gebäude schweifen, die sich zu allen Seiten des Hofes erhoben. Während der Zeit im Lager hatte ich oft an diesen Moment gedacht. Den Morgen der Deportation. Über den Dächern ging die Wintersonne auf. Wind war aufgekommen und blies Mielischs abgeschnittene graue Barthaare vor sich her. Ich spürte, wie Hankele neben mir zitterte.

»Was für einen Tag haben wir heute, Hankele?«

»Den 17. Februar 1944.«

»Hast du den Himmel gesehen?«

»Nicht eine Wolke.«

»Ein echter Postkartenhimmel.«

Der Bus, auf den die Nazis gewartet hatten, traf endlich ein. Die Häftlinge wurde ein letztes Mal durchsucht und begannen dann, die Busse zu besteigen. Hankele hörte nicht auf zu jammern, und Mielisch tröstete ihn. Vielleicht beobachtete uns Lulek durch ein Guckloch. Meine Zimmergenossen setzten sich in Bewegung. Seit Monaten hatten wir alles miteinander geteilt, unseren Kummer und vor allem den Hunger. Sie hatten mich am Leben gehalten, während ich im Kerker saß. Jetzt zitterte ich innerlich genau wie sie. Es war ein Abschied für immer. Ich ließ Belle und Marie, Marius und Pierrot weit zurück. Die Kumpel aus den Pariser Markthallen waren so fern, so weit weg von all dem Elend. Ob Segondy noch lebte? Und Surreau, der uns vor dreißig Monaten in die kleine Abstellkammer unweit der Hallen geführt hatte?

Vor der Bustür durchsuchten sie Mielisch. Ein deutscher Soldat nahm sein Gebetbuch, schlug es auf und tat so, als entziffere er die hebräischen Schriftzeichen. Dann riss er ein paar Seiten heraus und warf das Gebetbuch unter den Bus. Hankele stieg ein. Ich ließ die anderen vorgehen, denn ich wollte den blauen Himmel bis zur letzten Sekunde sehen. Gestern Abend hatte mir die Stimme meines Vaters leise gesagt: »Es wird bald Frühling.« Die schönen Tage würden uns leuchtende Farben schenken, und grüne Blätter würden zwischen den Wachtürmen wachsen. Um diesen Frühling noch zu erleben, nur ein paar Wochen länger hier zu sein, hätte ich gern auf die von Lulek erträumte Menschheit verzichtet und Mielischs ewiges Leben preisgegeben.

Nun war ich an der Reihe. Die Deutschen durchsuchten meine Taschen, ich stieg als Letzter in den Bus, wandte mich ein letztes Mal um. Der Morgen war so schön, dass man die Welt hätte umarmen mögen. Es war kein Wetter zum Sterben.

Ein Nazi kam für einen letzten Appell in den Bus. Er gab Mielisch Anweisungen und stieg dann wieder aus. Wir warteten noch lange Minuten dicht aneinandergedrängt. Der Bus fuhr immer noch nicht los, und unser Fahrer stellte schließlich den Motor ab. Draußen wurde es unruhig, die Deutschen liefen von einem Bus zum nächsten. Einer kam zu uns herein. Er sagte etwas, was ich zunächst nicht verstand, offenbar wurde ein Name genannt. Dann bellte er:

»Moscowitz?«

Ich hob die Hand und rief »Hier!«, doch mein Ruf ging in der Menge unter. Der deutsche Soldat stieg wieder aus, und der Fahrer ließ den Motor an. Die ersten Busse reihten sich in die Kolonne ein. Ich kämpfte mich bis zur hinteren Plattform durch, und als ich sie erreichte, hatte der Bus sich schon in Bewegung gesetzt. So sprang ich vom fahrenden Wagen ab. Die Deutschen kamen mit gezücktem Gewehr auf mich zu. Ich hob die Arme:

»Moscowitz, ich bin Moscowitz!«, rief ich.

Ich zeigte ihnen das Namensschild auf meiner Jacke, und sie brachten mich ins Personalbüro, um meine Identität zu überprüfen, und ich durfte im Lager bleiben. Als ich durch das Tor ging, fuhr gerade der letzte Bus um die Straßenecke.

Es wurde Abend. Ein Häftling vom Verbindungsdienst kam zu mir in den Schlafsaal.

»Moscowitz?«

»Ja.«

»Wir gehen runter.«

»Wohin? Was ist los?«

Ich lief hinter ihm her, die Treppe hinunter.

»Du gehörst zu den ›nicht deportierbaren‹ Juden. Das haben die aber erst im letzten Moment gemerkt. Los, komm jetzt!«

Ich sagte nichts.

»Beeil dich, Brunner ist sowieso schon stinksauer. Weil du aus der Strafzelle kamst, haben sie nicht näher nachgeschaut. Die Häftlinge aus der Strafzelle werden normalerweise immer deportiert. Immer. Du hast Glück gehabt, dass wir vor Abfahrt der Busse noch mal auf die Listen geschaut haben.«

»Auf die Listen?«

»Du musst Freunde ganz oben haben. Seit mehreren Wochen fordern sie, dass du freigelassen wirst. Deshalb hatten die Deutschen dich von den Listen gestrichen.«

»Freunde?« Ich wusste nicht, wie mir geschah.

»Sie sind gekommen, um dich abzuholen. Nachdem du schon im Bus gewesen bist, hat Brunner sie angerufen. Er will keinen Fehler riskieren. Du fährst jetzt mit ihnen.«

Er brachte mich im Laufschritt zum Lagereingang. Brunner unterhielt sich mit einem jungen Offizier, der in einer viel zu weiten Uniform steckte. Ich blieb drei Meter von ihnen entfernt stehen, im vorgeschriebenen Abstand. Aus der Nähe wirkte Brunner ziemlich klein. Sein Gesicht war ausdruckslos, und er sprach mit eintöniger Stimme. Der Mann vom Verbindungsbüro stotterte ein paar Worte. Mit starkem Akzent forderte mich der junge Offizier auf, näher zu treten.

»Sind Sie Maurice Moscowitz?«

»Ja.«

»Momo, nicht wahr?«

Sein hageres Gesicht wirkte abweisend. Er trug einen kleinen dünnen Schnurrbart wie ein spät entwickelter Jugendlicher. Seine schwarzen Augen musterten mich von oben bis unten, während das Tor vor uns aufging. Er setzte seine Mütze auf, die ihm bis tief in die Stirn reichte, grüßte Brunner und trat hinaus auf die Straße. Ich warf einen raschen Blick auf Brunner und die Gendarmen, die auf den Wachtürmen standen. Dann ging auch ich zum Ausgang, erst langsam, am Ende rannte ich fast. Ich sah mich nicht mehr um aus Angst, jemand könnte mich noch aufhalten. Doch nichts geschah. Ich trat ungehindert auf die Straße. Die Stiefel des jungen deutschen Offiziers hallten auf dem Bürgersteig. Er ging vor mir her und drehte sich nicht einmal nach mir um. Ich hätte weglaufen, in einem Hauseingang verschwinden können. Etwas weiter entfernt stand ein schwarzer Citroën, vorne sah man zwei Standarten mit Hakenkreuzen. Der Offizier machte die Beifahrertür auf und setzte sich vorne in den Wagen. Sein Chauffeur kam heraus und öffnete den hinteren Wagenschlag. Eine Frau rief, ich solle einsteigen.

»Momo, meine Güte, wie siehst du nur aus! Ich stelle euch nicht vor, ihr habt euch ja schon kennengelernt. Heinz ist mein Freund. Er arbeitet in der deutschen Botschaft. Ihm hast du zu verdanken, dass du wieder draußen bist.«

Der Wagen fuhr los. Ich sah Belle an, traute mich aber nicht, etwas zu sagen. Der Deutsche starrte auf die Straße, keiner sprach mehr ein Wort. Wir fuhren an Bobigny vorbei, an Pantin. Ich musste unentwegt Belle ansehen. Sie nahm meine Hand und zog sie unter ihren Mantel. Ich flüsterte Maries Namen, aber nur ganz leise. Ich versuchte es noch zweimal, bis sie mich verstand. Da nickte sie und lächelte. Und als ich sie weiterhin mit fragendem Blick ansah, nickte sie wieder, mit leuchtenden Augen und einem noch breiteren Lächeln. Ich schlug die Hände vor mein Gesicht, denn ich konnte die Tränen nicht zurückhalten.

Wir fuhren in Paris ein. La Villette, Avenue Jaurès, Quai de l'Ourcq, die Grands-Boulevards. Ich erkannte das Viertel wieder. Auf der Uhr in der Rue Turbigo war es halb elf. Meine Zimmergenossen hatten jetzt wohl schon die Grenze überquert. Der Wagen bog in die Rue Saint-Denis ein und hielt vor unserem Gebäude. Heinz stieg aus und öffnete Belle die Wagentür. Er bot ihr seinen Arm, und sie küsste ihn zum Abschied auf die Wange. Dann ließ er uns auf dem Bürgersteig stehen und fuhr mit seinem Chauffeur weg, ohne das Wort an mich zu richten.

Belle nahm mich fest in die Arme und einen langen Moment sagte sie nichts. Dann lehnte sie den Kopf zurück und sah mich an. Sie fuhr mit der Hand über meinen rasierten Schädel, meine Nase und meine hohlen Wangen.

»Komm, Momo! Wir dürfen eigentlich nicht hier bleiben, aber das Risiko gehe ich ein. Ich möchte dich ein oder zwei Stunden fest in den Arm nehmen. Danach musst du dich verstecken. Es gibt Leute im Haus, die uns sofort denunzieren würden.«

Wir schlichen die Treppe hinauf in ihr Zimmer.

»Jetzt werde ich dich wieder schön machen, mein armer Liebling. Dich waschen und ein bisschen anfüttern. Ich habe die Wanne und das Essen schon fertig. Diesmal verabschieden wir uns auf die feine Art, mein Prinz. Nicht wie beim letzten Mal. Ich möchte dich einen Moment für mich haben. Dann gebe ich dich Marie zurück. Sie wartet auf dich, Marius hat ihr schon Bescheid gesagt. Bis Kriegsende müsst ihr in einem Versteck bleiben.«

Kurz vor Mitternacht gingen wir durch das Gewimmel in den Hallen. Marius, der an der Tür seines Bistros auf uns wartete, lief uns entgegen. Er packte mich an beiden Schultern und blickte mich an, ohne ein Wort zu sagen. Dann brachte er mich nach hinten ins Restaurant. Die Marktleute hatten fast alle Tische besetzt, sie schwatzten und lärmten beim Essen. An solch ausgelassenen Lärm war ich gar nicht mehr gewöhnt. Belle winkte mir zum Abschied zu. Nachdem ich die Küche betreten hatte, schob Pierrot wortlos den Türriegel vor. Er öffnete den Vorratsschrank an der hinteren Wand, hob das Linoleum an und zog eine Falltür hoch, die sich darunter verbarg. Ich stieg die Leiter hinunter, und der Himmel schloss sich über meinem Kopf. Ganz hinten, neben der Kühlkammer, sah ich ein kleines Licht.

»Momo, bist du es, Momo?«

Ich rannte durch den Raum und stieß mich dabei an jeder Menge Gegenstände. Ich rief: »Marie, Marie!« Ein kleines Nest war hinter den aufgestapelten Möbeln eingerichtet und von einer Kerze schwach beleuchtet. Ein Schatten löste sich von dort, und meine kleine Schwester warf sich mir in die Arme.

Das Versteck

Februar bis August 1944

Maries Gesicht war ausdrucksvoller, die Haare reichten ihr bis zu den Schultern. Ein junges Mädchen stand vor mir. Wir setzten uns inmitten all des Gerümpels auf die Matratze. Sie stellte die Kerze näher heran.

»Momo, es war entsetzlich! Keiner wusste, wo du warst.«

»Wer ist dieser Heinz? Was hat Belle mit ihm zu tun?«

»Ich kenne ihn nicht. Marius sagt, die beiden seien ein Paar. Er arbeitet in der deutschen Botschaft.«

»Seit wann bist du hier, Marie?«

»Seit dem Tag, an dem sie dich verhaftet haben. Hier, das ist für dich.«

Pierrot hatte mir einen Teller mit Essen fertig gemacht: ein Ei, eine Scheibe Schinken, Brot, ein halbes Hähnchen und einen Apfel. Mein zweites Abendessen heute. Ein Wunder! Ich machte mich gleich darüber her, und Marie beobachtete mich dabei.

»Du bist so mager, und ohne deine Haare erkennt man dich kaum.«

»Du hast dich auch verändert, Marie.«

»Findest du? Pierrot hat gesagt, ich wäre bald heiratsfähig.«

»Es kommt mir vor, als wäre es Jahre her, dass wir uns gesehen haben.«

»Sieben Monate, Momo. Was war in diesem Lager los?«

»Das erzähle ich dir später.«

»Ich dachte schon, wir würden uns nie wiedersehen.« Sie nahm meine Hand und küsste sie. Ich nahm sie fest in die Arme. Wir schwiegen eine lange Zeit.

»Wie geht es Papa?«, fragte sie plötzlich.

Ich antwortete nicht.

»Momo?«

»Er war im selben Lager wie ich, in Drancy. Aber als ich ankam, war er schon weg. Jetzt ist er in Polen.«

»In Polen? Wieso denn in Polen?«

»Er arbeitet dort auf den Feldern.«

»Wie ein Bauer?«

»Um die Deutschen im Krieg zu unterstützen.«

»Und Mama?«

»Über sie weiß ich nichts.«

Marie ließ sich wieder auf die Matratze zurücksinken.

»Haben sie Papa auch so rasiert wie dich?«

»Ich habe ihn ja nicht gesehen.«

Ich rückte näher an sie heran.

»Marie, dieser Milizionär, der noch mal zu euch hochgegangen ist, nachdem sie mich verhaftet haben. Erinnerst du dich an den?«

Sie nickte.

»Was hat der mit euch gemacht?«

Sie antwortete nicht gleich.

»Marie …«

»Er behauptete, wir würden für die Résistance arbeiten, und wollte uns ins Gefängnis stecken. Da hat Belle mit ihm geredet. Erst freundlich, dann wurde sie wütend. Sie haben sich laut angeschrien. Dann hat er sich mit ihr im Zimmer eingeschlossen und …«

Sie brach in Tränen aus.

»Ich habe ihn durch die Wand gehört. Er beschimpfte sie und grunzte wie ein Tier.«

»Und danach? Was hat er dann gemacht?«

»Er ging weg. Belle hat alle meine Sachen und auch deine in ihren Koffer gepackt, und dann sind wir hierhergekommen.«

»Hat euch jemand gesehen?«

»Das glaube ich nicht.«

»Und Jeanne, die oben neben der Küche schlief?«

»Sie war nicht da. Marius hat sie am selben Abend rausgeworfen. Sie hat sich furchtbar aufgeregt. Ich habe sie schreien hören.«

Marius und Pierrot kamen zusammen nach unten. Nacheinander umarmten sie mich. Dann sah Marius mich lange an.

»Mein Gott, Momo. Die ganze Welt ist verrückt geworden.«

Er zeigte auf die Matratze und den kleinen Ofen aus blauem Emaille.

»Wir haben euch hier ein neues Nest gebaut. Natürlich gibt es nicht so viel Licht. Aber das Essen ist besser. In ein paar Tagen hat Pierrot dich wieder aufgepäppelt. Frag Marie.«

»Was ist aus den Kühlräumen geworden?«

»Ich habe sie verkauft. Wir brauchten sie nicht mehr. Es ist nicht mehr wie früher, Momo.«

Er packte Pierrot beim Arm. »Wir müssen wieder nach oben, es sind noch Gäste da. Wir kommen jetzt immer erst runter, wenn das Restaurant leer ist. Auch nur kurz und nie zusammen. Alles andere ist zu gefährlich. Ihr bleibt hier, bis der Krieg vorbei ist. Es gibt Gerüchte, dass es bald so weit ist.«

28. Februar '44
Mein lieber Momo, meine liebe Marie,
ich habe mich entschlossen ... Seit zwei Tagen rackere ich mich auf dem Papier ab. Ich streiche wieder alles durch, werfe es weg, fange wieder an. Ich versuche, mit Stil zu schreiben, aber dann kann ich es gleich bleiben lassen. Jetzt schreibe ich drauflos, und ihr müsst die Wörter in Ordnung bringen und elegante Sätze daraus machen, so wie das in feinen Kreisen gemacht wird.

Marius wollte nicht, dass ich schreibe, und hat sich aufgeregt. »Stell dir vor, die finden den Brief, dann sind wir alle dran. Wir dürfen kein Risiko eingehen, das hast du mir versprochen, Belle.« Ich hatte das versprochen, klar. Aber ich habe ihm gesagt, er ist ein alter Junggeselle und wird es ewig bleiben, denn er hat keine Ahnung von Frauen. Am Ende hat er es eingesehen.

Ich habe ihn gefragt, ob er mein Geschreibsel durchliest wegen der Fehler. Verflixter Marius. Ich muss ihn anbetteln, damit er mir von euch erzählt. Er antwortet nur mit einem Augenzwinkern, und ich muss alles erraten.

Ich habe ihm geschworen, keine Briefe mehr zu schreiben, wegen Zensur und so.

Momo, es ist jetzt schon zehn Tage her, dass du wie vom Erdboden verschluckt bist, zehn Tage, so lang wie zwei Jahrhunderte, und Marie schon sieben Monate! Hat sie es dir erzählt? Pinel aus dem ersten Stock hätte sie bestimmt angezeigt. Dauernd kam er nach oben und schnüffelte. Da bin ich zu Marius, und der hat keinen Moment gezögert, uns zu helfen.

Pinel haben wir seit Wochen nicht mehr gesehen. Sein Chef wollte ihn nach Deutschland zur Zwangsarbeit schicken. Sie sagen im Haus, er wäre im Widerstand.

Morgens denke ich immer, ich höre euch aus eurem Zimmer, wie ihr wach werdet. Der Boden knarrt unter euren Füßen, meine Tür geht auf, und ihr schaut rein. Das stelle ich mir vor, und Marie kommt rüber und macht mir Locken ins Haar wie eine Maskenbildnerin. Früher hast du dich über mich gebeugt, Momo. Wir fahren zusammen ans Ende der Welt. Dann bleibe ich in deinen Armen, lange, und spüre, wie das Leben langsam aus meinem Körper weicht.

Hat Marius es euch gesagt? Ich habe im Bistro einen reservierten Platz. Er hat mir gesagt, wo euer Nest ist, ich sitze genau über euch, letzter Tisch vor dem Spiegel, gleich beim Fenster. Jeden Tag sitze ich da, wir könnten uns fast berühren.

Wenn ich hier in eurer Nähe bin, vergesse ich ein bisschen meinen Kummer. Ich halte ja viel aus, aber wie lange noch? Ich würde gern den Boden aufbrechen und euch in den Arm nehmen, wenigstens ein Mal.

Jetzt wisst ihr es: Auch ohne zu schreiben, rede ich dauernd mit euch.

B.

15. März '44
Meine Schätzchen,
heute brauche ich einen Mutmacher, deshalb greife ich zur Feder. Nur eine Minute. Ich kann mich nicht ausruhen, weil Heinz mich in die Closerie des Lilas ausführt. Er hat das halbe Restaurant für sich reserviert.

Der kleine Botschaftssekretär wird sich richtig aufgockeln. Es wird bei ihm zur Manie. Er ist so stolz auf seine Eroberung und trägt mich zur Schau wie eine Trophäe. In dieser Zeit würden seine Kumpel gerne die Ukraine und Italien zurückerobern. Ich sage immer, jeder führt die Kriege, die er verdient.

Ich habe Heinz ein paar Wochen nach deiner Verhaftung kennengelernt, Momo. Er tauchte bei uns im Haus auf. Und er war richtig scharf. Wir haben uns oben alle geweigert, ihn zu empfangen, wie immer bei den Boches, mit Ausnahme von Raymonde. Raymonde, die ist zu arm, um Politik zu machen.

Eines Tages hat sie mir erzählt, dass Heinz in der deutschen Botschaft arbeitet. Ihr glaubt es nicht, ausgerechnet in der Abteilung für Judenfragen. Da dachte ich, den muss ich besser kennenlernen.

Raymonde teilt gern mit anderen. Und sie hat euch ins Herz geschlossen. Da habe ich ihren Heinz ein bisschen umworben. Er kam mit Blumen an und mit Gebäck und Illustrierten, wie ein Gentleman. Jeden Tag kam er, und ich habe ihm den Kopf verdreht.

Kurz vor Weihnachten schnappte er völlig über. Er wollte mich über die Festtage mit zu seinen Eltern nehmen. »Du musst mich doch nicht mit nach Bayern nehmen, um mir deine Liebe zu beweisen«, hab ich gesagt. »Aber du könntest mir bei einer wichtigen Sache helfen und mich von einer großen Sorge befreien.«

Ich habe ihm erzählt, du wärest mein Neffe, Momo. Es hat Wochen gedauert, dich rauszukriegen. Ich habe diesen Heinz bearbeitet, habe mit ihm die tollsten Sachen gemacht. Jedes Mal was Neues. Dann hat sein Chef endlich das Papier unterschrieben. Er heißt Zeitschel und feiert heute Abend seinen vierzigsten Geburtstag.

Jetzt muss ich los, haltet mir die Daumen. Stellt euch vor, mit denen an einem Tisch! Ich trinke einen mit den Leuten von der Abteilung für Judenfragen und habe tief im Herzen zwei blinde Passagiere.

Jetzt lasse ich euch eine Sekunde allein.

Wenn die Männer lachen, dann werde ich an euch denken.

B.

Nach diesem Brief von Belle konnte ich nicht mehr schlafen. Ich fühlte mich wie ein Löwe im Käfig.

»Woran denkst du, Momo?«

»Ich will hier nicht bleiben, Marie.«

»Wir dürfen nicht rausgehen, das ist zu gefährlich.«

»Ich werde noch wahnsinnig in diesem Loch. Tag und Nacht ist man wie begraben.«

»Lies doch einfach, so wie ich. Jede Woche besorgt mir Marius ein neues Buch. Sieh mal, neben dem Ofen ist ein ganzer Stapel. Seit Monaten lese ich jeden Tag. Und bevor du da warst, kam Pierrot oft zum Kartenspielen runter.«

»Diese Stille …«

»Manchmal höre ich die Leute oben lachen. Ich erkenne auch Stimmen. Dann stelle ich mir ihre Gesichter vor, gebe ihnen Namen und sie erzählen mir Geschichten.«

Marius brachte eine Platte Aufschnitt mit Schwarzbrot und einer Flasche Wasser. Jeden Tag schenkte er uns ein neues Lächeln, so wie man Blumen in einem Krankenzimmer wechselt. Er leerte den Eimer, den wir für unsere Bedürfnisse verwendeten, und brachte ihn zurück.

»Ich kann euch verkünden, dass die *Boches* im Osten schwer eins auf die Mütze kriegen. Auch in Italien ziehen sie den Kürzeren.«

Ich stellte mich vor ihm auf.

»Hat dir Belle von diesem Heinz erzählt?«

»Ich habe ihr gesagt, sie soll die Klappe halten. Da oben sind zu viele Ohren.«

»Ich muss sie sehen.«

»Das kommt nicht in Frage, du bleibst schön hier.«

Er drehte sich auf dem Absatz um, bevor ich etwas erwidern konnte. Unglücklich legte ich mich neben Marie.

»Momo, ich hatte dir doch gesagt …«

»Dieser deutsche Offizier … Sie ist doch unglücklich mit ihm. Das merke ich an ihrem Brief.«

»Bist du eifersüchtig?«

»Sie braucht mich. Hier bin ich zu nichts nütze. Fehlt sie dir denn nicht?«

»Ich denke die ganze Zeit an sie, genauso viel wie an Mama und Papa. Oder sogar noch mehr.«

Jede Einzelheit von Belles Körper, ihr Gesicht, ihre Stimme hatten mich während der Lagerhaft am Leben gehalten. Ich hatte mich verzweifelt an ihrem Bild festgehalten. Trotz der Gefahr, vielleicht gerade wegen der Gefahr war mein Platz jetzt an ihrer Seite. Ich wollte sie beschützen und lieben wie vorher.

Irgendwann schlief ich ein. Als ich aufwachte, schlief Marie neben mir. War es Morgen oder Abend? Der Tag fing an, und man wusste nicht, ob es vielleicht noch Nacht war. Alles verschwamm im Licht der Kerze. Endlose Stunden.

5. April '44
Momo, stimmt es, was Marius sagt? Du willst nach draußen? Er hat mich gebeten, dass ich dir schreibe – das heißt, die Lage ist gefährlich. Ich weiß, dass du frische Luft brauchst, aber du musst es noch ein bisschen aushalten. Ich bitte dich, steck nicht den Kopf nach draußen.

Im Viertel laufen immer mehr Leute von der Miliz herum. Sie kontrollieren die Metroausgänge. Sie gehen in Restaurants, durchsuchen Läden. Sie wissen, wo sie suchen müssen, weil so viele Leute ihre jüdischen Mitbürger denunzieren. Heinz macht in der Botschaft die Briefe auf. Jeden Tag sind es Berge von Briefen, sagt er. Er hat nicht geahnt, dass es in Paris so viele Juden gibt.

Wenn du kommen würdest, Momo, dann würden dich die Mädchen auf dem Flur an die Hunde vom Judenreferat verraten. Nur um mir eins auszuwischen. Du müsstest mal lesen, was auf meiner Tür steht. Solche Gemeinheiten, und jeden Tag wische ich sie wieder ab. Dabei empfängt Raymonde auch Deutsche. Aber sie sagen, das wäre was anderes. Man darf die Nation ruhig verraten, solange es einem weiter schlecht geht. Ich hab es mit Heinz viel besser: Restaurants, Geschenke, Music-Hall …

Du solltest mal die Nachbarinnen sehen, Momo … Sie machen alles, um meine Stammkunden abzuwerben. Jetzt gehen meine besten, sogar die ältesten, an meiner Tür vorbei. Sie sehen mich schräg an. Den ganzen Tag treiben sie sich in unseren Betten rum, aber dann, wenn's ums Vaterland geht, verstehen sie keinen Spaß.

Mit der Arbeit ist es schwieriger geworden. Heinz taucht andauernd auf, während ich »meinen Beruf ausübe«, wie das mein alter Senator immer nannte. Ich kann nicht mehr mein Bestes geben. Mein Boche bringt hier oben alles durcheinander. Gestern hat er einen Kunden mit seiner Knarre bedroht. Ich hab schon die Patrioten verloren, jetzt verlier ich auch noch die Angsthasen. Bleibt nur noch der Philosoph. Er kümmert sich nicht um irdische Kämpfe.

Diesen Heinz werde ich bald abservieren und mich dann ganz kleinmachen. Ich werde warten, bis sich alles beruhigt hat. Oder ich verkrieche mich für den Rest des Krieges auf dem Land.

Momo, bleib da, wo du bist. Mit meiner kleinen Marie. Tu es mir zuliebe.

B.

29. April '44

Meine Liebsten,

habt ihr es auch gehört? Ich dachte schon, alles wäre aus und vorbei. Ihr auch? Vielleicht bekommt ihr es unten in eurem Keller nicht mit. Ich habe sie aber von meinem Balkon aus gesehen. Sie haben mitten in der Nacht den Himmel angestrahlt. Stellt euch das vor, es war taghell, um zwei Uhr nachts.

Ich zittere noch am ganzen Leib. Ich wollte schon zu euch in den Keller kommen. Ich hätte auch wie alle anderen in den Bunker gehen können, aber ich bin draußen geblieben. Mir sind die Bomben lieber als die bösen Blicke der Nachbarn.

Die Flugzeuge konnte ich beinahe anfassen. Sie haben Blitze geschleudert, im Norden, ich weiß nicht genau, wo, Montmartre oder Saint-Denis. Wenn man nur Nachrichten hören könnte.

Der Bombenangriff hat mich aus einem bösen Traum geweckt. Ich hab geträumt, ihr würdet beide mit tausend anderen entdeckt. Sie brachten euch weg, ihr habt laut geschrien, und hinter euch stürzte die ganze Stadt ein. Dann wachte ich durch den Lärm auf, das Zimmer wackelte, und das ganze Gebäude auch. In den Straßen heulten die Sirenen, im ersten Moment wusste ich nicht, ob es Wirklichkeit war oder mein Albtraum einfach immer weiterging.

Immer wieder habe ich diesen verdammten Traum. Ihr werdet in Lastwagen abtransportiert, die in endlosen Kolonnen fahren. Das ist nur wegen Heinz und den furchtbaren Dingen, die er mir erzählt hat. Über die Nazis und was sie mit den Juden machen. Er sagt, selbst im englischen Rundfunk hätten sie darüber geredet. Mir schwirrte danach der Kopf.

Es ist sieben Uhr früh. Man hört immer noch Explosionen, und ich sehe noch Feuer.

Jetzt kommen die anderen aus dem Bunker nach oben. Sie haben Radio gehört und sagen, dass die Engländer und Amerikaner jetzt unsere Feinde sind. Sie töten ganze Familien mit ihren Bomben. Nicht mal die Nonnen haben sie verschont.

Ich hoffe, die Nazis haben euch nicht wirklich mit den Lastwagen weggebracht. Ich bringe den Brief heute Morgen zu Marius. Dann weiß ich, dass ihr immer noch da seid, einen Katzensprung von hier.

B.

Marius hatte mir seinen Reisewecker geliehen. Jeden Morgen um acht ließ ich ihn klingeln. Wir benutzten das »Badezimmer« hintereinander. Ich hatte eine Decke an einem Seil aufgehängt und dahinter eine Schüssel und den Eimer gestellt. Sobald es ging, brachte uns Pierrot Muckefuck, Brot und Margarine. Von halb zehn bis zwölf machte ich mit Marie ein Diktat, danach Englischunterricht und Matheaufgaben.

Eines Morgens unterbrach Marie die Arbeit und suchte etwas in ihren Sachen.

»Sieh mal, was ich wiedergefunden habe. Weißt du noch, Momo, den Preis, für gutes Lernen, den ich bekommen hatte? Dieses Jahr habe ich ihn, glaube ich, nicht verdient.«

»Das ist meine Schuld, Marie, ich war zu lange weg.«

»Meinst du, dass ich im nächsten Jahr die höhere Klasse schaffe?«

»Ganz sicher. Du gehst wieder in die Mittelschule, wie alle Mädchen deines Alters.«

»Muss ich dann einen Stern tragen?«

»Das ist dann alles vorbei, Marie.«

»Die anderen wissen es aber, sie wissen es, da bin ich mir sicher, und dann will keine meine Freundin sein.«

Marius kam und brachte uns Nachrichten von der Front. Nachmittags, wenn kein Betrieb war, blieb er immer eine Weile bei uns. Ich fragte ihn wie jeden Tag:

»War Belle heute da?«

»Ich hab sie nicht gesehen.«

»Geht es ihr besser?«

»Hab ich dir doch schon gesagt. Ich war gestern bei ihr, der blaue Fleck ist fast verschwunden.«

»Ich will sie sehen. Wenn du sie nicht hier nach unten lässt, gehe ich das Risiko eben ein und gehe zu ihr.«

»Das ist Wahnsinn, Momo. Die Miliz ist überall, vor den Restaurants, den Kinos, bei den Eingängen der Metro. Es ist auch mein Risiko, und deshalb entscheide ich, einverstanden?«

In freundlicherem Ton fuhr er fort: »Gestern haben die französischen Résistance-Kämpfer hunderttausend Liter Azeton in der Fabrik Lambiott verbrannt. In der Auvergne haben sie die Arbeit in den Stahlwerken unterbrochen und in den Pyrenäen eine Kanonenfabrik zerstört. Ihr müsstet mal hören, was sie da oben erzählen. Es gibt nur noch Leute im Widerstand.«

Er lächelte.

»Coco, der Fort, seit der bei der Résistance ist, glaubt man bei jeder Sabotage, dass er das war. Auch Le Carreau hat schon mutige Sachen gemacht.«

Vor ein paar Wochen hatte mir Marius von La Ridelle erzählt. Er war vor seinem Fischstand tot zusammengebrochen. Herzstillstand.

»Und die anderen?«

»Wo Pater Doucet ist, weiß kein Mensch. Er ist von einem Tag auf den anderen verschwunden. Keiner hat ihn seither gesehen.«

»Und Gaston?«

»Ihn sehe ich manchmal mit seiner Kiepe auf dem Rücken. Auch Legoas mit seinen Zeitungsballen. Dédé schmort immer noch im Gefängnis, behauptet Jeanne.«

Marius wandte sich an Marie.

»Na, was steht heute Nachmittag auf dem Programm, Mademoiselle?«

»*Der Graf von Monte Christo*. Ich könnte das zehnmal lesen. Nach dem Abendessen hat Pierrot versprochen, dass wir Skat spielen. Wir bringen es Momo bei. Nur bis halb elf. Seit er deinen Wecker hat, ist er der reinste Polizist.«

In dieser Nacht aber redeten Marie und ich noch sehr lange miteinander.

»Du hast mir noch nie von dem Lager in Drancy erzählt.«

»Da gibt es nur Trauriges zu berichten.«

»Du hattest aber doch auch Freunde dort? Wie hießen sie noch?«

»Mielisch, Lulek, Hankele. Und Mordechai.«

»Was für komische Namen.«

»Sie stammten aus Osteuropa. Das ist eine andere Welt.«

»Wie war Lulek, der Junge, den Papa so gern hatte? Was ist aus ihnen geworden?«

Ich zuckte die Achseln. »Ich weiß es nicht, Marie. Sie sind abtransportiert worden – an dem Tag, an dem ich hergekommen bin.«

»Fehlen sie dir?«

»Ich will nicht mehr darüber reden.«

»Sind sie auch in Polen?«

»Ich weiß gar nicht mehr, ob es sie wirklich gegeben hat.«

»Ob es sie gegeben hat?«

»Ich will es lieber vergessen, das ist alles.«

9. Mai ’44

Momo, mach dir keine Sorgen, es geht mir gut. Du brauchst nicht aus deinem Loch zu kommen, um hier Ordnung zu schaffen, ich hab es allein hingekriegt. Ich weiß, warum du rot gesehen hast. Wegen der Kokarde auf meinem Auge. Sie ist fast verschwunden, ich sehe wieder ganz passabel aus. Marius war schwer beeindruckt. Er hätte dir nichts davon sagen sollen. Er hat eben doch ein weiches Herz unter seiner rauen Schale.

Nie wieder lasse ich mich mit Unbekannten ein. Ich habe ein Talent, grobe Kerle und Haudegen anzulocken. Von Montrouge bis Saint-Denis spüren sie mich auf. Dieser da kam aus Clignancourt. Ein echter Schlägertyp. In diesem Beruf ist man nie vor Prügel sicher. Als er auf meiner Tür die freundlichen Sprüche meiner Kolleginnen gelesen hatte, warf er mich auf das Bett und beschimpfte mich. Der Kerl hat sich wild aufgeführt. Es gibt Leute, die so unglücklich sind, dass sie jemand hauen müssen. Nach der ersten Ohrfeige hat er geheult wie ein Kind. Ich wusste nicht, wie ich ihn loswerden sollte. Er schluchzte, und sein riesiger Brustkasten bebte. Stundenlang heulte er mir was vor. »Weine ruhig, mein Kater«, habe ich gesagt, »weine dir den Kummer aus dem Leib.« Er tat mir einfach leid, das kannst du mir glauben.

Vielleicht bin ich dafür gemacht, mein Bett dem Kummer der Welt zur Verfügung zu stellen. Mein Philosoph sagt immer, ich wär eine Heilige. Wenn es Gott gibt, so sagt er, hat er sicher eine gute Meinung von mir, weil ich ihn bei seiner Mission unterstütze, jedenfalls hier bei den Hallen.

Endlich wird es Frühling. Du kannst es dir nicht vorstellen, Momo, ganz Paris ist davon eingehüllt. Bald ist es mit dem ganzen Elend vorbei, und wir können wieder all das zarte Grün genießen.

Ich schreibe diesen Brief auf dem Balkon zu Ende. Dann gehe ich auf den Dächern spazieren und höre mir unsere Geigen an. Die von dem Konzert von Bach, erinnerst du dich? Ich lege es jeden Tag auf, und dann bist du wieder da.

Du siehst also, mein Momo, alles ist gut, ich kann den Frühling noch genießen. Mein Philosoph hat recht, ich muss was von einer Heiligen haben, dass ich das Leben so liebe.

Neulich Abend haben wir mit dem Philosophen darüber geredet. Wir sprachen von der Welt. Der Vater schenkt sie, der Sohn verändert sie, und ich, der heilige Geist, begnüge mich damit, sie zu lieben. Eine gute Truppe. Vielleicht retten wir drei sie ja.

Hast du kapiert, Momo? Du kannst ganz beruhigt sein und musst bleiben, wo du bist. Ich habe keine Angst, denn du und Marie, ihr gebt mir große Kraft. Ohne euch kann ich mir das Leben nicht mehr vorstellen. Aber das wisst ihr ja schon.

B.

22. Mai '44

Kinder, ich habe eine Neuigkeit für euch. Heinz will nachforschen, wo eure Eltern sind. Er meint, euer Vater ist in einem der Gefangenenlager im Osten. Er will auch nach eurer Mutter suchen. Sein Chef wird sich in Berlin erkundigen.

Wir haben gestern darüber gesprochen. Heinz meint, wir sollen keine Zeit verlieren. Er und Zeitschel holen eure Eltern zurück. Sie legen gleich heute los, nur darauf kommt es an.

B.

7. Juni '44

Meine Lieben,

jetzt ist es bald so weit. Die Alliierten sind in Frankreich angekommen, in der Normandie. Es sind mehrere Nationen – Amerikaner, Engländer und Kanadier. Es sollen sogar Franzosen dabei sein.

Ich habe mich so gefreut, dass ich es euch selbst erzählen wollte. Als ich heute Morgen ins Restaurant kam, wollte ich zu euch runtergehen und euch in die Arme schließen. An so einem Tag wie heute muss man doch mal eine Ausnahme machen.

Marius wollte wissen, worum es ging. Er hätte mich beinahe weggeschickt. Ich habe ihm gesagt, er soll schöne Musik anmachen und mir ein Glas spendieren, um das Ereignis zu feiern. Ich hab den Moment genutzt, um euch das hier zu schreiben. Er hat versprochen, es euch zu geben.

Um mit euch zu sprechen, muss ich stundenlang mit diesem Trottel verhandeln. Wenn ihr im Hitlerbunker versteckt wärt, könnte es kaum schwieriger sein.

Ab heute gucke ich vom Balkon runter, ob die Amerikaner kommen. Bald ist der Albtraum vorbei, und wir können versuchen, wieder richtig zu leben.

Dann werden wir uns nie mehr trennen.

B.

Marie reichte mir den Brief, nachdem sie ihn gelesen hatte.

»Von Papa und Mama sagt sie gar nichts.«

»Dazu ist es noch zu früh.«

Sie nahm den vorherigen Brief zur Hand. »Sie wollten sich am 22. Mai erkundigen.« Sie zählte mit den Fingern. »Das sind sechzehn Tage!«

»Solche Sachen brauchen Zeit, Marie, das ist im Krieg normal.«

»Aber dieser Zeitschel sollte doch Hitler direkt fragen ...«

»In Deutschland geht alles drunter und drüber, die haben was anderes zu tun.«

»Dieser Heinz weiß, wo Papa ist. Er hat von einem Gefangenenlager gesprochen. Das kann doch nicht so schwierig sein.«

»Im nächsten Brief erfahren wir bestimmt etwas Neues.«

Über uns hatten die Gäste die Marseillaise angestimmt. Am Abend vorher hatten sie die Nachricht von der Landung in der Normandie mit Freudenrufen begrüßt. Seitdem saßen alle um Marius' Radio herum. Pierrot brachte uns eine Scheibe Lammkeule.

»Hört ihr den Lärm da oben? Bald ist es vorbei.«

»Ist die Normandie weit weg?«, fragte Marie.

»Nur zwei Schritte von hier. Sie war noch nie so nah.«

»Und kann Belle jetzt runterkommen? Sie hat uns wichtige Sachen zu sagen.«

»Marius will lieber warten, bis die Amerikaner kommen.«

30\. *Juni '44*

Ich muss es euch unbedingt schon sagen, ich konnte nicht mehr warten. Heinz hat die Antwort aus Berlin gekriegt, und er bringt sie mir. Er meint, es gibt gute Nachrichten von euren Eltern. Er hat mir versichert, dass Zeitschel alles getan hat, was nötig war.

Mit Heinz ist es bald aus.

Gestern kam er zum Abendessen und sagte: »Wir gehen weg von hier, Belle.« Sein Antrag auf Rückkehr nach Deutschland ist angenommen worden. Er fährt am 15. Juli. Er will mich mitnehmen.

Wir kennen uns jetzt seit acht Monaten. Es wird Zeit, diese Romanze zu beenden. Ich habe vor nichts Angst. Nur noch zwei Wochen, und wir sehen uns nicht mehr.

Als er ins Zimmer kam, habe ich gleich gemerkt, dass er nicht gut drauf war. Er hat mich so fest umarmt, dass er mir fast die Knochen brach.

»Wir heiraten in Deutschland, Belle, und dann fliehen wir so weit wie möglich. Wir retten uns gemeinsam aus diesem Wahnsinn.«

Er hatte eine Ledertasche dabei und setzte sich zum Essen hin. Er sah mich an, und während er auf seinem Schinken rumkaute, fragte ich mich, warum er so auf heißen Kohlen saß. Ich habe von der Normandie erzählt, es aber nicht geschafft, ihn damit zu ärgern. Er trank und trank.

Nach dem Likör hat er das Geschirr beiseitegeschoben und einen Ordner rausgeholt. Er legte beide Hände darauf und fragte mich, ob ich die Apokalypse des Johannes kenne. Ich kriegte richtig Angst, weil er plötzlich so glänzende Augen hatte. Dann fing er auch noch an, Verse auswendig aufzusagen. »Ein Stern ist vom Himmel gefallen und hat den Abgrund aufgerissen, aus dem Brunnen stieg ein großer Rauch, der eines riesigen Ofens, der die Sonne verdunkelt … Das ist aus der Apokalypse, Belle. Wir haben sie in Gang gesetzt. Unsere Fabriken produzieren Tote am Fließband.«

Er hat Briefe rausgeholt und Teile daraus abgeschrieben. Er hatte die Briefe beim Aufräumen in den Unterlagen seines Chefs gefunden. Und jetzt las er mir vor. »Oktober 1941 … NS-Kommandos begleiten unsere Armeen an der Ostfront, um die Dörfer von den Juden zu säubern.« Dann vertiefte er sich in einen Bericht, schwieg einen Moment und las weiter. »Bericht von März '42. Die jüdische Bevölkerung ist so zahlreich, dass es besser ist, sie in eigenen Ghettos im Herzen der Städte einzusperren. Hunger und Epidemien arbeiten für uns.«

Stundenlang hat Heinz mir solches Zeugs vorgelesen. Ich wollte nichts mehr davon hören. »Wenn du mich auch nur ein bisschen liebst, Heinz, wie kannst du nur solche Schweinereien erfinden?« Er hörte nicht auf zu reden und hielt mir die Dokumente hin, als könnte ich Deutsch lesen. »Du musst alles wissen, Belle. Du musst verstehen, dass wir wegmüssen. Europa ist für immer besudelt. Wir haben hier keine Zukunft mehr.«

Er leerte seine Aktentasche und holte ein weiteres Papier heraus. »Juli '42. Wir müssen die Ghettos liquidieren und die Leute in Einrichtungen bringen, an denen man es mit solchen Unmengen aufnehmen kann.« Ein Land nach dem anderen kam vor, ein Ministerium nach dem anderen, jede Verwaltung gab ihren Senf dazu. Das letzte Dokument stammte vom Januar '44. »Unsere Einrichtungen werden jeden Tag moderner, um mit den schnelleren Lieferungen fertig zu werden.«

Ich schreibe nicht weiter, sonst werde ich noch verrückt. Heinz macht mir gerne Angst. Er treibt sein Spiel mit mir, um sich wichtig zu machen. Als ich ihn aus meinem Zimmer schob, konnte er kaum aufrecht gehen.

Noch zwei Wochen. Dann fährt er, und ich bin wieder frei. So viel hat er heute Abend bei mir erreicht.

Für eure Eltern jedenfalls hat sein Zeitschel alles Notwendige getan. Darauf kommt es an. Gut, dass wir etwas unternommen haben.

B.

PS: Ich habe ihm gesagt, wenn Millionen Menschen ermordet würden, dann wüsste man das doch. So viele Tote können nicht schweigen.

15. Juli '44

Meine Liebsten, ihr habt nichts mehr zu befürchten. Momo, du kannst aufhören, Marius mit deinen Fragen zu bestürmen.

Heinz ist weg. Er kehrt zurück nach Bayern. Allein. Es ist aus mit ihm. Ich habe mich nicht rumkriegen lassen, ihr könnt stolz auf mich sein.

Heute Morgen kam er in mein Zimmer, als wenn er hier zu Hause wäre. »Wir fahren, Belle!« Ich habe nein gesagt. Ich hatte die Szene schon seit Tagen geübt.

Unten wartete sein Wagen mit seinen Sachen. Er rauchte eine Zigarette, um sich Halt zu geben. Es war der richtige Moment, mich zu trennen. »Es ist vorbei, Heinz. Die Alliierten kommen im Eiltempo aus der Normandie. Ich habe dir alles gegeben, was ich hatte. Mehr habe ich nicht. Sei mir nicht böse, wenn dies kein passender Abschied ist, und hinterlass mir ein würdiges Bild von dir.«

Er ist wortlos gegangen. Ich habe ihm im Treppenhaus seine Geschenke zurückgegeben. Er hat den Ring und das Armband in die Tasche gesteckt und den Plunder weggeworfen.

Vom Balkon aus sah ich, wie sein Auto auf den Boulevard Sébastopol fuhr und dann verschwand. Ich bin reingegangen und habe mir einen Birnenlikör gegönnt.

Für mich ist Paris etwas eher befreit worden.

B.

25. Juli '44

Ich habe mein Bett wieder in Besitz genommen. Bis du wiederkommst, Momo, bin ich seine einzige Bewohnerin. Im Lauf der Zeit hat sich mein Kundenregister so ausgedünnt, dass sowieso nicht mehr viel zu tun ist.

Jetzt kommt nur noch mein Philosoph. Er will sich keine andere suchen, er will beim gewohnten Procedere bleiben. Ab und zu öffne ich ihm meine Arme, aber sonst ist mein Laden geschlossen. Ich habe meinen Tarif etwas erhöht, er versteht, dass wir in schweren Zeiten leben.

Ich gewöhne mich jetzt an das Leben ohne Heinz. Monatelang habe ich seine Launen ertragen. Meine Tür stand ihm Tag und Nacht offen. Zuerst war er sehr nett und hatte gute Manieren. Als ich auf seinen Heiratsantrag nicht eingegangen bin, hat sich alles verschlechtert. Er wurde sehr wütend und schrie: »Wenn das so ist, dann liefere ich ihn ans Messer, deinen kleinen Juden!«

Er wusste alles, Momo. In der Nacht im Februar, als du aus dem Lager kamst, weißt du noch, da hab ich dich doch zu Marius gebracht. Heinz ist uns damals gefolgt.

Er wurde immer schlimmer. Wenn ich mich weigerte, dann kriegte ich wieder eins ab. »Das ist eine Frage des Respekts, Belle. Ich denunziere deinen Schützling, und dann weißt du, dass du mir nicht wehtun darfst.«

Bei den Abendessen mit den Boches musste ich immer sehr verliebt tun. War ich kühl, sagte er zu seinen Kumpanen:

»Nächstes Mal, meine Freunde, gehen wir zum Quai des Halles. Monsieur Marius hat einen Keller voller Überraschungen.«

Er nahm meine Hand, und ich musste so tun, als sei ich ganz wild vor Liebe.

In den letzten Wochen hat er viel getrunken. Ich leerte jede Menge Flaschen mit ihm. Um seine Hände auf mir zu ertragen, musste ich mich betäuben, anders ging es nicht.

Jetzt ist es vorbei. Jetzt habe ich Zeit für mich. Jeden Tag gehe ich zu Marius. Ich setze mich an meinen Tisch am Fenster und eure Nähe wärmt mir die Fußsohlen. Wir sprechen von euch, ohne eure Namen zu nennen.

In der Rue Berger ist jetzt alles anders. Mit den Boches ist es aus, das kann man allen Gesichtern ablesen. Am Tisch nebenan haben die Händler erzählt, dass die Engländer gerade Caen befreit haben. Ich warte auf sie.

B.

10. August '44

Mein Philosoph ist gerade gegangen. Er hat mir einen Antrag gemacht. »Wir könnten im Süden leben, Belle, wir beide zusammen.«

Warum nicht? Ich habe noch nie das Meer gesehen.

Hat Marius es euch schon erzählt? Ich habe große Pläne, die dazu passen. Ich möchte am Mittelmeer ein Tanzlokal aufmachen. Mit Musikern aus Amerika. Ich kümmere mich um die Bedienung. Pierrot richtet mir die Küche ein und bildet eine Hilfskraft aus. Marius hat mir Mut gemacht und bringt mir den Beruf bei. Vielleicht werden wir Partner. Ich will jetzt auch Unternehmerin werden.

Ich kann mir gut vorstellen, im Süden zu leben, aber nur, wenn ihr beide in meiner Nähe seid. Wir lassen die Mädchen hier auf dem Flur hinter uns, verlassen das Haus und das Viertel. Sie dekorieren immer noch meine Tür mit ihren Gemeinheiten. Vorgestern hat sogar jemand gegen die Tür gepinkelt. Es lohnt sich nicht, sich aufzuregen. Ich bin schon weit weg. Unter der Sonne des Südens wächst uns eine neue Haut.

Ich mag meinen Philosophen wirklich gern. Heute Abend wollte er mit mir reden. Ich habe seine Geldscheine nicht angenommen. Er hat sie auf dem kleinen Tisch liegenlassen. Ich habe ihn so gut beruhigt, wie ich konnte, damit er wieder beide Beine auf die Erde kriegt. Normalerweise sorge ich dafür, dass sie in den Himmel fliegen.

Ich konnte seine Reden kaum unterbrechen. »Weißt du, Belle, alles hat vor Milliarden Jahren angefangen …« Er hat behauptet, dass damals etwas passiert ist und dass wir deswegen alle hier sind. »Eine riesige Explosion. Sie hat Materiesplitter ins Universum geschleudert, die ersten Atome … Sie haben Sonne und Planeten gebildet, die über unseren Köpfen tanzen.«

Er möchte sich auf einem Berg niederlassen, nahe den Sternbildern. Er macht gerade Astronomiekurse. Er hat auch Pläne von dem Observatorium mitgebracht, das er bauen will. Er glaubt, das wäre eine Goldgrube. »Belle, ich bin sicher, die Leute zerbrechen ihr Sparschwein, um dem Himmel nah zu kommen und den Schmutz zwischen ihren Zehen zu vergessen.« Er hat bei einem italienischen Hersteller schon Geld für ein Teleskop angezahlt. Das war vor dem Krieg. Wahrscheinlich ist sein Geld in der Tiefe des Weltraums verschwunden.

Heute hat er auf dem Balkon den Himmel bewundert und die Arme wie ein Priester ausgestreckt. Er will Schulklassen in sein Observatorium einladen. Ich kann mir vorstellen, wie er vor Kindern die Messe liest. Er breitet dann die Himmelskarte aus und verzückt sie mit seinen Gebeten. »Wenn sie von Gott reden, lasse ich sie den ruhigen Atem der Natur hören. Ich erzähle ihnen von der Erde und den Atomen, aus denen sie entstanden ist und mit denen alles Leben begann. Was sind wir letzten Endes, Belle, soll ich es dir sagen? Wir sind Materie. Materie, die der Zufall des Universums gebildet hat, und du bist der Bruchteil eines Sterns.« Noch nie hat einer so was Schönes zu mir gesagt.

Dann hat er mir seinen Antrag gemacht. »Belle, die Zeit, die uns noch bleibt, möchte ich gerne dir schenken.« Ich glaube, ich habe eingewilligt. Zwischen der Tanzfläche und den Sternen werden wir viel zu tun haben. »Denk nach, Belle, wir haben noch Millionen Jahre vor uns. Nach dem Tod wird unsere Asche an einen schönen Ort gestreut. Wir kehren ins Innere der Natur zurück, unser Friedhof ist überall.« Ich habe ihm gesagt, das sei ein guter Gedanke, unsere Teilchen können ja mit denen des Universums mithalten.

B.

23. August '44
Heute Nacht kann ich kein Auge zutun, meine Lieben. So sehr freue ich mich auf unser Wiedersehen. Die Amerikaner sind jetzt schon ganz nah. Offenbar wollen französische Truppen sie bei der Befreiung von Paris unterstützen. Es kann jeden Tag so weit sein.

Ich bin jetzt meistens auf dem Balkon, um nichts von der neuen Zeit zu verpassen. In der Rue Saint-Denis laufen Kinder mit Gewehren rum. Sie gehen dicht an den Häuserwänden entlang und kommen sich sehr erwachsen vor. Manchmal sehe ich riesige Autos vorbeifahren, die aussehen wie Leichenwagen.

Ich weiß nicht, wo ich zuerst hinschauen soll: auf die Sterne am Himmel oder die Kämpfer auf dem Asphalt. Seit gestern höre ich Lärm von der Barrikade, die französische Kämpfer am Boulevard Sébastopol errichtet haben. Ich werde die Geigenmusik über den Dächern abspielen, um sie anzufeuern.

Es ist hell wie am Tag. Würde ich mich vorbeugen, könnte ich vielleicht das Mittelmeer sehen. Im Süden wird alles aufblühen, was wir geplant haben.

Ich warte auf euch, meine Schätzchen, morgen oder übermorgen …

B.

Die Welt der Lebenden

25. August 1944

Marius hob die Klappe hoch. Helles Licht drang durch die Decke, das Lachen der Leute im Restaurant erfüllte den Keller wie eine Schar kreischender Vögel. Die Nacht war zu Ende.

»Ich glaube, ihr könnt jetzt rauskommen«, rief er von oben. »Die Panzerdivision Leclerc ist in Paris, und de Gaulle ist im Kriegsministerium. Auf der Rue de Rivoli rollt eine Abteilung amerikanischer Infanterie. Die Deutschen haben sich am Nachmittag ergeben.«

Marie und ich blieben ungläubig in unserem Versteck hinter den Kisten und alten Möbeln. Die Freudenschreie von oben hörten gar nicht mehr auf. Nach Monaten der Dunkelheit und Stille konnten wir uns nur langsam wieder an das Tageslicht gewöhnen. Schließlich kam Marius, um uns zu holen. So standen wir plötzlich im strahlenden Licht und fühlten uns wie auf einer Silvesterparty. Die Leute lachten, küssten sich und drängten sich an der Theke. Niemand war über unsere zerlumpten Kleider und unseren muffigen Geruch erstaunt. Jeanne trug eine Art Toga aus einer amerikanischen Flagge. Wir setzten uns an der Küchentür auf den Boden. Pierrot brachte uns Birnenstücke auf einem Teller.

Jemand rief: »Da draußen sind Amerikaner!«

Das Bistro leerte sich. Mit Flaschen in der Hand stürzten die Leute auf die Rue Gerber, umringten die Soldaten und fielen ihnen um den Hals. Marius spülte hinterm Tresen Gläser.

»Heute Abend dürft ihr noch nicht raus, es wird überall noch geschossen. Belle kommt und holt euch ab, sobald die

Zone gesichert ist. Gestern kam sie wieder und brachte ihren Brief, aber ich hab ihr gesagt, dass das Wahnsinn ist. Der Krieg ist noch nicht vorbei.«

Ich trat ans Fenster. Auf der Straße wimmelte es von Menschen. Auf einem Jeep saß eine Gruppe von Leuten, vor allem junge Mädchen. Sie trugen Kleider in leuchtenden Farben. Sie hingen an den Soldaten und packten deren Gesichter mit beiden Händen, um sie zu küssen. Die Waffe über die Schultern gehängt, verkündeten Soldaten die neuesten Nachrichten. Sie trugen handgemalte Armbinden der Französischen Streitkräfte des Inneren, FFI, und sagten, die Gefahr entferne sich Richtung Osten und Norden. Der Widerstand der Deutschen und der Miliz war gebrochen, trotz der Schüsse, die von der Rue de Rivoli zu hören waren.

Marius hatte den Tisch für uns gedeckt. Zum ersten Mal konnten wir wieder im Hellen essen.

»Ihr könnt so lange hierbleiben, wie ihr wollt, ihr müsst erst einen Treffpunkt finden. Heute Abend ist großes Volksfest. Ein Tag wie heute …«

Er brachte eine dampfende Suppenterrine und füllte unsere Teller.

»Siehst du, Maurice, am Ende kann alles passieren. Ich habe euch ja gesagt, dass die *Boches* den Krieg verlieren. Was ist, Kinder, habt ihr keinen Hunger?«

Mit unseren blassen Gesichtern fühlten wir uns unter diesen Freudenrufen fehl am Platz. Marie und ich wollten lieber im Keller essen und dort warten, bis Belle uns abholte.

Am Abend kam Jeanne zu uns herunter. Sie war noch dicker als früher und erschien uns viel älter.

»Mein Gott, es stimmt also, ihr hockt tatsächlich hier in diesem Loch? Ich hätte es nicht geglaubt, wenn ich es nicht sehen würde.«

Sie stand vor uns in ihrer amerikanischen Flagge und sah sich überall um.

»Marius sagt, es wären Monate gewesen. Das ist ja unmenschlich! Wie habt ihr das bloß ausgehalten? Puh! Dieser Geruch hier!«

Sie hob eine Decke hoch, leuchtete mit einer Taschenlampe auf die Matratze und verzog das Gesicht. Dann nahm sie meine Jacke mit zwei Fingern und warf sie in den Eimer.

»Morgen ist de Gaulle in der Kirche von Notre-Dame. Ihr wisst doch, de Gaulle. Das darf man nicht verpassen.«

Sie hatte keine Augenbrauen mehr, nur schwarze Striche. Ihr rotes Haar hatte sie am Kopf mit Haarnadeln festgesteckt.

»Das willst du doch nicht verpassen, oder?« Sie fasste mich am Kinn und musterte mich eindringlich. »Mein armer Junge, irgendwann musst du die Sprache wiederfinden. Warum hat Marius mir bloß nichts gesagt? Er hat mich einfach nur rausgeworfen wie die letzte Schlampe. Ich hätte mich um dich kümmern können, und auch um die Kleine.«

Sie gab mir die Kerze wieder und stieg ächzend und stöhnend die Leiter hoch. Nach mehreren Versuchen schaffte sie es. Oben halfen ihr starke Arme zurück in die Welt der Lebenden.

Deutschen-Flittchen

26. August 1944

Die Schüsse hatten aufgehört. Ich erklärte Marius, dass wir nun zu Belle gehen wollten, und er versuchte nicht, uns aufzuhalten. Wir nahmen im Hinterzimmer ein Bad, zum ersten Mal seit Jahren, und er gab mir Hemd und Hose. Dass wir gleich Belle wiedersehen würden! Ohne sie konnte ich mir die Zukunft nicht vorstellen. Pierrot lächelte uns zum Abschied durch die Küchentür zu. Auf dem Bürgersteig vor dem Bistro umarmte mich Marius. Marie schmiegte sich fest an ihn, und dann hob er sie hoch, um sie auf die Stirn zu küssen. Ich versuchte vergeblich, etwas zu sagen, aber Marius verstand mich auch ohne Worte.

In den Straßen von Paris tobte das Leben. Aus allen Fenstern hingen Fahnen, die meisten französische, aber auch welche mit Lothringerkreuz, amerikanische und englische. Die Menschen strömten zur Rue de Rivoli, um die Panzer zu sehen, die Richtung Rathaus und Notre-Dame fuhren. Sie waren mit Planen bespannt, auf denen »Zweite Panzerdivision« stand.

Marie und ich gingen in die Gegenrichtung, bahnten uns unseren Weg durch die Menge und hielten uns fest an der Hand. Wir gingen die Rue Berger, die Rue Lescot und die Rue de la Cossonnerie hinauf.

Vor dem Gebäude, in dem Belle wohnte, stand ein Viehtransporter. Auf die Windschutzscheibe hatte jemand »Deutschen-Flittchen« geschmiert. Die Ladefläche war mit Stroh ausgelegt, und das Gitter war entfernt worden. Drumherum eine Ansammlung von Menschen. Ein Gendarm, eine

Mutter mit ihrer Tochter, ein Mann mit einer Armbinde der FFI, Junge und Alte, Schaulustige. Alle drängten sich nach vorn, um besser sehen zu können. Andere Leute stürzten ins Haus, unser Haus, so dass der Eingang versperrt war. Die Menge wurde zusehends größer. Junge Kerle mit Gewehr um die Schulter kletterten auf den Wagen und riefen: »Holt die Deutschen-Flittchen runter!«

Plötzlich flog über der Menge eine Art Gliederpuppe, die von Arm zu Arm geworfen wurde. Es war ein entsetzlich mageres Straßenmädchen. Ihr Kleid hing in Fetzen an ihr herunter. Sie wurde auf den Wagen geworfen, und die Leute rissen ihr den Rest ihrer Kleider vom Leib. Als es nichts mehr abzureißen gab, drängten Frauen, Kinder und bewaffnete Männer nach vorn und wetteiferten darin, wie wild auf den knochigen, zusammengekauerten Körper auf dem Stroh einzuschlagen. Ein großer Kerl, einer der FFI-Kämpfer mit Armbinde, trieb die Leute vom Wagen herunter. Er packte das Mädchen und kugelte ihr dabei die Schulter aus. Jetzt erst erkannte ich Raymonde, die erste Beute von Heinz. Sie hatte die Augen geschlossen und einen Arm über ihre Brust gelegt. Der Mann zog unter Applaus der Menge ein Barbiermesser hervor und schor das Mädchen wie ein Schaf. Mit jeder Bewegung seiner Hand fielen Haarbüschel herunter. Mit rasiertem Kopf konnte man Raymonde kaum noch erkennen. Der FFI-Kämpfer packte die Arme am Ohr und drehte sie, um sie der Menge vorzuführen. Die Rue Saint-Denis war voller Menschen, wildes Gejohle und Flüche ertönten. Die Kinder spuckten dem Beispiel ihrer Mütter folgend auf den Viehtransporter. Amüsiert betatschte der große Mann den Kopf der Vogelscheuche. Mit Lippenstift malte er ihr ein großes Hakenkreuz darauf. Ein junger Mann mit Barett kletterte auf den Wagen und schrieb ihr SS auf die Stirn. Dann hob er sie unter dem Gejubel der Leute in die Luft.

»Im Haus gibt es noch mehr!«, schrien einige aus der Menge. Ich sagte Marie, sie solle im Schutz eines Hauseingangs an der Ecke Rue Saint-Denis, Bouleveard Sébastopol auf mich warten.

Ich versuchte, mir durch die Menge einen Weg zu bahnen, ich flehte die Leute an, mich durchzulassen, und schubste die Gaffer zur Seite. Je näher ich dem Haus kam, desto dichter wurde die Menge. Der Eingang und das Treppenhaus waren voller Menschen. Ich zog an Armen, Schenkeln und allem, woran ich mich festhalten konnte, um nach oben zu gelangen. Leute, die ich beiseiteschob, beschimpften mich, packten mich am Kragen und zerrissen meine Kleider. Schließlich schob ich mich an der Wand entlang die Treppe hoch, mit dem Rücken zur Menge, Stufe um Stufe. Oben auf der Treppe hörte ich lautes Geschrei.

»Das ist 'ne Deutschen-Hure, die hat ihren Reibach mit denen gemacht. Die haben sie mit Geschenken überhäuft! Auf den Karren mit ihr!«

Eine Gruppe von Leuten stand vor Belles Zimmer. Ich erkannte unter ihnen Mieter, Prostituierte, die Concierge. Belles Nachbarinnen legten los:

»Die hat sich mit den Deutschen in den Federn gewälzt! Das ist 'ne ganz Schlimme!«

Das Zimmer war verwüstet worden, der kleine Tisch zersplittert, die Kissen aufgeschlitzt, die Matratze umgekippt, die Tagesdecke zerrissen. Überall waren Hakenkreuze hingeschmiert. Auf dem Balkon sah ich Pinel, diesen Schweinehund aus dem ersten Stock, mit zwei bewaffneten Kämpfern. Alle drei trugen die Armbinde der FFI. Sie versuchten sich Belles zu bemächtigen.

Ich schlug auf die Leute ein, die mich am Vorwärtskommen hinderten.

»Lassen Sie sie los, Pinel. Pinel!«

Ein Kerl packte mich an der Kehle. Ein anderer hielt meine beiden Arme fest. Belle stand da im Nachthemd mit bloßen Füßen. Ich konnte ihr Gesicht nicht sehen, nur ihre Haare.

»Belle, Belle!«

Ich war nur zwei Schritte entfernt und schrie, so laut ich konnte, doch sie hörte mich nicht. Sie setzte sich wie eine Wahnsinnige zur Wehr. Pinel packte sie am Handgelenk und drückte sie gegen das Geländer. Die anderen wollten sie an den Beinen packen. Da machte Belle eine so schwungvolle Hüftbewegung, dass sie kopfüber ins Leere stürzte.

Im Zimmer war alles plötzlich ganz still. Pinel gab seinen Leuten ein Zeichen, ging an mir vorbei, ohne mich anzusehen, und die FFI-Kämpfer folgten ihm.

Das Gebäude leerte sich, alle schwiegen, das Schauspiel war vorbei. Ein paar Frauen standen noch im Zimmer, reglos, die Hände vor dem Mund und starrten auf das Fenster. Eines der Mädchen vom Flur öffnete Schubladen und schloss sie wieder, leerte sie blitzschnell. Ich stand wie gelähmt auf dem Balkon.

Unten zerstreute sich die Meute, sie ließen Belles leblosen Körper einfach vor dem Karren liegen, auf dem immer noch die kleine Raymonde zusammengekauert hockte. An der Kreuzung sah ich Marie, die auf das Haus zugelaufen kam.

Die Totenwache

27. August 1944

Denise half mir, Belle nach oben zu bringen. Außer der armen Raymonde war sie die Einzige auf der Etage, die nicht mit der Meute mitgeschrien hatte. Wir legten Belle auf ihr Bett. Ich fuhr zärtlich mit einem in Wasser getauchten Tuch über ihren verwundeten Körper. Denise brachte das blutverschmierte rötliche Haar in Ordnung, bis es wieder leuchtete. Dann schminkte sie ihr Gesicht. Sie strich Mascara auf die Wimpern, zog die Augenbrauen nach, puderte die Wangen, die Stirn, das Kinn, und Marie lackierte ihr die Fingernägel rot. Sie tat dies mechanisch, und als ich endlich die Kraft aufbrachte, etwas zu ihr zu sagen, antwortete sie nicht.

Wir räumten das Zimmer auf. Der Kasten mit dem Grammophon war verschwunden. Wir holten die Sachen, die in einem Koffer lagen, und gaben sie Denise. Wir hatten Belle mit einem Laken zugedeckt. Bis zum nächsten Morgen blieben Marie und ich bei ihr sitzen.

Marius erschien mit Pierrot, und ich warf mich in seine Arme. Ich bat sie dazubleiben. Pierrot nahm Marie in den Arm, und wir blieben den Tag über in Belles Zimmer. Kein Nachbar ließ sich blicken. Abends kam ein älterer Herr die Treppen herauf. Er trug einen zerknitterten Leinenanzug und eine weiße Rose im Knopfloch. Vor der Tür blieb er stehen und holte tief Luft.

»Ich war verabredet«, sagte er immer wieder und sah fassunglos auf die Leiche, bevor er auf Zehenspitzen eintrat. Er setzte sich auf den Bettrand und hob vorsichtig das Laken hoch. Mit dem Zeigefinger fuhr er über Belles Stirn, ihre

Nase, ihren Mund und legte den Körper bis zum Nabel frei. Er strich ihr über Hals und Schultern, nahm ihre Brüste in seine Hände und küsste sie. Er blieb eine ganze Weile, ich traute mich jedoch nicht zu fragen, ob er ihr Philosoph sei. Schließlich stand er schwankend auf, zog die Rose aus dem Knopfloch und legte sie Belle auf den Bauch, bevor er im Treppenhaus verschwand. Marie deckte den Körper wieder zu und ließ die Blume darunter liegen. Sie hatte immer noch kein Wort gesagt.

Marius lud Marie ein, in der Nacht bei ihm zu übernachten. Sie ging ohne weiteres mit. Denise rief einen Priester. Sie saßen auf Stühlen vor dem Bett und sprachen über die Beerdigung. Ich floh auf den kleinen Balkon. Von der Straße drangen Freudenrufe nach oben, seit zwei Tagen wurde gefeiert ohne Unterlass. Familien tanzten in hell erleuchteten Wohnungen. Richtung Bastille war der Himmel schon dunkel und voller Sterne. Ich wollte die Nacht hier draußen verbringen, um mit Belle allein zu sein, damit sie mir von der Schönheit des Sommers erzählte. Der Priester räusperte sich. Er stand neben mir am Fenster und wartete darauf, dass ich die Augen öffnete.

»Sagen Sie, junger Mann, hatte die Verstorbene Verwandte?«

Ich schwieg.

»Junger Mann ...«

»Marie und mich.«

»Wie bitte?«

»Marie und ich, wir sind ihre Familie.«

»Wo wollen Sie sie beerdigen?«

Ich wusste nichts zu sagen.

»Ich meine, wo soll sie begraben werden?«

»Sie soll verbrannt werden.«

Denise trat näher.

»Maurice, wir sollten Belle beerdigen, das gehört sich so. Ich bin sicher, das hätte sie so gewollt. Nicht wahr, Herr Pfarrer?«

Der Priester nickte und zog sich einen Stuhl heran.

»Madame Denise hat recht. Diese arme Frau muss beerdigt werden. Die Beerdigung ist ein wichtiger Moment, besonders für diejenigen, die in Sünde gelebt haben. Es nährt Hoffnung. Wir sprechen dabei tröstende Worte. Sie werden sehen, das wird Ihren Kummer lindern. Mein junger Freund, diese Feier ist Ausdruck des Glaubens. Sie hilft uns, über den Sinn des Lebens und die Bestimmung der Menschen nachzudenken. Diese Elende muss nach dem Leben, das sie gelebt hat, würdig vor Gott erscheinen, der barmherzig ist. Beim Jüngsten Gericht wird ihr das ewige Leben geschenkt werden, und diese Hoffnung wird Sie tragen. Dafür aber müssen wir ihren ganzen Körper berücksichtigen. Ihn zu verbrennen würde den Akt der Auferstehung beeinträchtigen, verstehen Sie?«

Ich hob den Kopf. Mein Gesichtsausdruck ließ Denise zurückweichen, und sie bekreuzigte sich erschrocken. Der Priester legte eine Hand auf meinen Arm. Ich roch, wie er unter seiner Soutane schwitzte.

»Ich habe gehört, dass Sie ... Jude sind. Sie sind mit diesen Dingen vermutlich nicht vertraut. Der Mensch ist aus Staub und muss wieder zu Staub werden. Staub und nicht Asche. Staub ist ein natürliches Element und wird er in die Erde gesenkt, so kann man ins Leben zurückkehren. Asche bedeutet Zerstörung ...«

»Bitte bedrängen Sie mich nicht. Meine Entscheidung ist gefallen. Sie wird eingeäschert.«

Der Priester senkte verlegen den Blick. Ich hatte genug Kraft, um zu sagen:

»Denise, Sie wissen es doch. Es geht hier nicht um ewiges Leben. Belle glaubte nur an die Gegenwart. Sie nahm die

Welt so hin, wie sie war. Sie kehrt in die Natur zurück. Dort ist sie zu Hause …«

Ich konnte nicht weitersprechen. Die beiden anderen standen seufzend auf.

»Wenn Sie wollen, können wir vor der Verbrennung ein Gebet sprechen«, sagte ich leise.

Büro IV B

28. August 1944

Die Trauerfeier fand am nächsten Tag statt, unweit der Gare de Lyon. Denise hatte sich mit dem Priester um die Vorbereitung gekümmert. Um fünf Uhr morgens ging der Trauerzug los. Marius hatte mir passende Kleidung besorgt. Er wollte unbedingt, dass ich einen Kellneranzug trug, damit ich ordentlich aussah, selbst wenn er mir viel zu weit war. Belle lag in einem Sarg, den Pierrot aus Holzkisten gezimmert hatte. Auf den Deckel hatten ein paar Stammgäste Abschiedsworte geschrieben.

Wir gingen im Dunkeln am Ufer der Seine entlang, dann suchten wir eine Stunde nach dem Krematorium. Es lag auf einer Verkehrsinsel zwischen drei Straßen, deren erste zum Bahnhof führte, die zweite ins Stadtzentrum und die dritte zur Seine. Wir betraten einen kleinen Raum. Auf einem Schild stand: *Ort der Stille*. Zwei Arbeiter stellten den Sarg auf einen Tisch. Marius und Pierrot warteten mit dem Philosophen auf uns. Der Priester sammelte sich einen Moment, er hielt sein Kreuz in der Hand, räusperte sich und sagte:

»Es gibt eine Zeit zu lachen und eine Zeit zu weinen, eine Zeit zu leben und eine Zeit zu sterben. Unsere irdischen Augen sind angesichts des Waltens der Vorsehung manchmal ungerecht, oft zornig und immer traurig …«

Seine Stimme zitterte ein wenig. Er blickte auf den Sarg und hielt sein Kreuz fest umklammert. Einer der Jungs von den Hallen hatte darauf geschrieben: »Du bist so schön, Belle, dass selbst die Engel nicht mehr geschlechtslos sein werden, wenn sie dir begegnen.«

»Der Unwissende muss die Hand Gottes erkennen lernen«, fuhr der Priester fort. »Er hat die Sünderin zu sich gerufen, im Namen seines allmächtigen Willens, den wir alle respektieren müssen, auch wenn wir ihn nicht verstehen. Wer sind wir, dass wir mit Gott streiten? Fragt die Tonerde denjenigen, der sie formt, was er tut?«

Durch die Fensterluken sah man, dass es draußen hell wurde. Im Schein der nackten Glühbirnen an der Wand waren wir eine trübselige kleine Truppe. Über dem Priester hing ein Schild an der Wand, auf dem zu lesen war:

Artikel D-2223-100: Das Krematorium muss den Vorschriften für alle Räumlichkeiten des Publikumsverkehrs entsprechen, vor allem dem Brandverhütungsreglement. Der technische Bereich des Krematoriums muss den Arbeitsbestimmungen entsprechen, vor allem betreffend Hygiene und Sicherheit der Räumlichkeiten und des Materials, das dem Personal zur Verfügung gestellt wird.

»Gott erkennt die Seinen, so heißt es in der Heiligen Schrift. Der Allmächtige erkennt die Gerechten. Er hasst den Bösen und Gewalttätigen. Über ihn lässt er Feuer und Schwefel regnen. Diese Frau wird zu den Himmelsbewohnern gelangen. So geschieht es bei der Auferstehung der Toten. Der Leib ist verderblich, er ersteht unverderblich wieder auf. Er ist auf Erden elend, er ersteht auf in Herrlichkeit. Als natürlicher Leib geboren, wird er als Leib im Geiste auferstehen.«

Artikel D-2223-107: Die Größe des Flurs und des Durchgangs müssen den Artikeln D-2223-102 und D-2223-103 entsprechen. Die Größe der Öffnung zur Überprüfung von Abgasen und die Höhe des Schornsteins für die Abluft müssen Artikel D-2223-105 entsprechen.

»Wahrlich, ich sage euch, wenn das Saatkorn, das zur Erde fällt, stirbt, trägt es zahlreiche Früchte. Das Flämmchen unserer lieben Verstorbenen brennt unauslöschlich. Wir nennen es Seele, wir nennen es Erinnerung, es wärmt unsere Gedanken im eisigen Bett des irdischen Stroms …«

Die hintere Tür ging auf. Vier Männer in Arbeitskitteln kamen herein. Durch die Türöffnung sah ich eine riesige Maschine, die brauste wie ein Heizkessel. Sie wartete auf ihre Beute. Die Angestellten unterbrachen die Predigt, trugen den Sarg weg und stellten ihn auf eine Platte vor dem Ofen. Dann schlossen sie die Tür. Der Priester klappte sein Gebetbuch zu. Er küsste uns auf die Wangen und verabschiedete sich. Der Krematoriumsbetreiber ließ mich ein Papier unterzeichnen und brachte zwei Klappstühle.

»Es dauert knapp zwei Stunden.«

Marius nahm Denise mit, ich blieb mit Marie da, die gar nicht mehr aufhörte zu weinen. Irgendwann legte sie den Kopf auf den Tisch und schlief ein.

Ich ging nach draußen, um frische Luft zu schnappen. Die Eisenbrücke über dem Krematorium dröhnte bei jedem Wagen, der darüberfuhr. Ein paar Geschäfte öffneten ihre Eisengitter, Gruppen von Soldaten marschierten Richtung Gare de Lyon. Ich ging an der Seine entlang. Weiter oben auf der Straße fuhren Militärkolonnen nach Osten. Endlose Konvois. Ich balancierte am Quai entlang zwischen Schiffsanlegern und Pflastersteinen, außer mir vor Kummer. Belles Briefe hatte ich in der Tasche bei mir. Sie hatte mir geschrieben, was passieren würde, und ich hatte sie nicht vor der Hölle bewahrt. Wäre ich bloß ein paar Stunden eher bei ihr gewesen! Die Sonne war aufgegangen. Ich ging eine Weile in ihrem Licht, dann kehrte ich um. Die Männer vom Krematorium brauchten noch eine Weile. Ich ging bis zur Spitze der Île Saint-Louis und ließ mich vor den Häusern aufs Pflaster sinken. Die Häuser waren im Morgenlicht bernsteinfarben.

Eine Dame kam vorbei und sah mich besorgt an. Bald hatte sich eine Menschenschar um mich herum versammelt. Sie wollten mir helfen aufzustehen, und ich rappelte mich auf und lief davon wie ein Dieb.

Die Sonne stand inzwischen hoch am Himmel. Marie machte sich bestimmt Sorgen. Ich ging zum Krematorium zurück. In den Straßen waren viele Menschen, die den Soldaten zujubelten. Auf den Balkons standen ganze Familien, schwenkten mit Fahnen und sangen die Marseillaise. Ich beschleunigte meinen Schritt, mir wurde ganz warm in meinem Anzug. Zum ersten Mal seit Monaten konnte ich in den Himmel sehen. Ich konnte durch die Straßen gehen, ohne mich ständig umzudrehen. Ich musste mich erst wieder daran gewöhnen. Drei Jahre … Am 25. August 1941 war es passiert. An diesem Tag war meine Kindheit mit einem Schlag zu Ende gewesen, ausgelöscht wie ein Licht im Wind. Dann war die Welt zusammengebrochen. Auch wenn der Priester im Krematorium den Blick in ein goldenes Jenseits richtete, auch wenn die Frauen den Soldaten Blumen zuwarfen und der Krieg vorbei war – für mich war die Sonne vom Himmel gefallen. Die Truppen zogen an der Seine entlang, auf der Seite ihrer Lastwagen stand: *Metz, Nancy, Straßburg, Berlin*. Ich lief die sonnenbeschienenen Quais entlang, an den fröhlichen Menschen vorbei, und in meinem Herzen herrschte Dunkelheit. Ich war jetzt fast achtzehn und musste wieder lernen zu leben. Aber ohne Belle hatte ich nicht die Kraft dazu.

Marie schlief noch, als ich das Krematorium betrat. Ich ging zu dem Raum mit dem Ofen. Der Techniker sah durch ein rundes Fenster hinein und drehte an einem Hahn. Er hatte eine Zigarette im Mundwinkel und sah mich mitfühlend an.

»Wer ist da drin? Deine Mutter? Ich heiße übrigens René.« Er reichte mir seine weiche Hand, die ebenso verschwitzt war wie seine Latzhose. Er erinnerte mich an einen Schornsteinfeger. Er war vielleicht zwanzig Jahre alt.

»Ich verbrenne hier die Leute. Von morgens bis abends. Aber nicht nur Menschen. Nach deiner Mutter kommt ein großer schwarzer Hund dran, ein Labrador, glaube ich. Ich mache hier alles.«

Er redete laut, um den Lärm der Maschine zu übertönen. Zögernd näherte ich mich dem Fenster. René zeigte mir die Rohre, die aus dem Ofen kamen.

»Der Körper ist hier durchgekommen. Holz, Stoffe, Fleisch, alles wird zu Gas und zu Staub. Sie entschwinden als Rauch durch die Rohre. Das Fett schmilzt zuerst.« Er beobachtete meine Reaktion. »Bist du nicht erstaunt, dass da gar kein Feuer ist? Die Ofentemperatur steigt bis 850 Grad, dadurch verbrennt der Körper durch Selbstentzündung. Verstehst du, was ich meine? Das ist was Chemisches. Die kleinen grauen Steinchen, die du da siehst, das ist der Kalkanteil der Knochen. Das brennt nicht, und so machen wir es zu Pulver. Dieses Pulver bekommst du. Sieh mal, dieser Keramikkrug da, das ist die Urne. Der Name deiner Mutter steht schon drauf.«

Er öffnete die Ofentür und nahm eine unten mit einem Schaber versehene Stange zur Hand. Er schob Knochenteile in eine Vertiefung am Ende der Verbrennungskammer. Dann schloss er die Tür, ging um die Maschine herum, betätigte einen Hebel, der einen höllischen Lärm machte, und rief mir zu:

»Hörst du das? Das ist das Geräusch der Ventile, damit giftige Gase entweichen können. Man muss mit Kohlenstoff verdammt aufpassen, die Maschine ist schon ziemlich alt. Da, wo ich früher gearbeitet habe, hatten sie eine neue, eine Lambert von '38, neueste Generation. Da wurde die Verbrennungskontrolle automatisch gemacht. Das war einfacher für mich.«

Er reckte sich und schrie dann weiter:

»Was machst du eigentlich so?«

Da ich nicht antwortete, fuhr er fort:

»Das hier macht keinen besonderen Spaß. Den lieben langen Tag hat man die Asche der einen und die Tränen der anderen vor der Nase. Na ja, ich will nicht klagen, es ist jedenfalls eine ruhige Arbeit, keiner stört einen. Und die Stelle ist sicher. Gestorben wird schließlich immer.«

Die Maschine gab einen letzten Seufzer von sich. René schlug mit der Faust auf einen großen roten Knopf, und der Lärm hörte urplötzlich auf. Er warf seine Zigarette auf den Fußboden und trat sie aus.

»Jetzt gehst du besser wieder zu deiner Familie. Ich kriege Ärger, wenn sie dich hier drinnen sehen, in fünf Minuten komme ich mit der Urne deiner Mutter.«

Ich trat wieder in den Raum der Stille, wo schon die Familie mit dem Labrador wartete.

Nach der Einäscherung gingen wir zu Marius, der mit Pierrot im Restaurant auf uns wartete. Denise redete gerade mit ihnen. Als sie mich sah, kam sie zu mir.

»Maurice, ich muss dir noch etwas sagen … Als diese Kerle vorgestern in unser Haus kamen, du weißt schon, die vom FFI, kam Belle in mein Zimmer gestürzt und gab mir einen Umschlag. Sie wollte, dass ich ihn euch gebe, falls ihr etwas zustößt. Sie wollte noch etwas dazu schreiben, glaube ich, aber dann hatte sie keine Zeit mehr …«

Denise wandte sich achselzuckend an Marius.

»Ich hatte den Brief zwei Tage in der Tasche meines Morgenrocks. Wie konnte ich das nur vergessen? Na ja, bei allem, was gerade passiert, kommt man ganz durcheinander.«

Ich setzte mich an einen der Tische und riss mit zitternden Händen den Umschlag auf.

Leitung der Sicherheitsabteilung des SD
Büro IV B 4a
Prinz-Albrecht-Str. 4 a
Berlin
847 / 85

Herrn
Heinz Fehrenbach
Erster Sekretär der Abteilung für Judenfragen
Botschaft des Deutschen Reiches in Paris

30. Juni 1944

Betrifft: Ihre Anfrage vom 22. Mai 1944

Joseph Moscowitz
Clara Moscowitz

Joseph Moscowitz, geb. am 16. Mai 1898 in Vances (Seine), Frankreich. Inhaftiert in Drancy am 20. August 1941. Deportation mit dem Konvoi Nr. 1 am 30. März 1942 Le Bourget-Drancy, Compiègne, Laon, Reims, Neuburg, Auschwitz. Häftlingsnummer 28 602. Verstorben 15. September 1942. Vermutliche Ursache: Typhus.

Clara Moscowitz, geb. Siebilsk am 12. November 1905 in Vitebsk, Reichskomissariat Ostland. Inhaftiert in Gurs am 23. August 1941. Überführt nach Drancy im September 1942 mit dem Konvoi Nr. 38. Le Bourget-Drancy, Straßburg, Fulda, Erfurt, Weimar, Kosel, Auschwitz. Häftlingsnummer 66045, Verstorben am 20. Januar 1943. Ursache unbekannt.

Das Meer wiedersehen

September 1944

Marius stellte uns seine kleine Wohnung nahe der Metro-Station Voltaire zu Verfügung. Er wohnte in dieser Zeit bei Pierrot, besuchte uns jeden Nachmittag und brachte uns Essen.

»Du kannst im Bistro anfangen, wann immer du willst, Maurice.«

»Das schaffe ich nicht.«

»Wir können langsam anfangen, nicht mehr als zwei oder drei Stunden am Tag.«

»Ich habe nicht die Kraft dazu.«

Er wandte sich an Marie.

»Und du, gehst du wieder zur Schule?«

»Auf keinen Fall, ich will bei Momo bleiben.«

»Momo, ihr könnt so nicht weitermachen. Versucht wenigstens, ein bisschen rauszukommen.«

Ich ging in die Rue Montmarte zum *Nouvel Artisan*. Die Druckerei war geschlossen, Türen und Fenster mit Brettern vernagelt. Ich konnte das Innere des Erdgeschosses sehen. Es waren keine Maschinen mehr da. Die Kästen mit den Buchstaben an der Wand hingen nur noch an einem Nagel. Ich ging mehrmals vorbei, konnte aber nichts in Erfahrung bringen. Wenn ich der Concierge begegnete, machte sie sich aus dem Staub. Eines Tages folgte ich ihr in ihre Loge.

»Haben Sie Monsieur de Segondy wiedergesehen?«

»Nein, niemals. Nicht seit dem Tag, an dem sie ihn verhaftet haben …«

»Und seither? Sind Leute gekommen, die zu ihm wollten?«

»Am Anfang ja. Ich sah nachts in seinem Büro Licht. Aber das waren sicher irgendwelche Herumtreiber. Und danach nichts mehr.«

Als ich gehen wollte, fügte sie noch kopfschüttelnd hinzu:

»All diese Machenschaften. Das hat viel Unruhe in unser Haus gebracht Dabei war er ein so vornehmer Herr. Tja, man kann gegenüber den Leuten gar nicht misstrauisch genug sein.«

Marius lud uns zum Essen ins Restaurant ein. Es war das erste Mal seit der Befreiung, dass wir wieder herkamen. Er hatte uns den kleinen Tisch bei der Tür reserviert, da, wo es am ruhigsten war.

»Ihr solltet öfter kommen, Kinder, damit ihr auf andere Gedanken kommt. Hier ist mehr los als auf der Bühne.«

Die Leute aus den Hallen drängten sich an der Theke, bevor ihre Nachtarbeit begann. Die Tische waren alle besetzt. Unter dicken Rauchschwaden hörte man Reden und Lachen wie immer. Ich saß an dem Platz, den sich Segondy beim ersten Mal ausgesucht hatte. Hinter uns war der Platz von Belle vor dem Spiegel, genau über unserem Versteck. Pierrot brachte uns die Speisen selbst und erklärte, was es war. Wenn Marius Zeit hatte, kam er zu uns an den Tisch.

»Du siehst, Momo, es gibt immer was zu tun. Ich könnte deine Hilfe gebrauchen.«

Marie setzte sich auf seinen Schoß.

»Momo will, dass wir aus Paris weggehen«, sagte sie. »In allen Straßen sind die Schatten der Toten, und wir kriegen davon Albträume. Wir gehen in den Süden, wo das Meer ist. Kommt ihr uns besuchen, du und Pierrot?«

Ich bat Marius, uns zu sagen, wie die Truppen vorangekommen waren. Er holte eine Karte und breitete sie auf dem Tisch aus.

»Mitte August sind die Alliierten in der Provence gelandet. Vor ein paar Tagen haben die Armeen im Süden Lyon befreit. Sie haben sich mit denen in der Normandie vereinigt. Ende September könnt ihr bestimmt von Paris ans Mittelmeer fahren.«

Einer der Stammgäste des Bistros hatte eine leitende Stellung bei der Güterbahngesellschaft am Boulevard Sébastopol. Sie schickten großräumige Konvois mit Gütern. Er war bereit, mich auf einem der nächsten Züge von Paris nach Marseille zu engagieren, zur Lieferung von Ausrüstungsgegenständen an die amerikanischen Truppen. Ich sollte bei jedem Bahnhofsaufenthalt Material abladen und die Mengen übcrprüfen. Wir brauchten aber Papiere, um wegfahren zu können. Marius holte Auszüge aus dem Geburtenregister im Rathaus von Fontenay, wo er sich als unser Vormund vorstellte. Der Beamte in der Präfektur des Departements Seine bestätigte dies. So erhielten wir rechtzeitig Personalausweise für die Fahrt.

Am 30. September brachte Marius uns an die Gare d'Austerlitz. Es war noch dunkel. Inmitten der Flut von Reisenden aus den Vorstädten suchten wir die Leute von der Güterwaggonfirma. Ich stellte mich dem Verwalter des Konvois vor. Er gab mir Anweisungen und zeigte mir den letzten Wagen. Marius wartete mit uns auf die Abfahrt. Er nahm mich in die Arme und beugte sich zu Marie hinunter. »Du vergisst Onkel Marius nicht, oder?«

»Und du kommst uns in Marseille besuchen, das hast du versprochen.«

Marie wollte seine großen Pranken gar nicht mehr loslassen. Als das Pfeifen ertönte, hob er sie in den Waggon und half mir, die Schiebetür zu schließen.

Es war gerade Platz genug, um aufrecht zwischen den Kisten zu stehen. Der Zug brauchte lange, bis er zwischen den engen Häuserschluchten hindurch aus der Hauptstadt herausgefahren war. Abwechselnd steckten Marie und ich die Köpfe zwischen die Gitterstäbe am Fenster. Charenton, Maisons-Alfort, Alfortville. Nach und nach gingen in den Wohnungen die Lichter an, Schatten wurden hell, zum Greifen nahe. In den Häusern begann der Tag, als wäre nie etwas geschehen. Wir fuhren nun durchs Industriegebiet. Dort hingen noch alte Wahlplakate an den Wänden der Lagerhäuser, neben Graffiti. An einer Kreuzung zeigten Schilder in Richtung Viry, Bagneux, Fontenay-aux-Roses.

Auf dem Bahnhof von Dijon wehten Hunderte französische, englische und amerikanische Flaggen. Soldaten erwarteten uns. Sie halfen uns, ein paar Kisten Material auszuladen. Nachdem er die Liste abgezeichnet hatte, fragte mich der Unteroffizier etwas auf Englisch. Die Jungs von der Mannschaft verstanden nicht mehr als ich. Ich kletterte wieder in den Wagen, bevor er noch mehr Fragen stellen konnte. Marie schlief zwischen den Kisten, den Kopf auf ihren Mantel gelegt.

Die Landschaft zog an uns vorbei, der Nebel hing noch in den Sträuchern. Durch die Wolken war schon weißes Sonnenlicht zu sehen, das in den Pfützen schimmerte. Beaune, Chalon, Tournus, Mâcon. Bei jedem Halt wurde Material abgeladen. Hinter den Bahnhöfen hörte man Fanfarenklänge. Wir brauchten neun Stunden bis Lyon. Im Lauf des Tages klarte der Himmel auf. Valence, Montélimar, Orange, Avignon, Arles … Auf den Straßen schlängelten sich Militärkolonnen Richtung Norden. Blühende Dörfer waren auf den Bergen zu sehen. Mitten im Grün der Garrigue standen helle Bauernhäuser. Ja, es war richtig gewesen, wegzufahren. Das war unsere einzige Chance, unser Leben neu zu beginnen. Sanft geschwungene Hügel in der Ferne kündigten das Meer an.

Bachs Violinen

Herbst 1944

In Marseille baute ich mit der amerikanischen Armee einen kleinen Handel auf. Zuerst kaufte ich ihnen Zigaretten und Corned-beef ab und verkaufte es auf der Straße. Dann baten sie mich, die Reste ihrer Vorräte unter die Leute zu bringen. Eine Ladung Säcke, dann noch eine, Tausende grob genähte Taschen aus Segeltuch, die man über der Schulter trug. Die jungen Leute in Marseille stürzten sich darauf, denn es stand US-Army auf der Lasche. Die Tasche wurde zu einem beliebten Modeaccessoire. Zusammen mit Marie eröffnete ich einen Stand beim Fischmarkt. Die Kunden bezahlten, ohne über Preise zu verhandeln.

Ich arbeitete mit dem Nachschub der 45. amerikanischen Infanteriedivision zusammen. Sie hatte an den Kämpfen in Nordafrika, Italien, Korsika und der Provence teilgenommen. Zu Weihnachten fuhren die Soldaten nach Hause zu ihren Familien und ließen Europa hinter sich, das jenseits der Ardennen noch in Flammen stand. Der für den Nachschub verantwortliche Offizier hatte uns ins Herz geschlossen. Er sprach mit seinem General, der uns versprach, wir dürften mit seinen Truppen auf der *Oregon* den Atlantik überqueren.

Der General sorgte dafür, dass wir vom Konsulat Visa bekamen. Nach ein paar Monaten hatte ich etwas Geld zurückgelegt, um eine Wohnung zu bezahlen und das Schulgeld für Marie bis zum nächsten Sommer aufzubringen. Die Soldaten hatten uns viel erzählt. In New York sei es besser, das notwendige Geld zu haben. Wir verbrachten all unsere Zeit bei ihnen. Durch den Kontakt mit den Amerikanern hatte Marie wieder gelernt zu lächeln. Sie hatten ihr beigebracht, mit den Augen zu rollen und die Zigarre so zu halten wie Groucho Marx. Sie sprach Soldatenenglisch mit lauter derben Ausdrücken, und wenn sie leise *I wished on the moon* sang, pfiffen sie dazu wie Jugendliche.

Bevor wir abfuhren, wollte ich noch einmal die Gegend im Var wiedersehen, in der wir mehrere Sommer mit unseren Eltern gewesen waren. Marie und ich nahmen den Zug nach Toulon und von da aus den Bus nach Saint-Raphaël. Die Café-Terrassen und meisten Läden waren geschlossen. Wir gingen zu Fuß zu dem kleinen Hafen. Auf der Landungsbrücke wartete ein Mann. Als er uns sah, nahm er die Mütze ab und kam uns entgegen.

»Wer ist das?«, wollte Marie wissen.

»Der Hafenmeister.«

»Kennst du ihn?«

»Ja, manchmal nahm er Papa und mich mit auf den Leuchtturm. Von dort aus betrachteten wir den Sonnenuntergang.«

»Was will er von uns?«

»Er wird uns helfen, ich habe ihm ein Telegramm geschickt.«

Wir folgten dem Hafenmeister bis zum Ende des Quais. Er stellte uns zwei Schüler der Musikschule von Toulon vor, die beide eine Geige bei sich trugen. Dann stiegen wir in ein Fischerboot. Ich saß auf einer Orangenkiste und hielt die Urne mit Belles Asche auf dem Schoß. Marie schmiegte sich an mich. Bis zur Hafenausfahrt hustete der Motor, und ich dachte schon, wir würden stehen bleiben. Doch bald schon war das Dorf nur noch ein heller Punkt an der Küste. Auf den Bergen des Massif des Maures wurde es Abend.

Der Seemann stellte den Motor aus. Hinter uns beleuchtete die Sonne, die zwischen zwei Berggipfeln stand, die zarte

Linie der Küste. Der violette Strich zwischen Himmel und Meer verschwand langsam im Dunst. Ich wandte mich den Musikern zu, und das Konzert von Bach ertönte in der Stille des Meeres. Zuerst die erste Violine, zart und sanft, dann die zweite in leichterem Ton. Belle hatte immer am Balkongeländer gelehnt und dazu leicht die Hüften gewiegt. *Wenn ich diese Musik höre, werde ich ganz froh, und ich vergesse das Elend des Krieges.* Marie nahm mir die Urne aus dem Arm und kniete sich ans Heck. Sie nahm eine Handvoll Asche und ließ sie davonfliegen. Dann eine zweite und dritte, die der Wind forttrug. Dann kippte sie den Rest der Asche ins Meer. Oben auf den Bergen brannte die Sonne glutrot. Die Violinen klangen immer fröhlicher. Maries Haar wehte im Wind, und sie blickte der Asche nach, die über der spiegelnden Wasseroberfläche zu schweben schien. Die Melodien umschlangen sich, strebten dann wieder auseinander, um sich erneut zu treffen. Sie stiegen zum ersten Stern am Himmel auf und verschwanden dann gemeinsam am Horizont.

Das Fischerboot brachte uns ans Ufer zurück. Zu beiden Seiten der Bucht sah man nun kleine Dörfer wie Lichterketten aufscheinen. Der Seemann bot uns an, auf dem Schiff zu übernachten, bis der Morgenbus kam. Er gab uns Decken, Schwarzbrot und ein paar Scheiben Schinken. Ich wollte es ihm bezahlen, doch er wehrte mit einem Lächeln ab, das seine Grübchen sehen ließ. Marie und ich schliefen ein, während der Wind in der Takelage seufzte.

In dieser Nacht erschienen mir meine Eltern im Traum. Sie beugten sich über mich und lächelten mir zu. Als ich aufwachte, kam mir das Morgenlicht besonders sanft vor. Ich zog mich an, dachte an Mama und Papa und wurde plötzlich ganz ruhig.

In einem Bistro am Dorfplatz tranken wir Muckefuck mit heißer Milch. Dann setzten wir uns einen Moment auf die

Bank vor der Kirche und gingen die kurvige Straße nach unten, vorbei am Balkon unserer Ferienwohnung. Wir hatten noch eine gute Stunde, bevor wir nach Marseille zurückmussten. Wir gingen den kleinen Pfad zum Strand entlang, bis zu der Sandkuhle, an der die Pinien in den Himmel wachsen. Zu unseren Füßen umspülte das Meer die Felsen. In der Ferne sah man Kriegsschiffe kreuzen. Am Horizont wartete ein neues Leben auf uns. Ich atmete die Meeresluft ein und mit ihr alle Versprechungen, die sie für uns bereithielt.

Die Sirene der *Oregon*

17. Dezember 1944

Wie oft hatte ich von New York geträumt. Beim ersten Tageslicht war Leben auf den Fluren. Nach sechzehn Tagen Überfahrt würden wir endlich anlegen. Ich zählte zum letzten Mal meine Dollars. All unsere Sachen waren in einer amerikanischen Militärtasche verstaut.

Marie schlief noch. Vor ein paar Stunden war sie weinend aufgewacht. Ich hatte sie in die Arme genommen, damit die Albträume verschwanden, flüsterte ihr sanfte Worte ins Ohr, damit sie wieder einschlief. Ich zog ihr die Decke bis über die Schultern. Sie war jetzt gut vierzehn Jahre alt und sah Mama ähnlicher als je zuvor.

Matrosen klopften an unsere Kabinentür, es war Zeit zu gehen. Während der Reise hatte ich mir zahlreiche Notizen gemacht, um nichts zu vergessen.

Weißt du, Momo, wir beide geben uns Mühe, erwachsen zu werden. Du rebellierst, du bist unternehmerisch, du willst dir die Welt aneignen, ich begnüge mich damit, sie zu lieben.

Ich hatte sie alle um Belle versammelt – meine Kameraden aus den Hallen und die aus dem Lager, meine Geschäftspartner, meine Freunde und meine Schutzengel. Und ich hatte mir vorgenommen, unsere Geschichte aufzuschreiben, irgendwann später.

Marie wurde wach, als die Sirene der *Oregon* ertönte. Auf der Brücke wurden Kommandos gebrüllt, Menschen drängten sich an der Reling, unser Schiff würde jeden Moment anlegen. Der Nebel hinter dem Bullauge verzog sich. Vor uns tauchte die Landspitze auf, deren Türme in den Himmel ragten.

ISBN 978-3-85179-331-4

Titel der französischen Originalausgabe:
Momo des Halles

Umschlaggestaltung: Christina Krutz, Biebesheim am Rhein
Satz: Christine Paxmann • text • konzept • grafik, München
Druck und Bindung: Kösel, Altusried-Krugzell

www.thiele-verlag.com